A Estratégia do Charme

ALISON COCHRUN

A Estratégia do Charme

Tradução
VITOR MARTINS

Copyright © 2021 by Alison Cochrun
Todos os direitos reservados.

Publicado mediante acordo com a editora original Atria Books,
uma divisão de Simon & Schuster, Inc.

A Editora Paralela é uma divisão da Editora Schwarcz S.A.

*Grafia atualizada segundo o Acordo Ortográfico da Língua Portuguesa de 1990,
que entrou em vigor no Brasil em 2009.*

TÍTULO ORIGINAL The Charm Offensive: A Novel

CAPA E ILUSTRAÇÃO Sarah Horgan

PREPARAÇÃO Clara Teixeira

REVISÃO Renato Potenza Rodrigues e Adriana Bairrada

Dados Internacionais de Catalogação na Publicação (CIP)
(Câmara Brasileira do Livro, SP, Brasil)

Cochrun, Alison
    A estratégia do charme / Alison Cochrun ; tradução Vitor
Martins. — 1ª ed. — São Paulo : Paralela, 2022.

    Título original: The Charm Offensive: A Novel.
    ISBN 978-85-8439-238-4

    1. Ficção inglesa I. Título.

22-107612   CDD-823

Índice para catálogo sistemático:
1. Ficção : Literatura inglesa   823

Maria Alice Ferreira — Bibliotecária — CRB-8/7964

[2022]
Todos os direitos desta edição reservados à
EDITORA SCHWARCZ S.A.
Rua Bandeira Paulista, 702, cj. 32
04532-002 — São Paulo — SP
Telefone: (11) 3707-3500
editoraparalela.com.br
atendimentoaoleitor@editoraparalela.com.br
facebook.com/editoraparalela
instagram.com/editoraparalela
twitter.com/editoraparalela

Para Heather, Meredith e Michelle —
porque todo mundo sabe que as amizades
femininas são a melhor parte.

Primeira noite de gravação

Pasadena, Califórnia — Sábado, 5 de junho de 2021
Vinte participantes e 64 dias restantes

DEV

Dev Deshpande sabe exatamente quando começou a acreditar em felizes para sempre.

Ele tem dez anos e está sentado de pernas cruzadas na sala de estar, encarando a TV e maravilhado com *Para Todo o Sempre*. Igual às histórias que ele lê antes de dormir, escondido sob o lençol de *Star Wars*, bem depois da hora em que seus pais o mandaram apagar as luzes — histórias sobre cavaleiros, torres e beijos mágicos. Igual aos filmes a que ele assiste com sua babá Marissa, histórias sobre espartilhos, homens lindos de rosto sisudo e danças silenciosas que dizem tudo. Histórias que fazem seu coração ficar grande demais para o corpo tão pequeno.

Só que *Para Todo o Sempre* é muito melhor do que essas histórias, porque *é de verdade*. É um reality show.

Na tela, um homem lindo e loiro estende uma tiara cravejada de pedras para uma mulher de vestido cor-de-rosa.

— Você gostaria de se tornar minha princesa?

A mulher deixa uma única lágrima escapar enquanto a música toca ao fundo.

— Sim. Sim!

Ela leva as mãos à boca, e o homem põe a coroa na cabeça dela, ouro sobre os cabelos dourados. O casal perfeito se beija.

Dev está encantado por esse mundo de carruagens, bailes e grandes gestos românticos. As viagens para o exterior e os beijos de suspirar contra paredes de tijolinho enquanto fogos de artifício estouram ao fundo.

Um mundo onde o felizes para sempre é garantido. Ele assiste e se imagina como uma das mulheres, sendo conduzido pelo salão de dança por um príncipe bonitão.

— Desliga essa palhaçada anacrônica e patriarcal! — grita sua mãe ao chegar em casa carregando duas sacolas do mercado, uma em cada braço.

Mas Dev não desligou aquela palhaçada anacrônica e patriarcal. Muito pelo contrário. Ele se juntou a ela.

— Um brinde! — declara ele, entornando o resto do champanhe nas taças estendidas com emoção, braços esticados ao seu redor. — Ao começo da aventura em busca do amor!

Ele tem vinte e oito anos e está sentado numa limusine com cinco mulheres bêbadas durante a primeira noite de gravação da nova temporada de *Para Todo o Sempre*. Há uma ex-miss, uma blogueira de viagens, uma estudante de medicina, uma engenheira de software e uma Lauren. Todas lindas, radiantes e disfarçando o nervosismo com quantidades absurdas de champanhe e, quando finalmente chegam ao portão do castelo, as mulheres erguem as taças com animação. Dev dá um gole de praxe, desejando algo um pouquinho mais forte para adormecer a dor em seu coração grande demais.

Durante as próximas nove semanas, essas serão as participantes que ele vai instruir para as câmeras, orientando-as durante as Aventuras em Grupo e as Cerimônias de Coroação, ajudando-as a construir a história de amor perfeita. Se fizer seu trabalho direitinho, em nove semanas uma dessas mulheres receberá a Coroa Final, o pedido de casamento, o felizes para sempre.

E talvez Dev esqueça que, no caso dele, felizes para sempre nunca é garantido.

Ele abre seu melhor sorriso de produtor.

— Muito bem, meninas! Está quase na hora de conhecer o Príncipe Encantado! — Um coro estridente enche a limusine, e ele espera as mulheres se acalmarem. — Vou conversar com a nossa diretora. Volto já.

Aproveitando a deixa, uma assistente de produção abre a porta da limusine para ele. Dev sai do carro.

— Oi, bebê — diz Jules com ar condescendente. — Como está?

Ele passa a bolsa transversal sobre o peito.

— Não me trate como criança.

Jules já deu meia-volta e começou a marchar colina acima em direção ao castelo.

— Se não quer ser tratado como criança, acho que não precisa *disso* — ela tira um pacote de Oreo de menta de debaixo do braço — para dar um jeito na sua depressão profunda.

— *Profunda* já é demais. Gosto de pensar que estou mais na beiradinha da depressão.

— E quantas vezes você já chorou escutando a mesma música de fossa do Leland Barlow nas últimas vinte e quatro horas?

— Justo.

Jules bate com o pacote de Oreo no peito de Dev sem perder o ritmo. Então, ela o olha de canto, quase como se estivesse procurando provas da sessão de choro que rolou no chuveiro três horas atrás — e, mais uma vez, no carro em direção ao salão do hotel para buscar as participantes. Ela examina a roupa dele, o tradicional uniforme para a primeira noite de gravação: bermuda cargo com bolsos enormes, camiseta (preta, para esconder as marcas de pizza), e sapatos confortáveis para aguentar doze horas de trabalho.

— Você parece um Kevin James indiano depois da perda de peso.

Ele abre o sorriso charmoso do Dev Divertido e entra na brincadeira. Jules está vestindo um macacão de veludo cotelê por cima de uma camiseta da turnê do Paramore, com seus Doc Martens gigantes, uma pochete no peito ao estilo de uma faixa de miss, e o cabelo volumoso amarrado no coque alto de sempre. Jules Lu é igual a qualquer garota de vinte e quatro anos em Los Angeles, com uma montanha de dívidas da faculdade, se contentando com muito menos do que seus delírios de ser a nova Greta Gerwig.

— Você parece uma pessoa velha e triste num show da Billie Eilish.

Ela mostra os dois dedos do meio para ele, enquanto anda de costas em direção ao portão de segurança. Os dois mostram o crachá para o guarda logo antes de desviarem de um carrinho de golfe levando dois cenografistas. Contornam a grua, que captura imagens a seis metros de altura, e correm para encontrar a primeira assistente de direção, que os recebe com uma pilha de planilhas de produção cor-de-rosa, já revisadas. Dev sempre amou o caos e a magia da primeira noite de gravação.

Jules o traz bruscamente de volta à realidade.

— Você não quer mesmo conversar sobre isso? — ela pergunta.

"Isso", obviamente, significa o término de três meses atrás e o fato de que Dev está prestes a encontrar o ex pela primeira vez desde que dividiram os bens, Ryan ficando com o PlayStation 5, o apartamento e todos os móveis de verdade, e ele com as canecas colecionáveis da Disney e os boxes de DVDs. "Isso" é o fato de Dev ter que trabalhar ao lado de Ryan durante as nove semanas que estão por vir.

Conversar sobre "isso" é a última coisa que Dev quer, então ele enfia três Oreos na boca. Jules inclina a cabeça e o encara.

— Pode contar comigo, tá? Se, tipo... — Mas ela não termina a frase, pois não tem como se comprometer totalmente a oferecer apoio emocional. Em vez disso, Jules recorre às provocações de sempre. — Só me avisa quando estiver pronto para voltar com tudo. Posso arrumar um encontro pra você com pelo menos uns quatro caras lá da academia.

— Ai, meu amor, não precisa fingir que você já pisou numa academia.

Ela dá um soco no braço dele.

— Estou tentando ser uma boa amiga, seu cuzão!

Jules é uma ótima amiga, mas não tem como "voltar com tudo" depois de um relacionamento de seis anos, e só a ideia de namorar de novo faz com que Dev queira voltar rastejando para a cama e ficar lá por mais três meses. Ele não quer ter primeiros encontros esquisitos com gays padrõezinhos e bem-vestidos de West Hollywood, incapazes de enxergá-lo além de seu corpo magrelo, jeans baratos e óculos de grau nem um pouco descolados.

Dev está de saco cheio de primeiros encontros.

— Acho que vou tirar um ano sabático de homens — diz ele para Jules com uma indiferença ensaiada enquanto os dois continuam andando até a Central de Comando. — Focado em apenas roteirizar histórias de amor dos outros.

Jules desvia do caminho para pegar mais cold brew na mesa de café da produção.

— Bem, você vai ter que se esforçar em dobro nessa temporada. Já conheceu o sr. Encantado da vez?

— Não, mas não tem como ser pior do que tudo o que eu vi nas mensagens do grupo.

— É *muito pior.* — Ela bate palmas de um jeito dramático para enfatizar cada palavra. — Ele. É. Um. *Desastre.* A Skylar acha que é do tipo que vai arruinar a temporada. Arruinar a nossa *carreira.*

Dev até se preocuparia se Skylar Jones não fosse sempre tão exagerada na primeira noite de gravação.

— Skylar acha que toda temporada será a última. Duvido muito que o Charles Winshaw consiga estragar uma franquia de vinte anos. E o Twitter já está investindo o bastante no novo elenco.

— Bem, fiquei sabendo que a sessão de fotos promocionais foi péssima. Levaram o cara pra praia e ele quase caiu do cavalo branco.

Dev poderia até admitir que isso não lhe parece *ótimo.*

— Charles não é do meio. Provavelmente ele só precisa de um tempinho pra se acostumar com as câmeras e as luzes. É bem estressante no começo.

Jules revira os olhos.

— Colocar alguém de fora no elenco não vai convencer o público de que essas influencers de Instagram entram no programa em busca de *amor.*

— Elas não são influencers de Instagram! — insiste Dev. Jules Lu revira os olhos mais uma vez. — A *maioria* não é influencer de Instagram. Além do mais, é claro que elas estão aqui por amor.

— E não para promover a linha de bandanas cafonas que elas vão vender na internet depois — rebate Jules. — As únicas pessoas que entram no programa em busca de amor são tão bitoladas pela indústria do casamento e tão convencidas de que o valor de um ser humano está atrelado ao matrimônio que literalmente se convencem de que estão apaixonadas por alguém depois de passarem o total de dez horas juntos.

— Que triste te ver assim, tão jovem e tão cínica.

— Que triste te ver assim, tão velho e tão cheio de idealismo cego.

Ele atira um Oreo na amiga, apesar de ela ter um pouco de razão. Sobre Charles Winshaw, não sobre amor e casamento.

Nos seis anos em que Dev trabalhou na produção de *Para Todo o Sempre*, a nova estrela costumava ser um participante favorito dos fãs que havia sido rejeitado na temporada anterior. Só que, de uns tempos para cá, esse padrão acabou gerando algumas críticas entre os fãs de *Para Todo o Sempre*, que punham em xeque o realismo romântico do programa. Em vez de entrar na competição em busca de amor, algumas pessoas queriam se tornar a próxima estrela. Então, a criadora do programa, Maureen Scott, decidiu trazer alguém de fora para dar uma sacudida no formato.

Charles Winshaw — o enigmático, milionário e gênio da tecnologia com seu inexplicável tanquinho — será bom para a audiência, independentemente de sua habilidade para montar num cavalo.

Dev tira uma cópia da revista *People* de dentro da bolsa. É a edição com o novo astro do programa na capa, e a manchete o SOLTEIRO MAIS DESEJADO DO VALE DO SILÍCIO! estampada de ponta a ponta. Cabelo loiro e ondulado, maxilar forte e covinha no queixo. O Príncipe Encantado perfeito.

Enquanto Dev e Jules se afastam da mesa do café, o sol está começando a se pôr atrás das duas torres do castelo, banhando toda a paisagem com uma luz suave e alaranjada. Fios de pisca-pisca iluminam as árvores como estrelas, o ar tem cheiro de buquês de flores, e tudo é exatamente como os contos de fada que Dev imaginava quando criança.

— É uma merda atrás da outra, Dev! Uma merda sem fim, porra! — Skylar Jones grita assim que eles entram na tenda da Central de Comando. Ela já está na metade de um tubo de pastilhas para azia, o que nunca é um bom sinal tão cedo assim.

— Por que é uma merda sem fim?

— Essa temporada está acabada, destruída e fodida!

— Desculpa se, de alguma forma, já fodemos com tudo antes mesmo de começarmos. — Dev encaixa o ponto no ouvido enquanto Jules lhe entrega um walkie-talkie carregado. — Isso tudo por causa da quase queda do cavalo?

— Bem que eu queria que ele tivesse *mesmo* caído do cavalo — murmura Skylar. — Se ele tivesse sido pisoteado, a gente poderia chamar um dos Jonas Brothers ou aquele irmão Hemsworth mais feinho.

— Acho que todos os Jonas e Hemsworth já são casados.

— Ah, então é por isso que a gente teve que chamar um nerdola constipado?

Dev sabe que não deve rir na cara da chefe. Sendo uma mulher queer e negra, Skylar Jones não se tornou a diretora geral de um reality show daquela magnitude ficando de boa. Quando desenvolveu alopecia antes dos quarenta por causa do trabalho estressante, simplesmente começou a raspar a cabeça.

— Como posso ajudar, Sky?

— Me diga o que você sabe sobre o Charles Winshaw.

— Hum... Charles Winshaw... — Dev fecha os olhos, visualiza as planilhas que ele criou quando preparavam esta temporada, com informações que iam desde histórico profissional até resultados de pesquisa no Google, e cospe os fatos um atrás do outro. — Ele tem o cérebro do Steve Wozniak e o corpo de um herói da Marvel. Se formou no ensino médio com dezesseis anos quando ganhou um concurso de programação e uma bolsa de estudos integral em Stanford. Criou uma startup de tecnologia, WinHan, com seu colega de quarto, Josh Han, antes dos vinte anos. Deixou a empresa aos vinte e seis e atualmente comanda a Fundação Winshaw como um milionário de vinte e sete anos. Já apareceu nas capas das revistas *Time* e *GQ*, mas é conhecido por ser muito reservado, então pouco se sabe sobre seus relacionamentos passados. Porém...

Dev balança os braços. Ele sempre faz isso.

— Baseado no que sabemos, acredito que Charles procura uma mulher entre vinte e cinco e trinta anos, com no máximo um e setenta de altura. Atlética, mas não muito aventureira. Uma mulher pé no chão e ambiciosa, com a vida resolvida e objetivos definidos para o futuro. Inteligente, mas não mais do que ele, apegada à família e extrovertida. Ele vai dizer que está procurando uma mulher determinada e com ótimo senso de humor, mas o que ele realmente quer é uma pessoa fácil de lidar e permissiva, que possa se adaptar sem problemas à vida dele em San Francisco. Considerando esse perfil, já preparei as pastas das participantes com mais chances de chegarem ao top três.

Skylar gesticula para o resto da tenda.

— E é por isso, minha gente, que o Dev é o melhor.

Dev faz uma reverência de brincadeira em direção à mesa de som. Skylar dá um tapinha nas costas dele.

— É o seguinte, Dev. Você vai correr até o portão dos fundos, pegar o Charles no carro dele e levá-lo até a marca certa.

Por mais que Dev adore uma boa correria, principalmente na primeira noite de gravação, ele fica imóvel.

— Mas não é o Ry... quer dizer, não é o produtor do Charles que deveria levá-lo até a marca?

— Você é o produtor do Charles agora. Acabei de mudar sua função. E, a não ser que você queira que o programa seja cancelado, sugiro que pare de ficar aí boquiaberto e seja de fato *responsável* por essa porra.

Dev permanece parado.

— Desculpa, mas não entendi. Eu sou o produtor das concorrentes, e... o Ryan é o produtor do príncipe.

Ryan Parker é bom com a camaradagem entre *manos* e Dev é bom em dar conselhos para mulheres. E, como toda a equipe descobriu recentemente com o término público dos dois durante a festa de aniversário de vinte e oito anos de Dev, eles não são bons um para o outro.

— Só que o Ryan não conseguiu as cenas certas durante a gravação preliminar e foi mandado para a supervisão de produção, e agora você fica com o príncipe. Escuta. — Skylar segura o rosto de Dev com as mãos, desrespeitando quem quisesse ver os memorandos que a emissora enviou recentemente sobre limites do ambiente de trabalho. — Você exerce essa função como ninguém, e precisamos do melhor profissional para lidar com esse cara.

A única coisa que Dev ama mais do que o programa é ser bajulado por causa de suas habilidades como produtor.

— Para essa temporada dar certo, preciso do Dev Que Acredita em Contos De Fada Deshpande orientando o nosso astro. Você faria isso por mim?

Ele não pensa no próprio conto de fada fracassado. Simplesmente diz o que sua chefe quer ouvir.

— É claro que sim.

— Ótimo. — Skylar se vira para Jules. — Pega a pasta do Charles e leva pro Dev. Você será a assistente pessoal dele nessa temporada. Vai ajudá-

-lo a lidar com o Charles. Agora vão, vocês dois. O sol está quase indo embora.

Dev mal consegue aproveitar a expressão de repulsa de Jules ao ser nomeada sua assistente pessoal de produção porque não consegue parar de pensar em ter que ver Ryan pela primeira vez em três meses, bem agora que acabou de roubar o cargo dele.

Não há tempo para ficar remoendo isso. Ele cumpre a ordem que recebeu. É de fato *responsável por essa porra* e desce correndo pelo caminho de pedras até o portão dos fundos, onde uma limusine o espera com o astro do programa.

E talvez isso até seja bom. Talvez seja melhor assim. Dev consegue orientar mulheres de olhos fechados, mas Charles Winshaw será um desafio, o tipo de coisa que exigirá foco total da mente e do corpo, fazendo com que ele se perca no meio dos holofotes e das histórias de amor.

Ele voa em direção à limusine, segura na maçaneta da porta de trás sem pensar duas vezes e, talvez, na empolgação do momento, abre a porta com mais força do que seria necessário, porque o Príncipe Encantado sai rolando de dentro do carro, numa bagunça de braços e pernas até cair de cara no chão, bem aos pés de Dev.

CHARLIE

— A coroa já não é exagero demais?

Maureen Scott não tira os olhos do celular e tampouco dá bola para o que ele está falando.

Charlie está inquieto e desengonçado no banco de trás do carro, com o smoking apertado em seu peito de todos os jeitos errados. Seu corpo já não parece mais seu desde que o submeteram a uma depilação, um bronzeamento e um banho de perfume marcante. O mínimo que poderiam fazer é deixá-lo tirar a coroa para que não fique parecendo um Príncipe William Stripper. Ele chegou a conferir se seu figurino não era daqueles com botões de pressão, feitos para serem arrancados.

(Não é. Porém seu contrato tinha tantas cláusulas sobre nudez que a preocupação acabou se tornando válida.)

Ele olha para a revista apoiada casualmente no banco entre os dois e sente uma dissonância cognitiva ao se reconhecer naquelas fotos. Caso pudesse se ver no espelho agora, sabe que seu rosto estaria suado e vermelho, com rugas de ansiedade nos cantos dos olhos e da boca. Mas o homem na capa da revista não está ansioso por nada. Seu rosto está tranquilo, os olhos amigáveis, e a boca levemente curvada nos cantos. O homem na capa da revista é um desconhecido.

O homem na capa da revista é uma *mentira* — uma mentira que ele terá que viver pelos próximos dois meses. Fez um pacto com o diabo e não pode controlar nenhuma das circunstâncias no momento, mas, no mínimo, pode tirar essa coroa de plástico idiota. Ele leva a mão à cabeça.

— Não faça isso, querido — alerta Maureen Scott, ainda com os olhos grudados no celular.

Apesar do *querido*, suas palavras têm um tom afiado, e sua mão cai, toda molenga, ao lado do corpo. E vamos de coroa, então.

Ou... ele pode saltar do carro em movimento e acabar de uma vez por todas com esse truque de publicidade bobo e sem sentido. Ele tenta abrir a porta, mas está trancada, é claro. Foi considerado fugitivo, e é por isso que a criadora do programa o está escoltando pessoalmente, do estúdio até o set de filmagem.

Dois dias atrás, a equipe de *Para Todo o Sempre* o levou até uma praia, onde a ideia era que ele montasse num cavalo branco para a abertura da série, como o bom Príncipe Encantado que ele deveria ser. Príncipes Encantados já nascem sabendo cavalgar. E definitivamente não têm *medo* de cavalos. Em vez de parecer robusto e másculo, Charlie andava se arrastando, atrasando a produção e fazendo cara feia a cada solavanco desconfortável sobre a sela até que o dia já estivesse escurecendo, deixando todo mundo puto com as gravações. A mulher careca que comandava o set o chamou de "teimosinho do caralho".

O que, sinceramente, até que faz sentido.

Ele tenta se lembrar do que sua agente lhe dissera antes da viagem:

— Você é o Charlie Winshaw, *porra*! Construiu uma empresa bilionária de tecnologia antes de tirar o aparelho dos dentes. É claro que vai dar conta do *Para Todo o Sempre*.

— Mas eu perdi minha empresa — murmurou ele em resposta.

Parisa fingiu não escutar. Ela sabe que ele perdeu. E é por isso que ele está *aqui*. É sua última chance de recuperar tudo.

Charlie se sente esmagado por toda essa pressão e, antes que a ansiedade generalizada se transforme num ataque de pânico colossal, ele repassa sua estratégia para lidar com essas situações: respirar fundo três vezes; contar até trinta em sete idiomas; tamborilando no joelho a palavra "calma" em código Morse treze vezes.

Maureen Scott para de massacrar a tela do celular com os dedões e olha para ele — olha de *verdade* pela primeira vez na noite.

— O que a gente faz com você? — reflete ela, com uma voz tão doce que enjoa.

Charlie quer lembrá-la de que foi *ela* quem o escolheu. Foi ela quem azucrinou a agente dele por meses até que ele topasse participar do programa. Porém, ele fica quieto.

— Você tem que relaxar — diz ela com a voz arrastada, como se mandar alguém relaxar já tivesse resolvido alguma coisa em toda a história da humanidade. O cabelo curto e grisalho de Maureen balança com estilo enquanto ela lança um olhar ameaçador. — O futuro de todos nós depende disso. Você precisa melhorar sua imagem pública, por motivos óbvios. E o programa também. Vê se não fode com tudo.

Charlie adoraria poder provar que não fode com tudo de propósito. Adoraria ser o tipo de pessoa que não-fode-com-nada. Se fosse assim, não precisaria se tornar a nova estrela de um reality show de namoro.

Maureen lança um olhar astuto para ele.

— Muda essa cara de assustado, querido. Você vai sair com vinte mulheres lindas e, quando acabar, vai pedir a que sobrou em casamento. O que há de tão ruim nisso?

O que há de tão ruim em sair com mulheres na televisão quando ele não tinha um encontro de verdade havia dois anos? O que há de tão ruim em noivar de mentira com uma quase desconhecida torcendo pela chance ínfima de que, quando isso acabar, ele possa voltar a trabalhar?

Nada. Nadinha de nada. Charlie se sente ótimo com tudo isso.

Falando nisso, ele provavelmente vai vomitar.

— Quem sabe? — diz Maureen, cheia de graça. — Talvez você encontre um amor de verdade no fim das contas.

Ele não vai. Isso é a única coisa da qual ele tem certeza.

O carro desacelera até parar e Maureen guarda o celular no bolso.

— Agora, quando sairmos daqui, você vai conhecer o Dev, seu novo produtor, e ele vai te explicar como funciona a cerimônia de entrada.

Charlie quer perguntar o que houve com seu antigo produtor, mas o motorista desliga a ignição e, sem dizer mais nada, Maureen sai do carro e desaparece noite adentro. Ele não tem certeza se deveria ir atrás dela, ou apenas esperar no carro como um filhote fofinho até que alguém apareça para puxá-lo pela coleira.

Ele escolhe a primeira opção, se recusando a abrir mão de seu livre-arbítrio enquanto embarca nessa jornada de dois meses pelo inferno televisionado. Então joga o corpo de forma dramática contra a porta... que cede de um jeito bem curioso.

Porque, no fim das contas, alguém do outro lado estava abrindo a porta naquele exato momento. Charlie perde o equilíbrio. Num movimento perfeito, cai de cara nos pés de alguém.

— Merda. Você está bem?

De repente, mãos começam a tocá-lo, o aprumando e o colocando em pé exatamente como um filhote fofinho. As mãos pertencem a um homem alto de pele marrom escura, com um pomo de adão que bate na altura dos olhos de Charlie. Há algo desconcertante em ter que levantar tanto a cabeça para poder ver a outra pessoa. Ele ergue os olhos. Maçãs do rosto pontiagudas, olhos intensos por trás de um par de óculos com armação de acetato e um sorriso discreto na boca. O homem segurando a lapela de seu smoking (Dev?) passa os dedos pelo cabelo de Charlie para ajustar a coroa e aí já é demais.

Toque demais.

Tudo demais, rápido demais.

A ansiedade toma conta do cérebro de Charlie e, em pânico, ele se joga para trás contra a porta do carro para acabar com o contato físico. O novo produtor arqueia a sobrancelha em resposta.

— Nada de toques então, certo?

Ele abre um sorriso torto para Charlie, como se tudo isso fosse uma grande brincadeira.

Toques nunca são uma brincadeira para Charlie. Não é que ele odeie de forma geral, mas prefere um aviso prévio e a presença de álcool em gel. Ele sabe que se meteu num programa onde toques são obrigatórios, então tenta se explicar.

— Pode me tocar onde quiser — começa ele.

E então, percebe que não se expressou muito bem quando as sobrancelhas do homem vão parar lá no alto.

— Peraí, não, o que eu quis dizer foi... tudo bem você me tocar, mas se der para... hum... será que daria para você lavar as mãos antes? Não que eu ache que você seja sujo. Aposto que você é superlimpo. Quer dizer, pelo cheiro você parece limpo, mas eu tenho um problema com germes, então, se puder, me avisa antes? Antes de me tocar?

É por isso que Charlie nunca tenta se comunicar verbalmente com um desconhecido. Num primeiro momento, o produtor o encara, quieto e boquiaberto. Depois...

— Não! — diz ele com firmeza. — Volta pro carro.

Dev abre a porta e chuta as pernas de Charlie com a ponta de seu All Star. A entrada de Charlie no carro é tão graciosa quanto foi sua saída dois minutos antes. Ele tenta se arrastar de costas para abrir espaço para o homem muito alto que agora está com metade do corpo em cima dele.

Dev pede para que o motorista saia do carro.

— Desculpa — diz Charlie.

Pedir desculpas sempre lhe parece uma boa ideia quando ele não entende uma situação social, e ele não faz a menor ideia do que está acontecendo agora.

— Por favor, *pare de falar*! — Dev enfia a mão numa bolsa transversal enorme e pega um potinho de álcool em gel de cor verde. Ele passa nas mãos, e Charlie se sente estranhamente comovido com o gesto. Então, ao perceber que o álcool em gel significa *mais toques*, fica estranhamente desesperado com o gesto.

— Chega mais — ordena Dev.

— Ahn...

— Rápido! Chega mais perto!

Charlie se inclina e este completo desconhecido passa a mão em volta do corpo dele e puxa a parte de trás da camisa para fora da calça, fazendo-o sentir os dedos quentes deslizando sobre a pele. E, sim, nas últimas semanas ele já aprendeu que as pessoas de Los Angeles têm problemas muito sérios com espaços pessoais e corpos nus, mas Charlie não é uma "pessoa de Los Angeles". Não está acostumado a ser apalpado dentro de carros por homens usando shorts beges horrorosos.

Enquanto tateiam o cinto com um microfone bege que foi colocado em Charlie no estúdio, os dedos de Dev espetam o rapaz como agulhas. Depois de quinze desesperadores segundos, durante os quais Charlie conta os segundos pronunciando a palavra Mississippi para não perder o controle, Dev se afasta e recosta no banco oposto do carro. Charlie finalmente relaxa.

— Puta merda, cara. Estava ligado.

— O *quê*?

— Seu *microfone.* — Dev aponta para a parte solta da camisa de Charlie e depois para o próprio fone de ouvido, onde alguém provavelmente está gritando coisas. — Alguém deixou seu microfone ligado mais cedo, e agora você está numa área com alcance do receptor. Tome muito cuidado com microfones ligados. Considere isso a primeira lição do seu novo produtor: qualquer coisa que você disser pode ser tirada de contexto. Seu monólogo sobre deixar que eu te toque onde eu quiser pode muito bem ser aproveitado numa cena bem diferente.

— Ah. — De repente, Charlie se lembra de que é junho no sul da Califórnia e, sem o ar-condicionado, ele está suando. — Certo. Beleza, tudo bem. Isso aí. Desculpa.

A um metro de distância, seu novo produtor o analisa meticulosamente por detrás dos óculos. Charlie mantém contato visual por *um Mississippi, dois Mississippi*, e depois olha para baixo, nervoso, enquanto ajusta as abotoaduras.

— Você se machucou? Quando caiu do carro? — pergunta Dev delicadamente. — Parece que você está com dor.

— Ah. Hum, não.

Dev abre a bolsa novamente.

— Tenho alguns analgésicos, pomada, band-aids. Do que você precisa?

— Na... nada — murmura Charlie. — Estou bem.

Dev está equilibrando um kit de primeiros socorros completo nos braços.

— Mas seu rosto está todo franzido, como se você estivesse sentindo dor.

— Hum. Esse é o meu rosto. De sempre.

Ao ouvir isso, Dev joga a cabeça para trás e ri. Uma das maiores falhas na vida de Charlie é sua incapacidade de entender se alguém está rindo *com* ele ou *dele*. Nove de dez vezes, é a segunda opção.

— É tão confuso — reflete Dev com um tom que faz Charlie quase acreditar que o produtor está rindo com ele. — Porque você parece um cara naqueles comerciais de perfume caro, mas está agindo como um cara naqueles comerciais de remédio pra dor de estômago.

— Eu consigo ser esses dois caras ao mesmo tempo.

— Mas, neste programa, não pode. — Dev pega a revista *People* no banco do carro e aponta para o rosto que estampa a capa. — Para que tudo dê certo, você precisa ser *esse* cara na frente das câmeras.

Charlie encara sua versão "capa de revista", tentando encontrar um jeito de se explicar. *Não sou esse cara. Não sei como ser esse cara. Vocês cometeram um erro gigantesco.*

— Eu...

A porta do carro atrás de Dev se abre. Com bastante facilidade, ele consegue não cair.

— Dev! O que você está fazendo aqui, porra? Já estamos atrasados e a Skylar vai nos rebaixar pra equipe de recrutamento se não levarmos o príncipe pra porra do lugar certo agora, caralho!

A mulher pequena de boca suja estende a mão para Charlie.

— Jules Lu. Prazer em te conhecer, sou sua assistente de produção. Meu trabalho é fazer com que você esteja sempre no lugar certo, na hora certa. E você não está no lugar certo agora.

— Desculpa. — Charlie encara a mão dela, mas não a cumprimenta. — Hum, você... prazer em te conhecer.

— Ele acha que isso é uma frase? — Jules pergunta para Dev. — Jesus amado, estamos ferrados.

Jules puxa Dev para fora do carro, e Dev puxa Charlie para fora do carro, e qualquer pergunta que Charlie pudesse fazer para Dev é engolida pelo caos ao redor. Eles sobem por uma trilha em direção ao set, que é feito para parecer um conto de fada. O castelo reluz à distância e o apresentador do programa, Mark Davenportt, espera em frente a um chafariz todo enfeitado. Pisca-pisca, flores e carruagens a cavalo iguaizinhas às da *Cinderela*, copiadas na caradura.

O lugar *deveria* parecer um conto de fada, mas o castelo não passa da casa de um milionário em Pasadena, e há membros da equipe vestidos de preto, gritando e fumando cigarros eletrônicos. Mark Davenportt grita com uma de suas assistentes por causa de kombucha até fazê-la chorar.

Então, tipo, não é *exatamente* como o Walt Disney imaginou.

— Fica aqui pra mim — Dev aponta para um pequeno *x* de fita adesiva no chão e alerta Charlie antes de mais uma vez passar as mãos em volta de sua cintura para conectar o microfone. Charlie fica tenso. É isso. Não tem como desfazer, não dá para voltar atrás, muito menos se esconder. Se ele começar a repensar tudo o que aconteceu no ano passado e todas as coisas que o trouxeram até aqui, a este ato de desespero, ele sabe que não vai conseguir se segurar.

— Lembre-se — diz Dev, baixinho e perto do ouvido dele. — Todo mundo na Central de Comando consegue te ouvir agora.

Charlie engole o nó que se formou na garganta.

— Você parece desesperado.

— Ah, deve ser porque *estou* desesperado.

— *Microfone.*

— Eu estou... hum... desesperadamente feliz de estar aqui.

— *Muito* convincente. Você nasceu pra isso.

Charlie sorri contra sua vontade, e Dev explode de entusiasmo.

— *Isso!* Isso! — Ele forma um quadrado com os dedos e fecha um olho, como se estivesse enquadrando uma fotografia. — Assim mesmo! É assim que você tem que sorrir na frente das câmeras.

Infelizmente, o sorriso de Charlie murcha assim que Dev puxa toda a atenção para ele.

— Bem, agora parece que você vai vomitar.

— Eu provavelmente vou.

— Você não vai vomitar! Está prestes a conhecer vinte mulheres que estão aqui com você numa aventura em busca do amor! — Dev parece acreditar que isso é uma situação maravilhosa, como se todos os sonhos de Charlie dignos de contos de fada estivessem prestes a se realizar. Como se Charlie tivesse sonhos dignos de contos de fada. — Vai ser incrível!

Dev esquece da regra sobre avisar-antes-de-encostar e segura os bíceps de Charlie, um toque que atravessa queimando as camadas do terno. Charlie não sabe muito bem o que está acontecendo com seu corpo no momento, mas não é coisa boa. Talvez seja algo muito, muito ruim.

Dev se aproxima ainda mais. O hálito quente na bochecha de Charlie. O produtor tem cheiro de açúcar, chocolate e mais alguma coisa que Charlie não consegue identificar.

— Sei que você está meio assustado agora, mas, quando tudo isso acabar, você vai encontrar o *amor* — sussurra Dev. — Daqui a nove semanas, você terá uma *noiva*.

E é neste momento que Charlie vomita de verdade, bem em cima de Dev.

DEV

Os tênis dele estão cobertos de vômito.

Já é de praxe, os sapatos de Dev estão sempre cobertos de vômito na primeira noite de gravação, mas em geral acontece no fim, não no começo, e normalmente o vômito pertence a uma participante que bebeu demais, e não ao próprio Príncipe Encantado.

Mas, até aí, Charles Winshaw não é nem de longe a definição de Príncipe Encantado, independentemente do quanto ele se pareça com o personagem. E ele se parece muito mesmo. Ombros largos, com o smoking justo marcando o porte musculoso. Nariz reto, maxilar quadrado e muito gentil — foi a gentileza que pegou Dev desprevenido quando Charles caiu da limusine. Todos os homens que participam do programa são bonitos. Mas nenhum deles é gentil.

Além disso, nenhum deles nunca foi *tão bonito*. De certa forma, Charles Winshaw é o homem mais bonito que Dev já viu na vida, mesmo com vômito cobrindo sua covinha no queixo. Mesmo com todo o papo sem noção. Mesmo todo suado de nervoso.

(Talvez especialmente por estar todo suado de nervoso.)

— Eu... eu sinto muito, muito, muito — gagueja Charlie.

Qualquer chateação que Dev sentiu por causa do vômito desaparece quando ele encara os olhos enormes de Charles Winshaw. Ele parece um filhote de passarinho assustado. Um passarinho de cem quilos com ansiedade crônica e uma fobia intensa de germes que não consegue pronunciar uma frase inteira.

Um homem da cenografia aparece com uma mangueira para limpar o vômito da calçada como quem não quer nada e espirra um jato d'água em Dev, o que, levando em conta o rumo da noite até o momento, é bem normal.

— Eu... sério... sinto muito — diz Charlie de novo, enquanto a equipe de maquiagem aparece para dar um jeito no rosto dele num piscar de olhos.

Limpam o vômito do queixo dele, ajustam as luzes e, de algum lugar na escuridão, o assistente de direção principal grita:

— Última checagem, por favor!

Esteja Charles pronto para se tornar o Príncipe Encantado ou não.

Ele com certeza não está. Parece pálido e doente, e Dev quer ficar ao lado dele, mas o assistente de direção manda todo mundo para as suas marcas e Dev salta pra fora da câmera no último segundo.

Gravando! O som dos cascos de cavalo batendo sobre o chão de pedra molhada preenche o set silencioso, e então a carruagem surge, dando a volta no chafariz onde Charles está à espera. A câmera um mantém o foco em Charles, enquanto a câmera dois filma a porta se abrindo. Uma mulher de vestido azul sai da carruagem: olhos grandes e azuis que combinam com o vestido, cabelo cacheado e loiro bem claro, corpo esguio. Ela abre um sorriso tímido ao ver Charles, com um pingente de cruz no decote profundo.

Seu nome é Daphne Reynolds, e ela é a ex-miss que estava na limusine de Dev. É claro que Maureen a enviou na primeira carruagem. Falando sério, é como se alguém tivesse colocado o algoritmo de vencedora de *Para Todo o Sempre* numa impressora 3-D. Dev teve acesso ao arquivo dela e sabe que Daphne é formada na faculdade *e* filha de pastor, o que a torna perfeita para o enorme público conservador do programa, sem desagradar o público ainda maior de feministas, que dizem assistir "ironicamente".

— Oi — diz Daphne, com o salto alto tilintando sobre as pedras.

Charles não responde. Ele fica parado em frente ao chafariz, com os braços firmes e desengonçados e, talvez, desatracados do resto do corpo, sem reagir à mulher linda que se aproxima. Nenhum sorriso. Nem uma centelha de desejo.

Talvez em resposta à indiferença dele, Daphne hesita ao se aproximar. Ela saltita, para e por um momento parece estar contemplando a ideia de pular o portão. Ela continua com mais um passo adiante e seu salto prateado pisa na barra do vestido ou em uma pedra especialmente molhada, e Daphne escorrega, caindo para a frente em direção ao muro imóvel e estoico que é Charles Winshaw. É um primeiro encontro quase perfeito — embora diferente do que geralmente acontece no programa —, só que, em vez de estender o braço para segurar Daphne, Charles salta para trás quando a moça toca no seu peito. Ela consegue recuperar o equilíbrio sem a ajuda dele.

— Para! *Para!* — grita Skylar. A diretora sai da tenda da Central de Comando e entra em cena, embora as câmeras nunca parem de gravar em *Para Todo o Sempre.* — O que é isso? Como duas pessoas atraentes conseguem ser tão *não* atraentes juntas? Chega a ser ofensivo! Vamos de novo!

O produtor de Daphne a conduz de volta para a carruagem, e eles gravam a cena da porta se abrindo. Desta vez, ela não tropeça, mas Charles parece desinteressado e eles se cumprimentam como se estivessem numa reunião de condomínio. Então, filmam a cena de novo. E de novo. Na quinta tomada, Jules está se enfiando dentro do macacão de tanta vergonha alheia. Charles parece que vai vomitar de novo por causa do estresse, e Skylar está gritando profanidades nos fones de ouvido de toda a equipe.

Dev precisa fazer alguma coisa antes que essa temporada seja *de fato* uma merda monumental. Ele acena diante da câmera para chamar a atenção de Skylar na Central de Comando e pede uma pausa de cinco minutos. Então, atravessa correndo o pátio em direção à primeira limusine, onde as participantes esperam sua vez na carruagem.

— Olá, meninas! — anuncia ele enquanto entra no carro. — Como estão as coisas por aqui?

Elas ainda têm champanhe para mais duas horas na limusine, servido pelo novo produtor, Kennedy, que parece levemente surpreso com a promoção repentina e inesperada. As mulheres gritam e comemoram em resposta. Parecem estar no meio de uma festa. Dev logo lamenta o fato de não poder mais passar as próximas nove semanas ao lado dessas mulheres incríveis.

— Desculpa ter abandonado vocês, mas me botaram para trabalhar com o Príncipe Encantado. Ele está um pouquinho nervoso para conhecer tantas mulheres lindas.

Um *awww* coletivo toma conta da limusine. *Perfeito.*

— Acho que ele precisa da ajuda de vocês para se soltar.

Dev se vira para Angie Griffin, a estudante de medicina e a próxima a embarcar na carruagem. Angie tem o rosto perfeito, em forma de coração, emoldurado por um lindo cabelo afro, e ostenta um sorriso malicioso, que a torna a candidata perfeita para ajudar o nerdola a relaxar.

— Estou pensando no seguinte: Angie, e se você for lá e fizer ele dançar um pouquinho?

Dev sacode os ombros para demonstrar.

Angie parece ponderar o risco em potencial de se humilhar na tv aberta e a emoção de dançar com Charles Winshaw, então vira o resto da taça de champanhe.

— Vamos nessa! — diz ela empolgada, e Dev sabe que será perfeito. Primeira parte: resolvida.

Ele sai da limusine e corre de volta para Charles, para resolver a segunda parte.

— Vou te tocar de novo — avisa Dev e, pelo amor de Deus, Charles fica *corado* quando Dev ajusta seus cachos loiros sob a coroa. Dev não consegue imaginar como o Príncipe vai sobreviver sendo apalpado pelas mulheres por nove semanas. — Beleza. Preciso que você incorpore o cara agora.

— Incorporar o cara? — Charles repete cada palavra lentamente, enrolando as sílabas na língua. Dev observa a boca dele se mover, o jeito como ele pressiona a língua por trás dos dentes muito brancos e muito certinhos. Dev delicadamente se lembra de que é melhor parar de encarar a boca deste homem.

— Sim. O cara do comercial de perfume. Igual a quando você precisava se apresentar para multidões na WinHan. *Incorpore esse cara.*

A expressão de Charles até seria engraçada se não fosse tão patética, e se esse homem não estivesse arriscando arruinar o programa inteiro.

— Você consegue — diz Dev, sem provas ou evidências de que ele consegue. Mas ele é bom em incentivar as coisas que outras pessoas deixariam quieto sem pensar duas vezes. — Eu acredito em você.

Dev sai do campo de filmagem das câmeras.

Quando sai da carruagem alguns minutos depois, Angie samba em direção a Charles, que não parece apavorado ao vê-la. Ele a deixa pôr a mão em seu quadril, guiando-o com passos de tango pelo pátio, e sorri genuinamente para as câmeras. É o suprassumo da TV. Pelo fone de ouvido de Dev, Skylar parece satisfeita.

Depois disso, Charles relaxa um pouco mais a cada mulher que aparece. Quando as participantes tomam decisões ousadas na hora de entrar, tipo vestir uma fantasia de canguru por ser australiana ou usar uma barriga falsa de grávida porque quer ser a mãe dos filhos dele, Charles leva tudo numa boa. Passa por todas as vinte carruagens sem vomitar de novo, e todos ficam impressionados com as habilidades de Dev, porque pelo visto as expectativas já eram bem baixas.

— Você está indo bem pra caralho! — Dev diz a ele assim que a equipe leva as câmeras para dentro, onde Charles dará um discurso de boas-vindas para as mulheres. Charles cora e sorri para os próprios pés em resposta, como se aquilo fosse a coisa mais gentil que alguém já tivesse dito para ele.

Por um segundo, Dev teme que essa *seja* a coisa mais gentil que alguém já disse para Charles Winshaw. Ele se aproxima para arrumar o cabelo de Charles.

— E aí? Por essas primeiras impressões, qual mulher faz mais seu tipo?

Charles desvia dos dedos de Dev.

— Hum, nenhuma?

Dev sente uma pontadinha de raiva no peito.

— E a Daphne? Vocês dois são tímidos e meio... desengonçados.

— Qual é a Daphne mesmo?

— Vestido azul. Da primeira carruagem. Nós filmamos a cena *cinco vezes*.

— Ah... eu... — Fim da frase.

Uma operadora de câmera está por perto e Dev abaixa o tom de voz.

— Não vou poder te orientar se não souber o que você procura numa parceira.

Em resposta, Charles dá um passo elegante para o lado, que quase o faz cair de cara em cima de uma suculenta.

— Parceira? Com uma mulher *daqui*? M-mas... quer dizer, eu não... Não é por isso que eu... esse programa é todo *armado*.

A pontadinha de raiva se transforma num incêndio de fúria dentro de Dev.

— Como assim *armado*?

As sobrancelhas dele estão cerradas em confusão.

— Quer dizer, o programa... não trata de *amor*.

Charles Winshaw está ali parado na sua frente, mas tudo o que Dev vê é Ryan seis anos atrás, quando Dev entrou para a equipe logo depois de ter se formado na Universidade do Sul da Califórnia. Ryan Parker: jaqueta de couro, cabelo escuro caindo nos olhos, a apatia em pessoa.

— *Esse programa não tem a ver com amor* — disse Ryan enquanto mostrava o castelo para Dev. — *Não estamos aqui para ajudar pessoas a viverem felizes para sempre. Estamos aqui para ajudar Maureen Scott a produzir entretenimento interessante.*

E Dev já estava tão apaixonado — por Ryan, pelo programa e pela ideia de estar por trás das câmeras, fazendo aquelas histórias ganharem vida — que tudo o que conseguiu dizer foi:

— Não há nada mais interessante do que o amor.

Ryan nunca o iludiu. Isso Dev pode admitir, inclusive agora. Desde a primeira noite que passaram juntos, Ryan avisou que não acreditava em alma gêmea nem em contos de fada, tampouco em amar uma única pessoa para sempre. Sabendo de tudo isso, Dev jogou fora seis anos com um homem que o avisara desde o início exatamente como a história de amor dos dois iria terminar.

Agora Dev vai jogar fora nove semanas com outro homem que acha que o programa é armado. Ele está prestes a viajar pelo mundo com um homem que não está aqui em busca de amor; está prestes a passar cada minuto ao lado de um homem que claramente só está aqui para suprir as próprias necessidades, tirando proveito das expectativas românticas de vinte mulheres.

Neste programa, neste mundo, o felizes para sempre deveria ser garantido a todos.

Então, como lidar com o fato de que Charles Winshaw não quer ser feliz para sempre?

CHARLIE

Ele não sabe muito bem como fez para ir de "bem para caralho" para "descaralhando a coisa toda", mas dá para notar na expressão de Dev. Charlie não entende.

Ele acabou de conhecer vinte mulheres e esqueceu o nome das vinte mulheres, e não tem muita capacidade mental para compreender nada além do fato de que seu terno está, por algum motivo, coberto de glitter.

Charlie até considera pedir desculpas mais uma vez, mas Dev sai batendo o pé em direção à enorme tenda branca do outro lado do set. Jules se aproxima, com o coque balançando para cima e para baixo feito um pomo de adão.

— Vamos, Charles. Vou te levar lá pra dentro, é hora do seu discurso de boas-vindas para as mulheres.

Ele tenta não pensar muito no que fez para deixar Dev irritado. Naturalmente, ele pensa sem parar.

Pensa durante o discurso genérico que seu ex-produtor escreveu para ele, sobre como ele está "empolgado para a aventura em busca do amor" e como "tem certeza de que sua futura esposa está no salão". Continua pensando enquanto as câmeras se movem novamente para as gravações do momento de descontração. Então, uma mulher loira o pega pelo pulso e Charlie não consegue pensar em mais nada que não seja o toque indesejado.

— Posso te roubar um minutinho? — murmura a mulher. Ele acha que o nome dela é Megan. Ela o puxa e o arrasta para fora do pátio. Charlie ouve a produção sussurrando para as participantes enquanto eles passam.

— Nossa, que desespero da parte dela.

— Parece que *alguém* está aqui para vencer.

— Você é muito mais bonita do que ela.

Megan o arrasta até um banco pequeno ao lado da piscina, onde as câmeras já estão a postos. Ela se senta bem perto de Charlie, toda cheia de toques sem permissão, enquanto sussurra qualquer baboseira no ouvido dele sobre o canal no YouTube onde ela publica vídeos de exercícios. As pessoas sempre lhe disseram que ele tem péssimas habilidades sociais (geralmente durante demissões, términos e compras no supermercado), mas Charlie não é *tão* perdido assim. Ele tem noção do efeito que sua aparência provoca em algumas pessoas. Especialmente mulheres. Especialmente *esta* mulher, que está alisando sua coxa sem parar.

Ele cerra o maxilar e tenta se concentrar nas histórias dela sobre trabalhar como técnica de bronzeamento artificial em Tampa até os dois serem interrompidos por outra loira, que chega para acusar Megan de estar roubando o tempo de Charlie. Num piscar de olhos, as duas mulheres estão aos gritos. Ele tenta apaziguar a tensão inesperada, mas logo descobre que nada daquilo é *inesperado*, e sim planejado cuidadosamente pelos produtores com fones de ouvido, provocando as mulheres a criarem estas pequenas picuinhas.

Alguns momentos não são tão ruins. Charlie conversa com uma engenheira de software chamada Delilah, que começa uma discussão de brincadeira sobre espaços versus tab na hora de programar, e pela primeira vez na noite ele sente que sabe o que está acontecendo. Uma mulher chamada Sabrina conta histórias interessantes sobre seu blog de viagens. Em certo momento, enquanto tenta desviar de uma mulher muito determinada que não para de pegar na bunda dele, Charlie encontra Daphne (a primeira a sair da limusine, ele se lembra agora) e Angie (a mulher que dançou com ele, impossível de esquecer) dividindo uma garrafa de vinho atrás de um gerador de energia. Educadamente, elas lhe oferecem o último gole de pinot e avisam que metade dos botões da sua camisa estão abertos, o que é muito gentil.

Logo são duas da manhã, e ele sente uma dor de cabeça implacável, indigestão e uma pontada de ansiedade se espalhando pelo peito. E, pior, sente uma certeza terrível de que aquilo foi um erro. Charlie nunca deveria ter se iludido a ponto de achar que conseguiria lidar com um programa desses. Nunca deveria ter deixado Parisa convencê-lo de que esta seria a jogada ideal.

Ele vai desistir — pagar do próprio bolso o prejuízo da produção. Sim, o país inteiro vai saber dos boatos sobre Charles Winshaw surtando num reality show. Sim, ele nunca mais conseguirá trabalhar com tecnologia. Mas talvez seja melhor assim. Talvez seja melhor se esconder numa cabana nas montanhas de Serra Nevada, longe de qualquer outro ser humano. Ele pode até aprender a fazer esculturas de madeira!

— A pior parte já está quase acabando — Jules o tranquiliza durante um intervalo, enquanto lhe entrega uma garrafa d'água. Outra mulher arruma o cabelo dele. Dev, ele percebe, desapareceu.

— Só falta conversar com mais uma participante — continua Jules. — E depois você precisa escolher quatro mulheres para eliminar na Cerimônia de Coroação.

Charlie quer contar para Jules sobre seu plano de se *auto*eliminar na Cerimônia de Coroação, mas nesse momento ela já o está levando até o lugar que os cenografistas arrumaram para o encontro com Kiana. Eles conversam por um minuto antes de Charlie notar um homem branco e corpulento, com músculos fortes e tatuagens no pescoço, se aproximando dos dois. Logo atrás, duas câmeras e dois seguranças.

Kiana acompanha o olhar de Charlie, com uma expressão de surpresa e pavor tomando conta de suas feições simétricas.

— Meu Deus. Não.

— Que porra é essa, vagabunda?

— O que está acontecendo? — pergunta Charlie, talvez para o homem gritando termos assustadoramente ofensivos, talvez para Kiana, alvo dos gritos, talvez para as câmeras, para a equipe ou para as participantes paradas em meia-lua que se juntaram para assistir à cena.

— É você que está pegando minha namorada? — o homem urra enquanto aperta o dedo contra o peito de Charlie.

Primeiramente: *Ai.*

Segundamente: Kiana namora *e eles trouxeram o cara até aqui para gritar com ela?* E, pior, ninguém está fazendo nada para impedi-lo. Quatro câmeras e ninguém interfere quando o homem empurra Charlie mais uma vez.

— Roger, não é culpa dele! — grita Kiana.

— Cala a boca, vagabunda!

Alguma coisa naquele "vagabunda" sendo dito pela segunda vez engatilha um pânico dentro dele, e Charlie se sente à beira de um ataque. E ele não pode ter um ataque agora. Não na frente de todas as câmeras. Não quando ele veio até aqui só para provar ao mundo que é o tipo de homem que não tem gatilhos nem ataques, o tipo de homem que nunca perde a cabeça, que mantém a compostura e aguenta a pressão.

Charlie olha para Kiana, cuja expressão é uma mistura de tristeza e vergonha. A única coisa mais potente que o ataque de ansiedade pulsando em seu peito é sua indignação. Ele se vira para o namorado.

— É inaceitável que você fale com ela desse jeito — diz Charlie.

Ou pelo menos é o que ele *pretendia* dizer, antes de ganhar um soco na cara e não dizer nada.

DEV

— Me põe de volta com as participantes.

— Dev...

— Por favor, Sky. *Por favor*. Não posso passar as próximas nove semanas atrás daquele homem. Ele é frio e todo estranho, e disse que o programa é *armado*.

Skylar manda a câmera um mudar de direção para que o público não veja como Charlie parece entediado ao conversar com Kiana; só depois, ela se vira para Dev.

— O programa *é* armado.

— É *produzido*. Claro, nós organizamos algumas coisas, criamos os ingredientes perfeitos para o romance, mas as pessoas se apaixonam de verdade. — Dev aponta para o monitor, onde Charles está bocejando. — Ele não veio aqui em busca de amor.

— Odeio ter que te dizer isso, mas a maioria das suas garotas também não.

— Minhas *mulheres* são seres humanos decentes. Diferente do Charles.

Dev achou que Charles tinha certa doçura, mas claramente achou errado.

Skylar manda ver mais um antiácido.

— Você sabe que é o melhor produtor da equipe.

— Se sou o melhor, não é justo eu ter que lidar com esse tonto teimoso.

— Dev, não fui eu quem quis te colocar para trabalhar com o príncipe, então, se está insatisfeito com seu novo cargo, converse com a Maureen e... *que porra é essa?*

A câmera três cortou para um assistente de produção e um segurança escoltando o que parece ser a masculinidade tóxica em carne e osso.

— Quem *diabos* é ele? Quem trouxe esse homem para o meu set?

As respostas ficam óbvias quando o estranho confronta Kiana e Charlie. Kiana tinha um namorado e Maureen o trouxe para o set.

— *Merda.*

Dev sai correndo da tenda da Central de Comando, descendo pela calçada desnivelada até o lugar onde Maureen coordena a cena com outro produtor.

— Corta! Essa cena precisa acabar agora! Charles não está pronto para isso! Você precisa tirá-lo de lá.

— Relaxa — diz Maureen Scott, dispensando Dev com as mãos. — Os Estados Unidos adoram um homem que sabe revidar. O nosso príncipe pode acabar nos surpreendendo.

— De boa, D. — diz o outro produtor, porque o outro produtor é Ryan, com seu novo cargo de supervisão. O ex de Dev está em pé ao lado de Maureen e, como sempre, parece uma combinação misteriosamente atraente de roqueiro com riquinho que coleciona iates. O visual de Ryan inclui calças cáqui justas, docksides, uma camisa de flanela amarrada na cintura e o cabelo castanho amarrado em um coque firme. A visão atinge Dev com tudo em seu plexo solar.

Ele passou semanas agoniado porque teria que rever Ryan. Ensaiou uma reação em que soasse distante e inabalável, o mesmo Dev Divertido de sempre, tranquilo. Ainda assim, claro que é Ryan quem consegue parecer casual e indiferente, enquanto Dev sai como frenético e emotivo. Ryan Parker: sempre capaz de fazer Dev se sentir ridículo por se importar. Do outro lado do set, o namorado começa a cutucar o peito de Charles e a gritar ofensas misóginas.

— Isso vai bombar a audiência — diz Ryan com frieza, se recusando a olhar para Dev. — E os seguranças estão fora de cena.

Mas Dev sabe que os seguranças só separam uma briga depois que ela já começou, sem impedir que o suprassumo televisivo aconteça. Por mais que ele ainda esteja irritado com Charles e com sua nova função, violência não faz parte do conto de fada de Dev. Ele está a dois segundos de entrar no set, mesmo que isso signifique estragar a tomada. O programa até tem permissão legal para usar qualquer gravação em que ele apareça por acidente, mas os produtores não devem entrar na frente das câmeras. Ainda assim, Dev está prestes a ir com tudo quando uma mão segura seu cotovelo. É Ryan, prevendo sua atitude.

— Deixa rolar, D.

Então Dev deixa rolar e, graças a Ryan Parker, ele observa Charles Winshaw levando um soco na câmera a dez metros de distância.

Porque Dev *realmente* não consegue ler as pessoas.

— A boa notícia é que ele não quebrou o nariz — a médica do set anuncia para um camarim cheio de produtores e câmeras. Charles está sentado sobre uma mesa com sangue na camisa e dois chumaços de algodão enfiados nas narinas. — A má notícia é que com certeza isso vai virar um hematoma e ele precisa ficar aqui até o sangramento parar.

— Merda — grita Skylar. — Já estamos atrasados. A Cerimônia de Coroação deveria ter começado há dez minutos!

A médica encara Skylar.

— O que não é tão importante quanto a saúde dele, claro — Skylar se corrige. — Vou adiantando algumas cenas com as participantes que já estão prontas.

Skylar sai da sala passando por dois câmeras enquanto Maureen se esgueira em direção ao Charles.

— Olha só, querido, espero que você não pense que nós trouxemos aquele homem para o set.

Com certeza trouxeram.

— Ele apareceu aqui do nada, exigindo falar com a Kiana. Não tínhamos ideia do que ele iria fazer.

Ah, mas com certeza sabiam.

Maureen apoia as mãos com unhas bem-feitas no ombro de Charles.

— Sinto muito por tudo isso.

Ela não sente nada, nadinha de nada.

Ryan tinha razão: uma briga física na primeira noite vai bombar a audiência. Dev nem consegue culpá-la; Maureen Scott só está fazendo seu trabalho. A única coisa que o público quer mais do que um final feliz é drama.

Charles não responde, e Maureen recolhe a mão enquanto se vira para a médica.

— Dez minutos?

— Dez minutos deve ser tempo o bastante para estancar o sangramento, mas...

— Dez minutos — repete Maureen com firmeza antes de seguir Skylar porta afora.

A médica entrega duas compressas frias para Charles e uma caixa de analgésicos para Dev.

— Mantenha a bolsa de gelo no local por dez minutos, depois pode tirar o algodão e dê a ele seiscentos miligramas disso aqui.

Com a saída da médica, Jules aproveita a oportunidade para botar os câmeras e o resto dos membros da equipe para fora. Então, Dev fica sozinho com a estrela que ele odeia no programa que ele ama, incerto de como proceder. Charles tem uma compressa gelada sob cada olho, e algodões cheios de sangue pendurados no nariz.

— Você está ridículo.

Aparentemente, é *assim* que ele irá proceder.

— Bem, e você está com cheiro de vômito — rebate Charles.

— Culpa de quem mesmo?

Charles tenta sorrir, mas a dor transforma sua expressão numa careta. Ele afasta as compressas geladas do rosto, revelando os hematomas que já começam a se formar sob os olhos.

— Você também vai tentar me convencer de que a Maureen não pagou para trazer aquele homem até o programa?

— Ela não precisou pagar — explica Dev. — Homens como ele aparecem no programa de graça.

Charles parece machucado, o que é meio que sua expressão padrão, já que os olhos ocupam noventa por cento de seu rosto. Eles são como nuvens cinzentas de chuva, da cor do céu durante as tempestades da Carolina do Norte que fizeram parte da infância de Dev. Charles lambe os lábios de nervoso.

— Eu te deixei chateado ou...?

— Você disse que o programa é armado. — As palavras saem mais amargas do que Dev previa, e ele morde os lábios. Gritar com Charles não vai ajudar em nada. Além do mais, Skylar tem razão. Dev é o melhor. A não ser que a direção queira que essa temporada seja uma sequência de tomadas desconexas do príncipe levando surras literais e metafóricas, Dev precisa intervir.

Ele respira fundo.

— Sei que muitas pessoas acreditam que o programa é armado, mas eu não. Acho que, se você se abrir para o processo, pode encontrar amor de verdade nas próximas nove semanas. Eu posso te ajudar a encontrar o amor.

Charles balança as pernas, que não chegam a alcançar o chão e ficam pendendo na beirada da mesa.

— Na verdade, não estou à procura do amor.

— Então o que você veio fazer nesse programa?

— Aparentemente, levar um nocaute na frente de vinte milhões de telespectadores.

Isso arranca uma risada de Dev. Charles tenta sorrir de novo. Dessa vez, dá certo e *puta merda*. Ele até que é fofo. Metade das mulheres já deve estar apaixonada por ele.

— Não se preocupe — diz Charles, se encolhendo. — Não vou ser a estrela por muito tempo.

Dev atravessa a sala e fica a dois passos de Charles.

— Como assim?

— Eu... eu achei que conseguiria dar conta disso, mas estava errado. A Maureen pode encontrar um substituto.

— Não pode, não. Já divulgamos sua participação para o público.

— Posso pagar pelo prejuízo.

— Pode pagar milhões de dólares depois que a emissora te processar por quebra de contrato?

— Quer dizer... — Charles parece levemente envergonhado. — Sim, provavelmente.

Dev leva um minuto para remover os óculos com uma mão e esfregar o rosto com a outra.

— Olha, podemos começar do zero? — Ele estende a mão. — Oi, prazer em te conhecer. Meu nome é Dev Deshpande.

Charles deixa uma das compressas cair no colo para cumprimentar Dev. Seus dedos estão gelados ao tocar a mão de Dev. Ele sente calafrios.

— O prazer é todo meu. Me chamo Charlie Winshaw.

— Charlie?

Ele balança um ombro, cuidadoso demais para balançar os dois.

— Charles é o modelo do comercial de perfume. Eu sou só Charlie.

— Charlie — repete Dev, testando a leveza do apelido. — Charlie, se você não veio em busca de amor, o que veio fazer neste programa?

Surpreendendo um total de zero pessoas, a pergunta continua sem resposta. Charlie tamborila os dedos sobre a perna e a compressa de gelo cai no chão. Dev se agacha para pegá-la.

— Vem cá, deixa eu... — Ele gesticula com a bolsa de gelo e a posiciona no lugar certo, embaixo do olho esquerdo de Charlie, que fica tenso com o contato antes de relaxar, deixando que Dev o ajude enquanto cada um segura uma compressa. Essa é a metáfora perfeita para o emprego de Dev em *Para Todo o Sempre*.

Ele tenta mais uma vez.

— Por que você veio para o programa?

Charles respira três vezes. Seu peito infla, repuxando os botões do smoking.

— Antes de, hum, abandonar o cargo na minha empresa, fiquei com má fama de ser... *difícil*... de trabalhar. Um fardo. Eu... eu nunca mais consegui trabalhar na área de tecnologia desde então, e minha agente aceitou a proposta da Maureen porque achou que o programa poderia ajudar a salvar minha reputação. Só que agora comecei a perceber como essa teoria estava errada...

Dev quase diz que não acredita nesse papo-furado. Uma má fama de ser difícil não te queima em nenhuma área quando você é homem, branco e com uma beleza tradicional como a de Charlie, muito menos quando se é um gênio comprovado. Mas isso é o máximo de frases gramaticalmente corretas em sequência que ele disse a noite inteira, então Dev não quer estragar o momento. Em vez disso, pergunta:

— E por que você não abre uma nova empresa?

Charlie balança um ombro de novo.

— Não sou bom com negócios. Essa sempre foi a parte do Josh. E não é como se eu tivesse uma fila de pessoas querendo ser minhas sócias.

— Entendi, mas pra que continuar trabalhando? Você tem dinheiro o bastante para mandar a emissora se foder. Por que não continuar com sua ong e nadar numa piscina de dinheiro feito o Tio Patinhas?

Charlie franze o rosto.

— Eu quero trabalhar — diz ele. — Não tem a ver com o dinheiro, e sim com o *trabalho*. Sou bom no que faço.

Dev entende muito bem a sensação de adrenalina de quando se é bom pra caramba numa coisa.

— Então você precisa da minha ajuda para ser um cara contratável de novo, certo?

Charlie assente lentamente.

— Deixa comigo! — diz Dev. — Mas, no *meu trabalho*, preciso escrever sua história de amor e, se eu for te ajudar com a sua reputação, você também vai ter que me ajudar. Preciso que você se esforce para se dar bem com as mulheres. E preciso *daquele cara*. Charles do Perfume sempre que as câmeras estiverem ligadas.

De novo, Charles respira fundo três vezes.

— Ser esse cara é bem difícil para mim. Me suga emocionalmente e, às vezes, preciso de um tempo. Para recalibrar a mente. Senão eu... hum... não sei... faz sentido?

Agora é Dev quem se perde nas próprias palavras.

— Hum, na verdade, sim. Faz todo o sentido.

Dev sabe *muito bem* como é. Quando estão filmando, Dev consegue se entregar por completo ao trabalho, se alimentando daquela energia, dando muito material para o seu cérebro incansável processar. Durante nove semanas, ele trabalha doze horas por dia à base de café e biscoitos sem nunca sentir a necessidade de parar. Mas, depois da gravação da Cerimônia da Última Tiara, dito e feito: ele desaba. A energia esgota, criando um vácuo dentro de sua cabeça. Dev se arrasta até a cama e fica lá por uma semana até retomar o equilíbrio.

Ele sempre funcionou assim. Na faculdade, isso vinha na forma de grandes rompantes de energia criativa. Dev passava duas semanas escrevendo um roteiro — abrindo o coração e despejando tudo nas páginas — e, depois, do nada, meio que acordava para a vida, percebia que tudo o que produzira era uma merda e se arrastava para a cama, onde assistia *The Office* até conseguir encarar o mundo real de novo.

Por algum motivo inexplicável, ele quase conta para Charlie Winshaw sobre o café e os biscoitos e viver no limite da depressão, sobre seu cérebro incansável e seu coração grande demais. O desejo de compartilhar todos esses segredos não faz sentido, mas Dev sente que está há *anos* vivendo a mesma noite — como se estivesse preso numa versão infernal e muito sem graça de *Feitiço do tempo*, assombrado por caras fofos que não acreditam no amor.

Dev engole a confissão que sobe pela garganta.

— Pelo visto temos um trato.

Ele estende a mão para Charlie.

— Combinado — responde Charlie, e a mão enorme dele espreme a de Dev.

Charlie não a solta de imediato, então os dois ficam ali parados de mãos dadas por um segundo a mais do que o necessário. Dev ignora o jeito como sua pele arde com o toque, porque os dois estão enfim evoluindo, e ele não vai estragar tudo só porque um homem bonitinho com pouco entendimento a respeito da duração socialmente aceita de apertos de mão o está tocando.

Quando fica claro que Charlie *nunca* vai soltar a mão dele, Dev puxa primeiro.

— Acho que já se passaram dez minutos. Vamos ver o tamanho do estrago?

Eles tiram as compressas de gelo e, de alguma forma, Charlie faz um hematoma no nariz parecer charmoso, com as bochechas rosadas por

causa do gelo e os olhos grandes e cinzentos cercados por um tom levemente arroxeado.

— Ai! — diz Dev.

— Está feio?

— Acho que, para dar um jeito nessa cara, só nascendo de novo.

— Ah, não faz mal. Não é por causa do meu rosto que as pessoas
gostam de mim. Sempre preferem minha personalidade cativante.

Dev ri mais uma vez. Charlie até que é engraçado quando consegue
falar sem gaguejar. Dev separa três comprimidos de Tylenol e pega a garrafa d'água de Charlie.

— Então, você não vai desistir da gente? Vai continuar sendo o nosso
Príncipe Encantado?

Charlie engole os comprimidos.

— Você... acha que eu vou conseguir?

— *Nós* vamos conseguir.

Charlie o encara, com uma pergunta curvando o canto da boca.

— Você — ele tenta, cerrando as sobrancelhas. — Você acha *mesmo*
que consegue fazer com que eu me apaixone por uma dessas mulheres, né?

Charlie é mais perceptivo do que Dev imaginava.

Ele não veio para o programa em busca de amor, mas está prestes a
passar as próximas nove semanas tendo encontros extravagantes em lugares lindos com mulheres incríveis. Dev pode até ter se enganado a respeito do que Charlie procura em uma mulher, mas ainda consegue encontrar uma alma gêmea para ele. Dev sempre consegue.

Ele abre um sorriso leve para Charlie.

— Eu *sei* que consigo fazer você se apaixonar.

Notas do roteiro para edição: Temporada 37, Episódio 1
Data de exibição: Segunda-feira, 13 de setembro de 2021
Roteiro: Dev Deshpande
Produção executiva: Maureen Scott
Cena: Montagem de abertura com as entrevistas das participantes sobre Charles Winshaw
Locação: Gravação antes da saída da carruagem no salão de baile Beverly Hilton.

LAUREN L., 25, DALLAS, MÃE DE GATO PROFISSIONAL: Quando fiquei sabendo que o Charles Winshaw seria o novo príncipe do *Para Todo o Sempre*, eu tive que me inscrever para o programa. Ele é literalmente tudo o que eu busco em um homem. Tipo, ele é sarado, mas dá pra ver que também é sensível.

MEGAN, 24, TAMPA, TÉCNICA DE BRONZEAMENTO ARTIFICIAL: Por que eu me inscrevi nesse programa? Posso te dar *oito* motivos e todos eles são os gominhos no abdômen tanquinho do Charles Winshaw.

DELILAH, 26, LOS ANGELES, ENGENHEIRA DE SOFTWARE: O Charles Winshaw é uma lenda no mundo da tecnologia. Vai ser como ter um encontro com o Michael Jordan do design de aplicativos. Quer dizer, se o Michael Jordan fosse superconhecido por ser recluso e misterioso. Minhas amigas vão morrer de inveja.

LAUREN S., 23, LITTLE ROCK, EX-ESTUDANTE: Já sofri muito por amor, mas agora sou mais velha e mais esperta. Estou pronta para me apaixonar de novo. Pronta pra casar. Pronta pra ser mãe.

41

WHITNEY, 31, KANSAS CITY, ENFERMEIRA PEDIATRA: Se eu achava que já estaria casada aos trinta e um? Quer dizer, sim. Mas isso me deu mais tempo para me conhecer. Passei anos cuidando de bebês doentes. Agora estou pronta para cuidar de um homem.

SABRINA, 27, SEATTLE, BLOGUEIRA DE VIAGENS: Para ser sincera, minha vida já é bem bacana. Estou em busca de um parceiro que deixe tudo mais bacana ainda.

DAPHNE, 25, ATLANTA, ASSISTENTE SOCIAL: Por que eu vim aqui? Ai, meu Deus, sei lá, pelo mesmo motivo que todo mundo. Estou em busca de amor — o tipo de amor que a gente vê nos filmes e escuta nas músicas. Um amor que muda a gente, que supera qualquer coisa. Todos falam sobre esse tipo de amor, então deve existir, né?

Nota da Maureen para a edição: Por favor insiram um GC de cada participante com os detalhes fornecidos.

Primeira semana

Pasadena — Terça-feira, 8 de junho de 2021
Dezesseis participantes e 61 dias restantes

CHARLIE

Respira fundo.

Ele estica os braços para o alto para fazer a saudação ao sol, mas acaba deitado encarando o teto do quarto.

Bem, é o teto da casa de hóspedes onde ele está hospedado no momento. A casa de hóspedes a trinta metros do castelo de *Para Todo o Sempre* onde dezesseis mulheres esperam para competir pela chance de se casar com ele. A casa de hóspedes onde irá morar pelas próximas três semanas com Dev, que apareceu com uma bolsa transversal e se mudou para o segundo quarto como se estivesse num acampamento de verão. Dev que, no momento, está perambulando pela cozinha, ouvindo música pop ruim numa caixa de som portátil com o volume tão alto que Charlie consegue escutar mesmo com seu aplicativo de yoga ligado. *Às sete da manhã.*

Quando concordou em participar do programa, Charlie não se deu conta de que seria obrigado a dividir uma casa com um completo desconhecido. Tampouco sabia o que estava por vir.

Ele está sob supervisão constante. Porque precisa de treinamento constante. Porque é uma fraude, um homem todo cagado disfarçado de Príncipe Encantado, e é só uma questão de tempo antes que todos descubram...

Chega. Charlie se segura no meio da crise.

Esses não são pensamentos apropriados para uma sessão matinal de yoga. Ele tenta voltar a focar em coisas que o acalmam: planilhas de Excel, bibliotecas silenciosas, quebra-cabeças de mil peças, ângulos retos.

Respira fundo. Charlie está no meio da transição entre a posição de prancha e a de cachorro olhando para baixo quando o aplicativo de meditação é interrompido pelo som de uma chamada de vídeo. Ele aceita a ligação sem perder o equilíbrio.

— Bom dia.

— *Ai. Meu. Deus.* Charlie Winshaw? — grita sua agente, nem um pouco calma. — O gostosão? O bonitão? O objeto das minhas siriricas?

Ele se senta de pernas cruzadas no chão do quarto.

— Para, por favor.

Parisa Khadim nunca para quando se compromete a fazer piada, e seus gritinhos imitando os de uma fã só aumentam enquanto ela posiciona as mãos ao redor da boca para exclamar:

— Lindo, tesão, bonito e gostosão!

— Não vou tolerar ser objetificado dessa maneira — responde Charlie, todo recatado. Pela vista da baía ao fundo, ele consegue ver que Parisa está no escritório de San Francisco. — Foi para isso que você me ligou? Para me assediar sexualmente no seu local de trabalho?

— Eu não preciso de motivos para ligar pro meu sugar daddy.

Ele solta uma risada. "Sugar daddy" é uma maneira absurda de descrever a dinâmica entre os dois. Parisa merece dez vezes mais do que recebe por ter que lidar com a bagunça social que é a vida dele.

— Só queria saber se está tudo certo e... *peraí.* — Ela dá um tapa sobre a mesa. — O que aconteceu com o seu rosto?

— Nada de mais. — Ele pega o celular e desconecta o fone sem fio, então a voz dela toma conta do ambiente, competindo com a música de Dev. Geralmente, a estrela de *Para Todo o Sempre* não tem permissão para levar o celular, mas Parisa negociou esse termo no contrato. Ela não pode ficar sem contato direto com Charlie.

— Não me parece *nada de mais.* Me diz quem eu devo processar!

— Não tem que processar ninguém, porque você me obrigou a assinar um contrato que torna quase impossível tomar uma medida judicial contra qualquer pessoa ligada ao *Para Todo o Sempre.*

Parisa faz uma imitação elaborada de inocente.

— Obriguei mesmo? Hum... — Então muda de assunto rapidamente, esquecendo os olhos roxos de Charlie. — E aí? Como foi? Parece que você sobreviveu à primeira noite. Por pouco.

— Foi... — *Exaustivo? Desanimador? Brevemente terrível e confuso o tempo todo?* — Bom.

— Fala direito, Charlie.

— Não sei. Foi...

A agente suspira, fazendo drama.

— O que você vai fazer hoje, então?

— Uma coisa chamada Aventura em Grupo. É um negócio em que dividem as participantes que restaram em duas equipes, e...

Ela o interrompe.

— Charles, eu sou uma mulher humana. Já assisti *Para Todo o Sempre* antes. Sei tudo sobre as Aventuras em Grupo levemente inspiradas em contos de fada, os Encontros na Corte, e as Cerimônias de Coroação.

O termo *Cerimônia de Coroação* é quase um gatilho para Charlie. É o nome daquele processo terrível que só terminou às oito da manhã no domingo depois de uma gravação de doze horas. Ele chamava o nome das participantes, uma de cada vez, punha uma tiara barata nelas e fazia a pergunta dramática: *Você gostaria de se tornar minha princesa?*

Todas disseram sim. Óbvio.

— Parisa, como você consegue descrever o conceito desse programa com essa cara séria?

Ela aponta para ele com ar de acusação.

— Nem ouse infantilizar o programa só porque ele é feito para mulheres, por mulheres e é sobre mulheres.

— A maioria das pessoas que trabalham aqui com certeza é de homens...

— E *nem pense* em desdenhar das participantes do programa, está me entendendo? Você não é melhor do que elas só porque estudou em Stanford e se importa com fraturamento hidráulico.

— *Meu Deus*, Parisa, eu não estava...

— Estava, sim.

Charlie pensa em Megan e seus vídeos de exercícios. Ele meio que estava.

— Foi você quem me disse que essas mulheres não vêm para o programa em busca de amor — rebate ele. Em seguida, pensa em Dev e naquele sorriso torto às quatro da manhã. *Eu sei que consigo fazer você se apaixonar.*

Charlie afasta o pavor provocado pela lembrança.

— Você disse que isso era o que tornava moralmente justificável se aproveitar do programa. Porque as mulheres estão aqui para se promover na cara dura.

— Tenho certeza de que algumas delas estão — Parisa admite. — Mas isso não te dá o direito de menosprezá-las como um bundão machista. Aliás, você está escutando Leland Barlow aí?

— Não sou eu. É meu novo produtor, o Dev.

— *Dev?* — Parisa amacia o rabo de cavalo perfeitamente macio e aproxima o rosto redondo da tela. — Seu novo produtor é bonitinho?

— Por que... por que importa se ele é bonitinho?

— Porque eu tenho trinta e quatro anos, estou solteira e essas coisas importam pra mim.

Ele suspira.

— Você não pode sair com meu produtor, Parisa.

— Vai ficar com ciúme, é?

— Quê? *Não.* Por que eu ficaria com... *ciúme?*

Ela se apruma na frente da câmera.

— Porque você é secretamente apaixonado por mim. É por isso que está todo vermelho agora.

— Sim, agora você me pegou — diz Charlie, sentindo a tensão esquisita aliviar em seus ombros. — Passei os últimos quatro anos querendo ficar com você em segredo, e só recusei todos os pedidos de casamento que você fez quando estava bêbada porque estava me fazendo de difícil.

— Só te pedi em casamento bêbada *duas vezes*, e achei que você só recusou minha proposta de um casamento arranjado porque estava planejando se apaixonar loucamente por uma ex-miss Alabama.

— Isso... nunca vai acontecer.

— Por quê? Não tem nenhuma ex-miss Alabama nessa temporada? Inovaram dessa vez.

— Porque eu não sou exatamente uma pessoa amável. — Charlie pretendia que isso soasse uma brincadeira, mas a frase perde a força na metade e fica pesada, com uma pontinha de tristeza. Que merda.

— *Charlie*. — Parisa para de imediato com as provocações e sua voz fica carinhosa e delicada. — Você é muito amável e *merece* todo o amor do mundo — insiste ela.

Dev grita o nome de Charlie da cozinha, por cima do som da música alta.

— Eu... eu preciso ir.

— Só quero que você seja feliz. Não esquece, tá?

— Pode deixar, mas nem todo mundo precisa de uma relação romântica para ser feliz.

— Então você está feliz agora, é?

— Eu *vou* ser feliz quando puder trabalhar com tecnologia de novo.

— Faz sentido, levando em conta como você era feliz na WinHan.

— Tchau, Parisa.

— Não esquece que seu coração é o maior do mundo, sua bunda é a mais gostosa do mundo e...

Charlie não escuta o que ela diz em seguida. Já encerrou a ligação.

— Eu fiz cartões para você estudar! — Dev grita em vez de dar bom-dia quando Charlie chega na cozinha vestindo short salmão, docksides e uma camiseta bege com gola V. Já Dev está com uma versão levemente diferente da roupa da primeira noite: uma bermuda cargo horrorosa, uma camiseta grande demais e o mesmo par de tênis em que Charlie vomitou. Ele segura um burrito de café da manhã numa mão e uma garrafa térmica de café na outra, e Charlie mal tem tempo de pegar os cartões sobre o balcão da cozinha quando Jules lhe entrega uma pilha de comida e começa a apressar os dois em direção à limusine. No caminho para o set, Charlie lê as ferramentas de estudo que Dev preparou. Em cada cartão há uma foto de uma das mulheres e o respectivo nome. No verso, Dev escreveu comentários com uma caligrafia desleixada e pequena, comparada com a de Charlie.

Angie Griffin, diz o primeiro cartão, com a foto da mulher que dançou com ele. *24, San Francisco; tem uma cachorra da raça boiadeiro-australiano chamada Dorothy Parker; começa a faculdade de medicina na UCSF em setembro. Inteligente pra cacete. Quase te fez rir uma vez.*

Ele passa para o cartão seguinte e vê a mulher do vestido azul. *Daphne Reynolds, 25, Atlanta; assistente social e ex-vice miss Georgia; ama (não particularmente nessa ordem) Jesus, família, comédias românticas com a Meg Ryan e asinhas de frango. Filmamos a cena cinco vezes, então pelo amor de Deus não se esqueça dela de novo.*

Sabrina Huang, 27, Seattle; blogueira de viagens; tem o braço esquerdo todo tatuado; já tocou baixo numa banda de punk rock; descolada demais pra você? Provavelmente.

Megan Neil, 24, Tampa; provavelmente a vilã, o que significa que você vai ter que mantê-la na competição por pelo menos quatro semanas.

Lauren Long, 25, Dallas; loira. E... só? Não sei mais nada sobre ela. Meta do dia: aprender um fato sobre Lauren L.!

Atordoado e com um leve enjoo, Charlie devolve os cartões para Dev e apoia a testa no vidro gelado do carro. Dev começa a explicar como funciona a primeira Aventura em Grupo: dezesseis mulheres adultas vão bater umas nas outras com espaguetes de espuma numa versão historicamente imprecisa e teatral de um torneio de justa para determinar quem será a futura noiva dele.

Dev não explica com *essas* palavras, mas Charlie entende o básico.

A limusine estaciona em frente ao campo de futebol da UCLA, que foi levemente adaptado para parecer uma feira medieval para a ocasião. Ele é imediatamente levado pelo maquiador, depois pela cabeleireira, e depois por Dev de novo, que o posiciona na beirada do campo. Do outro lado, as mulheres estão reunidas com seus produtores, e, quando Skylar Jones dá o sinal, todas as dezesseis correm em direção a Charlie, saltando e balançando os braços com empolgação.

Ele abraça cada uma delas, conta seus Mississippis, e sente a boca começar a doer por causa do sorriso forçado. Entre uma cena e outra, Dev o puxa para o canto sob o pretexto de arrumar a coroa dele. Dev higieniza as mãos e avisa Charlie antes de tocá-lo.

— Você está bem? — pergunta Dev, com os dedos passeando pelo cabelo de Charlie.

Um Mississippi, dois Mississippi.

— Ahn...?

— Precisa de um minuto para recalibrar?

Recalibrar. Charlie esqueceu que havia usado essa palavra. Ele não tenta explicar sua mente para outras pessoas com muita frequência. Nas raras ocasiões em que se arrisca a fazer isso, os outros não costumam lhe dar ouvidos.

— Não. — Ele suspira. — Vou ficar bem.

E, no geral, Charlie está bem.

Ele fica parado na lateral do campo durante a maior parte do dia. As mulheres são divididas em duas equipes, e os produtores alinham as oponentes individuais de cada uma baseados em quem eles acreditam que vai causar mais drama. Sabrina, toda intimidadora com seu braço tatuado, piercings no rosto e voz grave, é colocada contra a inocente Daphne, com o intuito óbvio de transformar Sabrina numa vilã ao fazê-la machucar uma mulher que mais parece uma Barbie humana. Só que, no fim das contas, Daphne revela ter uma força secreta nos braços, e Sabrina, um medo secreto de levar uma espaguetada no rosto. Elas correm uma em direção à outra com gritos de guerra que logo se transformam numa onda de risadinhas quando Sabrina amarela no último segundo e, de alguma forma, as duas terminam caídas no chão, rindo histericamente como se fossem amigas de infância.

A maioria das participantes leva tudo na brincadeira, exceto Megan, que declara em voz alta para as câmeras — nem um pouco discreta — que sua missão é ganhar mais tempo com Charlie, não fazer amizade com outras mulheres. Ela atinge com tudo sua segunda meta, enfiando a lança na garganta de suas oponentes até fazer três mulheres diferentes chorarem.

Quando a estudante de medicina, Angie, encara Megan na última rodada, Megan atravessa o campo com uma agressividade desnecessária. No último segundo, Angie se joga para o lado para evitar ser atingida no rosto e tropeça, esticando a mão em busca de equilíbrio e agarrando a barra da camiseta de Megan. As duas caem com tudo no chão.

Produtores e médicos correm para o campo enquanto Charlie observa tudo do canto, sem ter o que fazer.

— *Ai!* — grita Megan, agarrando o próprio braço. — Acho que *quebrou*!

Angie já se levantou no gramado.

— Desculpa! Eu me assustei e tropecei!

— Você *me atacou de propósito*!

— Não ataquei nada!

Megan treme os lábios para a câmera mais próxima.

— Isso não foi um acidente!

— *Vai lá confortá-la* — sussurra Dev, surgindo ao lado de Charlie.

— Mas está na cara que foi culpa da Megan — ele responde, também sussurrando.

— *Microfone.* — Dev empurra Charlie para a frente com uma cotovelada, e ele se arrasta até a carnificina. Todo sem jeito, Charlie para ao lado da mulher que continua fingindo estar machucada.

Então Dev aparece ao seu lado de novo, demonstrando como lidar com a situação. Dev se abaixa ao lado de Megan e Charlie faz o mesmo, se agachando ao lado dele, ombro com ombro.

— Segura a mão dela — sussurra Dev.

As palavras fazem cócegas na pele sensível da nuca de Charlie, e ele sente as bochechas esquentando enquanto entrelaça seus dedos com os de Megan.

— Você vai ficar bem, Megan — diz Dev suavemente. Ele é tão bom nisso tudo. Charlie se sente terrivelmente deslocado com sua tentativa de bancar o namorado preocupado. Megan se apoia em Charlie, chorando sobre a camisa de linho dele.

Charlie acredita que, se tirarem Dev da cena na edição, aquele será um bom momento entre ele e Megan. Talvez possa até ser visto como um príncipe decente.

— Você sabe que a Megan não se machucou de verdade na Aventura, né? — diz Lauren S. para ele. Ou será que é a Lauren L.? — Ela só fez aquilo tudo para chamar a atenção.

— Hummm. — Charlie assente e finge beber um gole do chardonnay.

A participante bebe um gole de gin tônica. Ele inclui *quantidades absurdas de bebida grátis* à lista mental de coisas que não esperava.

— Fico feliz que a equipe dela não tenha vencido só porque ela armou aquele barraco.

— Acho que... o nosso tempo acabou — comenta Charlie, e um produtor aparece, levando a mulher embora e trazendo outra. Eles chamam isso de "momento de descontração", embora sejam *vários momentos* em que o vestem com um terno Tom Ford, o levam para um bar fechado e o sentam num sofá onde ele conversa a sós com as participantes.

Ou, melhor dizendo, *elas* falam com ele.

Na vez de Raquel, ela diz que precisa confessar uma coisa e logo começa um discurso ensaiado sobre o fim de seu noivado com um homem que namorou por dois meses. Becca mostra fotos do cachorro, que sofre de artrite, e uma mulher chamada Whitney, que Charlie poderia jurar nunca ter visto, fala por vinte minutos sobre o divórcio dos pais quando ela tinha três anos.

Nenhuma das mulheres faz uma pergunta pessoal para ele. Elas *dizem* muitas coisas sobre Charlie — sobre como ele é lindo, inteligente, ambicioso e generoso. Delilah, a engenheira de software, anuncia que os dois têm valores muito parecidos, e ele quase pede para a mulher citar a fonte dessa informação. Charlie lembra de sua ligação com Parisa, o jeito como ela insistiu ao dizer que ele é digno de ser amado. Ele quase consegue ver os primeiros indícios de amor nos olhos brilhantes dessas mulheres. Mas elas estão apaixonadas pela *ideia* de quem ele é. Charles Winshaw, o prodígio milionário e filantropo da tecnologia levemente viciado em exercícios físicos. Para elas, o silêncio o faz parecer misterioso, e ele fica apavorado ao imaginar o que pode acontecer quando a máscara de Charles do Perfume começar a cair.

Pouco antes da meia-noite, finalmente chega a vez de Angie, e Dev sugere que Charlie a leve para dar uma volta do lado de fora. O programa fechou a rua na frente do bar, e Angie segura o braço de Charlie. Com a outra mão, ela toca delicadamente um dos hematomas nos olhos dele, escondido sob camadas de maquiagem. Ele estremece.

— Ainda está doendo? — ela pergunta, afastando a mão.

— Hum, na verdade não, mas...

Angie não o espera terminar de encontrar as palavras certas para concluir a frase. Ela o segura pelo braço e o puxa para a frente, até que o corpo de Charlie caia sobre o dela, pressionando-a contra uma parede de tijolinhos.

— Desculpa! — murmura ele. — Desculpa, não foi minha intenção...

— Não, foi *minha* intenção — diz Angie com um sorriso. Charlie não entende o tom dela. Ele se afasta da parede.

— Que porra é essa? — grita Ryan por detrás da câmera, arruinando a ilusão da cena. — Por que você se afastou assim?

Dev também surge da escuridão, junto com o produtor de Angie.

— Ryan, por favor, não grite com o meu astro.

— Então converse com o seu astro, D.! Só temos mais dez minutos para a cena do beijo, então...

Cena do beijo.

As palavras são como uma bala atravessando o pouco de força que ainda resta a Charlie para aguentar firme. Sua pele fica quente, depois fria, começa a coçar sob o terno enquanto ele luta para conseguir respirar fundo.

Dev se aproxima.

— Tudo bem?

Charlie tenta falar, mas não consegue. Balança a cabeça, puxa a gola da camisa. Por que a gola ficou tão apertada de repente?

Então Dev o guia gentilmente pelo beco, afastando-o de Angie, que fica com seu produtor aprendendo as melhores técnicas de beijo para os ângulos da câmera. Dedos quentes tocam suas costas enquanto Dev desliga o microfone. Por trás de todo o pânico acumulado, Charlie está ciente de que talvez vomite de novo.

— O que houve, Charlie?

— Eu... eu não posso beijar a Angie. A gente mal se conhece.

Dev assente, em compreensão.

— Certo, mas vocês estão começando a se conhecer e o beijo faz parte do processo. Você sabia que teria que beijar quando entrasse no programa, não sabia?

Charlie sabia. Vagamente.

Dev está olhando para ele como se tentasse aprender o idioma das sobrancelhas franzidas de Charlie.

— Me diga o que você precisa para que isso dê certo.

— Anda logo, D. Não temos a noite toda! — grita Ryan.

Mas Dev dá de ombros, como se eles tivessem de fato a noite toda, como se não fossem fazer nada enquanto Charlie não se sentisse pronto.

Ele consegue respirar fundo. É só um beijo. Se disser a si mesmo que *é só um beijo* de novo e de novo, talvez comece a acreditar nisso.

— Tudo bem — diz ele para Dev. — Vou ficar bem.

Dessa vez, Charlie está inconfundivelmente nada bem. Dev o posiciona na parede de tijolinhos, o corpo macio de Angie embaixo do dele.

— Desculpa — diz Charlie para a mulher antes de voltarem a filmar.

— Pelo quê?

— Por absolutamente tudo isso.

Angie toca a nuca dele e o puxa para mais perto. A boca dela é macia. Ela tem sabor de menta e cheiro de shampoo de lavanda e, por um segundo, tudo parece bem. Nada maravilhoso, mas aceitável.

Mas, de repente, Charlie começa a pensar que *aceitável* não é o bastante, porque tudo depende de sua habilidade de convencer com este beijo, para poder enfim recuperar sua antiga vida. Então ele tenta beijar Angie com vontade, e espera por aquela sensação geralmente causada quando se está beijando outra pessoa. Espera, e espera.

Não sente nada.

Charlie se afasta de Angie.

— Preciso de ar.

— Já estamos do lado de fora — diz ela, mas ele já está tropeçando para longe, atravessando a barricada na calçada para fora do set. Charlie tenta respirar três vezes, mas sente como se seus pulmões estivessem cheios de cacos de vidro.

É um ataque de pânico. Você está tendo um ataque de pânico. Não dá para morrer por causa de um ataque de pânico.

Mas atropelado, sim, e ele está tão perdido dentro de si que pisa para fora do meio-fio e só se salva de ser esmagado por um Prius quando Dev o segura pelo paletó e o puxa de volta para a calçada.

— Vem cá, Charlie. Senta aqui, senta aqui.

Dev continua o puxando até que os dois estejam sentados lado a lado no meio-fio.

— O que aconteceu? — pergunta o produtor, pacientemente.

Charlie tenta encontrar uma resposta lógica no meio do caos para dar uma explicação a Dev.

— Já faz um tempinho. Que eu não namoro ninguém.

— Quanto tempo é um tempinho?

Ele finge pensar a respeito — finge não se lembrar com uma clareza esmagadora da noite em que teve um ataque de pânico parecido no banheiro de um restaurante mediterrâneo.

— Dois anos.

— Certo... mas e antes disso? Você já namorou, né?

— Não muito. — Charlie cutuca a coxa em código Morse.

— Por que não?

— Sei lá. — E geralmente essa resposta basta. Se Charlie fica gaguejando e suando, as pessoas param de pressioná-lo.

— Por que você não sabe?

Por que Dev não para de pressionar?

— Eu... — Charlie tenta respirar fundo. — Não quero pensar nisso.

— Mas você está num reality show de namoro. Não dá para passar as próximas nove semanas *não pensando* nisso. — Dev estende o braço para tocar a mão de Charlie, que continua cutucando a perna com o mesmo padrão. Ele se move devagar, para que Charlie tenha tempo de evitar o contato caso queira. Charlie não reage, e os dedos quentes de Dev cobrem os dele como um cobertor terapêutico.

— Estou aqui para te ajudar a passar por isso, Charlie, mas você tem que conversar comigo.

Dev aperta a mão dele, e é diferente da sensação de segurar a mão de Megan antes. Charlie se lembra da outra noite, quando os dois se cumprimentaram e ele esqueceu de soltar a mão.

Charlie se levanta e ajusta o blazer sobre o peito.

— Não tenho nada para falar. Não estou aqui em busca de amor, lembra?

DEV

— Não tem jeito. Não dá para salvar uma situação dessas. — Skylar Jones encara o monitor. — Ele é muito sem jeito.

Dev assiste à cena por cima do ombro de Skylar. É o vídeo bruto do que está acontecendo dois quartos ao lado, onde Charlie está em seu primeiro Encontro na Corte com Megan. Desde o Beijo Catastrófico com Angie três noites atrás, Charlie conseguiu piorar ainda mais na hora de ser o Charles do Perfume na frente das câmeras. Na Aventura de quarta--feira, ele correu em direção aos holofotes quando Daphne tentou segurar sua mão, e ontem, enquanto as mulheres participavam de uma missão de verdade (envolvendo mapas e pás), Charlie se sentou na terra e enfiou a cabeça entre os joelhos na tentativa de apaziguar uma briga entre Megan e outras três participantes.

Então é óbvio que Maureen mexeu os pauzinhos para que Megan ganhasse o primeiro encontro a sós com Charlie. Depois de três Aventuras em Grupo, ela foi eleita a campeã da primeira semana, o que causou muito drama no castelo. Charlie parece gravemente doente em seu encontro, enquanto Megan tenta flertar apoiando a mão sobre o braço dele por cima do salmão que nenhum dos dois comeu.

Charlie não reage à investida da moça. Dev tem certeza de que Charlie Winshaw não tem nem ideia do que *é* uma investida, prova de como eles precisam de uma reunião de produção o quanto antes.

— Nem com edição dá para transformar isso numa cena romântica!

Dev engole seu quinto biscoito de aveia com um gole de cold brew e tenta acalmar Skylar.

— O nosso time de edição consegue dar um jeito em qualquer coisa.

— Mas as mulheres não vão querer namorar um cara que surta toda vez que alguém encosta nele! — continua ela. — As participantes vão perceber como ele é desajeitado, e a temporada toda vai ser só ladeira abaixo!

— Ah, *façam-me o favor*. O cara é um milionário com um belo tanquinho e a bunda durinha. Essas mulheres vão ver o que quiserem ver. Ele é uma tela em branco para as ilusões românticas delas. — Essa é a contribuição de Ryan para a conversa. Ryan parece completamente inabalável com a coisa toda de trabalhar-com-o-ex, que é justamente a cara dele. Já Dev precisa de quantidades absurdas de açúcar e cafeína.

Ryan afasta o cabelo dos olhos e continua:

— Deveríamos estar mais preocupados com o que vai acontecer quando o programa for ao ar e o país inteiro puder ver o Charles suando de nervoso em alta definição.

— Acho que vocês estão subestimando a estratégia de charme do Dev — diz Maureen Scott de sua cadeira na frente da sala. — Ele consegue orientar qualquer pessoa. Lembram daquela vez em que ele convenceu uma evangélica sulista a tomar banho de lama pelada?

Isso não é uma frase motivacional tão positiva quando Maureen pensa. Dev não sente muito orgulho daquele momento. Além do mais, ele já está se esforçando ao máximo nessa temporada. Maureen o faz trabalhar vinte e quatro horas por dia, morando junto com Charlie para poder orientá-lo antes e depois das filmagens. Ele está quase certo de que não vai receber hora extra por estar literalmente morando no set. Mas, se reclamar, sabe que existem centenas de outros recém-formados em rádio e tv só esperando por uma oportunidade como essa.

— Vamos focar nas garotas. — Maureen levanta seu iPad, onde abriu os perfis das participantes. — Daphne me parece a candidata óbvia para vencer ou para ser a próxima princesa. Ela praticamente solta passarinhos da bunda.

Jules se apoia no braço da cadeira de Dev.

— Eu gosto da Angie como possível próxima princesa. Na primeira entrevista ela comentou sobre representatividade bissexual e...

— Você acha mesmo que a nossa próxima princesa vai ser birracial *e* bissexual? — Maureen cruza os braços. — Isso nunca vai vender. Além do mais, já fizemos um arco bissexual naquela temporada de *Para Todo o Sempre: Aventura de Verão*.

— E mais trinta e sete temporadas com arcos héteros — murmura Jules, baixo o bastante para que apenas Dev escute.

Maureen tamborila as unhas feitas na parte interna do braço, pensativa.

— Acho que podemos usar a orientação sexual da Angie como um obstáculo. Fazer o Charlie questionar a lealdade dela.

— Como uma mulher bissexual, meu voto é não.

Maureen encara Jules.

— Não me lembro de ter pedido seu voto.

Skylar tenta mudar os rumos da reunião.

— Também acho que devemos ter cuidado para não transformar as poucas mulheres não brancas dessa temporada em vilãs. Toda aquela briga com a Megan já me pareceu muito apelativa, usando o clichê da mulher negra agressiva.

— Clichês existem por um motivo — diz Maureen, toda inocente com sua voz aguda e melosa de sempre. Skylar se encolhe e o resto da sala cai num silêncio constrangedor.

Dev respeita sua chefe, muito mesmo, e sabe que ela não fala com más intenções. Quando Dev era estudante de rádio e TV na USC, Maureen Scott era uma de suas ídolas. Aos quarenta anos, ela era uma mãe solo ganhando um Emmy por seu trabalho em novelas, enquanto enfrentava os obstáculos de buscar um relacionamento sendo uma mulher "muito velha" para os padrões de Los Angeles. Foi quando ela teve uma ideia para um programa. Era um quarto sátira, um quarto competição e uma boa metade de contos de fada. Riram da cara dela em todas as reuniões em que apresentou o conceito, até encontrar uma emissora disposta a oferecer um pouco mais de dinheiro e um horário péssimo aos domingos. Dali em diante, Maureen construiu uma das franquias mais bem-sucedidas na história dos reality shows. Enquanto outros criadores enchem o bolso de dinheiro e pulam fora, Maureen continua nas trincheiras com a equipe. O programa é dela.

E, de fato, a imagem na frente das câmeras não mudou muita coisa ao longo dos anos, e definitivamente não reflete a imagem *por trás* das câmeras, mas isso não é culpa de Maureen. Ela precisa agradar a emissora e os patrocinadores, que estão pegando no pé dela por causa dessa temporada.

O que Dev não entende é por que Maureen trouxe Charlie para o programa, para começo de conversa. Claro, o rosto dele cai bem nas capas de revista, mas, se a intenção é dar uma levantada no realismo romântico do programa, por que ela traria um homem que não está aqui em busca de amor?

Mas questionar Maureen Scott não é o trabalho de Dev.

É Ryan quem sempre se pronuncia. Maureen sempre dá ouvidos a Ryan, e foi assim que, apesar dos erros, ele conseguiu sua vaga de produtor de roteiro sênior.

— Esquece a Angie. Acho que a Megan é a nossa melhor aposta como vilã. Ela já é meio fora da casinha, só precisa de alguns cutucões do produtor para virar uma maluca completa.

Os biscoitos e o cold brew se voltam contra Dev, borbulhando em seu estômago.

Maureen junta as mãos.

— Combinado, então. Ryan, faça os produtores focarem na narrativa da vilã. Skylar, mantenha as câmeras nas meninas até que a nossa estrela fique um pouco mais confortável. E Dev... — A chefe olha para ele, e seu tom perde um pouquinho da doçura de sempre. — *Use seu charme.*

— Você está bem? — pergunta Jules enquanto eles se arrastam para fora da reunião.

— Claro que estou bem — responde Dev no piloto automático, mesmo com as palavras *virar uma maluca completa* zumbindo em sua cabeça. — Estou sempre bem.

Jules não força a barra. Ela o segue pelo corredor apertado em direção à sala expositiva do museu onde Megan e Charlie estão jantando em meio a uma coleção de esculturas contemporâneas. Assim que os avista atrás das câmeras, Charlie faz uma cara de *me tira daqui* para Dev, como quem acha que aquilo é um encontro de verdade e Dev pode mandar uma mensagem de mentira sobre alguma emergência envolvendo um gato.

— O que nós vamos fazer, Jules?

— Pegar uma pipoca e assistir o circo pegando fogo?

Dev balança a cabeça, esfregando o rosto de cima a baixo, quase derrubando os óculos.

— Sei que consigo encontrar um jeito de fazer Charlie se apaixonar por uma das participantes se ele se soltar um pouco, porra! Só preciso... preciso de... sei lá. Alguma coisa para... *argh*. Não costuma ser tão difícil assim.

Jules inclina a cabeça para o lado e observa o amigo com seu olhar clássico de preocupação. Ela abre a boca, fecha a boca e, por fim, suspira.

— Tá, beleza. Quer um conselho para fazer o cara se abrir? — Ela faz uma pausa dramática. — Terapia de exposição.

— Que é... *o quê*, exatamente?

Jules aponta para Charlie e Megan.

— Por algum motivo, aquele homem bonitão sentado ali vira uma avalanche de ansiedade toda vez que está numa situação de muita pressão social. É como se o conceito de ter um encontro despertasse todas as neuroses dele. E o que se faz para tratar um transtorno de ansiedade?

— Acho que ele já toma remédio.

Jules arqueia a sobrancelha.

— *Que foi?* Talvez eu tenha dado uma olhadinha nas coisas dele no banheiro. Sou o produtor dele, afinal.

— Você não tem pudor, isso sim. E, não. Quer dizer, remédios ajudam, mas não é só isso.

— Eu larguei a terapia. Só me diz a resposta logo.

Jules adota um tom condescendente.

— Devagarzinho, você expõe o paciente à fonte da ansiedade para deixá-lo menos sensível. Charlie precisa ter mais encontros *sem* a pressão das câmeras. Precisa ser exposto a encontros mais tranquilos.

— Tá, não sei se isso é psicologia de verdade, mas, ao mesmo tempo, é meio genial.

Jules dá de ombros.

— Eu sei.

— Precisamos organizar uns encontros pra ele treinar — diz Dev, empolgado porque, *sim*, isso pode dar certo. Charlie não pode se encontrar com as participantes longe das câmeras, mas ele tem um tempinho livre depois de cada Cerimônia de Coroação. — Jules, você pode sair com ele no domingo, só vocês dois. Ajudá-lo a ficar mais confortável. Ensiná-lo a relaxar.

— Ah, eu não posso ser a namorada de mentira dele. — Jules ajusta os seios não existentes sob o cropped. — Sou gostosa demais pra isso.

— Não entendi a relevância disso.

— Seria uma situação meio comédia romântica da Kate Hudson — explica Jules com a expressão séria. — Ele se apaixonaria por mim durante esses treinos de encontros. Seria o fim da temporada e nós dois seríamos processados. É isso o que você quer, Dev?

Ele ri, mas, quando os dois olham para Charlie mais uma vez, ele faz contato visual com Jules e fica corado, abaixando a cabeça e encarando o prato. Então talvez ela não esteja completamente errada.

— Merda — é tudo o que Dev diz.

Porque a ideia *é* boa. E porque é Dev quem terá que usar o seu charme.

Notas do roteiro para edição: Temporada 37, Episódio 2
Data de exibição: Segunda-feira, 20 de setembro de 2021
Roteiro: Ryan Parker
Produção executiva: Maureen Scott
Cena: Cerimônia de Coroação da primeira semana
Locação: Castelo de *Para Todo o Sempre*

MARK DAVENPORT: [*Meio primeiro plano de M. D. entrando em quadro pela esquerda*] Participantes, resta apenas uma tiara. Se seu nome não for chamado, sua aventura termina aqui.

CHARLES WINSHAW: [*Close nas mãos pegando a última tiara; corta para Megan, Sarah e Amy, as três mulheres sem tiara; volta para Charles; pausa de cinco segundos*] Megan. [*Corta para Megan descendo um degrau*] Megan, você gostaria de se tornar minha princesa?

MEGAN: É claro.

[*Cena das entrevistas depois da C. C.*]

MEGAN: Eu sabia que ele iria me escolher. A nossa química é de outro mundo. As outras participantes simplesmente não têm esse tipo de conexão com o Charles.

AMY: Não acredito que estou voltando para casa depois da primeira semana. Sinto que o Charles não deu uma chance para nós dois. Sei que seríamos perfeitos juntos. Temos tanta coisa em comum.

PRODUTOR [*em off*]: O que você e Charles têm em comum?

AMY [*murmurando enquanto chora*]: Sabe, nós dois somos, hum, loiros. E eu sei que poderia fazê-lo feliz se ele me desse uma chance. Por que nenhum homem quer me dar uma chance? [*Close nela chorando por três segundos*].

Nota da Maureen para a edição: Dar bastante destaque para o desespero patético dessa mulher.

Segunda semana

Pasadena — Domingo, 13 de junho de 2021
Catorze participantes e 56 dias restantes

DEV

— Estava pensando em sairmos juntos para um brunch hoje.

Charlie, descascando uma banana com todo o cuidado, para o que está fazendo e encara Dev com olhos esbugalhados e assustados.

— Hum. Por quê?

Dev se apoia no balcão da cozinha.

— É o nosso dia de folga. Achei que seria legal sairmos um pouco do set. Conheço um restaurante no fim da rua que serve um brunch ótimo!

— Mas por quê?

As sobrancelhas de Charlie estão franzidas num nó de ansiedade, e Dev se segura para não alisá-las com os dedos apesar de não haver nenhuma câmera por perto para registrar a cara de constipado dele.

— Achei que seria divertido passar um tempo juntos, nos conhecendo melhor.

— Você quer passar um tempo — Charlie repete lentamente — comigo? *Por quê?*

— Meu Deus, Charlie! — Dev explode, abandonando suas tentativas de parecer casual. — Olha. Acho que seria interessante se eu te levasse em um... encontro para *treinar*.

— Encontro para treinar?

Se Charlie repetir as palavras com tom de pergunta mais uma vez, Dev vai esmagar a banana no rostinho lindo dele.

— Sim, um encontro para treinar. Para te ajudar a ficar mais confortável com os encontros na frente das câmeras. Ensaiar para melhorar os encontros com as participantes.

Charlie fica quieto por um segundo.

— Com você?

Dev joga os braços para o alto.

— Me encontra lá fora em cinco minutos.

Felizmente, cinco minutos depois Charlie encontra Dev na frente da casa de hóspedes vestindo short azul-marinho e uma camisa de manga curta cinza, que combina com os olhos dele e o faz parecer o hétero top universitário dos pesadelos de Dev. Ele pegou o carro de Jules emprestado, e os dois andam pelas ruas de Pasadena num silêncio desconfortável. Dev luta contra o cabo auxiliar do aparelho de som até conseguir colocar o álbum de estreia do Leland Barlow para tocar, e Charlie segura a alça do teto enquanto pisa num freio invisível com o pé direito toda vez que Dev passa correndo por uma placa de "Pare".

O Junipers é um dos restaurantes favoritos da equipe graças à proximidade do set e às enormes taças de mimosa. Quando os dois finalmente chegam ao local, a área externa está lotada de pessoas de vinte e poucos anos fofocando sobre tudo o que fizeram na noite de sábado, e pessoas de trinta e poucos anos empurrando carrinhos de bebê e se recusando a abandonar o antigo estilo de vida. Dev ama a bagunça acalorada e barulhenta. Eles são conduzidos até uma mesa pequena, escondida em um dos cantos do restaurante. Esbarram os joelhos ao se sentar, e Charlie joga as pernas para o lado de um jeito dramático para evitar o contato.

— Esse lugar não é incrível?

Charlie analisa o cardápio cautelosamente, com a cara emburrada de novo. Dev não consegue entender como um homem tão atraente consegue fazer coisas tão *pouco* atraentes com o próprio rosto.

— O que houve?

— Hum, nada. É só que... eu sou vegano e não como glúten — diz Charlie, ainda olhando intrigado para o cardápio de uma página.

Charlie Winshaw é tudo o que Dev vem tentando evitar ao não namorar ninguém, e o estado de fome em que se encontra torna ainda mais difícil lidar com Charlie no geral.

— Estamos em Los Angeles. Aposto que você consegue encontrar alguma coisa vegana e sem glúten.

— Sim, mas só tem torrada e waffles.

— Não vejo problema algum nisso.

O garçom se aproxima da mesa e os cumprimenta com indiferença enquanto folheia seu bloco para anotar os pedidos antes de enfim levantar a cabeça e olhar para Charlie.

— *Ah* — ele suspira, surpreso. Não é uma surpresa do tipo *eu sei quem você é*, porque o rapaz não deve ter mais que vinte anos e provavelmente não é assinante de revistas sobre tecnologia, muito menos o público-alvo de *Para Todo o Sempre*. Não, é do tipo *puta merda eu acabei de ver o ser humano mais lindo da face da Terra*. Dev presenciou esse olhar no rosto das vinte mulheres na primeira noite de gravação.

O garçom fica corado e começa a balbuciar.

— O que eu posso fazer com você? Quer dizer, *por* você? Tipo, para você? Quer dizer...

Charlie nem percebe. Ele pede uma xícara de chá, salada de frutas e duas linguiças veganas. Dev pede ovos beneditinos, uma porção de bacon, e uma torrada de pão de fermentação natural; ele pretende se empanturrar de glúten e produtos de origem animal. Dev tenta não pensar em como as participantes devem estar passando o dia de folga bebendo Bellini na banheira de hidromassagem. Ele deveria estar trabalhando como produtor delas.

— Então — começa Dev, a contragosto. — Me fala mais sobre você.

Charlie está analisando o garfo.

— Hum... o que você quer saber?

— Que tal começarmos pela sua família? Como são seus pais? Você tem irmãos?

— Bom, a questão é... não somos próximos — ele gagueja. — Quer dizer, *eu* não sou próximo. Do resto da família. Nós meio que não...

— Se falam? — Dev chuta.

Charlie tosse.

O garçom volta com chá e café.

— Perdão, mas você poderia por favor trazer outro garfo? Esse aqui está sujo.

— Ai, meu Deus, sim. Mil perdões. Vou resolver isso imediatamente.

O garçom volta depois de trinta segundos com quatro garfos diferentes para Charlie escolher.

Dev respira fundo e tenta se lembrar que sua missão é usar o *charme* para fazer Charlie continuar no programa. Ainda assim, a voz dele sai irritada.

— Sabe, fazer perguntas para conhecer a outra pessoa é uma parte bem comum dos encontros.

— Nas poucas experiências que tive, as mulheres não têm muito interesse em me conhecer.

— Bem, talvez tenha sido assim com a Megan, mas a produção vai dar um jeito para que seu próximo Encontro na Corte seja com a Daphne, e ela com certeza vai perguntar coisas sobre você.

O grupo sentado na mesa ao lado solta uma gargalhada alta e Charlie estremece.

— Eu... não quero falar sobre mim.

Dev range os dentes.

— Tudo bem. Se é assim, por que você não tenta perguntar alguma coisa sobre mim?

Charlie fica boquiaberto.

— Tipo o quê?

— Sei lá, Charlie! — Dev sabe que está perdendo a paciência de novo, e sabe que isso só vai deixar Charlie mais retraído, porém não consegue evitar. Quanto mais Charlie se retrai, mais Dev quer cutucá-lo. Ele queria poder voltar para aquele breve momento em que eles enfim se entenderam, logo depois que Charlie levou um soco, quando Charlie o deixou segurar uma das compressas de gelo e se abriu um pouquinho para Dev.

O garçom chega com o brunch dos dois num tempo recorde para qualquer restaurante de Los Angeles, e os dois parecem gratos por terem algo que mantenha as mãos e as bocas ocupadas. Depois de um silêncio torturante em que engole quatro fatias de bacon sem nem parar para respirar, Dev exclama:

— Do que você tem tanto medo, Charlie?

Charlie espeta um pedaço de melão com o garfo esterilizado e segura a fruta na frente da boca aberta, deslizando o melão pelo lábio inferior.

(E, por razões práticas, Dev decide ter o resto da conversa olhando apenas para a orelha esquerda de Charlie.)

— Como assim?

Dev espalha um pouco de molho holandês sobre a torrada.

— Por que você não consegue simplesmente dizer o que se passa na sua cabeça?

— Eu... eu tenho a tendência de, hum, dizer a coisa errada.

— Tipo...?

— É só que... — Charlie balança a mão esquerda. — Eu... eu... não sou muito bom com as palavras, não sei verbalizar meus pensamentos muito bem. As pessoas sempre me acham esquisito, então é mais fácil ficar quieto.

— Bom — diz Dev depois de uma longa pausa. — Essa é a coisa mais triste que eu já ouvi.

Charlie se apruma na cadeira, como se estivesse tentando projetar uma confiança que Dev sabe que ele não tem.

— Não, de boa, sério. Algumas pessoas possuem muita inteligência emocional. Habilidades interpessoais. — Ele aponta vagamente para Dev. — Eu não sou assim. Mas meu cérebro é muito bom em outras coisas e, se eu ficar de boca fechada, não sou nem considerado anormal nos padrões de Palo Alto.

Dev se mexe na cadeira e esbarra de novo no joelho de Charlie sob a mesa. Desta vez, ele não se afasta de imediato. Nem Dev. É como aquele cumprimento na primeira noite, só que com joelhos.

— Muitas pessoas sofrem de ansiedade social — diz Dev. — Você não é anormal em padrão nenhum.

— Disse o cara que me mandou ser a versão Comercial de Perfume de mim mesmo.

Dev empurra o prato para o lado. Ele se sente um babaca. É óbvio que quaisquer anormalidades que Charlie acredita possuir já devem ter sido alvo de comentários maldosos de outras pessoas.

— Tem razão. Aquilo foi idiotice da minha parte. Você não precisa mudar quem é para ser amado.

Atrás dos dois, um grupo se levanta para sair e Charlie retrai os ombros, se encolhendo o máximo possível para não ser atingido pelas bolsas balançando. Por baixo da mesa, Charlie pressiona com mais força a perna contra a de Dev, e ele sente Charlie tremendo quando os corpos se tocam. Por baixo da mesa, Dev se estica e põe a mão sobre o joelho de Charlie para acalmá-lo. Sob os dedos, ele sente Charlie relaxar um pouquinho.

— Você odeia comer em restaurantes, né? — pergunta Dev, com jeitinho.

— Eu não *odeio* — responde Charlie de maneira nada convincente, com gotas de suor se formando sobre a testa. — Mas, em dias ruins, pode ser uma situação complicada para mim. Nos dias em que já estou ansioso.

Dev sabe bem como são os dias ruins, e agora ele volta a se sentir um babaca, porque não planejou direito esse encontro para treinar. É claro que seria um desastre absoluto. Dev nem sequer pensou em perguntar a Charlie o que ele gostaria de fazer num encontro, embora o motivo de toda essa dinâmica fosse ajudá-lo a ficar mais confortável.

Parece que Charlie não é o único sem prática quando se trata de primeiros encontros.

— Vem comigo. — Dev sorri. — Vamos embora daqui.

Dev tira a mão da perna de Charlie e acena para o garçom, que nunca está a mais de dez passos do campo gravitacional de Charlie, e pede a conta.

— Antes de sairmos, vou fazer um experimento rápido, tá bom?

Charlie parece incrédulo, mas assente mesmo assim.

— Tá bom.

— Quero que me diga exatamente o que está se passando na sua cabeça neste momento.

Charlie cerra os lábios com uma expressão preocupada e encara o prato vazio sobre a mesa.

— Sem filtros, sem se preocupar em dizer a coisa certa, sem pensar demais — ordena Dev. — Só me diz o que vem à sua cabeça nesse instante.

— Hum...

— Você está pensando *demais*.

Charlie faz contato visual, repentino e inesperado, e Dev esquece que se comprometeu a olhar apenas para a orelha esquerda. Agora, Dev está sendo confrontado pela imagem completa do rosto de Charlie — os olhos cinzentos e tempestuosos com o hematoma leve e os cachos dourados e a covinha no queixo e é demais para suportar, mas Charlie continua o encarando e, quando ele abre a boca, Dev sente um friozinho na barriga.

— Tem molho holandês no seu rosto! — exclama Charlie.

A tensão no peito de Dev se desfaz.

— Bom — diz ele, pegando um guardanapo. — Já é um começo.

CHARLIE

— *Isso* é um momento romântico ideal para você?

— Eu nunca disse que entendia de romance — explica Charlie de pernas cruzadas no chão da sala de estar da casa de hóspedes. — Mas, sim, gosto muito de um bom quebra-cabeça.

Dev está sentado na outra ponta da mesinha de centro, separando com calma as peças da borda enquanto tenta assistir ao programa de TV passando no notebook. Depois do brunch desastroso cheio de crises envolvendo germes, idiotices verbais e muitas pernas se encostando, Dev perguntou a Charlie o que ele faria numa tarde ideal. Agora, os dois estão montando um quebra-cabeça enquanto assistem à primeira temporada de *The Expanse*, porque Dev nunca assistiu.

— A coisa mais fascinante nessa série é que — explica Charlie —, como na maioria das ficções científicas, eles ignoram completamente o impacto psicológico da superlumínica.

Dev parece o oposto de fascinado.

— O que é superlumínica?

— Uma propagação de informação mais rápida que a velocidade da luz.

— Entendi. Então, recapitulando — Dev aponta para os atores na tela. — O cara magrelo e gato, o cara forte e gato, o cara possivelmente indiano e gato, e a garota gata voam por aí numa nave desvendando mistérios tipo Scooby-Doo no espaço?

— Isso não chega nem perto da premissa da série. Você não está prestando atenção?

— Alguns desses caras gatos vão se pegar em algum momento?

— Não...

— Então, qual é a graça?

— A *ciência*! — exclama Charlie, passional até demais.

Dev abre aquele sorriso torto irritante, e Charlie saca que os dois estão em outro jogo além do quebra-cabeça, em que Dev tenta arrancar casquinhas da personalidade de Charlie, as coisas que ele geralmente esconde para que não sejam usadas contra ele.

Charlie fica em silêncio e, por um tempo, Dev também, passando a língua sobre os dentes enquanto se concentra na imagem impressa na caixa. Porém, com Dev, o silêncio nunca dura muito tempo.

— Pode-se dizer então que você está em busca de uma moça para quebrar a cabeça com você numa noite de sábado?

— Se isso foi um eufemismo, foi bem ruim. Continua separando as peças das bordas.

— Eu não monto quebra-cabeça desde... puta merda, acho que desde as viagens para Nags Head que eu fazia com meus pais durante o ensino fundamental? Não costumo ficar sentado por tanto tempo assim.

— Sério? Nem percebi.

— Isso foi sarcasmo? Quer dizer que agora você consegue ser sarcástico?

— Meu sistema deve ter atualizado.

Dev joga uma peça na direção dele. A peça bate no nariz de Charlie e cai embaixo do sofá.

— Juro que se terminarmos esse quebra-cabeça de mil peças e estiver faltando uma...

— Eu pego. — Dev rasteja pelo chão, vira o corpo e estica o braço embaixo do sofá. A camiseta preta dele se levanta, revelando sua barriga marrom-escura, uma linha de pelos pretos desaparecendo na direção da bermuda cargo. — Ah-rá!

Dev se senta triunfante, balançando a peça no ar. A camiseta ainda está levantada no canto. Charlie desvia o olhar.

— Eu estava falando sério — diz Dev, encurtando cada vez mais os momentos de silêncio. — É assim que você imagina sua vida com uma parceira? Montando quebra-cabeças e assistindo séries nerds de ficção científica?

— Para ser sincero, eu nunca imaginei minha vida com uma parceira. Nem todo mundo é doutrinado desde cedo no culto dos contos de fada.

— Não dá uma de Jules pra cima de mim enquanto estou quebrando a cabeça.

Talvez seja porque Charlie está muito concentrado nas peças — ou porque Dev nunca alivia pro lado dele e Charlie sabe que suas estratégias de fuga não vão funcionar o tempo todo —, mas ele responde sem filtro:

— Quando você mal consegue chegar num terceiro encontro com uma mulher, é difícil imaginar outra pessoa permanentemente na sua vida.

— Mas olha só pra *você*. — Dev gesticula intensamente, derrubando a caixa do quebra-cabeça no chão. — Não entendo como você consegue ser tão ruim nisso.

— Você passou apenas *trinta minutos* num encontro de mentira comigo e viu como foi horrível do começo ao fim.

— Nem pensar, o encontro ainda está rolando, eu acabei de encaixar *cinco* peças em sequência. — Dev coloca mais uma peça no lugar num estalo. — Estou me divertindo pra caralho!

Charlie sorri olhando para a mesa.

— Bom, ninguém nunca disse isso sobre um encontro comigo antes.

Ele não explica que também nunca se divertiu nos encontros, que sempre odiou a pressão para ser perfeito, para atender às expectativas das pessoas que tiram conclusões a seu respeito baseadas só na aparência. Ele não explica como todos os encontros que já teve pareciam uma obrigação, o tipo de coisa que ele *deveria* fazer. Charlie não explica que os encontros sempre lhe pareceram errados, como se estivesse vestindo uma fantasia que não serve muito bem.

— Além do mais, *isso aqui* — Charlie adota os gestos frenéticos de Dev — é tudo pela minha saúde mental. Todos os exercícios físicos. Quer dizer. Eu não malho porque me importo com a aparência do meu corpo. Só me importo com como o meu cérebro se sente.

Dev ergue os olhos da imagem que os dois estão montando na mesa de centro. Ele tem um rosto geométrico — o V afiado do queixo, o ângulo de noventa graus da mandíbula, a linha reta do nariz —, mas sua expressão se suaviza por completo quando faz contato visual com Charlie, que se prepara para ouvir Dev fazendo algum comentário engraçadinho sobre sua saúde mental.

Em vez disso, ele fecha o punho e dá um soquinho no braço de Charlie.

— *Mano*. Isso foi incrível! Você se abriu comigo!

— Ai — murmura Charlie.

— Foi mal. Me empolguei. — Dev se encolhe, arrependido, e estende a mão para massagear o braço nu de Charlie. *Um Mississippi. Dois Mississippi.* — Mas você mandou muito bem! Esse é o tipo de coisa que você deveria compartilhar com as mulheres durante os encontros.

A mão de Dev continua tocando a pele de Charlie bem abaixo da manga dobrada da camisa, os dedos quentes se afundando no bíceps. *Três Mississippi. Quatro Mississippi.*

— Você acha mesmo que aquelas mulheres querem ouvir sobre a minha saúde mental?

— Sim! — Dev grita com entusiasmo. *Cinco Mississippi.* — Elas querem que você se abra.

Isso não parece verdade. As mulheres com quem ele já saiu *disseram* que queriam que Charlie se abrisse, que fosse vulnerável, que baixasse a guarda. Mas, ainda assim, sempre que ele mostrava o menor sinal de emoções verdadeiras, elas murchavam em questão de segundos. Sempre confirmando o que o pai dele costumava dizer: homem de verdade não chora e definitivamente não fala em público sobre autocuidado.

Os dedos de Dev envolvem o bíceps de Charlie por completo, e ele acaricia o braço com o polegar. Charlie perde as contas dos Mississippis.

— As mulheres querem que você seja autêntico — diz Dev, antes de recolher a mão. Ele volta a atenção para o quebra-cabeça. — Já avançamos bastante — continua ele, enquanto encaixa mais algumas peças — emocionalmente e quebra-cabeçalmente. Quer saber? Acho que esse foi o melhor encontro para treinar que eu já tive.

Charlie não diz para Dev que esse é o melhor encontro que ele já teve. Ponto-final.

— Encontro para treinar? — repete Parisa durante uma chamada de vídeo na noite de quarta-feira. — O que diabos é um encontro para treinar?

— É tipo um encontro de mentira. Para me ajudar a ficar mais confortável nos encontros de verdade. Com as mulheres.

Parisa cutuca a máscara facial com extrato de alga e lavanda, encarando o próprio reflexo no canto da tela do celular. Os dois estão com máscaras faciais, como manda a tradição. Na vida normal de Charlie, a cada duas semanas Parisa aparece sem avisar em seu apartamento com uma garrafa de vinho caro e máscaras faciais. Ela geralmente inventa alguma desculpa para ter que falar com ele — algo horrível aconteceu no trabalho; algo horrível aconteceu com a família fofoqueira dela; algo horrível aconteceu com sua namorada ou namorado ou seja lá quem ela está pegando no momento —, mas Charlie sabe a verdade. Parisa aparece sempre que passa um tempo sem receber notícias dele. Ela só quer ver se está tudo bem. Quando ela o ajudou a arrumar as malas para o programa, enfiou uma dúzia de máscaras faciais só para ter um pretexto para essas conversas. E ele deixou, com todo o prazer.

— E o que exatamente vocês fazem nesses encontros?

— Na maior parte do tempo montamos quebra-cabeças depois das gravações e assistimos *The Expanse*. Às vezes conversamos sobre algumas coisas.

— *Você* conversa sobre *coisas*? Que tipo de coisas?

Charlie dá de ombros.

— Sobre Stanford. WinHan. Meu trabalho na fundação. Você, óbvio.

— Estou lisonjeada e confusa ao mesmo tempo. Você diz palavras? Em voz alta? Frases completas? Esse tal de Dev é algum tipo de feiticeiro?

— Não, ele só consegue fazer as pessoas se sentirem confortáveis. — Porque esse é literalmente o trabalho dele, e Dev arrasa. — Ele é superviciado nessa coisa de contos de fada, e fica muito nervoso quando alguém diz que o programa é armado, e lava o rosto com sabonete para as mãos, mas eu acho que você ia gostar dele.

— Humm. — Parisa pega a taça de vinho. — E ele está fingindo que gosta de quebra-cabeça e *The Expanse*? Ou esse cara leva o trabalho muito a sério, ou só está tentando te comer na surdina.

O rubor no rosto de Charlie está convenientemente coberto pelo creme de lavanda.

— Dev não está tentando me... — Ele para, se perguntando se Dev ainda está acordado do outro lado da parede. Provavelmente sim. Dev está sempre acordado. — Ele não está tentando nada comigo. *Meu Deus*, Parisa.

— Vá por mim, pelo menos metade das pessoas que você conhece está tentando te comer na surdina, Charles. Só que você é inocente demais para perceber.

— E quer saber? Outra coisa legal sobre o Dev é que ele não fica me zoando o tempo inteiro.

— Não na sua cara.

— Isso é muito bom para a minha autoestima, obrigado mesmo.

— Ah, você ama ser zoado por mim.

— Não consigo imaginar o que te faz acreditar nisso.

Parisa joga a cabeça para trás e ri. A máscara começa a rachar ao redor da boca dela.

— Tá bom, tá bom. Me diz, esses encontros para treinar estão ajudando?

Charlie relembra a Aventura em Grupo dos últimos dois dias.

— Bom, eu segurei a mão da Daphne ontem, e depois beijei a Angie sem ter um ataque de pânico, então, sim?

— Preparem os corações, meninas! Casanova está à solta!

— Você não se aguenta, né?

— Você gosta de alguma das mulheres?

— Sinceramente, gosto da maioria delas.

Parisa faz um gesto muito sugestivo com as mãos.

— Não desse jeito! — exclama Charlie, que logo depois tenta fugir. — Preciso ir. Tenho que lavar o rosto.

— Me leva com você — ordena ela.

Ele bufa e leva o celular para o banheiro.

— Você não está apaixonadinho por nenhuma delas?

Charlie apoia o celular de pé na pia e abre a torneira.

— Eu não vim pra cá pra ficar *apaixonadinho*. Entrei nesse programa pra mostrar ao mundo que sou uma pessoa bacana e normal, e posso voltar a trabalhar. O que importa é o trabalho.

Enquanto ele joga água no rosto, Parisa diz:

— Acredite ou não, existe um estilo de vida supermodernoso em que as pessoas têm carreira *e* relacionamentos românticos!

— Desculpa por destruir suas ilusões românticas, mas não tenho nenhum sentimento do tipo por nenhuma das participantes.

— Sim, mas, se tivesse, você saberia identificar?

Charlie para enquanto seca o rosto com a toalha.

— Como assim?

Parisa adota um tom de voz mais gentil e persuasivo.

— Quer dizer, você nunca namorou de verdade. Acha que saberia reconhecer quando se interessasse por alguém? O friozinho na barriga, os olhares escondidos e a sensação de querer estar perto?

— Eu... eu não...

— Com quem você está falando?

Charlie salta de susto, derruba a toalha e se vira. Ele deixou a porta do banheiro aberta, então Dev está recostado no batente vestindo uma calça de pijama xadrez e uma camiseta do time de futebol da faculdade.

— Nada. Ninguém.

Charlie pega o celular de cima da pia, mas ouve Parisa gritando *Não ouse desligar na minha cara, Charles Michael Winshaw* antes de conseguir encerrar a chamada.

— Era a Parisa, mais ninguém — diz ele para Dev. Charlie sabe que não tem como esconder o rubor agora. Mas não sabe o motivo de estar corado.

Dev entra no banheiro.

— Tem um pouco de... bem aqui. — Dev aponta para a lateral do rosto de Charlie, que tenta freneticamente limpar o creme com o dorso da mão.

— Aqui. Posso? — Dev se abaixa para pegar a toalha que Charlie deixou cair e a camiseta dele sobe na parte de trás, revelando a parte pontuda da coluna. Ele se levanta, e a pele fica coberta de novo. Dev abre a torneira da pia para molhar a ponta da toalha, depois se aproxima para limpar o restinho de máscara que ficou na têmpora de Charlie.

Charlie prende a respiração. Fica o mais parado possível.

— Como você está cheiroso — diz Dev ao terminar, pondo a toalha ao lado da pia. — Tipo... — Ele se aproxima do rosto de Charlie para sentir o cheiro. O nariz de Dev toca a ponta do maxilar de Charlie, que sente uma náusea subindo pelo corpo, como se alguém tivesse soltado mil balões dentro do estômago dele. — Lavanda — declara Dev.

— Ah. Sim. É da máscara facial.

Dev se apoia no balcão da pia.

— Aliás, você mandou muito bem hoje. Na Aventura em Grupo. Quase acreditei que você estava gostando quando flertou com a Megan.

— Quase — diz Charlie, olhando para baixo e encarando as próprias meias.

— Quase.

Charlie levanta a cabeça e vê que Dev está sorrindo para ele. Balões de novo.

— Amanhã você vai fazer perguntas pessoais para sete participantes, certo?

— Três — ele tenta barganhar.

— Seis.

— Cinco?

O sorriso de Dev aumenta.

— Tá bom, cinco. Mas eu escolho quais as cinco.

— Combinado.

Dev dá um impulso, afastando-se do balcão.

— É melhor você dormir um pouco.

Com a mão levantada, ele se aproxima de Charlie, e, por um segundo breve e idiota, Charlie acha que Dev está prestes a apertar as bochechas dele. O que teria sido esquisito. E indesejado, claro. Em vez disso, Dev bagunça o cabelo de Charlie, do jeito que um irmão mais velho carinhoso faria. Do jeito como os irmãos mais velhos de Charlie nunca fizeram.

— Boa noite, Charlie — diz Dev, saindo do banheiro.

— Boa noite, Dev.

DEV

— Elas precisam pegar sapos e depois *dar um beijo* neles? — pergunta Charlie, horrorizado, enquanto os dois aguardam os produtores das participantes prepararem-nas do outro lado do campo. — Quem inventa essas ideias para as Aventuras em Grupo?

— Misóginos sádicos da pré-produção — responde Jules. — E esse ainda acrescentou uma pitada de crueldade animal.

Uma coisa pior que a outra.

— Acho que o Sindicato de Sapos Atores exige que as condições de trabalho sejam seguras.

— Bem, fiquei sabendo que o programa contratou rãs para conseguir burlar as regras trabalhistas dos sapos — brinca Charlie. Porque agora ele é o tipo de pessoa que *brinca*, graças às maravilhas dos encontros para treinar.

Dev se aproxima e arruma o cabelo de Charlie para que não caia sobre a testa.

— Só não esquece de encontrar coisas importantes em comum com cinco mulheres, como ensaiamos.

Morrendo de medo, Charlie marcha lentamente pelo campo cheio de sapos, e vira a cabeça sobre o ombro, olhando para Dev como um garotinho sendo forçado a brincar com outras crianças da mesma idade. Dev consegue imaginar Charlie mais novo — o garoto que implorava para ficar na sala de aula com a professora durante o recreio, o garoto que tentava interagir com os adultos durante as festas de aniversário, presumindo que Charlie fosse convidado para qualquer festa de aniversário. O pequeno Charlie, sempre olhando por cima dos ombros em busca de um jeito de fugir.

— Vocês dois parecem estar se dando bem — comenta Jules enquanto eles observam Charlie se juntar ao grupo de mulheres.

— Graças ao seu plano. E sair com ele nem é tão ruim assim. Ele é meio... fofo.

Jules vira a cabeça para encarar Dev.

— Que foi?

Jules dá de ombros.

— Nada.

Dev passa a mão pela barba há três dias por fazer.

— Ele se abre um pouco mais quando estamos sozinhos, e está se saindo bem na frente das câmeras, mas ainda não sei se isso é o *bastante*.

— A cada dia que passa, Charlie fica mais confortável com as mulheres, mas continua se segurando e prendendo a respiração. Isso deixa Dev inquieto e cansado. — Ainda não sei o que ele procura numa mulher, ou como fazê-lo se apaixonar.

— Você está dando o seu melhor, Dev. Mas não esquece de tirar um tempo para cuidar de você mesmo, tá? Já não basta a Maureen te obrigar a morar dentro do set. — Jules se aproxima e faz carinho no braço de Dev, como se ele fosse um filhotinho, o jeito Jules Lu de lidar com qualquer situação que exige intimidade emocional. — Você tem conseguido dormir?

Do outro lado do campo, Charlie abre um sorriso acolhedor quando Daphne Reynolds mostra um sapo para ele.

— Só vou dormir quando Charlie Winshaw estiver noivo.

— Não é esquisito como eles passam tanto tempo preparando toda essa comida, mas nós não temos permissão para comer? — pergunta Daphne.

Charlie encara seu prato de risoto.

— Um desperdício desses é criminoso — comenta ele, e os dois lançam olhares para as câmeras. — Além do mais, aquele passeio de balão me deu fome.

Daphne pega o garfo, desafiadora.

— Por mim, a gente come.

Charlie também pega o garfo, e eles batem os talheres antes de começar a comer o risoto. Dev espera que alguém grite no seu ponto. Os participantes não podem comer nos Encontros na Corte por um motivo. Ninguém — nem mesmo Charlie Winshaw — fica bonito mastigando, e os microfones geralmente captam o barulho das mordidas. Sem falar que o único motivo desses encontros a sós é a *conversa*, e ninguém consegue conversar direito de boca cheia.

Ainda assim, Skylar não corta a cena, porque este é um momento fofo de verdade entre Daphne e Charlie, os dois comendo, as cabeças abaixadas em cumplicidade. Não foi à toa que Daphne Reynolds "ganhou" o Encontro na Corte da segunda semana; Maureen já decidiu que ela será uma das finalistas. Além disso, o medo de altura de Daphne a tornou a candidata perfeita para o passeio de balão. Ela se assustou e Charlie precisou reconfortá-la. Esse tipo de carinho cai muito bem nele.

Agora, porém, Dev precisa que Charlie faça seu relacionamento com Daphne passar para a próxima fase.

— Já estamos na segunda semana — disse Dev para Charlie antes do jantar. — O que costuma ser o momento para as conversas vulneráveis sobre relacionamentos anteriores. Pergunte para a Daphne sobre os outros namoros dela.

— Preciso mesmo fazer isso?

Se quiserem vender essa história de amor, sim, ele "precisa".

Charlie levanta os olhos do prato e avista Dev no canto do set. O produtor faz um gesto impaciente com as mãos e Charlie pigarreia.

— Eu... hum... tenho que... quer dizer, eu estava pensando, no passado, antes do programa, se você, hum...

— Você está querendo saber mais sobre o meu último namoro? — Daphne ajuda. — Meu produtor também me ajudou com possíveis temas para conversarmos.

Os dois riem, e há uma química inegável entre eles. Duas pessoas tímidas e retraídas andando em círculos. Dev prende a respiração e observa o desenrolar da cena.

— Eu não namorei muito nos últimos anos — continua Daphne. — Nada sério, pelo menos. Nunca consigo encontrar o que estou procurando. E você?

Charlie assente.

— Sim, hum. Também.

— O que *você* está procurando?

Charlie engasga com a comida.

— Hummm?

— O que você busca numa parceira?

— Ah. Bom. Eu... — Charlie gagueja e então para, como se pudesse fugir dessa conversa sem ninguém perceber. Dev esfrega o rosto e espera Charlie retomar a frase. — Eu gosto, hum, gosto de quebrar a cabeça — diz ele, por fim.

À esquerda de Dev, Jules segura o riso. Na frente das câmeras, Daphne parece ofendida.

— Isso é tipo uma tara sexual?

— Não! — Charlie quase derruba a taça de vinho. — Não, eu quis dizer *quebra-cabeça*. Eu gosto de quebra-cabeças.

— É isso o que você busca numa mulher? — pergunta Daphne, bem devagar. — Que ela seja um quebra-cabeça?

— Não. — Charlie está suando. Ele passa o guardanapo na testa. — Isso não faz sentido nenhum.

— Então, o que você está buscando numa mulher neste programa?

Charlie está claramente a três segundos de vomitar risoto no vestido de Daphne. Ele se afasta da mesa empurrando a cadeira, que cai num baque sobre o chão de mármore.

— Você pode... ah... me dar licença por um momento?

Charlie corre até a saída mais próxima, mas Dev já está atrás dele, seguindo-o para o lado de fora até um pequeno banco no jardim. Charlie afunda a cabeça entre os joelhos.

— Desculpa. Desculpa mesmo. — Charlie se desculpa para o chão enquanto tenta respirar. — Isso foi péssimo. Foi muito péssimo.

Dev se acomoda ao lado de Charlie no banco.

— Pois é — concorda ele. Dev coloca a mão nas costas de Charlie e o acaricia em círculos através das camadas do terno.

Charlie se ajeita abruptamente.

— *Pois é?* Você não deveria dizer alguma coisa para me consolar?

— Não sei se tem como consertar o que acabou de acontecer. Não acredito que você disse que gosta de *quebrar a cabeça*.

— Então você admite que foi tudo culpa sua? Que foi você quem estragou esse termo para mim?

— Não vou admitir nada.

Charlie solta uma lufada de ar que soa quase como uma risada. Dev continua acariciando as costas dele.

— Você acha que a Daphne me odeia agora? — pergunta ele, como quem se importa com a resposta. Como quem se importa com *Daphne*. O peito de Dev se enche de esperança.

— Acho que a Daphne é uma pessoa de bom coração que só quer que você se abra com ela — diz Dev. — Que seja você mesmo. Por que você não disse para ela as coisas que me disse quando estávamos quebrando a cabeça?

— Não sei. É mais fácil com você. — Charlie empurra o ombro contra o de Dev e não se afasta. Teve ainda os joelhos sob a mesa do Junipers, o aperto de mãos na noite em que se conheceram. Para alguém que odeia toques, Charlie Winshaw encosta muito e se afasta pouco. Ele cheira a risoto e ao sabonete orgânico de aveia que Dev já viu no box do banheiro, e Dev não quer se afastar também.

— Que porra é essa? — Ryan chega batendo o pé, e Jules vem logo atrás. — Charles, volta pra lá agora. Precisamos gravar a conversa inteira de novo.

— Ele precisa de um minuto.

— Bom, já passou um minuto, e agora ele precisa parar de ser tão doido e voltar para o encontro.

Charlie se encolhe visivelmente.

— Desculpa.

E Dev simplesmente *grita*.

— Você está sendo bem babaca e insensível agora, Ryan.

Todos ficam em silêncio. Até Jules espremer seu corpinho entre Ryan e Dev.

— Charlie, vem comigo pra gente arrumar sua maquiagem? — diz ela com calma. Charlie olha para Dev pela última vez antes de desaparecer com Jules, deixando o produtor com Ryan. Sozinhos. Pela primeira vez desde o término.

Dev tem estado tão ocupado treinando Charlie que mal teve tempo de pensar nos próprios problemas, mas agora eles estão parados bem na sua frente: um metro e oitenta de todas as inseguranças de Dev em forma humana.

— Que diabos foi isso? — questiona Ryan, furioso. — Você não pode falar comigo desse jeito na frente dele.

— Você não pode falar com ele desse jeito — rebate Dev. — Ele não é doido.

Ryan ri e cruza os braços.

— Olha, preciso confessar, D. Você fez mais por ele nas últimas duas semanas do que eu jamais seria capaz, então fico feliz por você estar no meu lugar, mas — Ryan estufa o peito e continua — o cara é maluco, e é uma palhaçada a gente ter que lidar com as frescuras dele só porque a Maureen cagou na escolha de elenco.

— Meu Deus, Ryan, ele não é *maluco* só porque precisa de um minuto para se recompor. Você acha que *eu* era maluco?

Ryan apoia as mãos na cintura.

— Quê?

— Quando nós namorávamos, todos aqueles dias em que eu não conseguia sair da cama... você me achava maluco?

Dev precisa que Ryan admita que disse merda. Precisa que Ryan reconheça que Dev se sentiu pessoalmente ofendido ao ouvir o ex-namorado com quem ficou por seis anos chamar um homem de *maluco* —, e que é por isso que Dev se sente pequeno, defensivo e furioso. Ele precisa que Ryan peça desculpas.

Ryan revira os olhos.

— Ai, nem vem. Você sabe que não foi isso o que eu quis dizer. Não seja tão sensível.

Dev se sente esmagado. Unidimensional. Uma versão de papelão de si mesmo. Ele encara Ryan e tenta entender como passou *seis anos* acreditando que eles eram o par perfeito.

— Qual é a sua com esse cara, afinal? — pergunta Ryan. — Você está *a fim* do Charles?

Dev passa os dedos com força no cabelo, provocando dor.

— *Porra.* Não. Não tem nada a ver com isso...

— Então por que você está levando tudo para o lado pessoal?

Ele quer encontrar um jeito de explicar a situação para Ryan, mas sabe que não adianta nada. Dev terminou com Ryan depois de finalmente perceber que o ex nunca seria capaz de entendê-lo — com seu coração grande demais e o cérebro ocupado demais —, e, por mais que isso o machuque, a parte boa do término é que Dev não precisa mais tentar.

— Não é nada — responde ele, por fim.

Porém, não é assim que ele se sente.

CHARLIE

Há algo errado com Dev.

Primeiro, ele gritou com Ryan. Depois, não trocou uma palavra com

Charlie durante o resto da gravação, quando Charlie retomou a conversa desastrosa com Daphne. Agora, porém, Dev está sentado no banco de trás da limusine, nervoso e cerrando o maxilar. Jules pegou uma carona de volta para o set numa van de equipamentos, provavelmente por não querer lidar com o amigo emburrado, então não há trégua entre Charlie e o mau humor de Dev.

Ele se aproxima do problema na ponta dos dedos.

— Você está... chateado?

— Não — rebate Dev, soando muito chateado.

— Tá bom, mas hum... você está agindo meio estranho.

Dev mantém os olhos fixos na janela.

— Desculpa se meu mau humor está estragando sua noite — diz ele num tom seco. — Vou tentar ser apenas o Dev Divertido daqui pra frente.

De alguma forma, Charlie está conseguindo ferrar com tudo em tempo recorde, e ele tenta desesperadamente dar um jeito na situação.

— Não preciso que você seja o Dev Divertido, mas, se você está chateado por causa do que aconteceu com a Daphne, me desculpa.

Dev finalmente se vira para Charlie, com o rosto iluminado pelos postes na rua. Dev está *chorando*.

— Não foi você. Foi o Ryan. Nós dois meio que namoramos... por seis anos. E terminamos há três meses.

— Ah — diz Charlie.

Ah, Charlie pensa, percebendo que algo a respeito de Dev finalmente faz sentido. Algo que ele já deveria ter notado há muito tempo. Então, da forma mais deselegante possível, ele pergunta:

— Peraí, você é gay?

A tensão no banco de trás da limusine se dissolve e Dev começa a rir.

— Sim, Charlie! *Meu Deus do céu*. Como você não sabia que eu sou gay?

Honestamente, a possibilidade nem sequer passou pela cabeça dele.

— Em minha defesa, você é obcecado por ajudar pessoas héteros a encontrarem o amor e suas bermudas cargo são horrendas.

— O jeito como eu me visto não tem nada a ver com o fato de que eu gosto de pau.

Charlie estremece involuntariamente.

Dev bufa e passa o dedo pela barba em seu maxilar anguloso.

— Por favor, não vá ficar todo sem jeito por causa disso. Não seja um daqueles héteros que acham que todos os gays querem ficar com você. Não estou tentando te dar uns pegas.

— Hum, quer dizer... *óbvio*.

— Você vai ficar todo sem jeito por causa disso, não vai?

— Claro que não.

— Você vai surtar toda vez que eu encostar em você daqui pra frente?

— Eu já surto toda vez que você encosta em mim.

A boca de Dev se abre, mas ele a fecha de imediato.

— Isso... não foi bem o que eu quis dizer. Não quis... — Charlie sente o suor se acumulando na nuca e decide mudar completamente de assunto. — Por que você e o Ryan terminaram?

— Porque ele me deu uma camiseta feminina de presente.

— Sei que não tenho muita experiência com relacionamentos, mas *como assim?*

Dev suspira.

— No meu aniversário de vinte e oito anos, a Jules organizou uma megafesta surpresa no meu bar favorito, convidou metade da equipe do programa, e o Ryan me deu de presente uma camiseta dos *Goonies* embrulhada numa sacola de papel da Target. Não sou um cara materialista, mas estávamos juntos havia *seis anos* e ele me deu uma camiseta feia da seção feminina da Target que custou doze dólares. Estava na cara que ele tinha esquecido do meu aniversário e comprou o presente logo antes da festa. E era tamanho GGG, então nem me servia direito. Era um cropped largo, mas não de um jeito sexy tipo *A hora do pesadelo*.

— Bom, peraí, mas você gosta dos *Goonies*?

— É claro que eu gosto dos *Goonies*! A questão não é essa! A questão é que... para ele, o nosso relacionamento valia *aquilo*: uma camiseta de doze dólares que não serve. Eu queria casar, ter filhos, e ele nem se importava o bastante para saber o tamanho que eu visto. E a pior parte é... — Dev morde as bochechas, deixando os ângulos geométricos do rosto dele ainda mais marcantes no carro escuro. — A pior parte é que eu sabia, desde o começo, que o Ryan não queria nada disso, mas achei que conseguiria fazê-lo mudar de ideia. Pensei que, se eu fosse bom e divertido o bastante, Ryan iria querer ficar comigo para sempre.

Dev para por um instante, com a respiração pesada beirando as lágrimas mais uma vez, e Charlie entra em pânico, sem saber qual protocolo seguir. Ele pensa em Dev na calçada, Dev no banco, Dev sempre a postos para confortar Charlie nos momentos em que ele precisava. Charlie estende o braço e coloca a mão sobre o joelho de Dev.

— Sinto muito — diz Charlie.

Dev olha para os dedos pálidos de Charlie sobre sua pele escura.

— Na verdade, a pior parte é que eu desperdicei seis anos da minha vida com alguém que só me amava quando eu era o Dev Divertido.

— E o que Ryan tem de tão especial? — Charlie não sabe muito bem por que essa é a primeira pergunta que lhe vem à cabeça.

— Bem, quer dizer, você já viu o Ryan. Ele é *gostoso*. Tipo, muita areia para o meu caminhãozinho.

Charlie poderia discordar educadamente. Ryan parece um pirata que vai tentar te vender um seguro de carro alugado mais caro, uma mistura mal-ajambrada de durão e metido que quase consegue esconder sua aparência bem sem graça. O rosto de Dev nunca perde a graça.

— E, sei lá... — Dev dá de ombros. — Ele gostava de mim? Ele ria das minhas piadas? E geralmente gostava da minha companhia?

— Isso me parece muito pouco. Achei que você fosse um romântico incorrigível.

— Eu sou. Quando se trata do romance dos outros.

O carro fica silencioso por um minuto enquanto o motorista estaciona na calçada em frente ao castelo de *Para Todo o Sempre*. Dev abaixa a cabeça, olhando para os dedos pálidos de Charlie ainda apoiados em seu joelho. Charlie não sabe se é ele quem tira a mão antes, ou Dev quem puxa o joelho primeiro. Só sabe que, de repente, os dois não estão mais se tocando.

— Agora chega de ficar me lamentando — anuncia Dev, com o rosto coberto por uma sombra maquiavélica e aquele sorriso animado de sempre. — Sabe o que a gente podia fazer hoje à noite?

Charlie fica com a boca seca.

— Hum... o quê?

— Um encontro para treinar. Mas com uísque.

Assim que eles chegam na casa de hóspedes, Dev vai direto até o armário em cima da geladeira e fica na ponta dos pés para alcançar a garrafa de uísque guardada no fundo. Enquanto isso, Charlie observa a camiseta branca de Dev subir pelas costas, acima da bermuda cargo.

— Pode sentar — diz Dev, ainda de costas para Charlie. — Te ver parado assim me deixa nervoso.

Em obediência, Charlie tira o blazer, afrouxa a gravata e se acomoda em uma das banquetas no balcão. Dev empurra um copo em sua direção, e o primeiro gole faz a garganta de Charlie arder, como uma trilha de fogo atravessando seu corpo.

Dev se recosta no balcão adjacente, e o silêncio se instaura na pequena distância entre os dois. Charlie não sabe ao certo o que fazer em seguida. Ele sente que os dois deveriam estar conversando, mas, em vez disso, só estão se encarando e, a qualquer segundo, Dev vai se dar conta de que Charlie é um péssimo companheiro de bebida.

Charlie quer dizer alguma coisa — encontrar um jeito de manter Dev ali, apoiado e relaxado no balcão, os braços longos e fluidos como um rio, mas, quanto mais o silêncio se arrasta, mais difícil fica preenchê--lo. Até que Charlie enfim pergunta:

— Me conta como você começou a trabalhar com televisão.

— Por quê?

— Ah, desculpa, pensei que você queria que eu treinasse fazer perguntas pessoais — responde Charlie, apressado. — Podemos só ficar bêbados num silêncio esquisito se você preferir.

Dev fica boquiaberto.

— *Nossa*. Um pouquinho de álcool e você já está todo abusado. Eu deveria ter te deixado bêbado há mais tempo.

Por algum motivo, a conversa morre e os dois tomam mais um gole.

— Eu amava cinema e televisão quando era criança — começa Dev. — Sou filho único e meus pais eram professores universitários e viviam trabalhando, então fui praticamente criado pela tv. Quando eu tinha, tipo, uns sete ou oito anos, comecei a escrever roteiros. Meus pais são muito empolgados, então me deram de presente uma câmera e um equipamento de edição, me mandaram para um acampamento de cinema todo verão, faziam uma viagem de meia hora todo dia para que eu pudesse estudar num colégio mais voltado para essa parte artística.

Dev sorri, mas não é o sorriso engraçadinho de sempre, com o canto da boca curvado. Esse sorriso é maior e mais cheio. Mais verdadeiro, talvez, rasgando os lábios dele, uma dúzia de alegorias de orelha à orelha.

— Meus pais organizavam noites de estreia toda vez que eu terminava de fazer um filme, e sei lá... Escrever roteiros para filmes e para a tv sempre foi o que eu quis fazer.

— Daí você decidiu trabalhar num reality show sem roteiro?

Dev o encara, mas sem ficar nervoso nem nada.

— Sim, quer dizer, eu amo o programa e dei sorte de conseguir um estágio na emissora assim que me formei. Não consigo nem mensurar a experiência que ganhei nos últimos seis anos.

Charlie sente que a história não acabou. Os braços de Dev estão agitados, balançando de um lado para o outro como se ele tivesse mais alguma coisa para dizer.

— Mas...?

Dev pega a garrafa e repõe uísque nos copos.

— Sim, tem um *mas*. Claro. Eu adoraria escrever um dia. Tenho um roteiro pronto, assim como qualquer pessoa que mora em Los Angeles, mas é uma comédia romântica queer que se passa nos bastidores de um filme de Bollywood, parecido com o que *Jane, a virgem* fez com as novelas mexicanas, então o elenco inteiro é desi, e isso não é exatamente o que estúdios estão procurando no momento. O que é um saco, claro, porque não é como se existissem muitos filmes norte-americanos com pessoas parecidas comigo. — Dev aponta para si mesmo, dos ombros largos até o quadril pontudo. — Maureen disse que vai ajudar a entregar meu roteiro para um agente, mas ela é ocupada demais.

Charlie bebe mais um gole demorado de uísque, deixando a bebida o esquentar por dentro.

— Posso ler?

— Ler o quê?

— Seu roteiro.

Dev empurra os óculos para cima com a ponta de dois dedos.

— Por que você iria querer ler?

— Porque você escreveu.

Dev arruma os óculos mais uma vez, e Charlie percebe que é um tique nervoso. Dev está *nervoso*. Dev, sempre tão confiante, tão charmoso, tão *extrovertido*, está nervoso com a ideia de deixar Charlie ler seu roteiro.

— Não tenho uma cópia impressa.

— Eu sei ler coisas digitais.

Dev se encolhe.

— É... é superpessoal. O roteiro tem muito de *mim*. Tipo, *eu inteiro*. Me inspirei muito nas minhas vivências nele e, se você odiar, seria como...

Charlie não sabe o que fazer com a informação de que Dev Deshpande se importa com a opinião dele.

— Não vou odiar.

— Tudo bem. — Dev assente uma, duas, sete vezes, se balançando para driblar o nervosismo. — Tá bom. Beleza. Pode ler.

Dev apoia o copo de uísque no balcão na frente de Charlie e pega o notebook na mesa de centro.

— Mas, se você odiar, só... não me conta.

Dev volta até o balcão e fica tão perto que Charlie consegue sentir o cheiro do desodorante no corpo dele, do amaciante nas roupas e de alguma outra coisa, intensa e adocicada. Charlie respira fundo e tenta identificar o aroma até se dar conta de que... é só a pele de Dev. Depois, percebe que está cheirando Dev e talvez devesse parar. Ele bebe mais um gole de uísque.

— Qual é o seu e-mail? — pergunta Dev.

Charlie se estica sobre o teclado para digitar o endereço e clica em enviar antes que Dev possa mudar de ideia. Dez segundos depois, o celular de Charlie vibra no bolso. Ele pega o aparelho.

— Não é pra ler agora! Não na minha frente! — Dev empurra o celular de Charlie para longe, todo dramático. A mão de Dev toca a mão de Charlie, e depois sua coxa esbarra no joelho de Charlie, que ainda está sentado na banqueta, e depois os dois estão se encostando em tantos lugares que Charlie não sabe o que fazer. Dev fica entre as pernas abertas de Charlie, pairando na frente dele. Olhos castanho-escuros, calor corporal e aquele cheiro inconfundível de Dev.

Algo queima no estômago de Charlie — provavelmente pânico por causa da proximidade. Por causa dos toques. Ele não gosta de ser tocado e com certeza não gosta da sensação do corpo inteiro de Dev pressionado contra o seu. A pele de Charlie está em chamas.

Dev finalmente se afasta.

— Desculpa — murmura ele, com os olhos fixos no uísque enquanto treme ao tentar beber mais um gole, derrubando um pouco de bebida na camiseta branca. Num piscar de olhos, o cérebro de Charlie dá uma cambalhota impressionante, passando de incapaz de entrar em pânico por causa dos toques para preocupação total com a *mancha*.

Há uma mancha enorme na camiseta de Dev. Os dedos de Charlie coçam de vontade de limpar antes que seque completamente. Dev volta a falar, mas Charlie não consegue processar as palavras. Um zumbido forte preenche seus ouvidos, e seus olhos não conseguem prestar atenção em outra coisa — *pensar em outra coisa* — que não seja a mancha na camiseta branca de Dev.

(Isso com certeza está relacionado à mancha e apenas à mancha, e não ao que aconteceu antes da mancha, quando Dev estava entre as pernas dele e o corpo inteiro de Charlie entrou em combustão.)

Ele sabe que a mancha não está literalmente aumentando, mas é o que parece. Está ficando maior e maior e maior, e a pele de Charlie coça, coça e coça. Ele tenta usar uma de suas estratégias, contando até trinta em alemão, mas a espiral é intensa demais e ele não consegue se concentrar em outra coisa, só na *mancha*.

Mancha mancha *mancha*.

Se Charlie não fizer algo a respeito *agora*, ele vai arrancar a própria pele.

Sem nem pensar, ele segura a barra da camiseta branca de Dev e puxa.

— Tira a camiseta!

DEV

O punho de Charlie está enroscado no tecido da camiseta de Dev, que dá mais um passo para trás, até se soltar.

— Oi???

Dev sabe que, do ponto de vista profissional, ficar bêbado com Charlie Winshaw não é a coisa mais inteligente que ele já fez, mas foi tão bom poder se abrir para alguém e contar tudo o que aconteceu com Ryan — ter alguém que o *escute*, alguém que lhe permita tirar a máscara de Dev Divertido rapidinho. Só por um minuto.

Em sua defesa, Dev não poderia prever que Charlie ia ordenar que ele removesse peças de roupa.

Charlie salta para fora da banqueta.

— Você tem que tirar a camisa para podermos limpar a mancha. — Ele corre até a cozinha pequena e abre os armários, tirando itens de dentro dele com violência.

— Por que não tem vinagre branco nessa casa?

— Bom, é uma casa de mentira...

— Serve detergente, então.

Só depois que Charlie enche uma tigela com água morna e detergente Dev entende o que está rolando.

— É só uma camiseta, Charlie. Eu compro em pacotes de três. Não se estressa com isso.

— Eu não consigo não me estressar com isso! — Charlie dá um murro no balcão. — Minha mente não funciona desse jeito!

Ah, *sim*.

Até então, Dev acreditava que a falta de habilidade social de Charlie fosse produto de ansiedade generalizada e de muitas noites de sexta-feira passadas na frente de um computador em vez de no mundo real com outros seres humanos. Não havia lhe ocorrido que pudesse ser outra coisa.

Rapidamente e com força total, ele se lembra de Ryan chamando Charlie de doido. Mas, logo depois, Dev começa a pensar no medo constante que Charlie tem de dizer a coisa errada, o medo de deixar outras pessoas se aproximarem, e ele pensa que talvez exista algo muito específico que Charlie Winshaw não quer que os outros vejam.

A raiva na expressão de Charlie desaparece de forma tão rápida quanto surgiu, e Dev atravessa a cozinha e apoia a mão cuidadosamente no ombro dele.

— Tudo bem — diz Dev num sussurro. — Vamos limpar a camiseta.

Ele tira a camiseta e os olhos de Charlie passeiam pela distância entre a clavícula e o quadril de Dev, antes de voltarem para a tigela de água e detergente.

— Hum, temos que deixar na água por quinze minutos. — Charlie programa o cronômetro no celular. — Depois é só colocar na máquina.

— Tudo bem — diz Dev mais uma vez. Ele já conhece os sinais da ansiedade de Charlie; o jeito como ele sobe os ombros até quase à altura das orelhas, as sobrancelhas franzidas, a boca contorcida, os olhos turvos. Com dois dedos, Dev começa a cutucar um padrão no ombro de Charlie.

Charlie observa os dedos de Dev.

— Como você...? — Ele prende a respiração. — É código Morse. Para a palavra "calma".

— Ah, é? Nossa. — Dev continua tamborilando o padrão. A voz dele está baixa e tranquila. *Calma*. Ele não sabe de onde a *calma* está vindo, mas é de calma que Charlie precisa, então Dev recorre a um conhecimento sem nem saber que o possuía. — Eu já te vi fazendo isso quando você está ansioso no set. Quando as coisas ficam desse jeito, como eu posso te ajudar?

Charlie engole em seco.

— Ninguém nunca me perguntou isso antes.

Ele olha de volta para Dev, dessa vez sem desviar. Os dois estão perto o bastante para que Dev sinta o cheiro do sabonete de aveia e perceba como os músculos de Charlie tensionam sob seus dedos. Dev é sempre cauteloso ao não olhar para Charlie por inteiro, mas Charlie está aqui, a centímetros de distância, permitindo receber ajuda, e Dev não imaginava que se sentiria tão desesperado para ajudá-lo.

— Respira fundo — sussurra Dev.

Charlie respira fundo três vezes (sempre três) quando precisa se acalmar e agora, todo trêmulo, ele inspira e segura o ar.

— Expira. — Charlie obedece e os dois estão tão perto que Dev sente a umidade do hálito de Charlie em sua garganta. — De novo.

Charlie inspira mais uma vez, lenta e dolorosamente, e Dev consegue perceber a pressão nos botões da camisa dele.

— Só mais uma vez.

Charlie inspira pela terceira vez, em alto e bom som, e Dev desliza os dedos pelo cabelo de Charlie enquanto o espera expirar. Ele move os cachos loiros de Charlie para o lado e massageia o couro cabeludo. Neste momento, Dev sente que Charlie se abriu. Uma semana de quebra-cabeças, séries de ficção científica e pequenos detalhes sobre uma infância difícil, mas às duas da manhã na cozinha da casa de hóspedes é quando ele consegue vislumbrar Charlie Winshaw por inteiro — ansioso, obsessivo e, ainda assim, tão lindo — se apoiando em Dev como se houvesse uma parte secreta de Charlie que quer deixar outras pessoas se aproximarem mas não sabe como.

— Desculpa por ser... um fardo.

A palavra abre uma ferida no peito de Dev. *Fardo*. O jeito como ele se sentia quando criança toda vez que a mãe precisava sair do trabalho mais cedo para levá-lo à terapia; o jeito como ele se sentia toda vez que o pai só queria passar um domingo divertido em família, mas ele estava cansado demais ou letárgico demais, muito agitado ou muito calado, chorando do nada na frente de uma escultura de Rodin no Museu de Artes da Carolina do Norte. O jeito como ele se sentia toda vez que os pais sentavam para conversar com ele e imploravam para que ele *só dissesse o que havia acontecido de errado*, e embora ele amasse palavras — amasse usar palavras para construir histórias e rotas de fuga do mundo real — ele nunca conseguia encontrar as palavras certas para ajudar os pais a compreenderem seu coração e sua mente.

— Você não é um fardo, Charlie. Me deixa cuidar de você. É o meu trabalho.

Por um segundo a mais, ele deixa. Charlie expira e toca as mãos de Dev. Mas logo ele se afasta, esbarrando nos armários.

— Você está bem?

— Hum, sim. *Sim*. Não, isso ajudou muito, então... obrigado. Mas é melhor eu... cama.

— E a camiseta? — Dev aponta para a tigela no balcão, mas Charlie já saiu da cozinha, correndo para o quarto.

Dev permanece ali, encarando a porta fechada por um bom tempo depois que Charlie vai embora e se tranca no quarto.

CHARLIE

Ele não consegue dormir. Se contorce em um milhão de nós de ansiedade, se revirando em lençóis que não são dele, numa cama que não é a dele, num quarto que não é o dele. E Charlie encara o teto texturizado no escuro e conta os milhares de pontinhos que encontra. Fazia anos que ele não tinha uma crise tão severa assim.

Quando criança, bem antes de saber o significado do termo *compulsão*, ele se sentia preso em comportamentos repetitivos que não conseguia explicar. Charlie se sentava no balanço durante o recreio, recitando ininterruptamente histórias que sabia de cabeça até acertar todas as palavras; ele cuspia saliva em lenços de papel porque tinha medo de engolir e engasgar; ele precisava fazer todas as lições de casa *perfeitamente*, mesmo se isso significasse passar horas fazendo e refazendo a mesma pintura a dedo. Ser perfeito era o único jeito de garantir que ele se sentiria seguro e saudável.

Então ele cresceu. Teve bons professores que se interessaram por sua inteligência. Os bons professores encontraram terapeutas para ele, que lhe ofereceram bons tratamentos e bons remédios, e, na maior parte do tempo, os pensamentos intrusivos e as compulsões não controlaram sua vida adulta. Não por muito tempo. Não até ele perder as estribeiras por causa de duas gotas de uísque numa camiseta branca.

Ele teve uma crise na frente de Dev, e agora Dev vai agir diferente. Como as pessoas sempre fazem.

Só que... Dev tentou entender, coisa que as pessoas nunca fazem.

Me deixa cuidar de você.

Charlie soca o travesseiro, tentando ficar confortável, mas não adianta nada. Seu cérebro é um trem descarrilhado, e ele nunca vai conseguir dormir. Em seguida, faz contas de cabeça até que seja uma hora aceitável para levantar. Depois faz o treino mais exaustivo que consegue encontrar no YouTube como punição pelo Acidente da Mancha de Uísque, pelo jeito como ele não consegue segurar a onda, ainda mais agora, quando mais precisa.

Quando os exercícios não ajudam, Charlie liga para o terapeuta e marca uma sessão de emergência, toma um alprazolam e se arrasta até o chuveiro. Ele evita ter que encarar Dev o máximo que consegue, mas se força a ir até a cozinha para lidar com o desastre.

Charlie encontra o colega de casa dançando uma música do Leland Barlow na frente do fogão. Algo está queimando.

— Estou fazendo brunch! — anuncia Dev, balançando uma espátula como se estivesse regendo uma orquestra. — E, sim, as panquecas são veganas e sem glúten. Quer mirtilo nas suas?

— Hum... — Charlie não sabe o que essa cena significa. Será que o plano de Dev é mimá-lo com comida antes de fazer uma intervenção sobre saúde mental? (Não seria a primeira vez. Josh o presenteou com um minikit de solda antes de avisar que Charlie não poderia mais dar entrevistas em nome da empresa.)

— Acho que isso foi um sim, né? — diz Dev, salpicando mirtilos sobre a massa na frigideira. — Você precisa de ajuda para decidir quem vai eliminar na cerimônia de hoje à noite?

Dev coloca um prato de panquecas marrom-escuras na frente de Charlie.

— Hum, quê?

— Você precisa eliminar mais duas participantes hoje, e eu acho que as mais prováveis são Shawna, Emily e Lauren S.

— Quem é Shawna mesmo?

— Exatamente.

Charlie pega o garfo e a faca e começa a cortar sua panqueca em pequenos quadradinhos, esperando que Dev o deixe na mão, que comece a agir menos como Dev e mais como qualquer pessoa depois de uma crise dele.

— Como estão as panquecas?

De alguma forma, queimadas por fora *e* cruas por dentro.

— Deliciosas.

— Fala a verdade, Charlie.

— Acho que já estou com intoxicação alimentar.

Dev ri e Charlie encara a boca dele. Ele não entende o que está *rolando*. Por que Dev não está todo constrangido perto dele, assim como os colegas de trabalho da WinHan ficavam depois de uma crise, evitando contato visual como se estivessem com vergonha alheia, desviando de

Charlie nos corredores como se ele fosse uma bomba prestes a explodir? Por que Dev não está fazendo um interrogatório sobre o Acidente da Mancha de Uísque? Por que não está olhando para Charlie com aquela mistura de pena e medo que ele memorizou na expressão de Josh?

— Nossa, que fracasso — diz Dev, pegando o prato e jogando todas as panquecas no lixo. — Quer que eu peça para a Jules buscar comida? Que tal burritos de café da manhã?

Charlie encara Dev, que está com a bermuda cargo horrorosa, a camiseta com caimento péssimo e pasta de dente no canto da boca, e finalmente aceita que o produtor nunca vai lhe puxar o tapete.

Charlie não conhece muitas pessoas assim — pessoas que não tiram conclusões a seu respeito depois de descobrirem que seu cérebro não funciona como o delas; pessoas que não te julgam; pessoas que simplesmente te apoiam e perguntam como podem ajudar. Pessoas que confiam em você a ponto de te entregarem uma cópia delas mesmas em PDF.

— Você está me encarando. Tem alguma coisa no meu rosto?

— Sempre tem — responde Charlie, e Dev ri de novo, mais alto dessa vez. Charlie sente o som desfazendo todos os seus medos mais sombrios. — Eu tenho TOC — diz ele, antes que acabe se contendo.

Dev apoia o cotovelo no balcão e apoia o rosto nas mãos.

— Tudo bem.

— TOC de verdade. Não sou tipo aquelas pessoas que acham fofo deixar o porta-canetas organizado.

— Sim, imaginei.

— Tenho ansiedade generalizada. E síndrome do pânico.

— Tudo bem — diz Dev de novo. Como se estive *mesmo* tudo bem.

Charlie sente seu peito ficar mais leve, mais solto. Ele nunca conversou sobre isso com Parisa, mas ela sempre olha para Charlie como se ele fosse um pássaro raro e exótico morando no sótão dela, só esperando pelo dia em que ele vai voar pela janela e conhecer o mundo.

Dev olha para Charlie como se ele fosse um homem sentado na cozinha depois de provar panquecas horríveis. Como se nada tivesse mudado.

Charlie respira fundo, uma vez só.

— Tudo bem.

Dev dá a volta no balcão em direção a Charlie, que está sentado na banqueta. Por um segundo, como na noite anterior, ele fica bem perto entre as pernas de Charlie, ainda mais sensível ao perceber sua pele tocando as costuras das roupas dele. Dev estende a mão e bagunça o cabelo de Charlie mais uma vez, só que com um olhar preocupado.

— Você sabe que ainda assim merece viver essa história de amor, não é?

Charlie engole o nó na garganta. Os dedos de Dev repousam no cabelo dele, e Charlie levanta a cabeça.

— Você merece ser amado — diz Dev mais uma vez. — E, de verdade, eu acho que tanto a Angie quanto a Daphne combinam com você. Acho que as duas podem te amar, Charlie. Do jeito que você é.

Dev dá um passo para trás. Charlie fecha as pernas.

— A Angie e a Daphne — repete ele.

Dev assente.

— Ah, sim. Aposto que elas serão as duas finalistas. E aí? Burritos de café da manhã?

Charlie tenta sorrir.

— Burritos de café da manhã.

Notas do roteiro para edição: Temporada 37, Episódio 3
Data de exibição: Segunda-feira, 27 de setembro de 2021
Roteiro: Ryan Parker
Produção executiva: Maureen Scott
Cena: Daphne, Angie e Sabrina comentam o Encontro na Corte de Daphne
Locação: Piscina, castelo de *Para Todo o Sempre*

DAPHNE: O encontro estava indo muito bem. Ele foi superfofo quando eu me assustei durante o passeio de balão, mas acabei estragando tudo no jantar. Forcei muito a barra.

ANGIE: Parece que foi *ele* quem estragou tudo por não conseguir responder uma pergunta bem básica.

SABRINA: Não é nada de mais esperar que o homem que você está conhecendo saiba explicar o que ele procura numa parceira.

ANGIE: E, se ele está procurando por um quebra-cabeça de mil peças do Thomas Kincaid, pelo menos todas nós já sabemos agora.

DAPHNE: [*Close no jeito nervoso como ela coloca o cabelo atrás da orelha*]. Ele claramente fica meio... sei lá... *ansioso* às vezes.

SABRINA: Acho que você não pode falar sobre esse tipo de coisa no *Para Todo o Sempre*.

ANGIE: [*Cena de Angie se aproximando para colocar a mão na coxa de Daphne*]. Amiga, a culpa não é sua. Você não fez nada de errado, pare de se cobrar tanto.

DAPHNE: Eu não deveria esperar que ele falasse sobre coisas sérias no nosso primeiro encontro.

ANGIE: Sinceramente? *Homens.* É por isso que namorar mulheres é tão mais fácil.

SABRINA: Tenho certeza de que você não pode falar sobre *esse* tipo de coisa no *Para Todo o Sempre.*

DAPHNE: [*Close no olhar dela percebendo a mão de Angie na coxa*]. Você já namorou... mulheres?

ANGIE: Como assim? Não tem bissexuais nos concursos de Miss Georgia?

Nota da Maureen para a edição: Cortem essa cena inteira e substituam por aquela onde Megan e Delilah estão falando mal das outras mulheres no ofurô.

Terceira semana

Pasadena — Quarta-feira, 23 de junho de 2021
Doze participantes e 46 dias restantes

CHARLIE

Ele não consegue dormir de novo. Há dias passa as noites em claro.

É uma da manhã e ele já tentou meditar, escrever no diário, ligar para Parisa na esperança de que a voz familiar dela o fizesse pegar no sono, mas nada funcionou.

Charlie deveria estar exausto, tanto emocional quanto fisicamente. Na Aventura em Grupo de hoje, as mulheres competiram em uma corrida de revezamento para resgatá-lo de uma torre (a resposta de *Para Todo o Sempre* para o feminismo, pelo visto), e, quando Daphne venceu mais uma vez, metade das participantes se revoltou, lideradas por Megan, dizendo que o jogo foi roubado (o que, obviamente, foi). Angie e Sabrina defenderam Daphne, e Charlie passou a maior parte do dia tentando apaziguar o grupo e evitar uma guerra de grandes proporções. Os produtores amaram cada minuto.

Não faz sentido tentar contar os pontinhos no teto no meio da escuridão pela terceira noite seguida, então ele sai da cama, acende a luz e pega o iPad. Desde o Acidente da Mancha de Uísque, ele não abriu o e-mail que Dev enviou, mas clica nele agora e volta para a cama. E começa a ler o roteiro de Dev.

E, com certeza, é o Dev todinho.

Enquanto lê os diálogos, Charlie consegue escutar a voz de Dev, quase como se o produtor estivesse ao seu lado na cama, lendo em voz alta. Embora não entenda porra nenhuma de roteiros, e jargões como *MCU* e *EXT* não signifiquem nada para ele, Charlie de alguma forma consegue imaginar o universo que Dev criou com as palavras. O protagonista, Ravi Patel, *é* Dev: um romântico incorrigível que não tem muita sorte nos relacionamentos, mas continua acreditando no poder do amor.

O roteiro tem um primeiro encontro fofo, nas palavras de Dev. Problemas de comunicação. O clichê dos inimigos que se amam, que faz Charlie se lembrar de todas as noites em que passou lendo fanfics de *Star Trek* quando era mais novo. Quando chega na metade do roteiro, Charlie percebe que nunca tinha lido uma história sobre dois homens se apaixonando.

Ele se recosta na cabeceira e leva os joelhos até o peito. Sente uma pressão desconhecida no estômago que ele decide ignorar, completamente entretido com a história de Dev. O roteiro acaba da única forma possível: com um beijo cinematográfico e um felizes para sempre. Quando termina de ler, Charlie encara o espaço em branco no final do PDF por um bom tempo. Apesar de ser madrugada, ele sente a necessidade de conversar a respeito. Agora.

Ele obedece o próprio desejo e caminha até a porta do quarto de Dev.

Dev está acordado, sentado de pernas cruzadas com o notebook no colo, vestindo uma camiseta larga estampada com o rosto de um homem jovem cercado de arco-íris. Dev sorri quando levanta a cabeça e vê Charlie.

— Oi. O que está fazendo acordado?

Charlie entra no quarto, mas hesita ao notar as marcas de dedo na camiseta de Dev.

— Você está comendo pipoca com cheddar na sua cama às três da manhã?

— Você veio até aqui às três da manhã só para me julgar?

— Não. — Charlie se senta na beirada da cama de Dev e aponta para a camiseta do produtor. — Você comprou essa aí num show do Leland Barlow?

Dev olha para a imagem do homem em seu peito.

— Quê? Ah, não. Eu perdi o show quando ele veio para Los Angeles no ano passado. Os ingressos eram muito caros e eu *achei* que o Ryan fosse comprar para mim de presente de Natal, mas, em vez disso, ele me deu um PlayStation 5. Foi a Jules que comprou essa camiseta para mim na internet.

— Você gosta de videogames? — pergunta Charlie, já sabendo a resposta.

— Foi mais um presente para a casa. Olha, é isso o que você veio fazer aqui? Me lembrar mais uma vez que meu ex-namorado nunca se importou comigo?

— Eu li o seu roteiro.

— Ah. Sério? — Dev empurra os óculos com dois dedos. — O que você achou?

Charlie sorri.

— Eu *amei*.

Dev segura o sorriso, como se estivesse com medo de mostrar a Charlie como aquelas palavras o deixam feliz. Só o cantinho da boca dele se curva e entrega tudo.

— Mesmo?

— É tão bom. É *melhor* do que bom. É excelente pra caralho!

— Não acredito que você acabou de dizer *caralho*...

— Você não precisa da ajuda da Maureen. Acho que você deveria vender seu roteiro.

— Bom, para vender o roteiro, eu meio que preciso deixar outras pessoas lerem.

Charlie se acomoda na cama, sentando de pernas cruzadas, assim como Dev, formando um paralelogramo com os joelhos dos dois.

— Quem já leu?

— Bom, você. — Dev levanta um dedo para contar. — E você também.

Ele continua com apenas um dedo levantado.

Charlie é a única pessoa que Dev deixou ler o roteiro. Ele não sabe o que fazer com essa revelação. Ele não é o tipo de pessoa para quem os outros costumam se abrir — não é o tipo de pessoa em quem os outros confiam para se mostrar *por inteiro*. Charlie sente uma necessidade incontrolável de mostrar que merece a confiança de Dev.

— Parisa, minha agente, trabalha para uma agência que tem escritórios aqui em Los Angeles, e um monte dos clientes de lá é do meio. Aposto que ela consegue entregar seu roteiro para um agente.

— Não, você não precisa...

— Eu quero. Isso deveria ser um filme. As pessoas precisam assistir.

Eu nunca... — Charlie se dá conta do que está prestes a dizer, mas não consegue voltar atrás *antes* de deixar as palavras escaparem. — Eu nunca li uma história sobre isso antes.

— Uma comédia romântica?

Charlie puxa um fio solto no cobertor de Dev.

— Não, sobre, hum...

— Gays? — sugere Dev.

Ele começa a se levantar.

— Desculpa.

Dev se estica e toca as pernas dele para segurá-lo ali, e algo quente ganha vida no estômago de Charlie, como se ele tivesse acabado de tomar uma dose de uísque.

— Desculpa pelo quê? Senta.

Charlie não deveria ceder. Ele nunca deveria ter ido até ali, e se sente estranhamente vulnerável com sua camiseta larga de Stanford e calças de moletom, sentado na cama de Dev, tão perto dele.

— Não. É melhor eu... eu...

— Charlie — diz Dev, segurando as duas sílabas na língua como se elas fossem frágeis. — Por que você veio até o meu quarto às três da manhã?

— Porque... porque eu terminei de ler seu roteiro.

Dev se inclina para a frente e a gola frouxa da camiseta do Leland Barlow desliza, revelando a curva onde o pescoço dele se une a seus ombros largos. A saboneteira na clavícula é grande o bastante para acomodar a mão inteira de Charles.

— E por que você estava lendo meu roteiro às três da manhã?

— Eu não estava conseguindo dormir.

— Por que você não estava conseguindo dormir? — pergunta Dev. Uma pergunta perigosa. As mãos de Dev continuam nas pernas de Charlie. — Está estressado com o programa?

— Ah. *Sim.* O programa. Com certeza. Não consigo dormir porque estou estressado com o programa.

Dev assente.

— Parece que você está se conectando com mais mulheres. Não acha?

Ele reflete sobre isso. De certa forma, sim. Charlie gosta de conversar sobre tecnologia com a Delilah quando ela não está metida em algum drama com a Megan, e gosta das histórias da Sabrina sobre as viagens dela, quando ela não está o intimidando pra cacete. Ele gosta de passar tempo com a Angie, que é esperta e inteligente e o faz rir, assim como gosta de sair com a Daphne, que é paciente, gentil e compreensiva. Mas, como Charlie disse para a Parisa, ele gosta das mulheres, mas não *gosta delas*. Não foi para isso que ele entrou no programa.

— Mais ou menos — diz ele, cuidadosamente.

— Você consegue se ver desenvolvendo sentimentos verdadeiros por alguém?

— Eu... hum...

— Sem essa, Charlie! Você pode conversar comigo sobre essas coisas. Não apenas como seu produtor, mas como seu amigo.

Ele hesita.

— Nós... somos amigos?

— Tenho certeza de que eu sou seu único amigo.

— Eu tenho outros amigos.

— Tirando sua agente?

— Eu tenho *um* amigo — corrige ele. Dev ri e a combinação da risada de Dev com o sono atrasado faz com que Charlie se sinta bêbado.

Dev se aproxima ainda mais.

— Vou dizer isso como seu amigo. Acho que você está se saindo muito bem em conseguir conversar sobre seus sentimentos.

Dev coloca a mão no peito de Charlie, e um alçapão se abre logo abaixo de seu esterno. O coração de Charlie cai, se despedaçando no fundo do estômago. *Um Mississippi.* Dev fala rápido como se tivesse medo de que Charlie se afaste.

(Charlie não vai se afastar. A mão de Dev está no peito dele, e ele não vai se afastar.)

— Tente ouvir seu coração. Ainda restam mulheres incríveis no programa, e você merece ser feliz.

Dev continua com a mão pressionada contra o peito de Charlie, fazendo sua pele queimar sob o tecido fino da camiseta. *Dois Mississippi.* Dev engole e o pomo de adão dele sobe e desce. *Três...* Charlie acompanha o movimento do pomo de adão pelo pescoço elegante de Dev, imaginando o que há mais embaixo, o torso esguio de Dev e os pelos na barriga dele, visíveis no lugar onde a camiseta dele está embolada, perto da cintura. Ele não sabe ao certo por que está pensando na barriga de Dev, ou como sabe que a camiseta de Dev subiu no cantinho.

Só que.

Só que ele sabe. Charlie soube assim que terminou de ler o roteiro de Dev. Uma ficha que caiu lentamente, e só ficou óbvia depois que ele se enxergou nas páginas da história.

O jeito como Charlie se sente quando Dev toca seu cabelo, o jeito como ele se sente quando Dev toca sua mão, o jeito como ele se sente *toda vez* que esse homem o toca. Esses sentimentos não faziam sentido porque eram completamente inéditos para Charlie. Mas agora tudo faz sentido e *meu Deus* — como ele gostaria de voltar à ignorância.

Charlie gostaria de poder parar de pensar nisso tudo, gostaria de parar de traçar uma linha imaginária que começa nos lábios semiabertos de Dev e desce por todo o corpo dele, e gostaria que só o simples ato de *se imaginar* fazendo isso não trouxesse de volta aquele friozinho na barriga que agora ele entende tão bem. Charlie salta da cama, e vira o corpo para que Dev não o veja.

— Vou te deixar dormir agora.

— Está tudo bem, Charlie.

Não. Não está *nada* bem.

Charlie corre para o próprio quarto, bate a porta e se apoia contra ela. Seu coração está tão acelerado que ele tem certeza de que Dev consegue escutar do outro cômodo. Ele nunca deveria ter pedido para ler o roteiro de Dev, nunca deveria ter entrado no quarto de Dev e nunca deveria ter aceitado participar desse programa.

Porque tudo estava bem antes, quando ele não sentia coisas, e todas essas sensações estavam escondidas, sem receber atenção.

Charlie continua apoiado contra a porta do quarto, o coração dele pulsa violentamente e o corpo continua... fazendo coisas que corpos fazem. Ele não *para* de fazer coisas que corpos fazem. Charlie quer aliviar a pressão, mas não pode. Porque tem a ver com Dev, e Dev é seu *produtor*, e seu amigo pelo visto, e ele está a uma parede de distância.

Mas aí Charlie começa a pensar em Dev a uma parede de distância.

A camiseta com a gola esgarçada ao redor da garganta. Tempero de pipoca na ponta dos dedos. E Charlie decide que será só essa vez. Só pra se livrar desses sentimentos antes que ele seja devorado vivo. Charlie pensa no roteiro, e em como a voz de Dev soaria se ele estivesse lendo a história para ele, no ouvido dele, respirando perto do pescoço de Charlie enquanto ele puxa a calça de moletom para baixo.

E *puta merda* — os joelhos de Dev e a boca de Dev e o pomo de adão de Dev. Charlie tenta pensar nos olhos azuis e bonitos de Daphne, mas só consegue ver os olhos escuros de Dev, perfurando-o com tudo por trás daqueles óculos. Ele tenta criar a imagem do corpo macio de Angie, mas é interrompido pelos ombros largos de Dev, os quadris esguios dele, as pontas afiadas daquela pele linda e marrom, o cheiro dele.

Charlie tenta não pensar no que isso significa, ou no motivo pelo qual se sente assim. Ele imagina Dev ao seu lado — a mão de Dev em vez da dele — e isso basta para que Charlie chegue ao limite. Ele enfia a boca na dobra do braço, para abafar o barulho.

Uma hora depois, assim que sai do banho, Charlie tem a primeira noite bem dormida em dias.

DEV

Ele não deveria ter forçado tanto a barra.

Dev anda de um lado para o outro perto da cama. *Por que ele sempre acaba forçando a barra?*

As coisas estavam boas. Ele conseguiu fazer Charlie se abrir *o bastante* — suficiente para uma demonstração ou outra de sarcasmo e provocações; o suficiente para frases completas e complexas; o suficiente para começar a tomar os antidepressivos toda manhã na frente de Dev; o suficiente para sorrir (às vezes) e rir (tipo, duas vezes). O bastante para que Dev se empolgasse e acabasse querendo mais, de modo que, quando Charlie apareceu no quarto vestindo aquela calça de moletom cinza e elogiando o roteiro, Dev forçou a barra. E Dev o assustou.

Dev pega mais uma porção de pipoca e para de andar de um lado para o outro. É claro que Charlie se assustou quando Dev o forçou a falar sobre como se sente em relação às mulheres. Charlie provavelmente passou a vida inteira acreditando que não merece ser amado, a ponto de ter descartado a possibilidade por completo. Para Dev, é possível que Charlie nunca tenha se permitido se apaixonar com medo da rejeição e, sendo assim, como ele conseguiria reconhecer os sentimentos que está desenvolvendo por Daphne?

Talvez Dev deva ir até o quarto dele. Ver se está tudo bem. Conversar com ele.

Na porta ao lado, ele ouve Charlie entrar no banheiro e ligar o chuveiro.

Ou... enfim. Talvez seja melhor Dev dormir um pouco.

Porém, ele não consegue dormir e, na manhã seguinte, quando Dev chega na cozinha rastejando feito um zumbi, Jules já está lá com uma sacola cheia de sanduíches do bufê do set. Charlie está enchendo a máquina de lavar com uma leva de roupas.

— Os assistentes podem lavar as suas roupas — diz Dev chegando por trás dele.

Charlie quase pula de susto.

— Tudo bem... eu posso... — Ele para de falar e nem se dá o trabalho de tentar terminar a frase.

Jules entrega o café da manhã para Charlie.

— Charlie, parece que você está num teste para interpretar o décimo terceiro Cyclon de *Battlestar Galactica* — provoca ela.

Charlie pisca.

— Desculpa.

Parece que Dev forçou tanto a barra que no fim empurrou Charlie de volta para a estaca zero.

Jules e Dev tentam quebrar o gelo no caminho até o set, mas Charlie se recusa a morder a isca, mesmo quando Dev declara em voz alta que *Westworld* é a melhor série de ficção científica de todos os tempos. No set, quando Dev se aproxima para ajustar a coroa de Charlie, ele se afasta tão bruscamente que tropeça em uma caixa de equipamentos. Charlie também fica nervoso com as mulheres, confundindo as duas Laurens e revirando os olhos toda vez que Megan o puxa para o canto para dizer que Daphne não entrou no programa pelos motivos certos.

— Que bicho mordeu seu garoto? — pergunta Jules enquanto eles observam Charlie literalmente se abaixar para desviar de um beijo de Delilah.

— Não tenho ideia.

Jules põe as mãos na cintura e inclina o pescoço para encará-lo.

— Tá bom, tá bom, talvez o Charlie tenha aparecido no meu quarto no meio da noite.

— Ah, *jura*?

— Que foi?

— Que foi?

— Charlie foi até o meu quarto e nós conversamos sobre as relações dele com as mulheres.

— Ah.

— O que mais poderia ser?

Ela faz uma pose casual.

— Isso mesmo. Óbvio.

— Eu estava tentando ajudá-lo a entender os sentimentos dele pela Daphne, e...

Jules ri.

— Peraí. É sério isso? Você acha mesmo que o Charlie sente alguma coisa pela *Daphne*?

— Sim, por quê? — Dev começa a roer a unha. — Você acha que a Angie combina mais com ele?

Jules suspira e se aproxima para acariciar o braço do amigo.

— Claro, Dev. É exatamente isso o que eu acho.

Toda temporada, no final da terceira semana, antes que restem apenas dez participantes e a equipe seja reduzida apenas aos funcionários essenciais para a parte do programa em que começam as viagens, a produção organiza um "baile" gigantesco antes da Cerimônia de Coroação. Doze mulheres competindo para dançar com *um* homem. É *sempre* uma avacalhação.

Quando a limusine estaciona na frente do hotel Peninsula Beverly Hills, Charlie está uma pilha de nervos, o que significa que Dev está uma pilha de nervos, embora parte da ansiedade dele seja por causa das balinhas azedas e do café extraforte que ele ingeriu no jantar. Enquanto Charlie é levado pela equipe de maquiagem, Dev decide conversar com as mulheres para tentar esquecer a preocupação constante com Charlie. Elas estão reunidas numa sala de reuniões que foi transformada em camarim. Todas usam vestidos de baile inspirados em filmes da Disney com espartilhos acinturados e saias de tule.

Angie, Daphne e Sabrina estão amontoadas num canto, cercadas por uma quantidade absurda de tecido e de embalagens de fast-food que Kennedy, o produtor que substituiu Dev, trouxe sem ninguém perceber. Elas prenderam guardanapos nas golas dos vestidos, pendurados feito babadores. Uma gracinha.

Charlie já decidiu quem serão as duas participantes eliminadas hoje, então, além das três mulheres, viajarão para New Orleans com a equipe amanhã Delilah, Lauren L., Becca, Whitney, Rachel, Jasmine e Megan — que Maureen insistiu em manter no jogo por mais algumas semanas.

— Olha ele, o guardião do nosso futuro marido! — Angie balança um hambúrguer enorme para cumprimentar Dev. — Como vai o nosso namorado?

— Ele... — Dev dá uma de Charlie e não termina a frase.

Daphne dá uma de Charlie e franze as sobrancelhas intensamente.

— Ele parecia meio triste com alguma coisa esta semana. Podemos ajudar de alguma forma?

Dev balança a cabeça. Se ele soubesse como ajudar Charlie a voltar a ser como antes, já teria resolvido.

— Ei, Daphne, eu estava aqui pensando — diz Megan enquanto se aproxima batendo o pé e usando um vestido claramente inspirado na Malévola. O departamento de figurino não é nada sutil. — Você vai convidar o Charlie para dançar durante o baile ou está torcendo para que a Angie te convide antes?

Daphne fica rosada, da cor de seu vestido de *Bela Adormecida*, e Angie joga uma batata frita em Megan.

— Vai se foder, sua babaca homofóbica.

Megan dá meia-volta e encara Dev.

— Você ouviu o que ela acabou de dizer pra mim?

Dev aponta para a orelha, como se alguém estivesse gritando com ele pelo ponto, só para não ter que confirmar abertamente a homofobia gratuita. Então, alguém *de fato* começa a gritar no ponto. É Ryan.

— Dev, vem pra cá. Temos um problema.

Por mais fora de forma que ele esteja, só leva trinta segundos para Dev atravessar correndo o hotel até o camarim de Charlie. Ainda assim, durante os trinta segundos, ele imagina dezenas de situações horríveis envolvendo Charlie. O que ele encontra é ainda pior do que qualquer coisa que poderia imaginar.

Charlie está parado no meio do camarim, vestindo apenas a coroa de plástico e a menor cueca boxer preta do mundo. Ele está basicamente *pelado*, com os músculos abdominais afunilando em um V que aponta para a virilha dele como uma seta de néon. A imagem é, em uma palavra, pornográfica.

Dev não deveria reparar, mas repara mesmo assim. Charlie por inteiro. A pele bronzeada, as coxas fortes, as sardas delicadas ao redor da clavícula, os músculos se multiplicando ao longo do abdômen e, ainda assim, aqueles olhos grandes e cinzentos, tão doces, inocentes e contraditórios em relação a todo o resto.

Ryan se posiciona convenientemente entre Dev e a visão dos oblíquos de Charlie.

— Ele se recusa a vestir o terno de Príncipe Encantado! — grita Ryan, como se Charlie não estivesse ali para se explicar.

Charlie engasga.

— Desculpa. Eu... eu sinto muito.

— Se sente muito, *veste o terno!*

— É de lã. Desculpa, mas eu não... eu não uso lã.

Charlie está entrando em uma espiral de ansiedade com toda a situação, e Dev dá um chega pra lá nos pensamentos sobre a falta de roupa e começa a cutucar o ombro nu de Charlie em código Morse. Em seguida, Dev se vira para Ryan.

— Parece que você vai ter que arrumar um terno novo para o Charlie.

— A gravação começa em meia hora. Como você quer que eu arrume uma *porra* de um terno novo em tão pouco tempo?

Dev dá de ombros.

— Você é o supervisor de produção no set. Vai dar um jeito. O arquivo do Charlie diz que ele não usa lã. Além do mais, estamos no *verão*.

Ryan range os dentes e pega o walkie-talkie, todo agressivo.

— Precisamos de um terno novo pra ontem — grita ele, batendo o pé enquanto sai do camarim, seguido pelo assistente de produção.

Os dois ficam sozinhos na sala, e Dev percebe que não fica sozinho com Charlie desde aquela conversa às três da manhã.

— Obrigado — murmura Charlie, olhando para o chão. — Por me defender.

— Não precisa me agradecer, Charlie. É o meu trabalho.

— Seu trabalho — repete Charlie devagar. Dev quer forçar a barra. Quer provocar. Quer sacudir Charlie pelos ombros. *Volta pra mim*, ele gritaria. *Não se tranque de novo.*

Skylar entra de supetão no camarim e Dev dá um passo para trás.

— Que história é essa sobre o terno... *Filhodaputa!* — Skylar para assim que avista Charlie. — Jesus amado, alguém pode trazer um roupão pra este homem?

Um assistente diferente surge do nada com um roupão felpudo do hotel, e Charlie enfia os braços nas mangas mas não amarra na cintura, como se achasse que a função da peça é mantê-lo aquecido. O roupão fica aberto e o corpo dele continua à mostra. Dev decide imitar um sotaque engraçado e mais ou menos britânico, porque, com certeza, rir disso tudo vai ajudá-lo a parar de encarar o corpo de Charlie.

— Ah, meu amor — Dev fecha o roupão ele mesmo. — Você claramente não faz ideia do corpo que tem.

Charlie ergue aqueles olhos enormes e cinza para encarar Dev. Ele começa a corar, uma mancha rosada se espalhando pescoço abaixo, e a última coisa que Dev precisa agora é ver qualquer parte do corpo de Charlie *corando*.

— O que tem o meu corpo? — pergunta Charlie com inocência.

A porta do camarim se abre de novo, e agora é Maureen quem entra.

— Qual é o problema dessa vez?

— O terno para o baile é feito de lã, e Charlie não usa lã — explica Dev. — Estamos procurando um terno diferente.

— Ah, estamos? — pergunta Maureen, com um tom que beira a raiva disfarçado sob a superfície amigável. — E quem autorizou isso?

— Eu autorizei — diz Ryan, retornando com uma embalagem da lavanderia a seco.

— Bom, espero que a nossa pequena diva ache esse terno aceitável — diz Maureen com um sorriso. Charlie veste o terno que um assistente comprou de um hóspede do hotel, e Maureen o observa com a sobrancelha arqueada, tamborilando as unhas bem-feitas no antebraço.

— Lindo! — anuncia ela depois que Charlie termina de se vestir. Ela o segura com força pelos ombros. — Parece o Príncipe Encantado perfeito, prontinho para o baile!

Tal como previsto, o baile é uma avacalhação.

Charlie não se recupera facilmente do drama por causa do terno, assim como Megan não se recupera facilmente da briga com Angie. Fica óbvio como os produtores estão arrastando a moça pela competição; na vida real, longe das câmeras e da pressão para vencer, Megan pode até ser uma pessoa bacana, embora imatura emocionalmente. Mas talvez por causa dessa imaturidade emocional — ou porque ela está desesperada para divulgar seu canal no YouTube a qualquer preço — Megan cede aos piores impulsos do programa quando se trata de instigar a rivalidade feminina. No começo da noite, a mulher arma um barraco, grita com Angie e se tranca no camarim até Charlie ser forçado a consolá-la.

Daphne também não se recuperou facilmente do confronto que teve mais cedo e, no meio do baile, dá um show inesperado, exigindo falar a sós com Charlie.

Angie está lá, segurando o braço de Daphne e sussurrando:

— Você não precisa provar nada para ninguém, Daph.

Ela empurra Angie para longe com delicadeza, segura na mão de Charlie e o leva até uma área pequena ao lado do banheiro. Dev, Jules e Ryan se empoleiram atrás das duas câmeras.

— Está tudo bem? — pergunta Charlie para Daphne enquanto os dois se sentam lado a lado num banco.

— Sim, claro. Eu só queria... conversar. — Daphne pigarreia. — Nós não passamos muito tempo juntos hoje, e eu queria te lembrar do quanto eu gosto de você.

— Ah. — Charlie relaxa visivelmente. — Eu também gosto de você, Daphne.

Ela passa uma mecha de cabelo por trás da orelha.

— Eu queria te *mostrar* o quanto eu gosto de você — diz Daphne, como se estivesse se esforçando para soar corajosa. Ela apoia a mão sobre a coxa de Charlie, e Dev entende exatamente o que está prestes a acontecer. Ele sente um impulso esquisito de gritar *corta*. De intervir. De resgatar tanto Charlie quanto Daphne.

Mas Daphne puxa Charlie para um beijo apaixonado, e ele não parece querer ser resgatado. Inclusive corresponde ao fervor de Daphne na mesma intensidade. Os dois se movem muito rápido; ela desliza a mão até a virilha dele; Charlie a pega no colo. As mãos dele passam pelo cabelo dela, pela cintura, pelo decote do vestido rosa.

— Finalmente — sussurra Ryan. — Esses dois estão nos oferecendo algo para o programa.

Corta, Dev quer gritar. *Corta!*

Quatro dias atrás, ele mandou Charlie escutar o próprio coração, e agora ele está obedecendo. Isso é bom. É *certo*. É como as coisas devem ser. Charlie é o príncipe do programa, e Daphne é a princesa perfeita, é assim que tudo funciona. Por que então Dev sente que tudo está dando terrivelmente errado?

Jules se aproxima e acaricia o braço de Dev.

Isso é bom.

— Espera, desculpa... eu não... — Charlie afasta a cabeça, segura Daphne pela cintura e a tira do colo.

A moça parece confusa enquanto ajeita a própria roupa.

— O que houve?

— Sinto muito, mas eu... — Charlie pigarreia. Tem mancha de batom na covinha do queixo dele. — Eu estava tentando, mas não acho que... desculpa, mas...

— Mas o *quê*? — insiste Daphne, impaciente. — Você estava tentando *o quê*, Charlie?

A testa de Charlie está coberta de suor, e ele se vira para Dev atrás das câmeras. Daphne se vira para Dev também, e os dois quebram a quarta parede, mas ninguém diz "corta". Daphne segura o rosto de Charlie para fazer com que ele a olhe novamente.

— Eu também estou tentando — diz ela. — Fala comigo. O que houve?

— Não posso — rebate Charlie, levantando do banco e correndo em direção a Dev. Confuso, um dos operadores gira a câmera enquanto Charlie se joga nos braços de Dev, e então o peso de Charlie acaba empurrando os dois para trás, em direção a um banheiro reservado. Eles tropeçam, quase caem, e então Charlie bate a porta e fecha os dois lá, os escondendo do alcance das câmeras. Charlie tenta arrancar o cinto para desligar o microfone, mas seu corpo inteiro treme. Ele se joga sobre a pia, como se estivesse com ânsia de vômito.

Dev já viu Charlie lidando com diversos ataques de pânico, mas nunca o viu desse jeito. Dev está paralisado, sem saber como ajudar.

Do lado de fora do banheiro, alguém soca a porta e eles escutam Daphne gritando.

— Charlie! Sai daí! Conversa comigo!

Dev ignora as batidas, os pedidos de Daphne e os gritos de Ryan no ponto eletrônico. Tudo o que ele vê é Charlie, tremendo, engasgando e ofegante. Ele finalmente toma uma atitude.

— Respira — sussurra ele, colocando a mão nas costas de Charlie.

— Não encosta em mim, Dev! — Charlie explode com uma voz que Dev nunca ouviu antes.

Dev recolhe a mão como se Charlie tivesse o queimado.

— Tudo bem. Desculpa.

Charlie abaixa a cabeça.

— Espera. Não. Desculpa. — Ele puxa os próprios cabelos. — Desculpa, Dev. Merda. Desculpa.

— Tudo bem. Está tudo bem. — Com todo o cuidado, Dev apoia uma mão sobre o ombro de Charlie, depois mais uma. — Me diz o que você precisa.

— Eu... eu preciso... preciso...

— Respira fundo — diz Dev, calmo, porém firme, e eles respiram fundo três vezes em perfeita sincronia. — Me diz o que você precisa, Charlie.

— Eu preciso...

Charlie tenta encontrar as palavras e, quando parece que não vai conseguir, cai para a frente, batendo o peito contra o de Dev. Ele não se levanta. Em vez disso, se agarra na parte de trás da camiseta de Dev com as duas mãos, pressiona a testa contra o pescoço dele, dizendo a Dev o que ele precisa da única forma que é capaz de se comunicar no momento. Ele precisa ser abraçado. Protegido.

Charlie é pesado, mas Dev tem que conseguir segurá-lo. É o trabalho dele. Ajudar Charlie. Apoiá-lo da melhor maneira possível.

Ele passa um braço ao redor dos ombros largos de Charlie e, com a outra mão, passa os dedos pelo cabelo dele, acariciando-o até que Charlie começa a relaxar. De alguma forma, toda a tensão que sai de Charlie acaba tomando conta de Dev, que sente o corpo rígido, tenso, os músculos tremendo por causa do esforço. Mas tudo bem. Ele aguenta.

— Estou estragando tudo — diz Charlie, ofegando contra a clavícula de Dev.

— Ah, meu amor, você não está arruinando nada — responde Dev, tentando fazer com que o *meu amor* saia com o mesmo tom de brincadeira que usou mais cedo, só que a situação agora é diferente demais, e as palavras *soam* diferentes demais. Charlie se aninha nos braços de Dev para olhar para ele — olhos cinzentos, sardas, lindo demais, perto demais.

— Eu *estou* estragando tudo — sussurra Charlie. — É pior do que você imagina.

— Bem, se é assim, vamos dar um jeito nisso juntos. Mas você não pode se fechar para mim de novo, tá bom?

Charlie assente.

— Você se afastou muito esta semana. — Dev não tem ideia do que o motiva a dizer isso, só que já é a terceira semana, e ele está desesperado para fazer a temporada dar certo, desesperado para ajudar o Charlie a encontrar o amor, desesperado para que essa história tenha o final certo. O final que Charlie *merece*.

Dev lembra de Charlie no balcão da cozinha, contando que tem toc como se aquilo de certa forma o tornasse menos digno; Charlie sentado de pernas cruzadas na cama às três da manhã, morrendo de medo de sentir sentimentos. Charlie sem roupa, perguntando *O que tem o meu corpo?* E Charlie aqui, agora, nos braços dele, tão vulnerável, e de repente é Dev quem está *sentindo sentimentos*. Os sentimentos dele estão pressionados com força contra a cintura de Charlie.

Charlie congela, Dev congela, então Dev descongela, tentando desvencilhar os braços sem mostrar o quão envergonhado está — porque ele tem *vinte e oito anos*, e não *catorze* — mas Charlie não facilita as coisas e continua com as mãos nas costas de Dev, que torce para que isso signifique que Charlie não reparou.

Ouve-se um som de metal tilintando, seguido por um grito do outro lado da porta do banheiro. A porta se abre, e Charlie e Dev se afastam. Um funcionário do hotel está segurando a chave que usou para destrancar pelo lado de fora e eis atrás dele: duas câmeras, Daphne Reynolds, Jules Lu, Skylar Jones, Ryan Parker e Maureen Scott.

Charlie não olha para Dev enquanto sai do banheiro, e Dev não olha para as chefes, para o ex, nem para a namorada de Charlie. Ele mal consegue se concentrar em qualquer coisa que não seja o sangue pulsando nos ouvidos enquanto Charlie pede desculpas para Daphne pelo comportamento dele. Todos voltam para o salão do baile, para a Cerimônia de Coroação, onde Charlie distribui dez tiaras, perguntando a cada participante se ela quer ser sua princesa. As duas eliminadas choram, se agarrando no terno de Charlie assim como Charlie se agarrou em Dev no banheiro.

Dev ignora todos os sentimentos relacionados ao que aconteceu no banheiro até o fim das gravações. Até a equipe começar a desmontar o set. Até Dev poder sumir em direção ao bar do hotel, pedir uma dose de uísque puro e esquecer a noite inteira.

Notas do roteiro para edição: Temporada 37, Episódio 4

Data de exibição: Segunda-feira, 4 de outubro de 2021

Roteiro: Maureen Scott

Produção executiva: Maureen Scott

Cena: Entrevistas individuais com as participantes antes da Cerimônia de Coroação

Locação: Arredores do salão de dança do hotel

~~PRODUTOR *[em off]*: O que você acha das outras mulheres no castelo?~~

MEGAN: Eu literalmente nunca penso nas outras mulheres.

~~PRODUTOR: E a Daphne? Ela é arrogante no castelo quando está longe das câmeras?~~

MEGAN: Daphne não é arrogante. Ela é insegura. É por isso que sentiu necessidade de arrastar o Charlie pro canto durante o baile.

~~PRODUTOR: O que as outras mulheres acham da Daphne?~~

MEGAN: As outras mulheres caem nessa encenaçãozinha de princesa da Disney inocente de olhos esbugalhados. Eu sou a única que não acredita nas palhaçadas dessa falsa.

~~PRODUTOR *[em off]*: O que você acha da Megan?~~

DELILAH: Ah, ela é uma doidinha. É engraçada até, mas não é pra casar. É loucura imaginar que Charles escolheria alguém como ela. Ele precisa de alguém que esteja no mesmo nível intelectual que ele. Tipo eu.

~~PRODUTOR *[em off]*: O que você acha da Megan?~~

~~ANGIE: Isso tem alguma coisa a ver com o que aconteceu no cama-~~

~~rim? Com a Daphne? Não vou me desculpar pelo que eu disse, e não vou discutir sobre isso na frente das câmeras.~~

~~*PRODUTOR:* A Megan disse para as câmeras que a Daphne é insegura e falsa.~~

ANGIE: Meu Deus, a Megan é uma vaca.

~~*PRODUTOR [em off]:* Você descreveria a Megan como doida?~~

~~*SABRINA:* Eu não uso a palavra *doida*. É ofensiva e depreciativa.~~ O que falta na Megan é inteligência emocional. E um murro na cara.

~~*PRODUTOR [em off]:* Como você descreveria sua relação com a Megan?~~

~~*DAPHNE:* Eu gosto de todas as mulheres do castelo.~~

~~*PRODUTOR:* É verdade o que a Megan te disse antes do baile começar?~~

~~*DAPHNE:* Eu gosto de todas as mulheres do castelo.~~

~~*PRODUTOR:* Você não quer saber o que a Megan disse sobre você pelas suas costas?~~

~~*DAPHNE:* Eu gosto de todas as mulheres do castelo.~~

Nota da Maureen para a edição: Usem esse roteiro como guia para editar a cena.

Quarta semana

New Orleans — Domingo, 27 de junho de 2021
Dez participantes e 42 dias restantes

CHARLIE

Sentado em um assento acolchoado de primeira classe enquanto sobrevoa o Arizona, Charlie fecha os olhos e finge que, ao fazer isso, conseguirá apagar as últimas doze horas. Especialmente a parte em que beijou Daphne Reynolds como se beijar Daphne Reynolds fosse resolver todos os problemas dele.

Beijar Daphne Reynolds resolveu um total de zero problemas.

Aquele beijo só serviu para que Charlie tivesse certeza de que não gosta de beijar Daphne. O que acabou causando um ataque de pânico, que o fez encarar o fato de que, na realidade, ele queria beijar outra pessoa.

— Olha só! — Dev aponta para os joelhos, depois para o recosto do assento da frente e por fim para os joelhos de novo. Há um espaço de oito centímetros entre a perna dele e o assento. — Você sabe quando foi a última vez que isso aconteceu comigo num avião? *Nunca!* Eu nunca tive espaço para as minhas pernas antes. Ser rico é assim? Seu corpo sempre cabe em todos os lugares?

Quando era produtor das participantes, Dev costumava viajar na classe econômica, então ele se empolga ao pedir um drinque grátis enquanto Skylar e Jules dormem do outro lado do corredor. Só os quatro estão neste voo. Parte da equipe já está em New Orleans há duas semanas organizando as coisas, e Skylar irá encontrá-los assim que pousarem. O resto do pessoal e as dez participantes só partem no fim do dia, mas a produção quis dar a Charlie um tempo extra para se acomodar.

A única coisa que consola Charlie no momento é que Maureen Scott não viaja com o programa. Ela fica em Los Angeles com a equipe de edição, montando os primeiros episódios. Durante as próximas quatro semanas, ela não estará por perto para assombrá-lo com aquela voz doce fingida e o jeito manipulador.

Uma comissária de bordo entrega uma toalha quente para Dev, e ele parece muito confuso com a existência daquilo. Dev se estica e põe a toalha sobre a testa de Charlie. Por um tempo equivalente a dois batimentos intensos e frenéticos, os dedos de Dev permanecem no rosto de Charlie. Ele o empurra.

— Para. Estou tentando dormir.

— *Dormir?* Como você consegue *dormir* agora?

Dev está com uma energia inexplicável para alguém que, pelo som de passos ansiosos que Charlie ouviu através da parede, não dormiu na noite anterior. Dev balança os joelhos e tamborila os dedos sobre o apoio de braço com impaciência, até se levantar para dar uma volta quando o sinal do cinto de segurança se apaga, só porque sim, oras. Charlie aceita o máximo de tempo longe de Dev que puder.

Não que se distanciar de Dev ajude em alguma coisa. Ele já tentou.

Tentou evitar Dev; se esforçou para que os dois nunca ficassem sozinhos; parou de olhar para ele; parou de tocá-lo. Ainda assim, Charlie não consegue parar de pensar nele.

Mas foi só os dois ficarem sozinhos no banheiro na noite anterior, e Charlie tentou dar uns pegas em Dev no meio de um ataque de pânico.

A parte mais assustadora é que ele não sabe o que isso *significa*. Charlie tem certeza de que nunca tinha sentido atração por outro homem. Ele não está chateado com a descoberta, mas queria poder escolher um *homem diferente* para esse despertar sexual em específico. Um que não fosse seu produtor.

Não é como se Charlie não conseguisse aceitar que está atraído por *alguém*. Ele consegue admirar a beleza estética de outras pessoas, e já teve crushes intelectuais por outras mulheres — ele as admira, as respeita, e tem um leve desejo por intimidade e proximidade que nunca conseguiu alcançar. Mas ele nunca *desejou* uma mulher, e todas as fantasias sexuais que teve com mulheres eram vagas e abstratas. Sequer o envolviam.

Mas isso aqui? Isso é algo completamente diferente. É intenso e inebriante, e todas as fantasias envolvem o próprio Charlie. Charlie *e Dev*.

Porém, se a questão fosse essa — se seus relacionamentos nunca deram certo porque ele estava saindo com o gênero errado —, ele já não teria sacado antes? Não é como se Charlie nunca tivesse tido *oportunidades* com outros homens. Pessoas de todos os gêneros já deram em cima dele na mesma proporção, e vários homens bem-intencionados já lhe disseram que ele seria um gay de sucesso (seja lá o que isso signifique).

Quando Parisa contou para Charlie que é pansexual, ela disse que sempre *soube*, mas se reprimiu por muito tempo. E esse não é o caso dele. Charlie nunca reprimiu nada.

Bem, tecnicamente, ele já reprimiu um monte de coisas, mas não *essa coisa*. Ele não estava reprimindo sua atração por homens sem se dar conta disso. Ou *estava*?

Uma imagem ocupa a mente dele. Charlie tem dezesseis anos e encontra Josh Han no dormitório pela primeira vez, mantendo o aperto de mão por mais tempo que era necessário. Depois, ele pensa nos irmãos, nos apelidos que eles usavam quando Charlie chorava por causa de germes e sujeira, nas palavras de ódio que o pai costumava dizer, até ele aprender a chorar apenas por dentro, e talvez Charlie tenha aprendido a se reprimir bem antes de saber o que a palavra significava.

— Nossa. — Dev desliza de volta para o assento. — O que está te deixando tenso agora?

— Não estou tenso.

— Eu conheço sua cara de tenso.

— Bom, então *esqueça* como é a minha cara de tenso.

— Impossível. É muito marcante. — Dev se estica e tira um dos AirPods que Charlie está usando e o coloca no próprio ouvido (que nojo). — Hum... eu não sabia que você era fã da Dolly Parton.

— Todo mundo ama essa música — responde Charlie, logo antes do refrão de "Jolene". Dev assente e se acomoda na poltrona. A julgar apenas pelo comportamento de Dev, Charlie jamais imaginaria que há doze horas este homem o abraçou durante um ataque de pânico. Ele nunca imaginaria que Dev acariciou o cabelo dele e o chamou de *meu amor* e... não, ele provavelmente imaginou essa última parte, porque Dev está agindo como se nada tivesse acontecido. Como se *aquilo* não tivesse acontecido enquanto os dois se abraçavam. Dev não seria tão educado assim. Só que, às vezes...

Às vezes Charlie se pergunta se talvez esses sentimentos intensos não sejam completamente platônicos. Talvez, por trás do desejo ardente que Dev tem de fazer com que Charlie se apaixone por Daphne Reynolds, exista algo a mais.

Quando "Jolene" termina, Dev sincroniza os AirPods no celular dele e "Those Evenings of the Brain" do Leland Barlow começa a tocar.

— Posso perguntar uma coisa? Qual é a sua com esse tal de Leland Barlow? Ele me parece só mais um cantor pop britânico genérico com vinte e poucos anos e um rosto bonitinho.

Dev se senta num pulo.

— Oi??? Ele não é um cantor pop britânico genérico! Quantos cantores pop são abertamente bissexuais, descendentes diretos de indianos e famosos como o Leland? E *essa música* — Dev balança o celular —, o título dessa música é inspirado num poema da Emily Dickinson, que é uma metáfora sobre depressão. O Leland fala abertamente sobre acabar com os estigmas relacionados a transtornos mentais, e ele consegue inserir isso nas músicas enquanto compõe, tipo, músicas pop que são de fato *incríveis*. Que despertam *sentimentos*.

Dev se empolga num frenesi apaixonado, com os braços agitados e os olhos brilhando. Neste momento, sob esta luz, os olhos de Dev fazem Charlie se lembrar da madeira escura do violino que ele tocava na orquestra do ensino médio, quase preta sob as cordas, transformando-se no clássico marrom nas beiradas. Ele amava aquele violino de segunda mão.

— Então, é isso — conclui Dev, relaxando um pouco os ombros. — É por isso que eu gosto tanto do Leland Barlow.

Do outro lado do corredor, Jules atira um travesseiro de pescoço na direção deles, e os outros passageiros da primeira classe a encaram.

— Será que os dois idiotas podem calar a boca? Estou tentando dormir pra gente poder sair hoje à noite, e eu sugiro que vocês façam o mesmo.

Dev pega o travesseiro e coloca no pescoço como um colar.

— Vocês vão sair hoje à noite? — pergunta Charlie.

121

— *Nós* vamos sair hoje à noite. Vamos beber e dançar com a Skylar e a Jules. É uma tradição da equipe levar a estrela para sair na primeira noite de viagem.

Charlie engole o pânico repentino.

Beber, dançar e *Dev* parecem uma combinação muito perigosa.

DEV

New Orleans é o destino perfeito para a primeira viagem da temporada porque o lugar emana a energia agitada e frenética que Dev precisa para se distrair. O motorista contratado atravessa as ruas lotadas do Bairro Francês a caminho do hotel, e Dev abaixa o vidro e põe a cabeça para fora.

Embora ainda sejam quatro e meia da tarde em um domingo, as calçadas estão inundadas de pessoas visivelmente bêbadas com roupas coloridas e vibrantes. A música vem de algum lugar desconhecido enquanto eles passam por um grupo de mulheres usando faixas que dizem "Comitê da Noiva", e todas gritam obscenidades para ele. Dev ama cada detalhe.

Skylar precisa se reunir com a equipe itinerante por algumas horas, mas ela promete encontrar o grupo no bar mais tarde. Dev *precisa* de uma noite de folga. Um dia longe das câmeras e das coroas. Ele precisa de uma noitada com muita bebida e bons amigos.

Além disso, ele precisa de sexo.

Coisa que claramente é um problema — provocado pela energia incansável dele, e aquele *meu amor* desastroso, e a semiereção ainda mais desastrosa causada pelo astro heterossexual do programa. Já faz quase cinco meses que ele não transa. Dev precisa voltar com tudo. Precisa tirar essa energia do organismo.

O plano é simples: Dev terá uma noite de sexo casual com qualquer cara aleatório que ele encontrar no bar durante a noite de folga. Ele vai sair da seca e aí o cheiro do sabonete de aveia de Charlie não vai mais mexer tanto com ele. Dev vai transar, pôr a cabeça no lugar, ajudar Charlie a se apaixonar e escrever um final feliz para ele.

O programa reservou a cobertura do Hotel Monteleone para Charlie e para a equipe de produção, e as participantes ficarão no andar de baixo quando chegarem à noite. Os quartos de Jules e Skylar ficam numa ponta do corredor, enquanto Charlie e Dev ficam na outra ponta, em um quarto conjugado. Assim que entra no quarto, Dev toma um banho quente e demorado, faz a barba, e despeja todo o conteúdo da mala sobre a cama king-size, procurando pela roupa ideal que diga "Rapaz gay em busca de sexo sem compromisso e prazeroso para ambas as partes".

Infelizmente, a maioria das roupas dele parece dizer "Rapaz hétero tentando morrer sozinho de propósito".

Ele chuta a porta na parede conjugada até Charlie abrir, meio dormindo, com marcas de travesseiro no rosto depois de um cochilo. Dev o empurra e entra no quarto.

— Preciso de uma camisa emprestada.

Charlie o encara, começando pelo peito nu, passando pelo elástico da cueca e descendo até as pernas de Dev. Há algo nos olhos enormes e acinzentados de Charlie que faz a pele de Dev ganhar vida sob o olhar dele.

Charlie fecha os olhos, cobre o rosto com a mão gigante e solta um grunhido.

— Meu Deus, por que você está *pelado*? — Charlie parece estar enojado, e o tom da frase faz a pele de Dev voltar ao estado adormecido de sempre.

— Porque eu preciso de uma camisa emprestada.

Charlie aponta para o armário, onde ele já guardou tudo o que trouxe na mala.

— Pode pegar o que quiser, mas tudo vai ficar largo e curto em você.

— *Largo*? Eu não sou tão mais magro do que você.

Charlie tira a outra mão dos olhos e fica parado de frente para Dev, numa demonstração silenciosa da diferença de tamanho entre os dois. E, sim, tudo bem, Charlie tem o dobro do tamanho dele. Ele poderia envolver Dev como um cobertor.

E é por causa desse tipo de pensamento — *esse pensamento ali mesmo* — que Dev precisa transar hoje à noite.

Ele vai até o armário e começa a analisar as peças caras de Charlie.

As roupas dele são lindas, mas nenhuma tem a cara de *Dev*. Nenhuma tem a cara de Charlie, também. Roupas de grife são mais uma camada protetora que Charlie usa todos os dias. Exceto uma.

— Pelo amor de Deus, isso é uma jaqueta jeans? Por que você tem uma jaqueta jeans? Eu nunca te vi *vestindo* jeans. É *perfeita*!

Dev veste uma das camisetas de cem dólares de Charlie e joga a jaqueta por cima. Tudo fica enorme nele.

— Pergunta sincera: estou arrasando com essa jaqueta jeans ou pareço um garoto de doze anos usando as roupas do pai para tentar entrar num bar?

— Ficou muito bem em você.

Dev dá um soquinho no braço dele.

— Valeu, cara. Agora vai se vestir!

Dev veste calças jeans skinny enquanto Charlie vai escovar os dentes. Charlie está no processo de escolher uma entre as milhares de combinações de shorts coloridos e camisas sociais de manga curta quando alguém bate duas vezes na porta e Jules entra com tudo segurando duas minigarrafas de vodca que pegou no avião. Ela soltou o cabelo do tradicional coque alto e as mechas escuras caem para trás em ondas lindas. Em vez da camiseta de sempre, ela está vestindo uma saia jeans e um cropped e usando *rímel*.

— Porra, Jules! Você está gata. Tipo uma versão chinesa da Britney na era "Sometimes".

Ela joga uma das garrafinhas para Dev.

— E você parece a versão indiana do DiCaprio em *Tudo em família*.

— Acho que essa é a coisa mais gentil que você já disse para mim.

Charlie decide por short lilás e uma camisa creme com pequenas flores bordadas no tecido. Jules ri.

— Charles, você está parecendo um corretor da bolsa de valores passando férias numa ilha, como sempre.

— Bom, e você está muito bonita — responde Charlie com a mesma sinceridade.

A honestidade dele parece aplacar um pouco o cinismo dela. Jules olha para baixo, toda envergonhada.

— Obrigada, Charlie.

Dev sente uma coisa esquisita no peito, mas engole com vodca e sorri.

— Vamos nessa?

CHARLIE

Há uma pontada de pânico cutucando a pele de Charlie — uma voz sussurrando *Talvez essa não seja uma boa ideia. É melhor não ficar bêbado com Dev hoje à noite.* Mas a voz é abafada pelo som alto da empolgação quando Jules os leva para fora do hotel, em direção ao caótico Bairro Francês.

O lugar é uma junção de tudo o que ele odeia: muita gente, muitos cheiros, muito barulho. Mas, por algum motivo, tudo o que Charlie vê, cheira e escuta é Dev. A risada de Dev para alguma coisa que Jules diz; o cheiro do shampoo do hotel toda vez que Dev esbarra nele, arrastando-o até o bar onde irão encontrar Skylar; Dev desfilando pelo ambiente vestindo as roupas de Charlie. Vê-lo usando aquela jaqueta enorme faz com que Charlie sinta... *alguma coisa* que não consegue definir.

Eles levam uma hora para atravessar três quarteirões porque Jules quer parar em todas as barracas de comida, e Dev quer conversar com todos os desconhecidos, e Charlie quer ler todas as placas históricas. Quando os três finalmente encontram Skylar em frente a um bar gay, ela não se parece em nada com a diretora poderosa de sempre, e sim com uma mulher feliz de quarenta e poucos anos. Ela abraça Jules e Dev, cumprimenta Charlie com um aperto de mão, e os quatro se sentam em volta de uma mesinha, com os joelhos espremidos.

— A gente vai meter o pé na jaca hoje, né? — pergunta Skylar com um tom formal.

— Sem dúvidas — concorda Jules.

Charlie não diz nada. Ele observa Dev passando o polegar no lábio inferior. Charlie imagina o *próprio* polegar, os lábios de Dev, e a pressão suave que seria necessária para abrir a boca dele. Ele já está perdendo a cabeça e o grupo nem começou a beber.

— Por favor, você nos traz quatro margaritas da casa e uma rodada de tequila? — Dev pede ao garçom.

Jules esfrega as mãos uma na outra, pronta pra jogo.

— Beleza, Dev. Vamos arrumar um homem pra você.

O estômago de Charlie se dobra ao meio.

— Um homem? — pergunta Skylar.

— Dev finalmente está pronto para voltar pra pista depois do término com o Ryan. Estamos em busca de um candidato para uma rapidinha sem compromisso, só por hoje e nada mais. Olha, que tal aquele cara meio Joe Alwyn ali no balcão?

O garçom coloca as bebidas sobre a mesa. Charlie não pega o shot de tequila. Como ele foi idiota, muito idiota, ao achar que Dev pudesse...

— Sem compromisso? *Dev?* — Skylar ri depois de virar o shot dela e o de Charlie. — O sr. *Felizes Para Sempre?* Duvido.

Dev fica na defensiva de imediato.

— Não tem nada de errado em acreditar em finais felizes.

— Tem certeza? Mesmo quando você sabe que estatisticamente metade desses finais na verdade são divórcios? — Jules chupa uma fatia de limão. — As histórias armadas que você produz para o nosso graminha de merda não estragaram a magia para você? Nem um pouquinho?

— Não! Nunca! — Dev fica ridículo de tão fofo quando se empolga. Charlie encara o descanso de copos. — Olha, eu sei que relacionamentos são complicados na vida real, mas no nosso programa eles não são. É tão simples quanto duas pessoas se gostando o suficiente para tentar. Daí a gente coloca elas num barco em St. Thomas e elas se apaixonam, *afinal quem consegue resistir a se apaixonar em um barco?*

Skylar ri de novo, mas Dev continua.

— As situações são dramatizadas, claro, e precisamos potencializar as emoções ao ponto do absurdo por causa da audiência, e, na maioria dos casos, as pessoas não se apaixonam em dois meses. *Mas, às vezes, sim!* Às vezes, você conhece alguém e simplesmente *sabe.* Isso acontece no nosso programa duas temporadas por ano! Como pode não ser mágico?

Skylar sorri.

— E aquela história da rapidinha sem compromisso?

Dev vira a cara para a diretora.

— Charlie, por que você não está bebendo?

Ele não estava pronto para receber atenção, então murmura algumas vogais em resposta a Dev.

Dev coloca a mão sobre o joelho de Charlie por baixo da mesa e se aproxima.

— Se solta um pouquinho. Você está seguro com a gente.

Charlie não se sente seguro. Se sente exposto e ridículo, embora ninguém saiba o tamanho da decepção que ele está sentindo. E é tudo tão bobo, porque é claro que Dev queria sair hoje para poder dar em cima de outros homens. Independentemente do que seja a relação esquisita dos dois, é, no melhor dos casos, amizade e, no pior, Dev sendo bom no que faz. Quando tudo isso acabar, eles perderão contato. Dev estará ocupado preparando a próxima princesa e Charlie, com sorte, estará ocupado com seu novo emprego. Ocupado demais para pensar sobre sentimentos reprimidos ou sobre a boca de Dev.

Além do mais, Charlie *quer* que Dev encontre outra pessoa. Talvez, ao ver Dev com outro cara, Charlie consiga parar de imaginar Dev com ele.

A mão de Dev continua no joelho de Charlie quando ele chama o garçom mais uma vez. Mais shots chegam na mesa. Os dedos de Dev se afastam.

— Charlie, posso ver sua mão rapidinho?

— Minha mão?

Os dedos de Dev, gelados por causa da margarita, deslizam em volta do punho de Charlie, e então Dev leva a mão em direção à boca. Por um milésimo de segundo, Charlie acha que Dev vai beijá-la, como um príncipe nobre dos contos de fada que ele tanto ama.

Em vez disso, Dev *lambe* a mão de Charlie. A língua de Dev. A mão de Charlie. Saliva e germes e a *língua de Dev*. Isso é tudo o que o corpo de Charlie precisa para ficar totalmente travado. Ele se lembra daquele momento no banheiro, o braço de Dev em volta dos ombros dele, a mão de Charlie pressionada contra as costas dele, o corpo rígido de Dev contra o quadril dele. Há um nó na garanta de Charlie, que mal consegue processar o sal sendo colocado sobre a própria mão, Dev o forçando a lamber o sal, Dev posicionando o shot nos lábios de Charlie.

— Você vai tomar esse shot com a gente, Charlie — diz Dev. — É uma tradição da equipe.

Ele já se sente bêbado enquanto Jules faz a contagem regressiva.

— *Três... dois... um!*

Dev vira o copo. A tequila desce pela garganta de Charlie, e depois vem o limão. Dev coloca a fatia entre os lábios de Charlie, pressionando o canto da boca com o polegar.

— Chupa, Charlie.

Charlie chupa o limão lentamente, tentando aproveitar ao máximo o momento de tequila e dedos de Dev. Outra rodada aparece sobre a mesa, e Charlie vira mais um copo sem ser tocado por nenhuma parte de Dev. Charlie *precisa* que Dev o toque. Tudo que não é Dev fica quieto e vazio. Como o zumbido de um rádio. Pânico, desejo e um terceiro shot.

Charlie precisa tocar Dev, e num piscar de olhos ele já está bêbado demais para se segurar, e a mão dele encontra o joelho pontudo de Dev sob a mesa. Dev o deixa continuar com a mão ali, e Charlie não sabe o que isso *significa*.

Ele não sabe ao certo como o grupo acabou saindo do primeiro bar, nem como eles chegaram ao segundo, uma boate com um show de drag queens. Charlie só lembra dos ombros pressionados contra os braços de Dev enquanto eles caminhavam, a mão de Dev esbarrando na dele. A boca de Dev no ouvido de Charlie, lábios, lóbulos e hálito quente.

— Vou pegar mais uma bebida pra você.

Dev está apoiado no balcão do bar. Braços longos e pontas afiadas, tão lindo e tão *inalcançável*.

DEV

— Então... — Charlie começa. Ele se apoia contra o balcão enquanto os dois esperam pelos drinques. Provavelmente Charlie deve estar achando que essa inclinadinha o faz parecer casual. Não faz.

Charlie Bêbado é totalmente desengonçado. Dev está adorando.

— Você está procurando por uma pessoa da espécie masculina para passar a noite? — pergunta Charlie, todo recatado.

Dev ri.

— Sim, acho que sim. Depois do Ryan, acho que chegou a hora.

O barista coloca os sazeracs sobre os guardanapos na frente dele porque, na opinião de Dev, quando se está em New Orleans, não há nada como misturar bebidas fortes como se você não tivesse vinte e oito anos e azia crônica.

— Hoje serei seu produtor — diz Charlie enquanto luta com a própria língua para encontrar o canudo. — E você será o Príncipe Encantado. Vou encontrar alguém para te amar.

Dev ri mais uma vez, e Charlie puxa uma pessoa que está passando, com um topete azul brilhante e uma blusa de lantejoulas.

— Com licença? — Charlie soa levemente europeu e parece claramente vesgo. — Posso te apresentar ao meu amigo Dev?

Lantejoulas não tira os olhos do Charlie.

— *Você* é o Dev?

Lantejoulas nem espera Charlie responder, só o puxa pela camisa e chega perto do ouvido dele. Seja lá o que Lantejoulas sussurra, Charlie fica corado da testa ao pescoço.

— Fico muito feliz com a sua oferta — diz Charlie. — Mas no momento estou saindo com dez mulheres num reality show, então vou ter que recusar.

Lantejoulas faz um beicinho e desaparece no meio da multidão. Charlie desiste do canudo e manda ver um golão de bebida. Dev ri de novo. Parece que ele nunca vai parar de rir — como se houvesse uma garrafa de espumante presa na garganta dele.

— Anda! — Dev pega a mão livre de Charlie e o arrasta pelos corpos dançantes até eles encontrarem Skylar e Jules. O tema da festa é Lady Gaga, e as drag queens estão vestidas com os figurinos de vários clipes. No palco acontece uma performance de "Poker Face", e Dev balança os quadris no ritmo da música.

— Dança com a gente, Charlie!

Ele atende ao pedido com uma dancinha hétero pavorosa, balançando a cabeça e tremendo os joelhos.

— Jesus amado, Jules! Faz ele parar!

Jules pega Charlie pelas mãos e tenta corrigir os movimentos robóticos e deixar o quadril dele mais soltinho. Quando "Bad Romance" começa a tocar, Jules e Skylar tentam ensinar Charlie a versão mais simples da coreografia, e Dev só sente o espumante no corpo, a segunda dose de sazerac e a sensação perfeita do baixo retumbando nos ossos dele.

Vários homens chegam em Charlie, que tenta apresentá-los para Dev, mas é impossível reparar em qualquer outra pessoa quando Charlie está por perto, forte, loiro e suado sob as luzes piscantes. Dev esqueceu quantos drinques já tomou. Esqueceu de tudo, exceto dos lábios curvados de Charlie, os dentes brancos, luzes estroboscópicas. Ele se pergunta quantas noites assim Charlie Winshaw já teve na vida. Sorrindo o tempo inteiro, sem pensar em nada, sem medo de parecer estranho e sendo estranho *de propósito*, sem culpa na consciência, enquanto mexe o quadril ao som de Lady Gaga.

Será que Charlie *já tinha vivido* uma noite assim? Será que já se permitiu ser *ele mesmo*? Charlie dança como se sua pele fosse um par de jeans novos que finalmente começou a ceder e, pela primeira vez, lhe cai *bem*. Dev queria que Angie e Daphne estivessem aqui agora, queria que todas as mulheres pudessem presenciar isso, porque é impossível não se apaixonar por essa versão de Charlie.

— Você não está dançando! — Charlie grita na cara de Dev e o pega pela cintura, empurrando-o em direção a Jules, que está atracada com uma pessoa que veste meia arrastão e nada mais. Skylar está na dela, braços erguidos, totalmente livre do estresse de sempre. É a noite perfeita.

— Eu só estava observando você se divertir.

— *Quê?* — Charlie tentando superar a música alta.

— Nada! — Dev ri, embora, pela primeira vez na noite, isso não parece engraçado. As mãos enormes de Charlie seguram o quadril fino do produtor, como dois aparadores de livro o mantendo de pé. Charlie o puxa mais ainda para perto dele, joelho com joelho.

— Você é muito gentil comigo — grita Charlie.

— É impossível não ser, Charlie.

— Não. *Não.* — Ele fecha os olhos e balança a cabeça. Devido às luzes florescentes, Charlie parece muito sério. — Meu medo é que você não saiba.

— Não saiba o quê?

— Meu medo é que você não saiba o que merece. — Charlie segura Dev pelos ombros. — Seis anos é muito tempo.

Por um segundo, Dev não sabe se Charlie está falando dos seis anos com Ryan ou dos seis anos trabalhando em *Para Todo o Sempre*. As mãos de Charlie estão na nuca dele, e ele traz Dev para mais perto até as testas se encontrarem. Dev consegue sentir o álcool no hálito de Charlie toda vez que ele respira.

— Você é bom demais para se contentar com uma camiseta dos *Goonies* e um ps5.

Ah. Ryan.

— Obrigado, Charlie.

Charlie se afasta o bastante para abordar um cara que está dançando por perto. Ele puxa o homem para a pequena rodinha deles.

— Esse é o Dev, meu amigo — diz Charlie para o desconhecido. — Você vai amar ele.

O homem está bêbado o bastante para entrar na brincadeira.

— Tá bom — diz ele, dando uma piscadinha para Dev.

— Não, *presta atenção* — Charlie apoia uma mão na nuca de Dev e a outra na nuca do homem. — Dev é o melhor. O *melhor de todos*. Ele é lindo pra caralho. Olha só pra ele.

Então, Charlie está olhando para ele. A mesma combinação de olhos de Charlie e pele de Dev de antes.

— Ele não é o homem mais lindo que você já viu?

— Acho que *você* é o homem mais lindo que eu já vi — responde o desconhecido com a voz rouca, e Dev se solta do triângulo de braços, se afastando de Charlie. Ele precisa de mais bebida. Ou, talvez, de menos bebida. Ou de ar. Ou de *qualquer coisa*.

— Ei! — Jules segue Dev para fora da muvuca, até um cantinho onde a música não envolve mais seu peito e Charlie não envolve mais seu corpo. — Tudo bem?

— Sim. — Dev força um sorriso. — Claro! É só que... — Ele aponta para Charlie, ainda conversando com o homem. — Ele é um empata-foda.

— Não sei o que você estava esperando. Ele é lindo.

Dev sente a mesma pontada de mais cedo no peito.

— Cuidado, Jules. Não vai se apaixonar.

A amiga revira os olhos.

— *Me* apaixonar? *Eu?*

— Que foi?

— *Dev.*

— Sério, o que foi?

— Cara. — A voz dela consegue cortar a festa barulhenta. — Se você quisesse mesmo encontrar um cara aleatório hoje, já teria arrumado.

— Não é minha culpa se ninguém olha para mim quando o Charlie está por perto.

— Que tal tentar *não* ficar perto do Charlie?

— Meu trabalho é cuidar dele.

— Você está de folga hoje.

Dev sente o próprio cérebro nadando contra uma correnteza forte quando a ficha cai. Jules está questionando a carreira e o profissionalismo dele. Dev aproveita a onda da bebida e tenta ser engraçadinho.

— Gays podem sim ser amigos de héteros sem nenhum sentimento envolvido, Jules. Isso aqui não é uma versão gay de uma comédia romântica.

— Sim, eu sei que gays e héteros *podem* ser amigos. Mas tenho setenta por cento de certeza de que *não é o caso* de você e do Charlie.

Dev precisa pensar na resposta certa, a frase perfeita para o diálogo, porque o que Jules está sugerindo não é uma opção. Seria errado em todos os aspectos. No aspecto profissional, na amizade, na coisa toda de ser velho-demais-pra-se-apaixonar-por-um-hétero. Em todos os sentidos, nutrir qualquer sentimento por Charlie além de cuidado profissional seria uma catástrofe, e não é este o caso. Não pode ser o caso.

Luzes piscando, música e uma profusão de corpos por toda a parte. Dev não consegue pensar no argumento certo para convencer Jules de que ela está muito, muito errada.

— Eu acabei de terminar com o Ryan.

— Achei que já estivesse pronto para voltar pra pista.

Ele morde as bochechas.

— Charlie é o nosso *astro*.

— Beleza — diz Jules, dando de ombros casualmente como se os dois não tivessem assinado contratos que proíbem qualquer tipo de aproximação com os participantes. Como se o futuro da franquia não estivesse em jogo, dependendo de que Dev ajude Charlie a se apaixonar *por uma mulher*.

— Mas, se você quer saber, eu acho que ele está a fim de você também.

Dev não pode se dar ao luxo de imaginar uma coisa dessas.

— Vou voltar para o hotel.

— Dev, espera! — Jules grita, indo atrás do amigo enquanto ele caminha sem parar em direção à saída, até enfim chegar do lado de fora. Ar... ar fresco é o que Dev precisa. Ele respira fundo enquanto cambaleia pelos seguranças, pela fila de clientes e por uma jovem de vinte e poucos anos vomitando horrores na calçada. Dev anda por uns seis metros até finalmente se jogar contra uma parede de tijolinhos.

Ele está muito bêbado e com muito calor vestido naquela jaqueta jeans para processar tudo isso. Ele procura por uma emoção e acaba escolhendo raiva. Como Jules *teve a cara de pau* de acusá-lo de ter sentimentos por Charlie?

Dev se importa com Charlie, é claro. Porque Charlie é o Príncipe Encantando, e o trabalho de Dev é cuidar dele. E porque Charlie é *Charlie*. Claro, Dev poderia até se sentir *atraído* por Charlie, mas só porque o cara de fato é atraente, e Dev de fato é uma pessoa solitária.

Então, ele se lembra do que Charlie disse sobre ele na festa. *Ele é lindo pra caralho.*

Ninguém nunca o chamou de lindo antes. Dev namorou alguns caras no ensino médio, na faculdade, sem contar Ryan, e como Charlie Winshaw foi o primeiro a dizer isso a ele, já em outra dimensão de tão bêbado numa festa cheia de Lady Gagas?

Mas Dev já sabe a resposta. Porra, até Charlie Winshaw já sabe a resposta.

Meu medo é que você não saiba o que merece.

CHARLIE

Dev estava aqui. Agora, não está mais.

Charlie tem certeza de que tem um cérebro excepcional — deve até ter ganhado uns prêmios por causa disso — mas, no momento, não se sente capaz de entender onde está e o que está fazendo. Ele acha que está sendo tocado. Acha que está dançando. Acha que alguém deu mais uma bebida para ele. Ele *sabe* que Dev foi embora.

Charlie sente as pernas dormentes enquanto atravessa a multidão como um fantoche com as cordas arrebentadas, balançando de um lado para o outro. Corpos, braços, sussurros no ouvido e mãos passando pelo peito dele. Cadê o Dev?

Jules. Ele apoia os dedos nos ombros pequenos de Jules, ossos afiados como os de Dev.

— Dev?

— Ele voltou para o hotel.

Charlie se arrasta em direção à porta.

— Espera! — grita Jules em meio à música. — Vou achar a Skylar para irmos embora juntos!

Ele continua andando. Atrás da porta, o ar é quente, abafado. Charlie a atravessa.

— Dev?

— Charlie?

Dev. Ele está apoiado numa parede de tijolinhos mais à frente, com as pernas compridas esticadas na calçada. Dev tem três metros de altura, e o rosto dele está molhado.

— Você tá chorando — grita Charlie. — Ei, você tá chorando.

— Merda. — Dev enxuga as lágrimas do rosto. — Desculpa. Não foi nada. Eu só... estou muito bêbado.

— Você tá chorando — Charlie repete, mais baixo dessa vez. A música acabou e Dev está aqui, a dois passos de distância. Ele provavelmente não precisa mais gritar. — Por que você tá chorando?

Charlie se aproxima e seca uma lágrima no rosto de Dev com o polegar. Ele sopra o dedo. *Faz um desejo.* Ou essa brincadeira é com os cílios? Charlie está tão bêbado que já não sabe mais discernir. Dev passa por ele e começa a caminhar em direção à calçada movimentada.

— Aonde você vai?

— Para o hotel.

— Dev. — Charlie segura a jaqueta de Dev (*a jaqueta dele*) para pará-lo. — Eu fiz alguma coisa?

Dev ri e olha para os próprios tênis, os mesmos em que Charlie vomitou há umas... três semanas?

— Não. Você não fez nada de errado.

— Então me diz o que aconteceu.

— Não *posso*. — A voz de Dev fica embargada. Charlie quer fazer com que ele volte ao normal.

Dev tenta ir embora mais uma vez, mas Charlie não deixa. Ele estava com Dev. Estava com Dev em seus braços na pista de dança. Ele estava com Dev *bem aqui*, mas Dev já está se afastando de novo.

Charlie agarra a jaqueta de Dev com as duas mãos.

— Por que você sempre de afasta de mim?

— Do que você está falando?

— Vamos fazer uma brincadeira — Charlie se pega dizendo. Está muito, muito bêbado. — E ver quem se afasta primeiro.

Em seguida, ele pressiona Dev contra a parede de tijolinhos de novo, com mais força do que queria, mas tudo bem, porque Dev está aqui. Dev está *bem aqui*. Charlie o segura, e os joelhos de Dev roçam as coxas de Charlie, e os joelhos de Charlie roçam a pele de Dev. É isso o que ele queria. É isso o que ele queria *há dias*, e agora Dev está aqui, e Charlie percebe que não faz ideia do que vai acontecer em seguida. É Dev quem fica responsável pelo roteiro desse tipo de cena.

— Que porra é essa, Charlie?

Ele agarra a jaqueta de Dev com mais força, sem saber o que dizer. E então pergunta:

— Por favor, posso te beijar?

DEV

Primeiro Charlie joga Dev contra a parede, depois pede permissão para beijá-lo, e o contraste entre a atitude agressiva e o pedido educado por consentimento talvez seja a coisa mais sexy que já aconteceu com Dev, desafiando qualquer pensamento lógico. Ele diz alguma coisa. Talvez tenha sido "tudo bem".

Mas Charlie Winshaw não vai beijá-lo. Não faz sentido. Nada disso faz sentido. Charlie o pressiona contra a parede com um olhar intenso, e Dev quer se afastar; Dev nunca mais quer se afastar. Mas Charlie não vai beijá-lo e Dev não quer que Charlie o beije. Porque ele não sente nada por Charlie.

Então, Charlie toca o lábio inferior de Dev com o polegar, acariciando-o com ternura, e então *a boca de Charlie encontra os lábios de Dev. E puta merda.*

O Príncipe Encantado do programa *Para Todo o Sempre* o está beijando contra uma parede de tijolinhos, tão cuidadoso, com a boca macia e salgada. Por um breve instante, Dev pensa no ângulo das câmeras e na trilha sonora que vão colocar na pós-produção, e depois não pensa em mais nada, porque as mãos de Charlie o pegam pelo quadril, unindo os dois corpos enquanto a língua dele invade a boca de Dev.

Charlie Winshaw é mais gostoso do que Oreo de menta, e Dev está com muita vontade. E é exatamente por isso que ele precisa parar.

— Desculpa. — Charlie solta o ar assim que as bocas se afastam.

— Charlie, você está bêbado. — É quase impossível pronunciar aquelas palavras, ainda mais com Charlie tão perto assim, com a boca semiaberta. Dev se agarra a todas as razões lógicas para não fazer isso. A questão moral de beijar seu amigo hétero quando ele está bêbado. Não ser o experimento de um hétero aos vinte e oito anos. *Perder o emprego.* — Você não quer fazer isso.

— Dev — Charlie diz. — Eu quero muito fazer isso. — Ele o segura pela nuca de novo. Não há delicadeza nenhuma no jeito como ele puxa Dev e os une de novo, primeiro os dentes, depois a língua, depois as mãos. Calor. O mais intenso e impulsivo *calor.* As unhas de Charlie arranham os pelos na nuca de Dev, e, embora ele sinta o corpo derreter todinho com aquele toque, sua mente lembra de algo importante: *Charlie odeia beijar.*

Mas, se Charlie odeia beijar, por que ele está beijando Dev como se fosse uma questão de vida ou morte?

Se Charlie é *hétero*, por que ele quer beijar Dev?

Charlie é *Charlie* — lindo, brilhante e reservado. Por que ele iria querer beijar *Dev*?

Dev precisa se afastar de novo. Dev vai se afastar de Charlie de novo. Em, tipo, cinco segundos, ele com certeza vai interromper o beijo.

Mas aí Charlie esfrega o quadril contra Dev, e Dev consegue senti-lo endurecendo por baixo do short, e *esquece.* Dev não vai fazer nada. Ele vai viver e morrer neste momento. Vai se demitir do programa sem problemas e nunca mais trabalhar em Hollywood se isso lhe garantir mais um minuto nesta parede de tijolinhos com Charlie Winshaw.

E, quando ele aceita que vale a pena destruir a própria vida por esse beijo, decide aproveitar cada segundo. Dev agarra os cachos de Charlie — e tem certeza de que era *isso* o que realmente queria todas as vezes em que tocou o cabelo de Charlie antes — e vira o corpo dele, deixando Charlie de costas contra a parede.

Quando Dev toma o controle, há mais mãos e mais dentes. O que Charlie não tem de habilidade e experiência, ele compensa com o mais puro entusiasmo. A mão de Charlie encontra a bunda de Dev, a costura da calça, a barriga sob a camiseta. Charlie o toca como se não soubesse por onde começar, como se fossem muitas opções para processar; Dev o toca como se soubesse que esta é uma oportunidade única. Como se Charlie fosse desaparecer a qualquer momento.

Dev passa os dentes pelo maxilar forte de Charlie até chegar na covinha do queixo e morder, e Charlie se arrepia em resposta. Dev sente o calafrio em cada centímetro do corpo dele, a vontade se acumulando como se fosse algo perigoso, até enroscar a perna por trás de Charlie e desabar em cima dele. Charlie solta um gemido tímido dentro da boca de Dev, que enche os pulmões com aquele som de desejo.

De repente, Dev cai na real. Os dois estão em um local público, numa rua de New Orleans, onde qualquer um pode encontrar o astro de *Para Todo o Sempre* beijando outro homem.

Ele se afasta, e, logo abaixo, Charlie desaba contra a parede, ofegante e com as bochechas rosadas.

— Obrigado — Charlie sussurra em determinado momento para o espaço entre os dois.

— Você está mesmo *me agradecendo* por te beijar?

Charlie toca o cantinho do sorriso de Dev com dois dedos.

— Estou.

Dev balança a cabeça e ri.

— Meio esquisito isso.

— Acho que você gosta da minha esquisitice — diz Charlie com uma voz diferente, confiante. Uma voz que arranha a pele de Dev como as unhas de Charlie minutos antes, e Dev *precisa* beijá-lo de novo, a última vez antes de nunca mais poder beijá-lo. Dev segura o queixo de Charlie, que vai de encontro a ele com tanta delicadeza, passando a mão pela nuca de Dev, deslizando o polegar pelo maxilar dele. Charlie chupa o lábio inferior de Dev, e ele queria ter um jeito de guardar esse momento. Queria preservar o beijo num disco de vinil e adormecer toda noite com o som da canção.

— Dev, ontem à noite... — diz Charlie com a boca perto do ouvido dele. — No banheiro. Você ficou excitado por minha causa?

Dev solta um grunhido de vergonha. Sua vida já está destruída mesmo, então ele responde:

— Sim, Charlie. *Meu Deus*, sim.

Charlie se derrete todo.

A porta da boate se abre a alguns metros de distância. "Telephone" está tocando lá dentro. Charlie se vira bruscamente.

— Skylar, anda *logo*. — A voz de Jules é tão nítida em meio à noite caótica, parece um relâmpago de sobriedade que atravessa qualquer coisa. — Aqueles idiotas bêbados podem estar mortos em algum lugar!

Quando Jules avista os dois na calçada, Charlie está a cinco passos de distância dele, e Dev não está mais ofegante.

— Ei! Encontramos vocês! — declara Skylar. — E, olha só, Jules. Eles não estão mortos.

Dev não tem tanta certeza assim.

— O que vocês estavam fazendo?

— Nada — responde Dev rápido demais, evitando a qualquer custo olhar para Charlie. Se ele fizer isso por um segundo que seja, Skylar vai sacar. Se Dev olhar para Charlie, o rosto dele irá transparecer cada sentimento maldito preso no peito disputando sua atenção, e todo mundo vai saber.

— Charlie — diz Skylar. — Você não me parece muito bem.

— Hum...

Dev se vira para Charlie, só para ver se ele está bem. Ele vislumbra a expressão de Charlie — uma expressão que ele deveria reconhecer da primeira noite — logo antes de Charlie se abaixar e vomitar nas pernas de Dev. Igualzinho a como fez lá no começo.

Mas, ainda assim, esta é a melhor noite na vida de Dev em muito, muito tempo.

CHARLIE

Ai, ele pensa. *Estou morto.*

A morte é acordar numa cama estranha com uma furadeira atravessando o cérebro, os braços pesados de lembranças muito embaçadas das últimas doze horas.

Ele *nunca* teve uma ressaca tão ruim assim.

Charlie tenta se sentar na cama do hotel e vomita em si mesmo no mesmo instante. Ele vai ao banheiro para se limpar e vomita mais uma vez dentro da privada por tempo indeterminado. Jules chega enquanto Charlie está sentado no chão do box debaixo da água quente, ainda vestindo a roupa da noite passada.

— Nossa... — Jules coloca uma xícara de chá e um analgésico no balcão para ele. — Nada mal, hein?

— Eu fiz alguma coisa muito humilhante ontem?

A noite não passa de um borrão de músicas da Lady Gaga e tequila. Muita, muita tequila.

Jules leva um tempo para responder.

— Depende do que você considera humilhante... — Por acaso ela estava fingindo que estava bebendo? Jules parece perfeitamente animada, e ela tem metade do peso de Charlie. — Você ficou pra lá de Bagdá e dançou muitas músicas da Gaga numa festa de drag queens. Isso é humilhante para você?

— Do jeito como eu danço? Provavelmente.

Jules se senta na privada fechada e pega o celular. Nos stories do Instagram dela há um vídeo de Jules e Skylar ensinando os passos de "Bad Romance" para Charlie. Na real, não parece nada humilhante. Parece divertido, até. Ele parece estar se *divertindo*.

— Você também passou um bom tempo tentando empurrar o Dev para qualquer gay que passava.

Dev.

Charlie se lembra de tudo. A língua de Dev, os quadris de Dev sob os quadris dele, Dev contra a parede de tijolinhos, e Dev...

Ai, merda. O que eu fiz? O que eu fiz?

Charlie se embola em posição fetal dentro do box. Esse é o gostinho do arrependimento: tequila regurgitada e bolotas de algodão sujo.

Como se a vergonha de Charlie fosse poderosa o bastante para evocar o produtor, Dev entra pela porta do banheiro de óculos escuros, segurando o maior copo de café do mundo.

— Precisamos descer para gravar a recepção das participantes. Todos prontos?

— Charlie está completamente vestido embaixo do chuveiro, então não.

— Reage, Charlie. Temos trabalho pela frente — diz Dev num tom condescendente. Depois, ele se vira como quem não quer nada e vomita na pia.

— *Que nojo!* — Jules grita.

— Você está sentada na privada! O que mais eu poderia fazer?

Jules cobre o nariz e a boca, correndo para fora do banheiro, e Dev limpa um restinho de vômito no canto da boca, com o máximo de dignidade possível. Os dois estão sozinhos, ambos cheirando a vômito e se recusando a começar a conversa. Charlie o encara através da água do chuveiro. Dev o encara através dos óculos escuros. Charlie não faz ideia do que se passa na cabeça de Dev.

Será que ele esqueceu?

— O quanto... você se lembra da noite de ontem? — Dev finalmente pergunta.

Tudo. Ele se lembra de cada maldito segundo.

Charlie beijou Dev na noite passada. Ele beijou Dev, e foi como um beijo *deveria* ser. Charlie gostou de beijar Dev como nunca havia gostado de beijar qualquer pessoa. Ele ainda está atordoado pela clareza do fato, assim como pela incerteza do que vai acontecer agora. Ele beijou Dev, mas sabe que não pode beijá-lo de novo, não sem acabar com a temporada e a carreira de Dev. Não sem magoar as dez mulheres que continuam no programa, interessadas por ele. Não sem destruir a oportunidade de limpar sua reputação.

Foi um erro. Ele errou feio. Mas Dev está ali parado, oferecendo a eles uma *saída* em forma de pergunta — um jeito de desfazer o que aconteceu —, e Charlie não pensa no que ele quer. Só pensa no que precisa fazer.

— Não lembro de muita coisa. — Charlie engole o enjoo subindo pela garganta. — Lembro de chegar com vocês na boate, e... só.

— Beleza. — É impossível ler a expressão de Dev por trás dos óculos escuros. — Beleza.

Então Dev marcha para fora do banheiro, gritando.

— *Jules!* Você pode vir aqui botar uma roupa nele?

Jules volta ao banheiro e tenta carregar Charlie e colocá-lo em pé. Imediatamente ele vomita de novo. Ela sorri.

— Hoje vai ser divertido.

Absolutamente nada é divertido.

Charlie está com tanta ressaca que mal consegue gravar a cena de boas-vindas com as participantes no Bairro Francês. Tampouco se sente recuperado por completo na Aventura em Grupo de terça-feira. Ele encontra as dez mulheres restantes no Mardi Gras World, e o grupo faz um passeio para conhecer a história do festival. Em seguida, são levados a um galpão onde as mulheres são divididas em dois times com a missão de construir os próprios carros alegóricos de Mardi Gras, embora seja junho.

Os produtores querem que Charlie interaja com as mulheres durante a atividade, e ele caminha até Daphne primeiro, antes de se lembrar que os dois também estão envolvidos numa confusão dramática por causa de beijos.

— Hum, oi — diz Charlie.

Daphne abre um sorriso tímido.

— Oi. Estava querendo conversar com você. — Ela o conduz, junto com duas câmeras, para o outro canto do armazém, onde as outras mulheres não podem escutá-los. — Só queria te pedir desculpas pelo que aconteceu no baile — diz Daphne, mexendo impaciente na trança do cabelo. — Eu não deveria, hum, ter me jogado pra cima de você daquele jeito.

— Quando um não quer, dois não se pegam consensualmente — brinca ele.

Daphne não sorri. Só contorce a boca numa expressão preocupada.

— Megan me provocou, e eu já tinha bebido mais vinho do que o normal, e a Maureen disse que eu deveria... foi só uma decisão estúpida que eu tomei quando estava bêbada.

Ele engole em seco.

— Sei bem como é.

Daphne desfaz a trança no cabelo loiro, depois refaz, e suspira.

— A questão é que eu gosto muito de você, Charlie. Temos muito em comum e nos divertimos muito juntos.

Tudo o que Daphne está dizendo é verdade, e Charlie sente carinho e afeição por ela ao vê-la com aquele macacão fofo. Mas não sente nenhuma vontade de pressioná-la contra uma parede de tijolinhos e de enfiar a língua na boca dela.

— Então, acho que devemos confiar na nossa ligação — continua Daphne. — E não precisamos ter pressa com a parte física do relacionamento.

— Concordo — responde Charlie, rápido demais.

Daphne abre os braços na tentativa de oferecer um abraço, e ele aceita, apoiando o corpo esguio dela sob os ombros. Na verdade, até que é bem fofo.

— Ei! — Angie aparece segurando um pincel pingando de tinta. — Estão fazendo a autópsia daquela pegação constrangedora que rolou no baile?

Daphne fica corada.

— Hum, sim. Obrigada por resumir desse jeito.

— Perfeito! Abraço coletivo! — Angie fica no meio do círculo e joga tinta no macacão da Daphne. — Ops! Foi mal, Daph!

Daphne responde correndo pelo set, pegando um pincel e pintando a roupa de Angie, que solta um meio-suspiro e uma meia-risada, num clima bem diferente das brigas que sempre acontecem entre as participantes nas gravações.

— Como ousa? Você vai ter que comprar um macacão novo para mim!

— Esse macacão é *meu*! Você roubou da minha mala!

As duas se viram para Charlie com expressões sérias, ambas estendendo os pincéis. Charlie levanta as mãos.

— Olha, não estou me sentindo muito bem hoje, e, se vocês estragarem meu short, as chances de não receberem a tiara são bem grandes...

É um apelo inútil, e as duas balançam os pincéis até cobrirem de tinta a camiseta, as pernas e o rosto de Charlie.

— Vou eliminar as duas imediatamente — ameaça ele, mas as duas riem histericamente, alto o bastante para que as outras participantes se aproximem. Logo em seguida, a competição de carros alegóricos se transforma numa guerra de tinta.

Os produtores não intervêm enquanto as mulheres correm feito crianças, cobrindo umas às outras de tinta. Sabrina mergulha a trança de Daphne na tinta azul e a usa como um pincel na blusa da Daphne e na saia da Lauren L. Charlie tenta proteger Jasmine de uma bomba de tinta jogada por Becca, e acaba ficando encharcado. Então, ele tira a camiseta.

— Errou feio — Angie o alerta. — Agora nós sabemos o que precisamos fazer para te deixar pelado.

Alguém — Whitney? — tem a brilhante ideia de adicionar glitter à brincadeira, e até Megan se junta às outras participantes enquanto elas se transformam em carros alegóricos humanos. Charlie nunca riu tanto na vida.

Ryan está furioso.

— Tá todo mundo *coberto* de tinta e glitter! — grita ele ao fim da cena. — Desse jeito não podemos levar ninguém para o restaurante para a hora social!

— Ryan, essa foi a nossa melhor gravação da temporada — argumenta Skylar. — Charlie nunca pareceu tão simpático assim.

— Mas o que vamos fazer com eles agora? Precisamos de pelo menos mais dez minutos de cenas para a hora social de hoje.

Dev, que passou o dia inteiro distante de Charlie, levanta a mão.

— Acho que tenho uma ideia.

Eles esquecem a competição e a hora social, e mandam todo o elenco de volta para o hotel. As mulheres e Charlie vão para os seus respectivos quartos para tomar banho e pôr pijamas. Depois, todos se reúnem no quarto de Charlie, onde as câmeras e a iluminação já estão a postos. Eles pedem uma quantidade absurda de comida, e, pela primeira vez na temporada, Charlie e as participantes recebem permissão para simplesmente *ficarem* juntos. As cenas gravadas anteriormente criaram uma ilusão temporária que fez as mulheres esquecerem que estão no programa competindo entre si. Então, elas se acomodam no chão com os cabelos molhados, comendo jambalaya e dividindo garrafas de vinho rosé.

Quando não está se sentindo pressionado a beijá-las, Charlie gosta de verdade das mulheres. Mas essa constatação logo vem acompanhada pela culpa.

Sendo realista, Charlie sabe que a maioria das participantes não está aqui por causa dele, assim como ele não está aqui por causa delas. Megan quer promover seus vídeos de exercícios, e Sabrina está tentando atrair mais leitores para seu blog de viagens. Rachel quer dar um gás em seu food truck, e Jasmine está tentando consolidar sua imagem como ex-Miss Kentucky. E todas querem mais seguidores no Instagram.

Ainda assim, parece impossível que Charlie consiga passar pelas próximas cinco semanas sem magoar uma — se não todas — dessas mulheres maravilhosas.

— Já estamos naquele ponto da noite em que começamos a dançar no quarto? — pergunta Angie ao grupo, e Lauren L. logo pega o celular do produtor dela e coloca uma música animada do Leland Barlow para tocar, puxando Sabrina pela mão para dançar tango. Instintivamente, Charlie olha para Dev. O produtor está parado na porta entre os quartos conjugados, escondido atrás da câmera, e os dois fazem contato visual em meio à festa que está começando a se formar. Charlie quer desviar o olhar, mas não consegue.

— Acho que precisamos discutir como está seu relacionamento com as participantes restantes antes da próxima Cerimônia de Coroação — diz Dev, pouco depois da meia-noite, quando as participantes já voltaram aos quartos e a equipe de produção terminou de limpar a bagunça. — Todo mundo sabe que você e Daphne são tipo, bonequinhos loiros idênticos de bolo de casamento, e sua química com a Angie é incrível, embora eu tenha a impressão de que ela conseguiria ter uma química assim até com um cacto. Mas a Lauren L. me surpreendeu hoje, e acho que precisamos prestar mais atenção na Sabrina. — Dev está segurando um pacote de

Oreo com recheio em dobro, sentado ao lado de Charlie na cama. — O que você acha?

No momento, Charlie só consegue pensar em como Dev está perto dele na cama.

— Só consigo me preocupar com a sua cara de pau em comer bolacha em cima da minha cama.

Dev se aproxima e morde um Oreo, e os farelos caem no colo de Charlie.

— Você é um monstro.

— Como eu estava dizendo... — Dev continua a falar sobre as participantes enquanto derruba farelos de propósito no colo de Charlie, que sente o corpo inteiro paralisar. Os dedos de Dev, e o cheiro doce do corpo de Dev perto dele, na cama dele, como se não fosse nada. E é por isso que Charlie precisa continuar fingindo que nada aconteceu, embora o segredo queime o seu estômago toda vez que ele pensa a respeito. Porque aquele beijo claramente não significou nada para Dev — ele consegue ignorar, deixar para trás como uma lembrança de bêbado, continuar a amizade normalmente.

Charlie não sabe muito bem o que o beijo significou para ele, mas tem certeza de que foi algo.

Charlie completa vinte e oito anos no dia do Encontro na Corte com Lauren L.

Ele fez tudo o que estava a seu alcance para esconder a informação do elenco e da equipe porque odeia fazer aniversário. Odeia receber atenção e a pressão de organizar algo memorável e a sensação de que está fracassando na vida. Mais um ano passou e ele continua sendo o mesmo Charlie de sempre.

(Só que agora ele é um Charlie corajoso o bastante para beijar uma pessoa de quem ele gosta, mas covarde demais para admitir isso.)

Aniversários são sempre uma armadilha de vinte e quatro horas para a ansiedade, e ele adoraria poder tomar um alprazolam e passar o dia inteiro dormindo se não tivesse que se aprontar para as gravações.

Ele acorda com uma mensagem empolgada de Parisa. Também recebe mensagens nas redes sociais de alguns conhecidos de Stanford e mulheres que ele mal conhece. Não recebe nada da própria família e nem espera receber. Tudo bem.

Charlie desce até a academia do hotel e se exercita para esquecer a melancolia do aniversário, depois toma banho enquanto Jules gentilmente separa o figurino pré-aprovado do dia. Quando sai do banheiro, a porta que une o quarto dele ao de Dev está aberta.

— Charlie, se veste e vem me ajudar com um negócio!

Ele não está nem um pouco a fim de ficar sozinho com Dev, então demora para vestir o short mostarda e a camisa floral linda que Jules escolheu para ele.

— Charlie, *agora*. Vem aqui agora.

Charlie suspira, atravessa o quarto conjugado e fica imediatamente paralisado na porta. Toda equipe de *Para Todo o Sempre* está amontoada no quarto de Dev, Skylar Jonas está com um chapeuzinho de festa na cabeça careca, Ryan Parker sopra uma língua de sogra, e até Mark Davenport está presente. Charlie nunca viu o apresentador do programa fora das gravações, e cá está ele, recostado na cama de Dev. Jules está no meio do quarto segurando um bolo.

— Feliz aniversário! — Dev grita, e a mulher ao lado de Dev literalmente joga confetes no ar.

— Surpresa, caralho!

É Parisa.

Parisa Khadim de verdade, no quarto de hotel de Dev em New Orleans, vestindo um power suit, com o cabelo preso num rabo de cavalo firme. Dev está com o cabelo oleoso e sujo escondido sob um boné. O cérebro de Charlie não consegue processar muito bem a imagem de *Parisa* ao lado de *Dev*, duas pessoas de partes diferentes da vida dele no mesmo espaço físico.

— O que você está fazendo aqui?

— Seu produtor convenceu o programa a me deixar viajar com vocês durante essa semana para fazer uma surpresa de aniversário! — Parisa dá um tapinha nas costas de Dev, e a cabeça de Charlie explode. — Vem cá e me dá um abraço, gostosão!

Ele dá alguns passos trêmulos para a frente e deixa que Parisa o puxe para um abraço. A agente envolve os braços ao redor dos ombros de Charlie, e depois desaba no peito macio dele. Charlie está tão feliz de vê-la que mal consegue acreditar. A família de verdade de Charlie não está nem aí para o aniversário dele, mas Parisa — ela, sim, Parisa se importa com tudo e está *aqui*.

— *Parabéns pra você...* — Mark Davenport começa a cantar com um falsete absurdo, e toda a equipe se junta num parabéns desafinado.

Jules estende o bolo e Charlie assopra as velas. Skylar começa a cortar e a servir as fatias em pratinhos descartáveis às nove da manhã.

— Dev me fez rodar essa cidade inteira para encontrar um bolo de cenoura sem glúten, e sinceramente... — Jules encara o bolo, incrédula. — Nem sei se é gostoso.

Dev. Charlie se vira e o encontra no canto do quarto, mandando ver uma fatia enorme de bolo.

— Obrigado — diz ele se aproximando de Dev. — Obrigado por isso. É a coisa mais legal que alguém já fez por mim no meu aniversário.

A parte mais deprimente é que é verdade. Ninguém nunca organizou uma festa surpresa para Charlie, que dirá trazer a melhor amiga dele do outro lado do país. Mas é claro que Dev faria isso.

Dev enfia o garfo de plástico no bolo.

— Pois é, desculpa se eu exagerei. Eu planejei a festa antes do, hum, bem...

Antes.

— Antes do quê? — pergunta ele sem pudor algum.

— Antes de nada. Deixa pra lá.

— Bem, muito obrigado — Charlie repete.

Mais pratinhos de bolo são passados de mão em mão e todos comem rapidamente porque precisam descer, já que as vans estão esperando para levar Charlie e Lauren L. até um passeio no pântano. Parisa o acompanha quando todos deixam o quarto.

— Não acredito que você está aqui — diz Charlie.

— Eu não poderia perder a chance de te ver no seu aniversário. — Parisa observa Dev correr na frente para chamar o elevador. — Então... esse é o famoso Dev, né? Bem fofo.

Charlie sente uma pontada irracional de ciúme.

— Ele é gay, Parisa.

— Eu não disse que ele é fofo *pra mim*.

Charlie vira a cabeça para ver o sorriso malicioso de Parisa. *Será que ela sabe?* Por ser a melhor amiga dele, será que ela consegue olhar para a boca de Charlie e automaticamente *sacar* que três dias atrás a língua de Dev percorreu os lábios dele?

E qual seria a opinião dela se soubesse?

Se fosse esse o caso, Parisa provavelmente ficaria furiosa. Foi ela quem o colocou nesse programa para dar um jeito na reputação dele. Ela não mandou Charlie para cá para que ele trocasse beijos proibidos com rapazes bonitos nas ruas de New Orleans.

Mas Dev é *tão bonito*. Às vezes Charlie se esquece, mas é só avistar Dev e a geometria perfeita do rosto dele pega Charlie de surpresa, como se fosse a primeira vez. Como se ele estivesse caindo para fora de um carro aos pés deste homem de novo e de novo.

Mais à frente, Dev aperta o botão do elevador e deixa o resto da equipe ir primeiro. Dev e seu boné idiota, Dev e seu cabelo oleoso, Dev e sua bermuda cargo, Dev com cobertura de bolo no rosto. Dev, que trouxe a melhor amiga de Charlie do outro lado do país para o aniversário dele. Dev, que acha que Charlie merece ser amado.

Dev, que Charlie beijou e nunca mais poderá beijar de novo.

DEV

Eles estão fingindo que o beijo nunca aconteceu.

Ou, ao menos, Dev está fingindo. Charlie não consegue se lembrar da noite de domingo nem se fosse uma questão de vida ou de morte, então ele não faz ideia de que agarrou Dev pela cintura e disse aquelas palavras.

Por favor, posso te beijar?

Mas tudo bem. Melhor que isso, na real. Tudo ótimo.

Se Charlie se lembrasse do beijo, Dev já teria sido demitido a esta altura. Às vezes ele pensa que, independentemente disso, o melhor é pedir demissão de uma vez, se livrar da culpa. Mas, na maior parte do tempo, Dev se sente eternamente grato pelo fato de que suas péssimas escolhas foram acobertadas pela bondade do universo e por muitas doses de tequila.

Charlie não se lembra, e agora eles podem voltar a se sentar na mesma cama sem climão. Só restam mais seis minutos para o fim do aniversário de vinte e oito anos de Charlie Winshaw, mas Parisa insiste que ele fique acordado até meia-noite, embora o aniversariante se recuse a beber vinho e já esteja caindo de sono.

Parisa se recosta no trono de travesseiros amontoados na cabeceira da cama de Charlie, e Jules está aninhada ao lado dela. Parisa chegou há apenas um dia, mas Jules já está obcecada por ela, talvez porque existem poucas mulheres no set que não sejam participantes ou chefes. As duas passaram o dia inteiro confabulando perto da mesa do café, cheias de sussurros e segredinhos.

Já Dev não sabe se Parisa Khadim é a pessoa mais legal ou mais assustadora que já conheceu. Ela usa um rabo de cabelo alto e imponente, e o terninho dela parece mais caro que o aluguel dele. O tamanho de Parisa é proporcional à atenção que ela exige; alta, ombros fortes e quadris largos, e Dev acha que, se Charlie estivesse no meio de um ataque de pânico grave, Parisa conseguiria facilmente carregá-lo. Jamais seria o caso de Dev.

— Posso dormir agora? Por favor — Charlie pergunta, cobrindo o rosto com as mãos.

Parisa o chuta.

— Não. Ainda temos cinco minutos para celebrar seu aniversário.

— Se você quisesse mesmo celebrar minha existência, me deixaria dormir.

Charlie sai de perto do alcance do pé de Parisa antes que ela o chute de novo, e Dev está distraído demais com o copo de vinho para reparar no jeito como a camisa de Charlie sobe quando ele se mexe para mudar de posição.

— Mas eu preciso tomar banho antes de dormir — Charlie resmunga. — Posso passar os últimos cinco minutos do meu aniversário tirando esse fedor de pântano do meu cabelo?

— Nem pensar. — Então, Parisa lança o olhar penetrante para Dev. — Então, Dev. Charlie me disse que você escreveu um roteiro incrível.

O rosto dele fica vermelho. Por causa do vinho.

— Olha, se é *incrível*, aí eu já não sei...

— É absolutamente incrível — corrige Charlie. Há algo no tom de voz dele que faz Dev imaginar Charlie com a boca em seu pescoço. Ele cruza as pernas na cama.

— Charlie disse que você quer que eu mande o roteiro para um agente, certo?

— Charlie se enganou. Não seria profissional da minha parte pedir esse tipo de contato para a agente do nosso astro. — É claro que isso não seria nem de longe a primeira coisa pouco profissional que ele fez recentemente. Ele nem ousa olhar para Charlie esparramado na cama. — Além do mais, é uma comédia romântica queer.

Parisa nem se abala.

— Eu sou queer. E gosto de comédias românticas.

— Não, quer dizer, quando temos sorte, as produtoras fazem no máximo um filme queer por ano, e geralmente são sobre duas pessoas brancas. Meu filme é difícil de vender, e eu não quero que você perca seu tempo.

Dev consegue sentir os olhos de Charlie o encarando, quase como se ele quisesse argumentar, mas ele fica quieto. Parisa dá de ombros.

— Tudo bem, meus amigos — anuncia Jules, passando a garrafa de vinho para Dev. — Preciso acordar cedo amanhã para uma reunião com os produtores, então é melhor eu voltar para o meu quarto.

— Buuu! — Parisa vaia Jules enquanto ela vai embora.

— E eu vou tomar banho — diz Charlie, rolando para fora da cama e se arrastando até o banheiro.

— Buuu pra você também!

Nem Dev nem Parisa saem da cama de Charlie, provavelmente porque os dois sabem que não se pode deixar uma garrafa de vinho pela metade no fim da noite. Dev completa o próprio copo e passa o resto para Parisa.

Ela espera até ouvir o som do chuveiro ligado antes de falar.

— Obrigada por ter feito isso por ele.

— Imagina! É claro, ele é... — Dev passa os dedos pela borda do copo descartável, todo sem graça. — É o aniversário dele.

— Sim — diz Parisa, assentindo. — Ele é muito especial.

— Você e o Charlie. Vocês já...?

Parisa saca de imediato.

— Não. Nunca. Não funciona assim com a gente.

Dev olha para a mulher linda, confiante e forte que claramente reconhece que Charlie é incrível do jeito como ele é.

— Posso perguntar o *porquê*?

Parisa cruza as pernas e apoia a garrafa de vinho entre eles.

— Quer dizer, eu já pensei a respeito. Não sou *cega* e, quando nós nos conhecemos, antes de ele me contratar, eu pensei... *quem sabe?*

— E por que não rolou nada?

— Porque ele é o Charlie. Porque o *quem sabe* nunca passou pela cabeça dele — responde Parisa, apontando o óbvio. — E fico feliz. O cara é um ótimo amigo, mas seria péssimo como namorado. Ele não sabe nada sobre esse lance de relacionamento.

— Então, por que você o mandou para o programa? Você está tentando humilhar o Charlie de propósito?

— Claro que não. Ele quer voltar a trabalhar com tecnologia, e eu quero que ele seja feliz. A Maureen Scott prometeu que poderia ajudar a dar um jeito na imagem dele, então... — Parisa olha a porta fechada do banheiro e abaixa o tom de voz. — Se eu te contar uma coisa, você *promete* que vai ficar só entre nós?

Dev assente.

— Mês passado uma prima minha se casou, e Charlie foi comigo na festa, como meu acompanhante. Minha prima, que é viciada em Pinterest, decidiu dar a única festa de casamento muçulmano com bebida alcoólica e um coquetel exclusivo, e no fim das contas Charlie *ama* mojito de mirtilo. Ele virou, tipo, uns seis copos, e saiba que quando o Charlie bebe...

— Ah, já conheci o Charlie Bêbado, na real.

Parisa levanta a sobrancelha num arco perfeito.

— Imagine o Charlie Bêbado fazendo uma performance moderna de Whitney Houston num casamento com duzentos convidados. Ele olhava para a minha prima e o marido, apontando para os dois, tipo, *apontando mesmo* na pista de dança, todo mundo encarando, e Charlie dizia para mim "É aquilo que eu quero!". — Parisa interrompe a história e deixa o peso daquelas palavras atingirem Dev. — A Maureen já estava no meu pé, tentando trazer o Charlie para o programa havia meses, e lá estava ele, bêbado e admitindo que uma parte dele quer um relacionamento, daí eu pensei...

— Peraí. O motivo principal que te fez mandar Charlie para cá é *o verdadeiro propósito do programa*?

Parisa afrouxa o rabo de cavalo.

— Bem, sim. Talvez seja meio ridículo pensar que ele pudesse se apaixonar por uma mulher no programa, mas...

— Não é ridículo. Não para mim.

Os dois bebem vinho em silêncio por um minuto.

— Ele não te contou nada sobre a família dele, né? — pergunta Parisa, sussurrando ainda mais baixo.

— Não muito.

— Nem para mim. Só uma coisa ou outra ao longo dos anos. Pelo que consegui entender, os Winshaw são um bando de babacas que deveriam queimar no inferno pela forma como tratam o Charlie.

Dev decide que Parisa é, com certeza, a pessoa mais legal que ele já conheceu.

— Aquela família não merece Charlie. Ele é maravilhoso, mas cresceu sendo tratado feito lixo porque o cérebro lindo dele às vezes funciona de um jeito um pouquinho diferente. — Ela faz mais uma pausa e, quando volta a falar, a voz sai mais gentil. — Não consigo nem imaginar como seria se as pessoas que deveriam me amar incondicionalmente não me amassem, mas acho que, se eu tivesse sido criada como o Charlie, também teria muita dificuldade em acreditar que mereço ser amada.

O chuveiro desliga e os dois dão um salto, como se tivessem sido pegos no flagra. Dev descruza as pernas. Parisa sai da cama.

— Ele te considera um bom amigo, fico muito feliz de saber — diz ela, virando o resto do vinho. — Amor platônico é importante também. Boa noite, Dev.

A porta do quarto se fecha com a saída de Parisa e Dev desaba sob o peso da nova culpa. Parisa mandou Charlie para o programa em busca de amor e, em cinco semanas, Charlie pode ter o que ele quer: uma noiva e um emprego na área de tecnologia. Se Dev não ferrar as coisas, Charlie pode conquistar tudo.

A porta do banheiro se abre e o aroma doce e úmido do sabonete de aveia de Charlie invade o quarto antes que Charlie saia do banheiro e fique paralisado. Ele está na porta do banheiro, sem camisa, vestindo uma calça de moletom azul-marinho tão baixa que chega a ser uma ameaça. Dev continua sentado na cama com o copo de vinho, e precisa de exatos trinta segundos. Trinta segundos para lamentar a injustiça de viver em um mundo onde um homem *desses* o beijou e não se lembra.

E isso que Dev nem curte músculos. Geralmente.

— Desculpa — Dev finalmente diz. — Já vou voltar para o meu quarto.

— Tudo bem — responde Charlie, mas a voz dele soa estranhamente contida.

Dev apoia o copo na mesa de cabeceira, ao lado da loção de Charlie.

— Aproveitou seu aniversário?

Charlie sorri.

— Foi perfeito. Muito obrigado, Dev.

Dev se pergunta se um dia será capaz de escutar Charlie dizendo *obrigado* sem imaginá-lo descabelado e cheio de desejo naquela parede de tijolinhos o agradecendo pelo beijo. Um rubor se espalha rapidamente pelo rosto de Charlie, quase como se ele estivesse pensando na mesma coisa. Mas Charlie não se lembra.

— Quer dizer, *obrigado* pelo meu aniversário. Por trazer a Parisa, pelo bolo e tal. Foi isso o que eu quis dizer.

— Pois é, imaginei...

Charlie começa a perambular pelo quarto como um pássaro engaiolado.

— Preciso muito dormir agora, então...

Charlie não se lembra. É claro que não *se lembra*. Mas.

— Naquela noite, do lado de fora da boate...

— Por favor — Charlie o interrompe com a voz embargada. — Vamos dormir e conversamos sobre isso amanhã.

Charlie se lembra, porra!

Dev deveria manter os dois vivendo nessa bolha em que fingem não saber de nada, mas não consegue, porque *Charlie se lembra*. Ele se lembra, e sabe que Dev lembra, e ainda assim o deixou sozinho a semana inteira pensando naquele beijo.

Dev salta da cama.

— Tudo bem — rebate ele. — Pode dormir. Mas antes vamos fazer uma brincadeira bem rápida. — Ele pega Charlie pelo cordão da calça e o empurra contra a parede ao lado da cama. — Vamos ver quem se afasta primeiro.

Dev só quer acabar com o blefe de Charlie — forçá-lo a admitir que ele se lembra e que está fingindo o contrário por motivos em que Dev não quer pensar muito agora. Porque provavelmente os motivos têm a ver com arrependimento e vergonha. No entanto, assim que os corpos deles se encostam, o tom de brincadeira desaparece, porque Dev se lembra de como é ter Charlie ali, encaixado bem abaixo do queixo. É tão bom.

Dev se esforça para manter o sorriso bobo, o sorriso que diz *isso é só uma brincadeira, agora fale de uma vez que você se lembra*. Charlie estende a mão e pressiona dois dedos no canto do sorriso de Dev, do mesmo jeito que fez naquela noite, e Dev aceita o gesto como prova.

— Mentiroso, por que você não...?

Então Charlie pressiona a boca no canto do sorriso de Dev, cuja raiva perde toda a relevância. Charlie o empurra, depois o puxa de novo com uma pontada de hesitação, antes de se entregar por completo à intensidade do beijo. Tudo faz sentido agora — aquela noite não foi coisa da cabeça de Dev. Beijar Charlie é diferente de beijar qualquer outra pessoa. Talvez porque seja algo novo, ou porque ele é meio sem jeito, ou porque é Charlie, com aquelas mãos que parecem enormes nas bochechas e na nuca de Dev enquanto o envolve feito um cobertor.

Dev precisa de um minuto. Um minuto para rodear Charlie pela cintura. Um minuto para fingir que isso é algo que eles podem continuar fazendo. Só então ele se afasta.

— Não podemos. Você está bêbado.

Charlie abre bem os olhos.

— Não estou não. Não bebi nada!

— Ah. Entendi.

Charlie solta Dev e vai até a cama.

— Sinto muito. Eu sinto muito, muito mesmo. — Ele apoia a cabeça nas mãos. — Merda. Me desculpa.

— Por qual parte?

— Pela parte em que eu te beijei — choraminga Charlie com a voz abafada pelas mãos. Dev não sabia que homens adultos eram capazes de choramingar, mas estamos falando de Charlie, então ele choraminga de forma magistral. E o motivo é ter beijado Dev. Isso machuca mais do que deveria.

— Por ter me beijado agora? — pergunta Dev. — Ou na noite de domingo e depois fingir que esqueceu?

— Dev. — Charlie levanta a cabeça, lágrimas escorrendo pelo rosto.

Nossa, *que merda*. Dev não consegue prestar atenção no próprio ego ferido quando Charlie está chorando. Ele se senta ao lado dele na cama.

— Ei. Ei... tá tudo bem. Está tudo bem. — Dev apoia a mão no joelho de Charlie.

O corpo inteiro de Charlie enrijece com o toque.

— Como pode estar tudo bem?

Não está. É exatamente o oposto de "bem". Dev beijou *duas vezes* a pessoa que deveria orientar, e agora o astro do programa está chorando sem camisa num quarto de hotel no dia do aniversário dele. Mas Dev está acostumado a fazer as coisas acontecerem na base da força de vontade então quem sabe se ele continuar dizendo que está tudo bem, uma hora tudo acabe ficando bem. Não para ele, mas para Charlie.

— Eu só quis dizer que... não é grande coisa.

Charlie recolhe a perna para cortar o contato com a mão de Dev.

— Não é grande coisa?

— Sim. — Ele dá de ombros como quem não se importa, quase conseguindo se convencer. — Se eu ganhasse um dólar toda vez que um cara hétero me beijasse só de zoeira, eu teria... tipo, uns cinco dólares.

Charlie não ri. Ele está com a sobrancelha cerrada e a cara de constipado. Talvez seja a expressão favorita de Dev.

— Para mim... isso é grande coisa, sim, Dev.

— Como assim? — Dev tem medo da resposta. Medo da vergonha e do arrependimento que Charlie está prestes a verbalizar.

— Quer dizer, eu gosto de você. Ou de te beijar. Sei lá. — O rubor

155

mais lindo do mundo sobe pelo pescoço de Charlie, se espalhando pelas bochechas. — Mas eu entendo. Você não quer que eu te beije, e não é de bom-tom da minha parte ficar me jogando em cima de você.

Dev se sente levemente arrancado pra fora do próprio corpo.

— Você... você gosta de me beijar?

— Achei que já tinha ficado óbvio depois daquela noite. — Charlie aponta para o próprio corpo, todo sem jeito, e Dev se lembra da sensação de Charlie pressionado contra ele do lado de fora da boate. Ele quer Charlie desse jeito *agora*, mas sabe que nunca mais poderá ter isso de novo.

— Eu achei que você nem gostasse muito de beijar.

— Pois é, isso é meio que novidade pra mim — admite Charlie num sussurro. A confissão atinge um ponto muito específico do peito de Dev.

— Talvez isso signifique que você está ganhando confiança em si mesmo — diz Dev. Ele não sabe quem está tentando convencer. — Talvez, conforme você for desenvolvendo conexões afetivas de verdade com as mulheres, vai descobrir que gosta de beijá-las também.

— Sim. — Charlie engole em seco. — Pode ser.

Os dois ficam sentados lado a lado, o silêncio desconfortável no ar. Dev deveria se levantar e ir embora. Deveria fechar a porta do quarto conjugado, fechar a porta deste momento completamente impossível. Não deveria estender a mão e tocar o joelho de Charlie de novo. Mas é isso o que ele faz.

Dev repassa os argumentos lógicos: ele deve ajudar Charlie a se tornar o príncipe perfeito e se apaixonar por uma das participantes, e falta *tão pouco*. Charlie tem se mostrado um astro incrível na frente das câmeras, e está cada vez mais envolvido com as mulheres. Com mais tempo, Dev sabe que poderá ajudá-lo a encontrar seu felizes para sempre. Mas não se continuar fazendo isso aqui.

Os dois encaram os dedos de Dev sobre a calça azul-marinho de Charlie, e Dev levanta a cabeça, percebendo que o rosto de Charlie está a apenas quinze centímetros de distância.

— Dev. — A voz de Charlie é grave e próxima.

— Pode ser tipo os encontros para treinar — Dev se pega dizendo. Desesperado, patético, tão cheio de vontade que sente a garganta apertando. — Para te ajudar a ficar mais confortável?

Charlie assente e continua o movimento com a cabeça até que sua boca encontra a de Dev no pequeno espaço entre os dois. É um beijo delicado, hesitante, como se Charlie estivesse com medo de que isso lhe deixasse ainda mais confuso. Dev tenta focar na parte de *treinar*, mas, assim que as mãos de Charlie tocam a cintura dele, a sensação na pele ofusca toda a lógica e o faz saltar sobre o colo de Charlie.

Dev encara Charlie enquanto monta em cima dele.

— Posso? — pergunta Dev. — Hum, pra gente treinar?

— Sim. — A voz de Charlie treme. — Pode.

Dev afunda os dedos no cabelo molhado de Charlie.

— E isso aqui? Posso?

Charlie engole em seco.

— Com certeza.

Dev se inclina para a frente, a boca flutuando sobre o maxilar de Charlie.

— Posso?

Charlie solta um gemido ininteligível para consentir antes que Dev beije o maxilar dele uma, duas, três vezes, até chegar na orelha. Assim que Dev coloca o lóbulo de Charlie na boca, Charlie tensiona o corpo e se agarra nas coxas de Dev para manter o equilíbrio.

— Posso? — Dev sussurra enquanto roça os dentes na pele atrás da orelha de Charlie.

— Dev — diz Charlie. Na verdade, ele meio que *geme*.

Dev não sabe se o gemido significa *para* ou *não para*, então ele para.

— Posso?

Charlie está tremendo quando segura o rosto de Dev com as mãos gigantes.

— Sim. Muito.

Charlie se estica para cima, encontra a boca de Dev no meio do caminho, e Dev o empurra de volta na cama.

A ousadia de Charlie dá lugar a outra coisa. Ele desliza as mãos na parte da frente da camiseta de Dev, que gostaria de poder guardar num pote a sensação dos dedos de Charlie tocando a barriga dele e usar como sabonete para o corpo. Teria cheiro de aveia e um sabor intenso de pasta de dente. *Foco, Dev. Isso é só um beijo para treinar.*

— É importante saber do que você gosta, Charlie — diz Dev, levando a boca até o lóbulo dele mais uma vez.

— Eu gosto disso.

— Percebi. — Dev também gosta do jeito como o corpo de Charlie responde ao toque dele, como um instrumento afinado. Ele passa os dedos pelas ondulações absurdas nos bíceps de Charlie, que responde mordendo o lábio inferior. — Não há problema em estabelecer limites com as mulheres, nem em pedir pelo que você quer.

— Eu quero... — Charlie começa, respirando fundo. — Quero tirar sua camiseta, por favor — declara ele com toda a educação. Charlie começa a despir Dev do jeito mais desengonçado possível, como se nunca tivesse tirado uma peça de roupa antes.

— Você pode ajudar em vez de ficar rindo de mim — sugere Charlie.

— Eu literalmente não posso. Não está vendo que meus braços estão presos?

Daí a camisa vai embora, e Charlie está encarando o pescoço de Dev, a clavícula, a barriga. Dev para de rir.

— Você é lindo pra caralho — sussurra Charlie.

É a mesma coisa que ele disse na boate, mas naquela ocasião Charlie estava bêbado e tentando empurrar Dev para um cara qualquer. Agora ele diz com a voz calma, quase tímida, e as palavras são apenas para Dev.

Isso é só um treino, Dev faz questão de lembrar.

Charlie desliza as mãos pelo peito de Dev e posiciona uma na altura do coração dele. Ele conta os segundos conforme as batidas ressoam nos dedos de Charlie.

— Acho que eu gosto mesmo de você — diz Charlie, ainda mais baixinho, e a confissão é como Mentos e Coca-Cola direto nas veias. O coração grande demais de Dev infla no peito, empurrando a mão de Charlie, e ele tenta conter os sentimentos que não deveria estar sentindo.

Porque não é assim que *Para Todo o Sempre* funciona.

Em trinta e sete dias, Charlie estará noivo de Daphne Reynolds. Essa é a história que a produção está escrevendo desde a primeira noite. É assim que Charlie encontrará seu final feliz.

Em trinta e sete dias, Charlie beijará Daphne Reynolds desse jeito, mas hoje é Dev quem vai se perder neste treino, se deixar levar pelas mãos de Charlie, pela pressão do corpo de Charlie, embora ele saiba o quanto vai se magoar amanhã.

CHARLIE

Ele não quer perder um segundo disso. Beijar Dev. *Ser beijado* por Dev.

Desta vez, o cérebro sóbrio de Charlie quer memorizar cada detalhe, para que, quando Dev se afastar de novo, ele tenha algo em que se agarrar, algo que o faça lembrar de que tudo aconteceu de verdade. Que, ao menos uma vez, ele beijou alguém de quem gosta, e foi recíproco. Mesmo que seja só um treino.

Dev com certeza vai se afastar de novo. Charlie consegue sentir, mesmo enquanto se move embaixo de Dev para que os quadris deles se encontrem, o desejo dos dois pulsando contra o tecido fino das calças de moletom. Dev geme na boca de Charlie enquanto se esfrega no corpo dele. Charlie quer devorar o som, polvilhando-o como açúcar sobre morangos frescos.

Dev vai se afastar, e Charlie precisa se concentrar no momento, guardar para a posteridade.

O aroma doce e intenso da pele de Dev tão perto; os joelhos, cotovelos e ossos do quadril pontiagudos perfurando a pele de Charlie; a confiança da língua de Dev e a certeza dos beijos; o calor da pele dele enquanto passa os dedos pelos mamilos de Charlie e *meu Deus*. Charlie não sabia que podia experimentar essa sensação, mas é como se Dev já soubesse tudo a respeito dos corpos dos dois. Dentre todas as coisas, é disso que Charlie mais quer se lembrar — o jeito como Dev dá vida a partes dele que Charlie não sabia que existiam.

— Gosta disso? — A voz de Dev no pescoço dele. Os polegares de Dev passeando em círculos no peito dele.

— Hum, óbvio.

Dev ri, e então usa a língua para desenhar círculos na pele de Charlie, a boca contra o peito, chupando enquanto desliza para baixo, e...

— Dev. — Charlie segura as mãos de Dev e as imobiliza. — Acho melhor a gente... parar. Eu preciso...

Dev entende o sinal e sai de cima dele. Charlie dá um beijo desengonçado na bochecha de Dev e quase não chega no banheiro a tempo. Não precisa se esforçar muito para terminar, porque já está quase lá. Tudo o que precisa fazer é imaginar como seria se tivesse sido corajoso o bastante para deixar Dev continuar.

Quando Charlie sai do banheiro, escuta o som do chuveiro ligado no quarto ao lado. Ele veste uma camiseta e vai até o quarto de Dev, sentando-se na beirada da cama. Charlie se estica e sente que a cama inteira tem o *cheiro* de Dev.

— Você está cheirando meu travesseiro?

Charlie dá um salto e vê Dev a cinco passos de distância, de cabelo molhado e vestindo um short de basquete diferente.

— Não, eu estava *inspecionando* seu travesseiro. Procurando... sujeira.

Dev sorri, e algo imenso invade o peito de Charlie, algo que ele não entende, algo que não sabe identificar.

— Sim, eu estava cheirando seu travesseiro.

Dev ri e sobe na cama.

— Você é mesmo um esquisitão, sabia?

Charlie abre as pernas para que seus joelhos toquem os de Dev.

— A culpa não é minha se você é tão cheiroso.

Dev passa os dedos pelo cabelo de Charlie, que segura a mão dele e beija a pele macia do pulso. Dev se aproxima um pouquinho. Ele parece estar querendo subir no colo de Charlie de novo, mas se força a não fazer isso. Se segura.

— É melhor irmos dormir.

— Tudo bem — diz Charlie, começando a se deitar.

Dev joga a cabeça para trás e começa a rir. Charlie não sabia que era engraçado até Dev Deshpande começar a rir com ele.

— Em camas separadas, mocinho. Anda logo.

Charlie deixa Dev tirá-lo da cama e empurrá-lo até a porta entre os dois quartos.

— Boa noite, Charlie.

Charlie o encara pela última vez.

— Boa noite, Dev.

160

— Vou te beijar agora.

Angie Griffin se aproxima dele no divã e Charlie responde (com compostura, pensa ele).

— De boa.

De boa. Charlie está super de boa, sentado num salão de uma propriedade ridícula nos arredores de New Orleans antes de uma Cerimônia de Coroação em que deverá eliminar mais duas mulheres e manter oito — oito mulheres que, em tese, querem *casar com ele.* Super de boa em ter que sentar aqui e beijar Angie quando tudo o que ele queria era beijar Dev. Super de boa com Dev parado no canto *observando* o beijo com Angie. Embora não saiba ao certo como Dev se sente a respeito de qualquer um dos beijos.

— *Corta!* — grita Skylar da outra sala, felizmente dando fim à cena de pegação. Charlie e Angie se levantam do divã e caminham até o salão do baile, onde uma câmera diferente está filmando Parisa.

Pelo visto, o único jeito que Dev arrumou de convencer Maureen Scott a deixar Parisa viajar com a equipe foi escalá-la para aparecer no programa. Charlie a apresentou como melhor amiga para as câmeras, e ela deve interrogar as participantes sobre suas intenções com Charlie antes da Cerimônia de Coroação. Parisa é sem dúvida mais intimidadora do que Dev imaginava, então a esta altura todo mundo já se arrependeu da proposta.

— Eu falei para ser *durona* — diz Ryan para Parisa. — Não pedi para fazer as participantes chorarem.

Charlie vira a cabeça e vê que Daphne Reynolds está chorando. Tipo, muito.

— Eu só fiz uma pergunta simples! — Parisa grita de volta. — Não sabia que ela iria cair no choro assim tão fácil. Jesus amado!

Skylar anuncia uma pausa de dez minutos, e Dev sai do salão por uma porta francesa. Charlie conta até trinta e vai atrás dele. Já passa das dez da noite, mas o ar continua quente por causa da umidade do verão do sul, e tomado pelo canto das cigarras. Dev está na ponta mais distante do pátio, encarando um arbusto.

— Oi — diz Charlie, cutucando-o com o ombro.

— Oi — responde Dev. Quando ele sorri, é apenas um vislumbre do sorriso de sempre. — Sua melhor amiga é assustadora.

161

— Ela só é protetora demais — diz Charlie dando de ombros. — Só quer o melhor para mim.

Dev assente, mas parece estranhamente distante. Charlie precisa dele mais perto. Ele pega a mão de Dev e o puxa para um labirinto de arbustos podados onde ninguém pode vê-los. Está escuro, mas Charlie encontra a boca de Dev mesmo assim, os dentes tocando os lábios dele. Ele bate com a testa nos óculos de Dev, que começa a rir no meio do beijo.

— Melhor não... — Dev tenta. Mas Dev já disse "melhor não" pela manhã quando Jules mandou mensagem dizendo que estava chegando no quarto dele em dez minutos com o café da manhã, e ainda assim Dev pressionou Charlie contra o balcão do banheiro. Ele disse "melhor não" no camarim, quando estava ajudando Charlie a vestir o terno, e ainda assim o beijou até os joelhos de Charlie cederem. Agora, ele está dizendo "melhor não", mas continua os empurrando cada vez mais para dentro do jardim. Charlie deixaria Dev empurrá-lo para qualquer lugar — seu desejo é inconsequente, e ele aceitaria de bom grado qualquer parte que Dev está disposto a oferecer.

— Desculpa por ter beijado a Angie — diz Charlie quando os dois finalmente se afastam.

Dev solta uma risada vazia.

— O programa gira em torno disso, Charlie.

— Eu sei, mas queria que não fosse o caso. Não quero beijar a Angie nem a Daphne. — Ele respira fundo. — Só quero beijar você.

Dev enrijece o corpo nos braços dele.

— Eu deveria me sentir melhor sabendo disso?

— Sei lá — murmura Charlie.

Dev fica em silêncio, e Charlie quer que ele diga *alguma coisa*. Charlie, por sua vez, já disse a Dev que *gosta muito dele*. Já disse que ele é lindo pra caralho. Pelo amor de Deus, ele já *cheirou o travesseiro* de Dev. Para Charlie, está tão claro que nada disso é apenas um treino que chega a doer. Mas Dev ainda olha para ele como se estivesse planejando mentalmente o casamento com Daphne Reynolds.

— Dev — diz ele. — Por favor, me diga o que você está sentindo.

No escuro, o polegar de Dev toca o cantinho da boca de Charlie.

— Acho que você não precisa treinar, Charlie.

— Como assim? — pergunta ele, embora já saiba a resposta.

— Você deveria voltar lá para dentro e beijar a Angie — diz Dev. E então ele se afasta, exatamente como Charlie sabia que iria acontecer.

Notas do roteiro para edição: Temporada 37, Episódio 5
Data de exibição: Segunda-feira, 11 de outubro de 2021
Roteiro: Ryan Parker
Produção executiva: Maureen Scott
Cena: Depois da guerra de tinta na Aventura em Grupo, entrevista com Daphne Reynolds
Locação: Armazém dos carros alegóricos, New Orleans

DAPHNE: [*Close no rosto sorridente dela, coberto de tinta amarela e roxa*] O dia foi ótimo! Eu adorei! Foi tão bom poder conversar com o Charlie e resolver as coisas entre a gente. Eu não deveria ter me jogado em cima dele daquele jeito no baile. Eu... eu acabei deixando as coisas... deixei o que os outros pensam... Enfim, estamos bem agora. O Charlie entendeu. Nem tudo é só conexão física. Eu e o Charlie nos damos muito bem. E daí se eu não... se eu não quiser... o que importa é que seremos felizes para sempre no final. Né?

Quinta semana

Munique, Alemanha — Segunda-feira, 5 de julho de 2021
Oito participantes e 34 dias restantes

CHARLIE

— Dev! Anda logo! — Parisa soca a porta do quarto de hotel dele. — Já estamos prontas!

— Tem strudel! — acrescenta Jules. — Você adora strudel!

Charlie cerra os punhos e enfia as mãos no bolso do casaco de chuva. É julho, mas está *chovendo*.

— Talvez Dev não queira ir com a gente — murmura ele.

Jules inclina a cabeça para ele.

— Por que ele não iria querer ir com a gente? Nós combinamos de passear pela cidade juntos no dia de folga.

Com a ponta do sapato, Charlie cutuca o carpete na frente do quarto de Dev.

— Talvez seja melhor... irmos sem ele.

Jules tenta ligar para ele, e Parisa bate na porta de novo, ambas as tentativas sem sucesso. Então, eles passeiam por Munique sem Dev.

Dev nunca mais falou com Charlie desde o jardim, nem sequer olhou para ele, e Charlie não deveria estar surpreso. Não deveria estar magoado. O que ele achou que poderia acontecer? Achou que os dois poderiam *ficar* juntos em segredo pelo resto da temporada? Achou mesmo que Dev iria querer uma coisa dessas? O mesmo Dev que sempre deixou claro que tudo aquilo não passava de um treino para que Charlie pudesse dar seu melhor na frente das câmeras?

Charlie também não quer isso. Ele não entrou no programa por causa dessa ideia idiota de contos de fada em que pessoas ingênuas acreditam. Ele não quer um relacionamento nem romance. Ele não quer alguém que o beije à exaustão e o chame de meu amor. Ele não quer.

Charlie tenta aproveitar a música, a comida e seu tempo precioso com Parisa, mas, embora seu corpo esteja passeando para cima e para baixo nos corredores da Residência de Munique, sua mente está com Dev, atrás daquela porta fechada.

Na manhã de terça-feira, a equipe se encontra no saguão do hotel para a primeira Aventura em Grupo de Munique, que, para a imensa alegria de Charlie, envolve cavalos. Dev está atrasado.

Dev nunca se atrasa para as gravações e, quando ele finalmente aparece, está vestindo uma calça preta de moletom e um gorro de lã. Ele não fez a barba e pelo visto também não tomou banho. Na van a caminho do set, Dev coloca os fones de ouvido para não ter que falar com ninguém e discretamente come biscoitos cobertos de chocolate comprados no mercadinho em frente ao hotel. Jules o provoca um pouquinho, tenta chamar a atenção do amigo, mas até ela acaba desistindo.

Quando todos chegam na locação no meio da Floresta Negra, Dev orienta Charlie como um robô. Não faz brincadeiras, não o toca sem necessidade. Nem sequer olha diretamente para Charlie.

Os cavalos só deixam tudo mil vezes pior, ainda mais porque Skylar não permite que Charlie use um capacete, e ele tem certeza de que vai cair do monstro gigantesco e ter uma concussão. Se tiver sorte, vai acabar com uma amnésia seletiva, e não se lembrará de como Dev era antes de Munique, então não sentirá tanta saudade dele mesmo estando ao seu lado.

— O Dev está bem? — pergunta Angie durante seu tempo a sós com Charlie. — Ele me parece diferente do normal.

Charlie não sabe o que dizer, mas deve estar com uma expressão patética, porque Angie se aproxima e toca o queixo dele.

— Ah, meu bem. *Você* está bem?

— Na verdade, não muito.

— O que houve?

Charlie sabe que não pode contar para ela, mas como ele queria!

Angie é a única participante que se declara queer, então entenderia. Ele queria poder contar para *alguém* que, por uma noite, Dev pareceu ser *dele*, e agora parece ser outra pessoa.

— Eu... só quero que o Dev fique bem.

Angie olha para Charlie com uma expressão carinhosa. Então, o puxa para mais perto e dá um beijo suave na testa dele.

— Meu bem, eu sei. Eu sei.

Charlie olha para Angie. Olha *de verdade* para ela. Para o cabelo lindo, preso para trás. Para os olhos castanho-escuros, emoldurados por cílios bonitos. Para o rosto com formato de coração, pontudo no queixo, meio parecido com o de Dev.

Angie é inteligente, divertida e gentil. Ela o escuta e o respeita, e Charlie acha que, se se esforçar, pode aprender a amá-la, pelo menos de uma forma platônica. Ele se pergunta se amar Angie irá consertar as coisas com Dev.

Na quarta-feira pela manhã, o pânico começa a se espalhar pela pele de Charlie, agitado e incessante.

Dev disse à produção que está gripado, e usa isso como desculpa para fugir do café da manhã, do jantar e das saídas com a equipe para o *bräuhaus* na frente do hotel. Ele está literalmente disposto a mentir sobre estar doente só para evitar ver Charlie.

Por outro lado, Charlie tem tentado se distrair forçando Jules a acompanhá-lo em corridas longas na chuva, que são quase como um castigo; ele levanta peso toda noite na academia do hotel até o corpo ficar dormente. Não adianta nada.

A Aventura em Grupo de quarta-feira acontece perto do Castelo de Neuschwanstein, com suas torres romanescas brancas despontando na neblina da colina. É a construção que serviu de inspiração para o castelo da *Cinderela* e, sendo assim, é parte do que inspira esse maldito programa. Porém, levando em conta o desinteresse de Dev, parece mais um castelinho de Lego construído por uma criança de seis anos.

As participantes competem numa corrida de obstáculos medieval, com o castelo perfeitamente enquadrado ao fundo em todas as cenas.

Charlie tenta concentrar suas energias em passar tempo com as participantes — com Lauren L., que consegue com sucesso carregá-lo de cavalinho depois de ser desafiada por Sabrina; com Angie, que tenta animá-lo contando piadas de tiozão; com Daphne, que se diverte muito contando que Parisa esteja a um quilômetro de distância.

Mas, em vez disso, Charlie só consegue pensar em Dev aninhado numa cadeira dobrável no canto do set. Quando chega o intervalo do almoço, ele já está tão estressado com tudo isso que apenas uma coisa pode ajudá-lo. Uma *pessoa*.

Charlie encontra Parisa gritando com um produtor, o que é basicamente o que ela faz toda vez que aparece no set.

— Não fique aí parada e nem vem com essa conversinha de que a misoginia de *Para Todo o Sempre* não é de propósito, Aiden! Se eu estivesse no comando do programa, já teria... Ah, oi, meu bem! — A expressão da agente se suaviza de imediato ao vê-lo.

— Vamos dar uma volta?

Parisa o segue pelo caminho lamacento em direção ao castelo.

— Tudo bem, gostosão? — pergunta ela quando os dois já estão longe da equipe.

— Sim, é só que... — Charlie respira fundo três vezes. Parisa é sua melhor amiga. Sua melhor amiga *pansexual* que, com certeza, não vai ficar escandalizada com a novidade. — Preciso conversar com você sobre uma coisa.

— Até que enfim — é o que Parisa diz. Ela o puxa até um banco molhado no canto do caminho e eles se sentam sobre os casacos. — Manda ver.

Charlie respira fundo mais três vezes antes de começar a falar e, ainda assim, a afirmação sai como uma pergunta.

— Eu meio que talvez tenha sentimentos pelo Dev? E, tipo, talvez a gente tenha se beijado?

— Ai meu Deus, sério? — pergunta ela, monótona. — Estou megachocada com essa revelação inesperada.

— Então você já sabia?

Ela dá de ombros.

— Eu suspeitava.

— *Como?*

— Você fala *muito* sobre o Dev, e, toda vez que você olha para ele, seu rosto relaxa — Parisa responde, com tanta naturalidade que Charlie se sente pelado no banco, totalmente exposto para o mundo. — Além do mais, assim que eu bati os olhos nele, tudo fez sentido. Ele faz o seu tipo.

— Você acha que o meu tipo são caras magrelos de dois metros com cortes de cabelo horríveis?

— Não sei explicar o motivo, mas, sim.

— E você não está chateada comigo?

— Chateada? Bonitão, você sabe que eu não quero te casar de verdade, né?

— Sei, mas você me mandou para o programa para ficar noivo de uma mulher, então...

— Para ser sincera, você beijando seu produtor é a coisa mais interessante que já aconteceu nesse programinha heteronormativo de merda.

Ele espera que ela logo mude o tom da água para o vinho, espera pelo pior. Espera que ela lhe diga que Dev precisa manter a informação recém-descoberta em segredo. Mas é claro que Parisa não faz nada disso.

— É só... isso? Só isso que você vai me dizer?

— Não vejo a necessidade de ter uma crise de identidade sexual por causa disso — diz ela, acenando com descaso em direção a um grupo de adolescentes franceses barulhentos. — A não ser que você *queira* ter uma crise de identidade sexual. Você está surtando por sentir atração por outros caras?

— Na verdade, não — responde Charlie. — Além do mais, não sei se *sinto* atração por outros caras. Tipo, no plural.

— Você sente atração sexual por mulheres?

— Não sei... acho que não. Nunca senti antes. — Então, ele desaba sobre o ombro macio dela. — O que você acha que isso significa?

— Então, você *quer* ter uma crise de identidade sexual? Beleza. Você acha que talvez possa ser assexual? — pergunta Parisa, com tanta simplicidade e sem julgamento ou pressão, que Charlie mal consegue acreditar que, em quatro anos de amizade, os dois nunca conversaram sobre isso. Ele se pergunta quantas vezes Parisa quis puxar o assunto e só estava esperando que ele se abrisse, só um pouquinho.

— Eu nunca parei para pensar nisso... mas, levando em conta os acontecimentos recentes, não, acho que não sou assexual — responde ele, por fim. — Não sinto repulsa por sexo.

— Nem todo mundo que é assexual sente. Assexualidade é um espectro. — Parisa levanta dois dedos a um metro de distância, como se estivesse medindo uma estante de livros pequena. — De um lado, temos as pessoas alossexuais, que sentem atração sexual, e do outro estão as pessoas assexuais, que não sentem. Mas tem muita coisa entre essas duas pontas.

— Que informativo.

— Só estou dizendo que talvez você tenha atração por homens mas também seja demissexual, o que significa que você precisa de conexão emocional para sentir atração sexual. Ou talvez você seja demirromântico, ou grayssexual, ou...

Charlie se encolhe.

— Não sei se me importo em ter uma definição tão específica.

— Nem precisa se importar — diz Parisa. — E você não é obrigado a entender ou se assumir nem se explicar para ninguém, nunca. Porém — ela abaixa as mãos do espectro e envolve o ombro dele com o braço —, às vezes essas definições podem ser boas. Elas nos oferecem uma maneira de entendermos melhor a nossa mente e o nosso coração. E podem nos ajudar a encontrar uma comunidade, a desenvolver um senso de pertencimento. Tipo, se você não tivesse a definição correta para o seu TOC, não conseguiria encontrar o tratamento necessário, certo?

Charlie encara o caminho lamacento que leva ao castelo.

— É isso. Sinto que, a vida toda, me enfiaram em caixas diferentes, com definições diferentes. Não sei se quero mais caixas.

Ele percebe Parisa assentindo ao lado dele.

— Justo. E tem uma coisa. Para mim, a sexualidade é algo fluido, mas quero que você saiba que pode nutrir qualquer sentimento que seja pelo Dev, mesmo se não se encaixar nesse ideal de contos de fada que imagina como relacionamentos devem ser. Você pode querer a parte do romance sem a parte do sexo. Ou a parte do sexo sem a parte do romance. Todas essas coisas são válidas. E você merece um relacionamento da forma que achar melhor.

Charlie prende a respiração como se tentasse segurar dentro do peito, por mais um tempinho, a aceitação incontestável de Parisa, o amor incondicional.

— Isso significa muito para mim, mas... — Ele infla as bochechas ao completar. — E se eu *quiser* as duas partes com Dev?

— *Ah.*

— E o Dev não quiser nenhuma parte comigo?

— Me parece bem improvável.

Ele conta tudo para Parisa — sobre os encontros e os beijos para treinar, sobre o roteiro e sobre como se sentiu às três da manhã, sobre o Acidente da Mancha de Uísque, os shots de tequila e a Lady Gaga.

— E agora ele está fingindo que pegou gripe para me evitar porque ele não sente o mesmo por mim.

— O que *você* sente?

— Quê?

— Você disse que o Dev não sente o mesmo por você. Mas o que *você* sente?

Charlie quer se afastar lentamente da pergunta, como se fosse uma bomba prestes a explodir.

— Eu sinto *tanta coisa* — ele se pega dizendo, correndo em direção à bomba, se expondo por inteiro ao risco. — Penso nele *o tempo todo*. Quero estar sempre conversando com ele, tocando nele, olhando para ele, e quero que ele olhe para mim de um jeito que eu nunca desejei ser visto antes. Isso nem faz... sentido.

— Sim, faz sim — responde Parisa, como um convite sutil para que Charlie continue falando.

— Não consigo explicar, mas, quando estou beijando o Dev, não fico preso na minha própria cabeça o tempo todo. Não sinto a pressão de fazer as coisas darem certo. Porque simplesmente *dá certo*. E eu não preciso me esforçar para sentir alguma coisa. Porque eu sinto *tudo*.

Charlie para de falar e olha para Parisa ao seu lado no banco. Ela está com uma expressão fofa, toda derretida, e se aproxima para tirar o cabelo da testa dele. Charlie continua.

— E eu tenho essas oito mulheres, que na real são espetaculares, mas eu não quero beijar nenhuma delas. E eu assinei um contrato que me obriga a pedir uma delas em casamento no final disso tudo. E estou preso neste programa com o Dev por mais quatro semanas e ele não me quer.

A voz de Charlie embarga no final, e ele tenta disfarçar tossindo.

Parisa não cai nessa.

— Você perguntou isso a ele? Diretamente? Você perguntou ao Dev se ele te quer e ele disse não? Tipo, na sua carinha linda?

— Bem, não exatamente...

— Já passou pela sua cabeça que talvez o Dev também tenha assinado um contrato para trabalhar aqui, e que por isso ele não pode te beijar?

— Hum...

— Que *te beijar* pode acabar fazendo com que ele seja demitido de um trabalho que ele tanto ama?

— Bem, até pensei...

— E você não acha que há uma boa chance de que Dev esteja deprimido porque ele também gosta de você, e que o trabalho dele é literalmente te ajudar a se apaixonar por outra pessoa?

— Dev não tem depressão — Charlie a corrige.

— Falando como alguém que está em um longo relacionamento com escitalopram e terapia comportamental desde os dezoito anos, seu produtor está no meio de um episódio depressivo dos grandes — responde Parisa.

Charlie balança a cabeça. Ela está errada. Dev não tem problemas de saúde mental. Dev é *Dev*. Sempre feliz, sempre sorridente, sempre pensando nos outros. Sempre entrando no set e brincando com todo mundo, ajudando, conversando e enchendo o ambiente de energia positiva. É a pessoa mais charmosa que Charlie já conheceu. Isso não é a descrição de uma pessoa deprimida.

E, sim, talvez Dev ame o Leland Barlow por causa das músicas sobre transtornos mentais, e talvez fique triste às vezes — como depois da briga com Ryan ou depois daquela festa em New Orleans —, mas isso não é a mesma coisa que ter depressão. Só porque ele não tem sido o Dev Divertido de sempre...

Charlie se lembra do que Dev disse na limusine, sobre como Ryan só queria o Dev Divertido, e a ficha cai.

— Puta merda. O Dev está lutando contra a depressão.

Parisa dá um tapinha nas costas dele.

— Eu sabia que uma hora você ia perceber.

Charlie não sabe ao certo o que fazer quando se descobre que seu quase-
-amigo que você também gosta de beijar talvez tenha depressão, mas
decide que conversar com Dev pode ser um bom começo. Só que, quando
ele e Parisa retornam ao set, Dev sumiu. Ryan o informa que Dev passou
mal e foi embora com Jules. Charlie precisa esperar até as gravações do
dia terminarem.

Quando a equipe volta para o hotel, Charlie vai direto para o quarto
de Dev, onde encontra uma placa de NÃO PERTURBE pendurada na maçaneta. Jules atende, com a mistura de irritação e cansaço de sempre, e uma
pontada de tristeza escondida no cantinho dos olhos.

— Ele não quer conversar comigo sobre o que houve.

— Deixa eu tentar.

Ele entra no quarto sozinho. O ar está rançoso e pesado, com cheiro
de roupa por lavar, e uma onda de ansiedade o atinge com tudo por causa
da bagunça. Mas, ao ver Dev embrulhado na cama, enrolado no cobertor
até a cabeça, Charlie consegue afastar os pensamentos ansiosos.

Ele abre a janela antes de subir na cama e tentar puxar o cobertor.
Dev segura as bordas com teimosia, mas Charlie é mais forte e consegue
arrancar a coberta do rosto de Dev. A visão faz Charlie sentir um nó na
garganta: Dev de cabelo sujo, sem óculos, em posição fetal.

— Vai embora — Dev grunhe com a cabeça afundada no travesseiro.

— Me diga o que você precisa.

— Preciso que você *vá embora*.

Parte de Charlie até quer. Mas outra parte, mais forte, se aproxima
e tira o cabelo da testa de Dev.

— Por favor, me diga o que você precisa.

Dev abre os olhos e encara Charlie. Os olhos da cor daquele violino
perfeito, cheios de lágrimas, e Dev é a pessoa mais linda que Charlie já
viu, inclusive agora.

— Preciso que você vá embora. Eu... eu não quero que você me veja
assim.

Charlie lembra de todas as vezes que afastou outras pessoas porque não queria que elas vissem sua ansiedade e sua obsessão, e pensa no que ele realmente queria durante todas as vezes em que elas o interpretaram ao pé da letra. Ele sobe na cama e se aproxima de Dev, que se afasta, relutante, mas acaba se aninhando contra o peito de Charlie, chorando sobre as dobras da camisa de linho dele. Charlie tenta abraçar Dev como foi abraçado naquela noite do banheiro, segurando o peso dele.

Na maior parte do tempo, Dev é como uma tocha humana andando de um lado para o outro, aquecendo a todos com a sua presença. Mas queimar com tanto calor e coragem deve ser exaustivo; ninguém consegue se manter assim para sempre. Charlie queria poder dizer a Dev que não tem problema diminuir as chamas de vez em quando. Que tudo bem usar o próprio fogo para se aquecer. Ele não precisa ser tudo para todo mundo o tempo todo.

Charlie queria poder colocar as mãos ao redor das chamas fracas de Dev, soprar a brasa e mantê-lo aceso antes que ele se apague por completo.

— Você fica assim com frequência?

Um choro rouco sai da garganta de Dev.

— De vez em quando, sim — sussurra ele. — Umas recaídas. Mas eu sempre volto ao normal. Daqui a pouco eu volto.

— Como eu posso ajudar quando você fica assim?

Dev se aninha com mais força nos braços de Charlie, todas aquelas pontas afiadas o atravessando.

— Você pode só ficar — diz ele, por fim. — Ninguém nunca fica.

Enquanto Dev adormece no peito dele, Charlie entende com muita clareza que Dev passou as últimas quatro semanas tentando convencê-lo de que Charlie merece algo que Dev não acredita que merece para si próprio. Que, independentemente do que sejam essas recaídas — essas noites dentro do próprio cérebro —, elas convenceram Dev de que ele não merece alguém que fica ao lado dele. Charlie queria poder encontrar as palavras, encontrar um jeito de mostrar a Dev que ele merece, mesmo se tudo o que aconteceu entre os dois já tenha terminado. Mesmo se tudo não passou de um treino.

Mas Charlie não sabe como provar que alguém é digno de ser amado. Então, ele simplesmente fica.

DEV

Foi sua sétima — ou oitava? — terapeuta quem pediu que ele descrevesse como se sentia quando a depressão chegava no pior estágio. Dev contou a ela que era como se afogar por dentro. Como se o cérebro dele estivesse cheio d'água. Como estar sentado no fundo da piscina pública que ele frequentava quando criança, deixando o silêncio e a pressão o esmagarem até que ele não conseguisse mais aguentar.

É assim que Dev se sente quando abre os olhos na manhã de quinta-feira, então ele precisa de um tempo para entender como e onde está, e por que Charlie Winshaw está sentado na beirada da cama dele amarrando os sapatos. A expressão de Charlie é preenchida por alívio.

— Você acordou.

Dev pigarreia.

— Você ficou.

O canto da boca de Charlie arqueia em um sorriso tímido.

— Como está se sentindo?

Quase como se tivesse me afogado.

— Essa pergunta é complicada demais para responder antes de tomar café.

— Então tome um banho, e eu vou buscar café.

Mais um sorriso, e Charlie sai da cama. Dev o observa andar até a cadeira da escrivaninha, o observa vestir o casaco, o observa pegar a chave do quarto em cima da mesa.

Charlie se vira e olha para Dev mais uma vez, recostado na cabeceira. Ele dá dois passos cambaleantes até a porta. Hesita. Se vira. E dá três passos determinados até a cama. Charlie segura o rosto de Dev e o beija com firmeza na testa.

— Volto já, tá bom?

E então, ele se vai.

Quando Charlie tranca a porta ao sair, Dev respira fundo, junta o pouco de energia que ainda lhe resta e levanta da cama. Ele toma um banho mais demorado que o normal, tentando compensar pelos quatro dias em que não entrou no chuveiro, os dias em que mal conseguia sair da cama. Dev esfrega o sabonete entre as mãos e se imagina limpando os dias que se passaram num borrão, os dias em que não se sentiu completamente acordado, os dias em que afundou mais e mais até aquele lugar onde alimentou a escuridão com a repulsa por si mesmo, com a solidão, com seus sentimentos de inadequação. A depressão tem um jeito especial de elencar todos os fracassos de Dev e, dessa vez, jogou na cara dele o erro gigantesco que foi ter beijado Charlie.

Beijar Charlie — e aceitar o fato de que precisa parar de beijar Charlie — não deveria ser o suficiente para impulsionar a depressão, mas infelizmente não é assim que funciona. A doença não tem lógica nem razão. Não precisa de uma tragédia catastrófica para virar a química do cérebro contra ele. Pequenas tragédias já são mais do que o suficiente.

— Não encontrei café preto, mas trouxe um café americano grande para você — diz Charlie assim que Dev sai do banheiro. — Jules mandou mensagem, a reunião da produção começa em uma hora.

— Obrigado. — Dev se aproxima para pegar o copo cartonado e Charlie se assusta.

— Você se barbeou — anuncia Charlie. Ele levanta a mão como se estivesse prestes a tocar a bochecha lisa de Dev, mas, em vez disso, envolve seu chá com as duas mãos. — Eu... senti saudades do seu rosto.

É uma coisa surpreendentemente honesta de se dizer. Ele não sabe o que pensar sobre Charlie dizendo coisas fofas, ou sobre Charlie o beijando antes de sair, ou sobre Charlie o abraçando a noite inteira, mesmo depois de Dev ter dado motivos de sobra para que ele fosse embora. Geralmente é Dev quem cuida dos outros. Ninguém nunca cuida dele.

— Hum, obrigado pelo café.

Dev se senta na beirada da cama. Charlie se apoia sobre a escrivaninha do outro lado. Nos três passos que os separam estão os beijos e os não beijos e Charlie o abraçando enquanto ele chorava.

— Quer conversar sobre isso? — pergunta Charlie.

— No caso, "isso" seria minha depressão? — A intenção de Dev é soar descontraído, mas ele ainda está meio submerso, então a resposta parece amarga. Charlie não diz nada. — Eu... não gosto muito de falar sobre isso. Sunil e Shameem me levaram a um monte de terapeutas quando eu era criança por causa das minhas "alterações de humor", e eu cansei de ficar falando disso o tempo inteiro. Não é nada de mais.

— Você está fazendo terapia agora?

— Já disse que não é nada de mais.

Charlie hesita, mas atravessa o quarto e se senta ao lado de Dev, deixando as coxas paralelas com as dele sobre o cobertor feio do hotel. Charlie não diz nada, mas não é aquele silêncio constrangedor de sempre. O silêncio é um convite. Ele segura a mão de Dev e entrelaça os dedos.

— São só umas recaídas — insiste Dev. — E eu não costumo ficar assim quando estou trabalhando.

Charlie aperta a mão de Dev.

— Lembra... lembra da primeira noite, depois que o cara lá me deu um soco na cara e você me perguntou por que eu entrei no programa?

Dev não sabe aonde ele quer chegar, mas assente.

Charlie respira fundo três vezes.

— A verdade é que eu fui demitido da WinHan. Da minha própria empresa. Tive um surto. Bem, tive muitos surtos na real, mas um deles foi bem intenso durante uma reunião trimestral do conselho. Comecei a ter um ataque de pânico e tentei sair da sala, mas Josh ficou na frente da porta e não me deixou ir embora, porque precisavam do meu voto sobre alguma expansão que estavam discutindo. Você já viu como eu fico durante os ataques de pânico. Depois... começaram a circular uns boatos de que eu era instável. *Doido.*

Charlie solta o ar ofegante, e Dev sabe que não deveria. Mas faz mesmo assim. Ele leva a mão livre até o cabelo de Charlie, passa os dedos pelos cachos até que Charlie ceda ao toque reconfortante.

— Enfim, Josh ficou com medo de que a minha reputação pudesse fazer a gente perder alguns investidores. Fizeram uma votação emergencial e eu fui removido do cargo de diretor de tecnologia. Parisa tentou reverter a história, abafar o motivo que me tirou da empresa, mas não adiantou. Os boatos se espalharam mesmo assim.

Ele faz uma pausa e Dev explode.

— Mas que *palhaçada*! Tanta gente por aí fazendo *coisas horríveis de verdade* e continuam aí trabalhando a todo vapor com tecnologia! A gente tem o Mark Zuckerberg! E demitir alguém por ter TOC... isso deve ser ilegal. Me surpreende que a Parisa não tenha metido um processo neles.

— Josh não sabia sobre o meu TOC — sussurra Charlie. — Não é o tipo de coisa que eu quero que as pessoas saibam. Só te contei tudo isso para dizer que entendo. Sei bem como é não querer falar sobre a nossa saúde mental com os outros. Mas você pode falar comigo. Sempre que quiser. Tá bom?

Dev não sabe o que fazer com essa abertura de Charlie.

— Sabe, você é muito bom nisso — brinca Dev. — Uma conversa dessas com uma das participantes na frente das câmeras seria ótimo para te ajudar a conquistar o público. Claro que teríamos que trocar "saúde mental" por "relacionamentos traumáticos" ou qualquer coisa assim, mas...

Charlie sorri, mas não com os olhos. Charlie acabou de compartilhar algo importante e particular. Está escancarando as portas e convidando Dev a fazer o mesmo. Dev pensa na escuridão, no afogamento, nas pequenas tragédias. Ele afasta as mãos.

— Estou bem, é sério.

Notas do roteiro para edição: Temporada 37, Episódio 6
Data de exibição: Segunda-feira, 18 de outubro de 2021
Roteiro: Ryan Parker
Produção executiva: Maureen Scott
Cena: Conversa entre Mark Davenport e Charlie Winshaw antes da Cerimônia de Coroação
Locação: Gravação no Justizpalast em Munique, Alemanha

MARK: Bem, cá estamos nós. Já passamos da metade da sua jornada em busca do amor. Como você se sente?

CHARLIE: No geral, com fome e cansado.

MARK: Justo. Você está prestes a mandar mais duas mulheres para casa, o que significa que teremos o nosso top seis. Já sabe quem será eliminada?

CHARLIE: É uma escolha difícil. Todas as mulheres aqui são incríveis demais, e eu adorei o tempo que passei com cada uma delas até agora.

MARK: Seja sincero, Charlie. No começo, você estava bem reticente do processo.

[*Plano aberto dos dois homens rindo nas cadeiras de couro*]

CHARLIE: Talvez um pouco. Era difícil imaginar que seria possível desenvolver intimidade emocional com outra pessoa tão rápido assim. Acho que não dá para entender como funciona sem viver isso aqui. Nós estamos juntos o tempo todo. Passamos por situações estressantes juntos, o que acaba nos unindo de um jeito único e intenso. Ainda mais quando se conhece uma pessoa que te entende, que te *enxerga*.

179

MARK: Você já tem um certo *alguém* em mente?

CHARLIE: Talvez.

MARK: E consegue se imaginar apaixonado no fim disso tudo?

CHARLIE: Com certeza.

Sexta semana

Cidade do Cabo, África do Sul —
Domingo, 11 de julho de 2021
Seis participantes e 28 dias restantes

CHARLIE

— Você sabia que a África do Sul possui onze idiomas oficiais?

— Sim, eu sei — murmura Jules enquanto se arrasta pela fila assustadora da alfândega no aeroporto da Cidade do Cabo. — Porque você já me disse. No avião. *Duas vezes.*

— E uma curiosidade é que...

— Aposto dez dólares que ele vai falar algo nem um pouco curioso — intervém Parisa, porque é claro que a agente escolheu estender a viagem com o único objetivo de zombar de Charlie em um novo continente.

— *Curiosidade* — diz Charlie mais alto. — A África do Sul tem três capitais, e a Cidade do Cabo é uma delas.

— Eu não disse? Cadê meu dinheiro?

— Ninguém entrou na aposta — avisa Jules. — *Ninguém* achou que ele ia falar alguma coisa curiosa.

Nada como um voo de doze horas para transformar toda a equipe de *Para Todo o Sempre* em um bando de zumbis mal-humorados, discutindo uns com os outros sobre detalhes da viagem e implicando por causa de alvarás e papeladas. Porém, Charlie só se importa com *um* zumbi mal-humorado: o que está parado quietinho ao seu lado na fila, com os ombros curvados para a frente como se carregasse um peso enorme.

Não é o caso. Charlie está carregando a bolsa de Dev desde que eles saíram do avião. Ele queria poder carregar Dev também, queria poder aninhá-lo nos braços. Mas Skylar está bem à frente deles, e Ryan logo atrás, e independentemente de para onde Charlie olhe, há lembretes de todos os motivos pelos quais ele não pode carregar Dev nos momentos difíceis. Então ele diz:

— Mais uma curiosidade: vocês sabiam que os moradores daqui chamam a nuvem que cobre a Montanha da Mesa de *toalha de mesa*?

Dev levanta a cabeça e revira os olhos. Tudo bem para Charlie. Pelo menos é uma reação.

Mesmo com todo o papo de Dev sobre "voltar com tudo" e a insistência de que ele está bem, os últimos dias em Munique foram difíceis. A recuperação de Dev foi mais cheia de vaivéns do que linear — dois passos para a frente e um tombo catatônico para trás. Períodos longos de silêncio, irritabilidade repentina, algumas crises de choro. Porém, quando Charlie perguntava do que ele precisava, Dev em geral respondia, mesmo quando só precisava de um tempo.

Embora saiba que não existe uma cura mágica para a depressão, assim como não há uma cura mágica para a ansiedade, Charlie não consegue conter a vontade de fazer Dev se sentir melhor. De mostrar o que ele merece. Então talvez Charlie tenha feito algo *um pouquinho* irracional nessa missão de animar Dev. Algo que obrigou Parisa a voar até a Cidade do Cabo com ele para ajudá-lo a organizar a tempo do final da semana. Porque curiosidades obviamente não vão servir de muita coisa.

O programa reservou uma suíte de três quartos na cobertura de um hotel em Green Point para Charlie, Dev e Jules. Como Parisa deveria ter voltado de Munique para casa depois da viagem a Munique, ela precisou convencer um gerente de produção a deixá-la dormir no sofá da suíte, prometendo deixar tudo arrumado para a gravação da entrevista com Charlie na manhã seguinte.

— Eu não vou dormir no sofá — anuncia Parisa assim que os quatro ficam sozinhos. Ela deixa as bagagens no primeiro quarto, e Jules corre para o segundo, criando uma cena bem desengonçada em que Charlie e Dev fingem estar desconfortáveis com a ideia de dividirem o quarto maior. Pelo menos Charlie está fingindo.

Jules leva a mão aos lábios.

— A cama é king-size. De boa pra vocês. Se ficarem com nojinho de germes, é só montar uma barreira de travesseiros no meio da cama — sugere ela antes de bater a porta do próprio quarto na cara dos dois.

Dev reage à informação de que os dois vão dividir a cama durante a próxima semana simplesmente jogando a mala no chão e caindo de costas na cama.

— *Olha o sapato* — repreende Charlie.

Dev suspira e tira os sapatos imundos, empilhando-os no chão. Charlie abre a mala e pendura as camisas, depois as calças, depois...

— Não dá para desfazer as malas amanhã de manhã? — pergunta Dev com a cabeça apoiada numa pilha de travesseiros.

— É assim que as roupas ficam amarrotadas.

Charlie está enrolando um pouquinho, também.

— É por isso que existem ferros de passar.

— Eu não acredito que você já tenha passado alguma roupa em toda a sua vida.

Quando termina de guardar os shorts dobrados numa gaveta da cômoda, Charlie vai até o banheiro para começar sua rotina noturna. Trinta minutos depois, ele volta para o quarto e Dev continua deitado na cama, de bermuda cáqui e mexendo no celular.

— Não vai se trocar para dormir?

Dev se vira para ele, com os olhos pesados.

— Você não quer vir aqui me ajudar?

Charlie cruza os braços e se apoia no batente da porta do banheiro.

— Você é ridículo.

— Me promete uma coisa? — Dev cerra um olho. — Promete que vai sempre ficar vermelhinho do jeito como está agora?

Charlie sente o rosto queimar ao redor da gola da camisa.

— Acho que posso prometer isso com tranquilidade, sim.

— Muito bom. Agora você pode vir deitar?

Charlie quer subir na cama ao lado de Dev, mas não consegue se desgrudar da parede. Eles não dormem na mesma cama desde aquela noite em Munique, não se beijam desde New Orleans, e até agora não conversaram sobre nada disso. Voltaram a fingir que nada aconteceu. E Dev... ele continua tão fechado. Charlie não sabe o que pode ou não fazer e, se ele subir na cama ao lado de Dev, vai querer fazer tudo.

Dev analisa a pose nada casual de Charlie.

— O que você está fazendo parado aí?

— Só olhando.

— Olhando o quê?

— Você. — Dev ajeita os óculos no nariz com as juntas dos dedos, todo nervoso. Charlie gosta de poder deixar Dev nervoso assim, então ele completa: — Eu gosto de olhar para você.

Dev engole em seco, a expressão séria de repente.

— Você não deveria dizer esse tipo de coisa pra mim.

— Por que não?

— Porque assim fica bem difícil de me segurar.

Charlie sorri.

— A ideia é essa.

Ele se aproxima da cama devagar — *a cama deles*, a cama que irão dividir pela próxima semana. Charlie se sente nervoso enquanto Dev o observa. Nervoso por causa dos beijos, por não conversar sobre os beijos, por não admitir o que os beijos significaram. Sobre o que é *isso aqui*, e sobre como não deveria estar acontecendo. Sobre o quanto ele quer com todas as forças que aconteça.

Dev o encontra na beirada da cama.

— Você está tenso — Dev sussurra enquanto passa os dedos pela sobrancelha franzida de Charlie. Dev o beija bem ali, no lugar onde as sobrancelhas se embolam no meio. — Me diz o que você precisa.

Charlie precisa beijá-lo, então toma a atitude. E, quando Dev retribui o beijo, a tensão se desfaz. Dev desliza a língua pelo lábio inferior de Charlie e, quando ele abre a boca, tudo gira ao redor do ponto onde os dois se unem. Mãos no cabelo, mãos na camiseta, a língua e os dentes de Dev, a assimetria linda dos corpos caindo na cama. Se movendo rápido. Rápido demais.

Charlie sai de cima de Dev para recuperar o fôlego. Dev responde fazendo beicinho.

— Eu estava pensando — diz Charlie, ofegante.

Dev cutuca a costela dele.

— Nada de pensar.

— *Eu estava pensando...* sabe uma coisa que a gente não faz há um

184

bom tempo? Ter um encontro. A esta altura, minhas habilidades já estão quase atrofiadas.

— Você acha mesmo que tem habilidades?

— Estou falando sério. — Charlie se senta para poder olhar Dev de cima, o cabelo preto, fosco e bagunçado contra o cobertor do hotel, óculos tortos sobre o nariz. — Deixa eu te levar para um encontro amanhã.

— Só para treinar, né? — Dev esclarece.

— Claro. — Charlie engole o nó se formando na garganta. — Para treinar.

DEV

Ele não conseguiu dizer não por dez segundos bêbados contra uma parede de tijolinhos com Charlie Winshaw, e agora Charlie o está encarando com aqueles olhos cinzentos e sérios como se acreditasse que Dev é forte o bastante para negar uma coisa dessas. Um encontro com ele.

— Temos que gravar suas entrevistas logo de manhã — diz Dev, impressionado pelo próprio profissionalismo, ainda mais levando em conta de que dois minutos atrás as mãos dele estavam na camisa de Charlie. — Você precisa contar para as câmeras sobre como consegue se ver se apaixonando na Cidade do Cabo.

— Hummm. — É tudo o que Charlie responde. — Depois das entrevistas então.

— Eu não...

Charlie interrompe a próxima desculpa tocando o rosto de Dev. Charlie o beija de novo, e é diferente do beijo de New Orleans. Não tem nenhum frenesi, nenhum pânico cortante entre os lábios. Nenhum medo de que o beijo possa terminar a qualquer momento. O beijo parece firme, consistente, como algo em que Dev pode se apoiar. Algo que não vai desmoronar.

Embora, racionalmente, ele sabe que vai. Dev sabe que querer Charlie é um ato de sabotagem e estupidez — que provavelmente vai mandá-lo de volta àquele lugar escuro, se afogando —, mas Dev quer mesmo assim.

— Tudo bem. Beleza. Um encontro para treinar — diz Dev quando Charlie se afasta da boca dele.

Charlie sorri e Dev tenta esconder o fato de que também está sorrindo.

Dev tira a bermuda e troca de camiseta antes de finalmente se aninhar na cama enorme. Charlie está deitado no lado oposto, duro feito pedra. Parece que há um oceano de distância entre os dois. Um oceano que passou a última semana inteira ali.

— Boa noite, Charlie — diz Dev enquanto apaga o abajur ao lado da cama.

— Boa noite, Dev.

Dev tenta dormir de costas, tenta virar de lado, tenta não pensar em como essa temporada está magistralmente fodida graças a ele. Tenta não pensar em Charlie a meio metro de distância.

— Já dormiu? — pergunta ele no escuro.

— Só se passaram três minutos, então não.

Dev se revira, desconfortável.

— Lembra em Munique... quando você meio que... me abraçou?

Charlie se aproxima sem precisar de nada mais. Dev consegue sentir o calor corporal entre os lençóis enquanto ele chega mais perto. A solidez dele.

Charlie começa a acolher Dev, o puxando contra o peito.

— Quer ficar por cima?

Dev abre a boca para retrucar.

— Ai, cala a boca, já entendi — rebate Charlie enquanto aperta os braços ao redor dos ombros de Dev.

— Você está vermelhinho?

Charlie não responde. Dev queria poder ver o rosto dele agora, mas se contenta em se aninhar contra o pescoço quentinho de Charlie.

— E agora você está fingindo que dormiu pra escapar da vergonha.

— Por favor, Dev — diz Charlie, mas Dev consegue ouvir o sorriso na voz dele. — Vai dormir.

Então, Dev dorme. A melhor noite de sono que teve em toda a temporada.

É inverno na Cidade do Cabo, doze graus com um vento gelado que vem do mar, as nuvens da manhã cobrindo a montanha. No entanto, por detrás das nuvens, Dev consegue ver um céu limpo perfeito — azul como o oceano, fresco como o ar da África do Sul, lindo como Charlie vestindo um suéter de gola pescador e um par de jeans escuros e justos.

— Ainda dá tempo de voltar e pôr sapatos de verdade — diz Charlie enquanto eles embarcam no Uber em frente ao hotel. — Vamos caminhar bastante. Nós vamos para a Victoria and Alfred Waterfront, por favor — diz ele ao motorista. Eles disseram à equipe que iriam até um local reservado para passar o dia planejando o resto da jornada romântica de Charlie, e Dev deixou a organização do encontro (para treinar) totalmente nas mãos de Charlie. Até o momento, o encontro só consistiu em Charlie causando a respeito dos chinelos de Dev.

— Eu consigo andar de chinelo.

Charlie não parece convencido.

Em seus seis anos no programa, Dev já viajou pelo mundo inúmeras vezes, já visitou dezenas de ilhas caribenhas, molhou os pés em quase todos os oceanos; já viu um pedido de casamento no pôr do sol de Machu Picchu, e já escreveu declarações de amor nos seis continentes. De alguma forma, a Cidade do Cabo é melhor do que tudo isso, melhor do que *qualquer lugar* onde já esteve. As cores são mais vívidas, com a Montanha da Mesa imponente sobre a cidade, e Dev já estava apaixonado antes mesmo de descobrir o que é bunny chow.

Ele encara maravilhado a bandeja metálica pesada com curry.

— É comida indiana. Dentro de uma cumbuca feita de pão.

— Achei que você iria gostar.

— É comida indiana *dentro de uma cumbuca feita de pão.*

— Sim, eu sei, Dev. Fui eu que escolhi o lugar.

— É comida indiana dentro de uma *porra* de cumbuca feita de pão.

— Você está gritando — alerta Charlie, lançando um olhar de desculpas para o vendedor de rua que entrega a ele um prato de tikka masala vegetariano. — Você sabia que a África do Sul tem uma população imensa de imigrantes indianos?

Dev sabe, porque Charlie escutou um podcast durante a viagem e insistiu em recitar as informações que decorou.

Depois do almoço, que incluiu a comida indiana incrível servida dentro de uma cumbuca de pão, Charlie os guia até um mercado gigantesco em um galpão antigo com centenas de tendas que vendem artesanato, doces e bibelôs. O lugar é cavernoso, com sons retumbantes e cheio de aromas. Dev ama logo de cara.

Charlie odeia logo de cara. Assim que entra no mercado, enrijece os ombros e cerra as sobrancelhas na carranca de sempre.

— Preciso de um minuto.

Dev os leva até um banco longe da muvuca, e Charlie se joga sobre o assento. Discretamente, Dev pressiona o padrão em código Morse sobre os ombros dele enquanto Charlie se acalma.

— Desculpa... — Charlie diz, soltando o ar. — Queria que o dia fosse perfeito.

— O dia já está perfeito. Se esqueceu da cumbuca de pão?

Charlie abre um sorriso fraco.

— Não precisamos ficar aqui — anuncia Dev. — Podemos ir para outro lugar.

— Você não quer ver as barracas?

— Só quero passar o dia com você — diz Charlie sem pensar. — Quer dizer, já que é um encontro para treinar, você tem que treinar seu jeito de verbalizar o que quer fazer.

Charlie recupera o ritmo da respiração e sorri.

— Acho que estou bem, na verdade. Vamos dar uma olhadinha.

— Ótimo. Preciso da sua ajuda para encontrar alguma coisa chique para os meus pais. Eles fazem quarenta anos de casamento em setembro.

Charlie se força a levantar do banco.

— Preciso saber mais sobre Sunil e Shameem para poder ajudar.

Dev tenta não se prender ao fato de que Charlie lembra o nome dos pais dele embora só os tenha escutado numa referência sem muita importância.

— Bem, imagine dois jovens indianos que foram para os Estados Unidos nos anos sessenta, cresceram em famílias supertradicionais e se conheceram no primeiro ano da faculdade num curso de biológicas para quem quer estudar medicina depois. Daí imagine os dois sendo presos em vários protestos, se tornando professores de história da arte em vez de médicos e fumando muita maconha. Pronto! Já conhece meus pais. Agora eles passam a maior parte do tempo cuidando de uma cooperativa de arte e frequentando retiros de yoga feitos por pessoas brancas.

Charlie o encara sem piscar.

— Agora tudo faz sentido.

Eles caminham até uma barraca que vende cerâmicas lindas — muito a cara de Shameem, e muito caro para Dev. Uma placa pequena explica que metade das vendas vai para um colégio público numa cidade próxima.

— E os seus pais? — Dev não resiste em voltar para a dinâmica antiga dos dois, quando ainda tentava espiar por trás das camadas de Charlie.

Só que agora Dev não precisa mais espiar. Charlie se abre de cara.

— Não tenho muito a dizer sobre os meus pais. Meu pai é supervisor de obras. Minha mãe ficou em casa cuidando de mim e dos meus irmãos, que jogavam futebol e amavam me bater. Ninguém na minha casa tinha a menor ideia do que fazer com uma criança neurodivergente que tinha medo de contaminação e que amava desmontar os aparelhos da casa para ver como funcionavam. Foi por isso que saí de casa quando tinha dezesseis anos.

Dev precisa de todo o controle para não beijar Charlie no meio do mercado e, por sorte, a artista sai de detrás da caixa registradora no momento perfeito.

— Posso ajudar com alguma coisa? — pergunta ela.

— Seu trabalho é lindo — diz Charlie. Dev observa uma tigela incrível e uma bandeja, imaginando a cara dos pais ao descobrirem que ele comprou algo que não seja pano de prato barato em uma das viagens.

— Estão procurando algo específico?

— Um presente para os meus pais — responde Dev. — Eles iriam adorar as suas peças.

— Essas foram feitas pela minha esposa, na verdade.

Charlie puxa a jaqueta jeans de Dev.

— Acho que você deveria comprar.

Dev sutilmente vira a tigela para ver a etiqueta de preço no fundo. Ele ainda está confuso com a taxa de câmbio entre rand e o dólar americano, mas não *tão* confuso assim.

— Acho que... perdão, vamos continuar dando uma olhada.

Dev tenta dar a volta na barraca, mas Charlie não se mexe.

— Vocês enviam produtos para os Estados Unidos?

— Sim, mas geralmente o envio leva de três a quatro semanas.

— Perfeito. Vamos levar a tigela e a bandeja.

— Charlie, não. Eu não... — Dev se aproxima para que a artista não consiga escutar. — Eu não posso pagar.

— Mas eu posso. Qual é o endereço dos seus pais?

— Você não precisa fazer isso por mim.

— Sei que não preciso — responde Charlie com tranquilidade. — Mas eu quero.

Os ombros dos dois se tocam por um segundo, só um segundo, antes que Charlie tire a carteira do bolso para pagar. Dev observa Charlie entregar o cartão de crédito e também tenta não se prender ao fato de que Charlie é profundamente gentil.

Quando eles saem do mercado, as nuvens já se dissiparam, dando lugar a uma tarde quente. Do nada, Charlie puxa um par de óculos escuros da Fendi de dentro do bolso e tira o suéter. Ele começa a amarrar a blusa na cintura.

— *Não*. Nem pensar.

— Que foi? — Charlie aponta para as mangas amarradas num nó duplo em volta do quadril. — Tá quente pra porra e eu não vou ficar carregando isso o dia todo.

Dev balança a cabeça fingindo estar enojado. Isso é *tão* a cara de Charlie: parecer um modelo de perfume dos ombros para cima com seus óculos de quinhentos dólares, e uma dona de casa suburbana da cintura para baixo, com o suéter amarrado e os sapatos confortáveis.

Dev sente uma vontade repentina de tirar uma foto dele, registrar esse dia e essa versão de Charlie para que daqui a seis meses, quando Dev estiver sentado no sofá de seu apartamento em El Monte, com os três colegas de quarto que arrumou num anúncio na internet, assistindo ao casamento de Charlie e Daphne Reynolds, ele tenha uma prova de que existe uma versão de Charlie Winshaw que compra presentes extravagantes para os pais de outras pessoas, que deixa Dev roubar comida do prato dele, que fala palavrão. Uma versão de Charlie Winshaw que pertence apenas a Dev, mesmo que só por um minuto, mesmo que só durante um encontro para treinar.

A vontade é grande demais para ignorar. Ele puxa Charlie pelo cotovelo e o leva até o píer com uma vista bonita da Montanha da Mesa.

— Tira uma selfie comigo, Charlie.

Charlie não resiste. Ele passa os braços ao redor do ombro de Dev e se aproxima, pressionando a têmpora contra o maxilar de Dev e, nas horas que seguem, Dev só consegue pensar em como Charlie se encaixa perfeitamente ali, apoiado sob seu queixo.

CHARLIE

Charlie quer muito beijar Dev agora.

— Para onde vamos? — pergunta Dev conforme os corpos dos dois se afastam feito duas tiras de velcro. Charlie aponta vagamente para a Montanha da Mesa, incapaz de se concentrar em qualquer coisa que não seja a boca de Dev.

— Para o *céu*? Vamos fazer um passeio de helicóptero? Isso aqui é um episódio de *Para Todo o Sempre*?

Charlie quer muito, muito mesmo, beijá-lo. Quando estava com a cabeça encaixada sob o queixo de Dev, poderia ter se esticado e dado um beijo ali mesmo, no píer da v&a Waterfront, tendo como testemunhas as centenas de turistas passeando ali por perto.

E é por isso que ele não pôde beijá-lo, claro.

— Não, nós vamos para a Montanha da Mesa.

Dev faz uma cara intrigada.

— E como a gente chega lá? De helicóptero?

— Tem um teleférico.

Dev, nervoso, empurra os óculos nariz acima.

— Um teleférico?

— Sim.

— Que, tipo, sobe até o topo da montanha?

— Sim. Do ponto de vista logístico, é assim que funciona.

Dev engole em seco.

— Você tem medo de altura?

Ele joga os ombros para trás numa pose forçada de corajoso.

— Não tenho medo de nada. Só de intimidade afetiva e de abandono.

E altura. Ele claramente tem medo de altura. Dev estala os dedos no banco de trás do Uber a caminho do teleférico, e, quando o cabo vermelho surge à distância, revelando a subida de novecentos metros de altura, Dev seca a palma das mãos suadas na calça.

— Não precisamos fazer isso.

— Mas, assim, quando chegarmos lá em cima aposto que vai valer a pena.

— Sim, mas se...

— Se você conseguiu encarar o mercado, eu consigo encarar isso.

Eles descem do Uber e entram na fila de quem já tem os ingressos. Charlie acordou às cinco da manhã para reservar duas entradas antes de gravar a entrevista, e não demora até que eles entrem no teleférico gigante com mais outros sessenta turistas.

Dev se agarra no corrimão, de costas para a janela. O teleférico dá a partida. Dev perde o equilíbrio e segura a mão de Charlie enquanto o chão começa a girar para mostrar uma vista panorâmica completa da Cidade do Cabo. Dev fecha os olhos.

— Só me avisa quando acabar, tá?

Charlie aperta a mão dele de leve, secretamente feliz pelo medo de Dev e pela justificativa para os dois ficarem de mãos dadas. Eles estão a seiscentos metros de altura, presos numa caixa de metal, girando para cima a caminho da montanha. A mão de Dev segura na de Charlie, e a vista é espetacular demais para ser ofuscada pelo medo.

— Dev — sussurra ele. — Abra os olhos. É lindo. *Dev*.

Dev abre um olho. Depois outro. Charlie observa a vista refletida no rosto igualmente lindo de Dev.

— Uau — diz Dev ao ver o jeito como a cidade se dissolve pelo verde abundante da encosta, o azul inacreditável do oceano, os cumes afiados das montanhas cinzentas sob os dois, a Cabeça do Leão surgindo no horizonte.

— Pois é.

O teleférico chega ao mirante no topo da montanha, e, enquanto eles saem com as outras pessoas, Dev solta a mão de Charlie, que entende. Ele é a estrela de um reality show e tem seis namoradas, e qualquer um dos turistas pode reconhecê-lo e tirar uma foto — uma foto que poderia acabar parando em inúmeros sites de fofoca. Mas por um minuto glorioso, Dev estava segurando a mão de Charlie em público, e uma coisa dessas é espetacular demais para ser ofuscada pelo medo.

Ele espera até atravessarem o mirante, onde o grupo de turistas se desfaz, se espalhando ainda mais quando estão na trilha que leva ao outro lado da montanha. Quando os dois estão sozinhos, Charlie segura a mão de Dev de novo. Dev entrelaça os dedos, e Charlie não fazia ideia de como um gesto tão simples poderia parecer tão imenso dentro do peito.

A trilha é perfeita, com vistas de tirar o fôlego e a mão de Dev aninhada na dele. A volta para o teleférico nem tanto. Quando o sol começa a se pôr, a temperatura cai consideravelmente, e Dev fica com fome, e depois cansado, e depois morrendo de dor nos pés.

— Eu te disse para não vir de chinelo.

Dev se apoia numa rocha.

— Eu sei, seu maldito! — Ele grita de agonia, tira um chinelo e joga num arbusto.

— Calma, você não é a Reese Witherspoon em *Livre*.

— Tá, mas minhas maçãs do rosto são iguaizinhas às dela.

Charlie recupera o chinelo vermelho e coloca no pé de Dev como se ele fosse uma Cinderela rabugenta.

— Desculpa por ter planejado um encontro para treinar tão horrível, e por ter te deixado tão infeliz. — Dev revira os olhos. — Agora, vem aqui. Eu te carrego. Sobe nas minhas costas.

— Eu não sou uma criança, Charlie.

— Não, você é um homem adulto fazendo birra e atirando seu chinelo em flores inocentes.

— Eu estou com bolhas nos pés!

— Sim, eu sei, meu bem. Vem logo.

Dev aceita ser carregado por oitocentos metros até o teleférico ou, pelo menos, até estarem perto de outras pessoas de novo. Os ossos do quadril dele cutucam as costas de Charlie, as pernas enroladas na cintura como as mangas do suéter, o queixo apoiado no ombro.

— O encontro não foi horrível — diz Dev no ouvido de Charlie. E talvez seja porque os dois não estejam cara a cara, mas Dev respira fundo. — Acho que foi o melhor encontro que já tive.

Eles prometeram encontrar Parisa e Jules para jantar num restaurante caribenho chamado Banana Jam Cafe. Quando os dois chegam, Jules e Parisa já estão lá, relaxando no pátio sob um guarda-sol vermelho, mandando ver uma segunda rodada de drinques que deixou a língua das duas rosa-choque.

— O que vocês aprontaram hoje, meninos? — pergunta Parisa, apoiando os pés no colo de Charlie assim que ele se senta.

— Charlie me carregou nas costas montanha abaixo.

— Abaixo não. Foi mais tipo... *adiante*.

— Heroico e másculo do mesmo jeito.

— As duas palavras que meu pai sempre usa para me descrever.

O grupo pede muita comida e bebe muitos drinques alcoólicos cor-de-rosa, e Charlie tenta prestar atenção na história de Parisa sobre as desventuras com Jules explorando o outro lado da Cidade do Cabo, mas Dev está bem ali, e ele disse que o encontro dos dois foi o melhor que já teve, e Charlie não consegue se concentrar em mais anda.

— E aí? Vai querer ir com a gente? — diz Jules. Para ele, aparentemente.

— Aonde?

— Para a festa hoje à noite — Jules claramente repete. — Aquela que acabamos de mencionar. Encontramos uns caras que estão aqui gravando um filme sobre piratas e eles nos convidaram.

— Eu decidi que é uma ótima oportunidade para a Juleszinha aqui fazer contatos — diz Parisa. — Ela é boa demais para continuar trabalhando como assistente.

Jules abre um sorriso radiante para Parisa.

— Topa?

A última coisa que Charlie quer é ficar sentado num quarto de hotel enquanto um bando de héteros de Hollywood ficam chapados e dão em cima de Jules e de Parisa, em um lugar onde ele não terá permissão para encostar em Dev por muitas horas.

— Acho que não. Estou bem cansado.

— Dev? — pergunta Jules, lançando para ele um olhar metade otimista, metade conformado com a derrota. — Quer ir para a festa com a gente?

— Estou com bolhas nos pés. Lesões horríveis e monstruosas. Cheias de pus, Jules, e não posso...

— Tá bom. Já entendi. Vocês dois são uns manés.

— *Muito* manés — diz Parisa, cutucando a barriga de Charlie com o dedão do pé. — Nós vamos para a festa, e vamos passar a noite toda fora, enquanto vocês vão ficar na suíte do hotel, sozinhos, só os dois, assistindo *The Expanse*.

Parisa dá uma piscadinha para Charlie, e a ficha cai. Eles ficarão sozinhos na suíte. *Por horas.*

Dev estará no quarto deles, na cama deles, e Charlie poderá tocá-lo como Dev quiser. Ele encara Dev, que engole em seco de um jeito dramático quando o olhar deles se cruza, e Charlie se lembra da fantasia esquecida de percorrer a distância entre a boca de Dev e as partes escondidas dele.

Curiosidade: na África do Sul, os garçons nunca trazem a conta se você não pedir, então você pode ficar no restaurante pelo tempo que quiser.

Charlie pede a conta.

DEV

Eles não se tocam no Uber, porque Jules está sentada entre os dois, com Parisa no banco da frente, meio bêbada e flertando com o motorista. Também não se tocam no elevador, e não se tocam quando entram no quarto do hotel, sentados em pontas opostas do sofá enquanto as meninas se trocam e fazem um esquenta com uma garrafa de vinho branco. Mesmo quando as duas saem pela porta do quarto — e Parisa dá um último tchau bem sugestivo, que parece mostrar que ela não está tão desatenta quanto Jules —, eles ainda não se tocam.

Então, sabe lá Deus por quê, Dev coloca um episódio de *The Expanse* no notebook e Charlie fica sentado a um metro de distância, assistindo os homens bonitos na tela do computador como se ele se importasse apenas com a parte científica da série. Por um lado: *que bom*. Dev já estava deixando as coisas com Charlie irem longe demais, mas há uma diferença muito clara entre *beijar* o astro do programa e *transar* com o astro do programa, e uma dessas situações será muito pior quando for noticiada pelos blogueiros de fofoca, que usarão as atitudes de Dev como prova da imoralidade por trás de *Para Todo o Sempre*.

Mas, por outro lado: eles têm a suíte inteira só para eles, e Charlie planejou um encontro perfeito, e um encontro para treinar não deveria terminar com sexo para treinar?

Sexo para treinar. Meu Deus, isso vai soar horrível nos processos legais.

Talvez seja melhor passarem a noite só assistindo à série. Dev nem sabe se Charlie *quer* transar.

— Hum. Dev? — Charlie tosse do outro lado do sofá.

Dev se vira e Charlie não está do outro lado do sofá. Ele está bem ali, pressionando Dev contra o estofado e o beijando loucamente. *Graças a Deus*.

Dev passa a mão pelos cabelos de Charlie, usando as pernas para envolvê-lo, porque, de alguma forma, isso faz muito mais sentido. Não Charlie com as outras seis participantes restantes, mas Charlie aqui, com ele.

Dev se contorce para arrancar a jaqueta jeans sem perder o contato entre as bocas e fica puto por não conseguir fazer o mesmo com o suéter do Charlie. Ainda mais puto por Charlie ser muito ruim em tirar a roupa nos momentos em que realmente importa, mas, quando o suéter e a camiseta vão parar no chão, Dev não fica nem um pouco chateado. Ele tira a própria camiseta e as mãos enormes de Charlie avançam pelo corpo de Dev, tocando cada centímetro de pele.

— Quarto — diz Charlie ofegante no pescoço de Dev. — Quero você na nossa cama.

O coração de Dev explode como uma bomba de glitter, e ele mal consegue obedecer a ordem de Charlie. Eles saem do sofá e se arrastam até o quarto, tropeçando e arrancando os sapatos. Por um instante, Dev pensa que talvez eles não devessem deixar um rastro de roupas pela suíte, mas está ocupado demais com o cabelo de Charlie, com a boca de Charlie — empurrando Charlie para a cama e caindo de joelhos no carpete na frente dele.

Charlie está corado, fazendo biquinho, os olhos cinzentos delirando por causa do álcool e de Dev. *Isso faz sentido.* Ele desabotoa o jeans de Charlie.

— Dev... — Charlie começa, mas Dev já puxou a calça de Charlie, revelando a cueca boxer cinza e a ereção escondida por trás. — Espera um minuto.

Dev espera, repousando as mãos nas coxas musculosas de Charlie.

— Posso?

— Sim. — Charlie solta a respiração, e Dev observa como um gesto tão simples faz dezenas de nervos nos peitos e nos músculos abdominais dele surgirem. — Sim. Nossa, *sim*, mas eu preciso de um minuto. Não é que eu não queira, óbvio... — Ele aponta todo envergonhado para o volume na cueca e isso é *tão Charlie* que o coração de Dev salta para a garganta. — Eu quero muito, muito mesmo, mas o negócio é que... eu... eu nunca... fiz isso antes.

Dev ri um pouquinho e beija a coxa de Charlie.

— Sim, meu amor, eu já tinha sacado que você nunca fez nada disso com outro homem antes.

— Não, Dev — Charlie engasga nas próprias palavras antes de pronunciá-las. — Eu nunca fiz isso *com ninguém.*

Antes que Dev consiga processar a revelação por completo, Charlie se joga para trás e cobre o rosto com as mãos, respirando ofegante entre os dedos. Dev rasteja para cima da cama.

— Charlie, olha para mim. *Charlie!* — Dev segura as mãos de Charlie e as afasta do rosto dele. — Você está me dizendo que nunca fez nada disso com *ninguém*? Nunca? Tipo, nada mesmo?

Charlie solta um suspiro como um animal moribundo e se embola em posição fetal.

— Mas você tem vinte e oito anos!

— *Caramba*, Dev, eu sei! Sou uma aberração!

— Você não é uma aberração. Vem cá. — Dev pega os ombros de Charlie e o deita de costas. — Para. Olha para mim. Não tem nada de errado com você. Eu só... não acredito que você topou participar desse programa. Você sabe que a produção espera que você transe com duas mulheres durante a nona semana quando gravarmos os encontros de pernoite, certo?

— Bem, isso não vai rolar por vários motivos! — Charlie grita para o teto.

— O programa adora tirar proveito de participantes virgens, mas em geral eles sabem disso desde o começo da temporada, e...

— Dev, por favor, para de falar sobre essa *porra* de programa.

— Tá bom. *Tá bom*. Desculpa. — Dev acaricia a barriga de Charlie até os dois se acalmarem um pouco. — Não precisamos fazer nada hoje.

— Não, eu... eu quero. — Charlie coloca a mão sobre a de Dev, pressionando contra a barriga. — Antigamente, todas as coisas sentimentais, os toques, e todas as pequenas interações sociais necessárias para chegar a determinado nível de intimidade com uma pessoa. Até mesmo pessoas que já namorei... não era só falta de atração da minha parte. Eu nunca quis que ninguém me visse tão vulnerável assim. Eu... eu *morro de medo* de deixar você me ver.

Dev sabe que Charlie está lhe entregando algo importante, algo que nunca confiou a mais ninguém.

— Ah, *meu amor* — diz Dev, se aproximando para beijar as sardas na bochecha esquerda de Charlie. — Eu já te vejo.

Charlie cumpre a promessa e fica corado, e Dev quer beijar cada pedacinho cor-de-rosa. Ele não sabe se já desejou alguém tanto quanto deseja Charlie nesse momento, e não há nada que Charlie possa dizer para mudar essa situação.

Dev deixa de lado o peso enorme dessa descoberta e pega um pouco da loção que Charlie sempre deixa ao lado da cama.

— Vou te tocar — diz Dev a Charlie, como fez na primeira noite de gravação, como já fez dezenas de vezes desde então. Os dedos dele hesitam sobre o elástico da cueca de Charlie. — Se quiser que eu pare é só dizer, tá bom?

— Tá bom — Charlie sussurra. Ele se encolhe quando Dev o toca pela primeira vez, mas depois se deixa levar pelo movimento. A sensação do toque de Charlie na palma da mão deixa Dev bêbado e estúpido, mas ele continua agindo de forma delicada e cuidadosa, porque delicadeza e cuidado é o que Charlie precisa, e Dev é um pouquinho obcecado em oferecer o que Charlie precisa.

Charlie se contorce sob a mão de Dev. Ele fica quieto e tímido o tempo todo, mordendo o lábio inferior, cerrando os punhos no cobertor, mal conseguindo respirar. Dev mantém os olhos fixos no rosto dele, ficando excitado ao perceber que ninguém mais teve a sorte de ver Charlie assim. Só Dev. Ele observa cada pontada de nervosismo evaporar de Charlie e aproveita o momento exato em que nenhuma parte do corpo dele está tensa.

Dev queria poder fotografar essa versão de Charlie também.

CHARLIE

— Tudo bem?

Charlie assente, embora não. Ele não está *nada* bem. O que ele sente é algo completamente novo.

Dev sai da cama e Charlie continua deitado de costas, incapaz de se mexer. Ele sente como se tivesse derretido sobre o colchão, fundido nos lençóis, e, enquanto encara o teto, tenta se lembrar como faz para respirar. É igual à vez em que ele desmontou o videocassete da família aos seis anos para aprender como montar de volta. *Ele* é o videocassete — desmontado, com os componentes para fora, os fios expostos.

Charlie adiou esse momento por tanto tempo que nunca acreditou que conseguiria compartilhá-lo com outra pessoa sem se sentir humilhado ou envergonhado, e, agora que cruzou a barreira invisível da sua mente, encontrou algo surpreendente do outro lado. *A si mesmo.* Aprendeu *mais* sobre si mesmo.

Ele não sabe ao certo se conseguiria vivenciar uma coisa dessas com qualquer pessoa que não seja Dev. Dev, que o *vê*, que tentou se conectar emocionalmente com ele desde a primeira noite. Que nunca aceitou enrolação ou mudança de assunto. Que forçou e forçou e continuou forçando até se enfiar no coração de Charlie. Ele pensa em Parisa e no espectro que ela mostrou a ele, e o que isso *significa* para ele.

Charlie sente uma pressão atrás dos olhos, se acumulando na garganta, mas luta contra a vontade inexplicável de chorar. Lágrimas de felicidade, ele acredita. Dev volta para a cama, vestindo jeans escuros e justos e sem camisa, se esticando para beijar a têmpora de Charlie.

— Aonde você foi?

— Achei que você ia querer que eu lavasse as mãos de imediato — diz Dev numa voz grave. — E peguei seus lenços umedecidos, caso você queira...

E, de repente, Charlie *está* chorando. Não dá para segurar, porque Dev o conhece tão bem. Dev o conhece e o entende e, apesar disso, continua o desejando, e Charlie nunca se sentiu tão atraído assim por outra pessoa.

— Meu amor. — Dev segura o rosto de Charlie com as mãos cheirando a sabonete de hotel e, com certeza, ele sabe. Dev já deve ter visto como essas duas palavras sempre derrubam as barreiras de Charlie. Dev diz *meu amor* e algo adormecido, uma parte de Charlie que lá no fundo sempre quis ser o amor de *alguém*, ganha vida dentro dele.

— Por que você está chorando, Charlie?

— Porque você é perfeito. — Charlie se senta para poder fazer o que vem fantasiando desde a primeira noite. Ele lambe o pomo de adão de Dev, seguindo o caminho até a clavícula, o peitoral e as costelas, até que Dev esteja embaixo dele, magro, afiado e *todo dele*, pelo menos nesse momento. — Você é tão lindo — sussurra Charlie enquanto tira os jeans dele.

Dev ri.

— Na real, não sou não.

— Você é. Muito, muito mesmo. — Os jeans justos ficam presos nos calcanhares de Dev, e Charlie puxa, quase caindo da cama tamanho seu desespero para arrancar a peça. Quando ele levanta a cabeça, seus olhos encontram os de Dev na outra ponta daquele corpo de um metro e oitenta e dois, e há algo brilhando na expressão de Dev, algo que Charlie não entende. Ele quer entender cada coisinha a respeito dele.

— Posso, por favor, te ver pelado?

Há um gostinho de vitória em ser corajoso o bastante para pedir o que quer. Dev solta um som abafado de consentimento e deixa Charlie o despir, e lá está Dev por inteiro.

Charlie não consegue esperar nem mais um segundo para tocá-lo.

— Porra — diz Dev enquanto Charlie lambe a palma da mão. — *Porra* — ele diz mais uma vez quando Charlie firma a mão ao redor dele. Dev diz *porra* várias vezes enquanto Charlie lida com a coisa toda de um jeito meio desengonçado, faminto demais, empolgado demais para sentir qualquer tipo de receio. Mesmo assim, Dev se desmancha sob o toque e, quando ele termina, Charlie não quer lavar as mãos; ele quer beijar Dev até que não haja um espacinho sequer entre os dois corpos.

Então, é isso o que ele faz. Pressiona o peito macio dos dois um contra o outro, empurra Dev de volta para o colchão e beija a boca, o maxilar, o pescoço. Charlie o beija até ficar com os lábios dormentes. Em seguida, apoia o ouvido no peito de Dev e escuta as batidas do coração dele enquanto Dev passa os dedos pelos cachos, desfazendo um por um.

Charlie se sente aberto. Como se não houvesse mais nada para tentar esconder, nenhum motivo para não mostrar a Dev o que resta de si mesmo. Então, na luz baixa do quarto, ele começa a falar coisas que nunca disse em voz alta, nem mesmo para Parisa. Sobre a infância, sobre seus irmãos, sobre seus pais. Sobre almoçar sozinho todos os dias durante o ensino fundamental porque as outras crianças tinham medo do jeito intenso e das divergências dele, sobre o bullying durante o recreio. Sobre a terapeuta no ensino médio que disse que os exercícios físicos poderiam ajudá-lo a reduzir a ansiedade, sobre como isso o deixou obcecado em exercícios. Sobre como os mesmos colegas de classe que o xingavam nos corredores da escola e jogavam caixinhas de suco nele dentro do ônibus de repente queriam conversar com ele depois que ele ficou viciado em exercícios. Sobre o desespero de querer fugir da cidade pequena, da vida pequena e da família de mente pequena, só para chegar em Stanford aos dezesseis anos e descobrir que existem mentes pequenas em toda parte.

Dev escuta e não diz nada, e nunca para de mexer no cabelo de Charlie. A conversa é ainda mais assustadora do que o sexo porque é outra

201

barreira, outro limite que Charlie jamais se imaginou cruzando com alguém. É o tipo de intimidade que ele mais evitou, convencido de que nunca poderia confiar em alguém para mostrar essas partes de si mesmo. Dev aceita cada parte dele, como se não fosse nada e, ao mesmo tempo, como se fosse tudo.

— Acho que gosto mesmo muito de você — diz Charlie, deitado no peito de Dev.

A confissão fica no ar por um segundo.

— Muito? — diz Dev finalmente, e Charlie consegue ouvir o sorriso na voz dele. — E você ainda nem viu o que eu consigo fazer com a boca!

Charlie ri e Dev troca de posição, de modo que Charlie fique de costas e Dev por cima, o observando. Dev não está mais sorrindo. Charlie para de rir e Dev beija a clavícula dele, morde os mamilos, lambe a linha vertical no meio do abdômen como fez naquela noite em New Orleans quando Charlie impediu que as coisas avançassem.

Dev avança, beijando a curva da cintura dele, a parte de dentro da coxa, até Charlie ficar duro mais uma vez.

— Por favor — Dev geme. — Posso?

Charlie arqueia o quadril em consentimento, possuído demais pelos sentimentos para conseguir falar, e, quando Dev o lambe de novo, ele não sabe se deveria rir, xingar ou gritar, então acaba soltando uma mistura dos três. Ele não se reprime de forma alguma, dizendo exatamente o que está pensando e sentindo, e observa o jeito como as palavras fazem Dev perder qualquer hesitação.

Charlie está acabado, assim como Dev, e ele não acredita em como os dois se encontraram nesse programa ridículo sobre amor de conto de fada.

— E aí? — Ela abre um sorriso por trás da caneca de café. — Como foi?

— Xiuuu — sussurra Charlie, olhando em direção à porta fechada do quarto de Jules. — Pega leve, Parisa.

— Eu *estou* pegando leve. Só quero te apoiar. — Parisa recosta no balcão e pega um muffin. — Sempre te conto todas as minhas histórias de pegação.

— Eu nunca pedi para você ser tão aberta assim, e na verdade preferia que você parasse.

Parisa tem a decência de pelo menos abaixar o tom de voz.

— Não preciso saber dos mínimos detalhes. Só... vocês transaram?

Charlie bebe um gole de chá e tenta não corar com a lembrança.

— Quer dizer, nós, hum... mas não fizemos *a coisa toda*.

Parisa soca o braço dele.

— Ai meu Deus, Charles, seu putão safado!

Ele engasga com o chá de limão e gengibre.

— *Oi?*

— Foi mal. Exagerei um pouco. — Parisa volta a se conter. — Só quero que você saiba que estou orgulhosa de você. Sei que é preciso muita coragem para ser vulnerável desse jeito com alguém.

Charlie a analisa do outro lado da cozinha e lembra do que Dev disse na noite anterior, sobre como ele o via, e se dá conta de que Parisa também o vê.

— Obrigado.

— Por que vocês não fizeram sexo com penetração? Precisa que eu desenhe um esquema mostrando onde vai cada coisa ou...?

— Sério, eu te odeio.

— Você me ama.

— Vou te mandar para casa agora.

— Se fizer isso, vai ter que organizar sozinho aquela surpresa especial para o seu namo... Bom dia!

Charlie chuta a canela de Parisa quando Dev entra na cozinha. De alguma forma, vê-lo vestindo jeans justos, uma camiseta preta e o cabelo ainda molhado do banho já é o bastante para causar arrepios nos braços de Charlie. Ele quase consegue sentir a mão de Dev em sua cintura, o pressionando contra a cama enquanto...

Charlie pigarreia.

— Bom dia.

— Bom dia — Dev murmura enquanto caminha até a prensa francesa sem fazer contato visual.

Parisa não consegue se segurar.

— Dormiu bem, Dev?

Ele se assusta enquanto serve o café. Seu olhar altera entre o sorriso malicioso de Parisa e o rosto corado de Charlie.

— Sim, obrigado.

Parisa revira os olhos, claramente decepcionada com sua incapacidade de deixar Dev sem graça.

— Beleza, vou ver se a Jules já está pronta.

Assim que ela vai embora, Dev se aproxima.

— Então, ela sabe...

— De tudo — confessa Charlie, mordendo os lábios. — Ela sabe de tudo. Desculpa.

Dev coça o rosto recém-barbeado.

— E ela não se importa?

— Não — responde Charlie. — Ela acha que não é grande coisa.

Uma expressão magoada toma conta do rosto de Dev, e Charlie se dá conta do que acabou de dizer.

— Não nesse sentido. — Ele passa a mão pela cintura de Dev e o puxa para perto. — Parisa só quer me ver feliz.

Charlie beija Dev, sente o sabor do primeiro gole de café do dia na língua dele. Dev deixa o beijo mais intenso, passa os dedos pelo cabelo de Charlie, fazendo-o ficar na ponta dos pés, então os dois estão pressionados contra a geladeira do hotel, e Charlie está a dois segundos de mandar um foda-se para a Aventura em Grupo e para as mulheres e para o programa inteiro porque tudo o que ele quer é arrastar Dev de volta para a cama e se perder naquele corpo perfeito, e ele não sabia, não tinha a menor ideia, de que era possível se sentir assim por outra pessoa.

Quando Dev finalmente solta a boca dele, Charlie suspira.

— Você me faz feliz pra caralho.

Três meses antes, quando ele e Parisa concordaram em participar do programa, a ideia de um noivado de mentira no final do processo, por mais que soasse absurda, não o afetava tanto. Charlie sabia que teria que aparecer em programas matutinos com alguma mulher que só tinha entrado nessa pela fama. Eles teriam que ser fotografados juntos, flagrados durante encontros românticos. Charlie sabia do contrato de seis meses de noivado obrigatório após o fim do programa, antes que tivessem permissão para terminar tudo de maneira amigável, mas esse desconforto inconveniente parecia um preço justo a se pagar para ter a vida antiga de volta. Não era como se ele tivesse planos para um relacionamento de verdade no futuro.

Só que agora... agora ele adormece toda noite com o braço de Dev ao redor da cintura e acorda toda manhã vendo Dev babar no travesseiro, e, num piscar de olhos, só restam mais vinte e quatro dias, e Charlie não consegue imaginar como tudo isso vai terminar.

Ele tenta prestar atenção nas mulheres durante as Aventuras em Grupo, mas o programa não facilita as coisas. Apesar de já estarem no top seis, as mulheres continuam sendo obrigadas a disputar o tempo e a atenção de Charlie em desafios ridículos. Ele não consegue acreditar como alguém conseguiria se apaixonar de verdade nesse programa; foram só umas cinco horas sozinho com cada mulher.

Na quinta-feira, as gravações acontecem no jardim botânico Kirstenbosch, onde as mulheres aprendem "botânica" e preparam poções do amor que ele é forçado a beber. Quando Mark Davenport aparece para seus quinze minutos semanais de trabalho e anuncia que Daphne é a vencedora da Aventura em Grupo, começa o mesmo drama de sempre. Megan se tranca no banheiro, Delilah chama Daphne de "artista de quinta categoria", e Angie a defende. Charlie está exausto disso tudo.

Quando todos voltam para a suíte, Dev recebe a informação de que Megan está chegando para conversar com Charlie. A suíte é rapidamente preparada para a gravação, e quando a moça aparece uma hora depois, fica óbvio que o produtor a havia incentivado a visitar Charlie àquela altura da noite. Megan está quase nua e se joga sobre ele de imediato. Já é a sexta semana, e Dev finalmente recebeu a aprovação de Maureen, em Los Angeles, para eliminar Megan na próxima Cerimônia de Coroação. Sem dúvidas isso é o jeito de a produtora garantir que a saída de Megan seja a mais dramática possível. As outras cinco mulheres, na suíte das participantes, devem estar conversando sobre o plano desesperado de Megan de seduzi-lo na frente das câmeras. Charlie já está no programa há tempo suficiente para ver como tudo é armado por Maureen, embora ela esteja a quinze mil quilômetros de distância.

— Eu precisava muito te ver — Megan ronrona no pescoço dele. Todo educado, Charlie a conduz até o sofá. Está na cara que ela veio *mesmo* aqui para tentar seduzi-lo. Assim que os dois se sentam, a boca dela vai na direção da dele, enquanto Megan esfrega as mãos pelo corpo de Charlie. Ele conta os Mississippis até chegar num momento apropriado para pará-la.

Megan parece devastada com o distanciamento repentino. Charlie analisa a boca franzida dela, as olheiras arroxeadas escondidas sob a maquiagem. Ele passou as últimas semanas tão distraído com Dev que mal prestou atenção nas mulheres. Olhando para Megan, dá para ver que ela não está num momento saudável. Ela emagreceu, e, no olhar inexpressivo dela, Charlie consegue ver a própria batalha contra a ansiedade. Megan foi atiçada e usada para cumprir a narrativa de vilã que escreveram para ela, e agora está prestes a desabar de tanto estresse.

— Megan — começa ele.

— Eu te amo — ela solta, antes que Charlie possa dizer qualquer outra coisa. Ele faz uma rápida anotação mental de que essa é a primeira vez que alguém diz essas palavras para ele. Charlie queria não ter ouvido isso de uma mulher que só quer vencer.

— Megan — ele tenta mais uma vez, mas é interrompido por outra batida na porta. É Delilah, toda produzida também, com seu produtor a tiracolo.

— Charles, me desculpa — anuncia ela enquanto entra no quarto. — Mas eu precisava vir até aqui para te avisar que a Megan é *doida*.

Charlie estremece ao ouvir a palavra que começa com d.

— Ela me disse que ia transar com você hoje para não ser eliminada. Megan pula do sofá.

— Delilah adora me chamar de vadia só porque ela é uma virgenzinha inocente.

— Ah, claro, porque chamá-la de virgenzinha é muito melhor — diz Charlie. Ninguém o escuta. Delilah e Megan estão aos berros, e as câmeras capturam tudo com alegria. Delilah continua despejando palavras como *psicopata* e *desequilibrada*, e ele volta à WinHan, ouvindo os sussurros nos corredores. É ofensivo. Horrível.

Por trás das câmeras, Jules parece furiosa, mas segura Parisa antes que a agente acabe empalando os produtores com o salto de seus Louboutins. Até mesmo Ryan Parker parece um pouco desconfortável. Mas, quando Charlie avista Dev do outro lado da sala, percebe que ele assiste a briga com descaso. Ele não entende como Dev consegue ficar parado ali, deixando tudo isso acontecer, permitindo que duas mulheres abusem emocionalmente uma da outra pelo entretenimento.

Mas é isso o que *Para Todo o Sempre* faz. Tira proveito dos participantes em seus momentos mais vulneráveis, e uma equipe de pessoas bacanas deixa tudo rolar. Dev ficou na dele vendo tudo acontecer — quando o namorado gritou com Kiana, e quando Megan ofendeu Daphne — e Charlie não deveria estar surpreso ao ver Dev ficando na dele agora. Não importa o que eles fazem entre as quatro paredes do quarto, dividindo a cama, porque no fim das contas a prioridade número um de Dev sempre será o programa.

Charlie não acredita que, depois de tudo, só está se dando conta disso agora.

De repente, ele fica furioso. Quer bater de frente com Maureen Scott e sua franquia tóxica, mas não sabe como, e não tem poder algum sobre a situação.

Só que...

— Já chega — Charlie se pega dizendo. — Cansei de aceitar esse tipo de comportamento.

— Charles — começa Megan, fingindo arrependimento.

Ele se levanta do sofá e tenta parecer confiante.

— Sinto muito, mas acho melhor vocês duas irem embora.

— Tem razão — diz Delilah, que se levanta para bancar a pessoa racional. — Vamos conversar melhor amanhã, de cabeça fria.

— Não, acho que vocês devem sair do programa. De uma vez por todas.

As duas mulheres quebram a quarta parede, encarando as câmeras e a produção, claramente confusas. Não é isso o que elas esperavam da noite, mas Charlie não vai voltar atrás. Ele sabe que agora, em algum lugar de Los Angeles, há uma equipe de edição analisando *milhares* de horas de gravação — quase todos os minutos da vida dele nesse programa foram documentados para que tudo pudesse ser reduzido a episódios de oitenta minutos sem intervalos comerciais — e Maureen Scott está lá, manipulando as cenas de Megan para que essa cena seja a conclusão do arco de vilã. Charlie não tem muito poder sobre as coisas, mas com certeza tem o poder de estragar a cena.

— Estou eliminando vocês duas agora — diz ele. — Porque não tenho o menor interesse em namorar mulheres que se deixam ser manipuladas pelos produtores para agir dessa forma.

O quarto fica num silêncio assustador, exceto pelo choro de Megan.

— Podem sair agora.

Os produtores correm para preparar as malas, e as câmeras correm para filmar as vans pretas que vão levar embora as duas mulheres que acabaram de ser eliminadas. Charlie encontra sua equipe de novo. Parisa e Jules parecem orgulhosas. Ryan parece entretido. E Dev, no canto ao lado da geladeira — a mesma geladeira em que eles se pegaram dois dias atrás —, parece puto da vida.

— Não acredito que você fez isso — exclama Dev quando todo aquele drama chega ao fim e eles estão de volta no quarto, de porta fechada. — A Maureen vai ficar furiosa.

— Não acredito que *você* fez isso — rebate ele. — *Eu* estou furioso.

Dev tira a camiseta suada.

— Eu? Eu não fiz nada.

— Exatamente. Você não fez *nada* quando a Delilah disse aquelas coisas horríveis para a Megan.

Dev ri enquanto pega outra camiseta da mala e dá uma fungada para ver se está limpa.

— O que você queria que eu fizesse, Charlie? Isso é o meu *trabalho*, e a sua ceninha falando dos produtores na frente das câmeras deu a entender que o meu trabalho é uma merda.

Charlie se senta na beirada da cama e tenta aliviar a dor de cabeça massageando a testa.

— O seu trabalho? — repete ele. — Entendi. Você é apenas o meu produtor, e na próxima temporada vai orientar a Angie quando ela for escolhida para ser a nova princesa.

— Angie não será a próxima princesa. Ela vai começar a faculdade de medicina no próximo semestre.

— A questão não é essa. — Ele respira fundo três vezes. Eles nunca brigaram antes, e Charlie não conhece as regras. — Você não acha que acaba fazendo vista grossa para as partes mais absurdas desse programa quando elas não estão de acordo com o seu ideal romântico de conto de fada?

Dizer isso, claramente, é contra as regras. Dev pisca para ele, desacreditado.

— Quê? Não. Eu não faço isso.

— Dev, o jeito como esse programa lida com a saúde mental, e com a sua depressão...

— Minha depressão não tem nada a ver com o programa.

— Você ficou deprimido por uma semana e ninguém da equipe tomou uma atitude. Ficaram felizes em ignorar sua existência contanto que eu continuasse bem na frente das câmeras. Eles fazem você se matar de trabalhar durante as filmagens. Você tem tempo para fazer terapia on-line?

Dev estala os dedos, nervoso na frente da cama.

— Eu não faço terapia.

A mente de Charlie volta de imediato para a imagem de Dev em posição fetal naquela cama em Munique.

— Não faz?

— Não. — Ele tenta dar de ombros casualmente, mas o disfarce de Dev Divertido não está colando. — Não preciso, na real.

Charlie se sente perdido. Ele não sabe como ter uma conversa difícil com alguém de quem ele gosta tanto — alguém que ele morre de medo de perder.

— Seu tratamento é uma escolha sua — começa ele com a garganta seca. — Mas em Munique as coisas não pareciam nada bem.

— Eu estou bem — diz Dev de imediato. — Estou sempre bem. Tudo de boa, cara.

— Sério? Você acabou de me chamar de *cara*?

Dev põe as mãos na cintura e encara Charlie de cima a baixo na cama, como se estivesse o *desafiando* a rebater. O rosto de Dev é uma máscara perfeita de calma. Charlie quer arrancar a máscara. Quer pegar Dev pelos ombros e dar um chacoalhão. *Para. Para de fingir que você está bem. Não precisa fingir comigo.*

Charlie pressiona os dedos contra os olhos fechados até começar a ver estrelas. Ele queria saber exatamente o que dizer para fazer Dev entender; ele gosta de todas as versões *verdadeiras* do Dev. Ele quer mais vinte e quatro dias do Dev Defensivo e do Dev Apaixonado e do Dev Faminto e do Dev Romântico. Bochechas e queixo. Sorriso bobo e olhos de violino. *Pernas* e aquele tufo de pelos escuros na barriga. Ele não quer mais vinte e quatro dias com a versão que Dev acha que precisa ser para agradar os outros.

Charlie se levanta, dá alguns passos em direção a Dev e tenta:

— Eu me importo com você — diz ele. Em seguida, estende a mão para tocar o rosto de Dev que, por um instante, deixa. — Só quero que você fique saudável.

Dev se afasta, interrompendo o contato físico.

— Eu *sou* saudável. Não sou uma coisa quebrada que você precisa consertar. Não sou como *você*, tentando provar para um bando de caras da tecnologia que é neurotípico.

Charlie estremece fisicamente.

— Precisar de terapia não significa que você está quebrado. Eu faço terapia por causa do meu TOC desde os doze anos, e não preciso provar nada para ninguém além de mim mesmo.

Dev ri.

— Que bom *pra você*, mas estou bem, obrigado.

— Eu nunca poderia ficar com alguém que não é saudável, Dev.

— Você não está comigo — Dev grita. — Isso tudo não passa de um treino.

Há quatro dias, Dev disse a ele que só tinha medo de intimidade emocional e abandono, então Charlie já deveria esperar por uma coisa dessas. Charlie se abriu com Dev de todas as formas possíveis, e o que Dev deu em troca? Nada além de *cara* e *estou bem*. A mesma palhaçada de sempre do Dev Divertido. Ele foi tão, tão idiota de achar que isso tudo significava alguma coisa para Dev.

Charlie pega um par de tênis no chão, ao lado da cama.

— O que você está fazendo?

— Vou para a academia do hotel — Charlie grunhe enquanto calça os tênis. Ele nem se dá ao trabalho de amarrar os cadarços. Só precisa sair desse inferno de quarto antes que Dev o veja chorando.

— Já está tarde.

— Então vou sair para correr.

— Espera! — grita Dev enquanto Charlie sai do quarto. — Estamos no meio de uma conversa.

— Acho que a conversa acabou.

Charlie passa por Jules e Parisa, paradas na cozinha fazendo um lanchinho da madrugada, fingindo que não estavam ouvindo a discussão toda.

— Charlie, para!

Charlie não para. Ele sai pela porta, atravessa o corredor e desce as escadas até o térreo, pulando dois degraus de cada vez.

— *Charlie.*

Dev toca o ombro de Charlie, que então dá meia-volta. Ele está nervoso, cansado e tão chateado que não sabe o que fazer a não ser se exercitar para arrancar esse peso horrível do peito.

— Quer saber, Dev? — diz Charlie, falhando em sua missão de não chorar na frente dele. — Para alguém que diz amar tanto o amor, você é muito bom em fugir dele.

Então ele se vira e desce o resto dos degraus sabendo que Dev não irá segui-lo.

DEV

Charlie desce os últimos degraus, dois de cada vez, atravessa a porta no fim da escada e desaparece. Ele se foi e há algo no *shhhh* e *bam* do fechar de uma porta corta-fogo que soa definitivo. É como se vinte e quatro dias passassem num instante.

Uma dormência começa a se espalhar pela ponta dos dedos de Dev. Então irradia pelas mãos, pelos braços, pelos cotovelos, deixando Dev parado na escada sem saber como se mover. *O que ele fez?*

Estava tão irritado pela forma como Charlie estragou a cena com Megan e Delilah e, ainda assim, Charlie foi tão *Charlie*. Honesto e vulnerável e doce. Ele tocou o rosto de Dev e disse que se importava, e Dev pegou o afeto de Charlie e o esmagou com os pés.

Para alguém que diz amar tanto o amor, você é muito bom em fugir dele.

Mas Charlie não pode amá-lo. A história de Charlie termina com a Tiara Final, e talvez seja melhor ele entender isso agora do que em vinte e quatro dias. Charlie se abriu por inteiro para Dev, se desembrulhou como um presente, e se entregou de peito aberto. Dev teria que ser muito idiota para achar que isso significava que eles poderiam ficar juntos.

Dev nunca deveria ter deixado isso começar. Não deveria ter deixado Charlie começar com isso.

Dev empurra a porta que dá para o andar da suíte. Não sabe como voltar. Seu cérebro está tentando um nado de peito submerso em cinco metros d'água. Jules e Parisa continuam na cozinha. São duas da manhã e elas ainda não trocaram de roupa desde que chegaram da Aventura em Grupo no jardim botânico. Parisa está vestindo um caftan amarelo que envolve seu corpo como mel, e Jules veste short de veludo e uma camiseta de Stormpilot que ela mesma fez, mostrando os rostos de Finn e Poe dentro de um coração enorme feito com tinta relevo. As duas estão com expressões que o cérebro afogado dele não consegue entender.

— Eu vou atrás do meu — diz Parisa. — Você fica com o seu.

Parisa sai do quarto e Dev, de alguma forma, chega até a cama. A cama *deles*. A cama em que Charlie se abriu para ele toda noite.

— Dev? — Jules o chama com cautela. — O que houve?

Está na cara que ela sabe. Ela escutou a briga.

Dev se esconde nos cobertores que têm cheiro de sabonete de aveia e se esforça ao máximo para não chorar.

— Vai embora, Jules.

Ele consegue sentir o colchão ceder levemente com o peso dela.

— Anda. Conversa comigo.

Dev se enfia num casulo sobre a cama e não pensa em Munique, quando Charlie o abraçou sobre o cobertor e se recusou a ir embora. Jules tem uma abordagem diferente. Ela dá um jeito de se rastejar para baixo das cobertas e se deita ao lado dele no meio da cama.

— Dev, por favor, eu me importo com você — ela sussurra dentro da cabana de cobertores. Ele sente as palavras embargadas na garganta, como um choro. — Me diga o que aconteceu.

— Você não deveria se importar comigo. Eu sou um monstro.

— Não é não.

Um feixe de luz atravessa o cobertor do hotel e ele só consegue ver a silhueta do rosto de Jules, e não a expressão que ela faz quando ele diz:

— Eu estou dormindo com ele, Jules.

Por um segundo ela fica quieta, a meio metro de distância, os dois corpos arqueados como parênteses.

— Eu deveria ficar chocada com o fato de que você está transando com o cara que literalmente divide a cama com você?

Dev encolhe o corpo ainda mais.

— Jules...

— Dev. — A mão dela se estende em busca de alguma coisa no escuro e encontra o pescoço dele. É reconfortante ainda assim. — Sei que você e o Charlie estão ficando. Sei desde o primeiro beijo em New Orleans. Quer dizer, eu e a Parisa poderíamos dividir essa cama enorme sem problemas, Dev.

Ele grunhe com a cara enfiada no colchão.

— Por que você me deixou fazer isso? Estou estragando tudo.

— Primeiro, eu não *deixei* nada. Você é um adulto. E, segundo, o que você está estragando?

— Hum, o programa. Onde a gente trabalha. Onde nós ajudamos pessoas gostosas a se apaixonarem por outras pessoas igualmente gostosas.

— Sinceramente, depois de hoje, que se foda o programa.

— Não dá. — Por algum motivo, é bem mais fácil ter essa conversa abafada sob as cobertas. — Você não entende. Pouco importa a coisa toda com a Delilah e a Megan. É uma distração do amor, que é o que ele *quer*. Charlie quer ser feliz para sempre, e meu fogo no rabo está destruindo a chance dele de conseguir isso!

— Você acha mesmo que esse lance com o Charlie não passa disso? Só sexo?

— Claro que não. É...

Merda, Dev nem sabe definir o que é isso, mas sente como se estivesse acontecendo o tempo todo, desde a primeira noite quando eles deram um aperto de mão e Charlie se esqueceu de soltar. No começo, ele dizia a si mesmo que estava ajudando Charlie a se abrir, a se apaixonar por uma das mulheres, mas, quando pensa em Charlie com os olhos roxos, e Charlie na calçada depois de beijar Angie, e Charlie na cozinha deixando pela primeira vez que ele cutucasse o código Morse no ombro, Dev não sabe ao certo qual é a verdade.

— O lance com o Charlie acabou — diz ele, por fim. — Estraguei tudo e o afastei. Mas é melhor assim. Melhor dar um fim agora do que adiar o inevitável.

Jules balança as pernas freneticamente para puxar as cobertas e deixar os rostos dos dois expostos à luz baixa do quarto. Dev pisca e percebe que já não se sente mais submerso.

— Você já pensou em, sei lá, pedir desculpas para ele?

Dev cobre o rosto.

— Pra quê? Charlie precisa ficar noivo de uma mulher no final disso tudo.

— Então por que você o beijou para começo de conversa?

— Foi a tequila — responde Dev. Mas nem ele acredita.

— Olha — começa Jules, parecendo irritada. — Sou muito ruim nesse tipo de coisa, mas... você é meio que meu melhor amigo, tá? E eu... eu, tipo, te amo e tal.

— Nossa, Jules — diz ele, sarcástico. — Que fofo da sua parte.

— Vai se foder. Estou me esforçando. É só que... lembra do dia em que você se mudou do apartamento do Ryan?

Dev grunhe de novo. Vive tentando esquecer tudo relacionado ao término, enterrando as lembranças da depressão que veio em seguida.

— Nós comemos pizza no chão do seu apartamento novo, e eu te perguntei por que você demorou *seis anos* para terminar com alguém que não te fazia feliz. Lembra do que você disse?

Dev balança a cabeça.

— Você disse que, às vezes, as coisas fáceis são melhores do que a felicidade. — Jules faz uma pausa e encara Dev do outro lado da cama de um jeito que o faz se sentir exposto *demais*. — E eu não conseguia entender como alguém tão obcecado por essa bobagem de conto de fada que a gente vende no programa poderia pensar assim. Mas agora estou começando a entender.

— Entender o quê?

Jules estica o braço e tira uma mecha de cabelo sujo da testa de Dev. Para os padrões dela, é um gesto surpreendentemente carinhoso.

— Você é o filho da puta mais engraçado, inteligente, gentil e apaixonado que eu conheço, Dev. E merece seu felizes para sempre também.

Dev tosse para disfarçar o choro.

— Nossa, Jules — diz ele, com seriedade. — Que fofo da sua parte.

Charlie não volta para a cama deles e, na manhã seguinte, Dev não o vê até o momento em que a equipe começa a entrar na van que os levará para Franschhoek, a uma hora de distância da Cidade do Cabo, para o Encontro na Corte de Charlie com Daphne.

Agora que a vilã se foi, o programa tem uma narrativa para vender, ou seja, a narrativa de Daphne e Charlie. Eles precisam de mais cenas do casal aprofundando a relação. Franschhoek fica no coração da rota dos vinhos da África do Sul, e o casal passará o dia passeando de bonde degustando as bebidas em vinícolas diferentes.

Apesar de o bonde do vinho ter sido a melhor ideia que Dev já teve, observar o encontro é uma tortura. Daphne e Charlie são ótimos juntos. Os dois são muito *parecidos*: quietos e sérios, fechados mas se abrindo aos poucos, como duas flores lindas desabrochando ao mesmo tempo. Eles são loiros, atraentes pra caramba e se parecem exatamente com qualquer casal de *Para Todo o Sempre*. Se parecem com Brad e Tiffany, o primeiro príncipe e a primeira princesa que Dev assistiu se apaixonando no programa quando tinha dez anos.

Daphne e Charlie são para casar, e Dev foi só um coadjuvante que provavelmente seria cortado da adaptação cinematográfica da vida de Charlie.

Numa vinícola chamada Salto do Leopardo, Jules pega uma garrafa de chenin reservada para a equipe, e eles escapolem para a área externa com o intuito de sentar sob o sol e relaxar um pouco em meio ao trabalho. Parisa não se juntou a eles no Encontro na Corte — ela insistiu em

215

ficar na Cidade do Cabo para trabalhar —, então Dev não pode nem sequer perguntar a ela o que Charlie disse a respeito da briga. Ele também não pode perguntar a Charlie, já que ele se recusa a conversar.

Quando os dois já estão satisfeitos e afetuosos, Charlie e Daphne são levados a um restaurante na cidade, acoplado a um hotel. Eles têm uma conversa íntima à luz de velas durante o jantar, e o produtor que habita Dev está animado. Isso será o auge quando o programa for ao ar. É a sexta semana. Só restam quatro participantes. Tudo está como esperado.

— Eu, hum... — Charlie começa a gaguejar na frente das câmeras. — Recebi esse cartão da produção.

Charlie pega um envelope creme de debaixo do jogo americano e cada pedacinho dentro de Dev desaba. Charlie lê o cartão em voz alta.

— Um dia romântico merece uma noite romântica. Nós reservamos um quarto para vocês nesse hotel charmoso, e...

Dev não precisa ouvir o resto. Ele atravessa a equipe de filmagem até encontrar Ryan, o supervisor de produção responsável pela gravação.

— Que porra é essa? Isso é um encontro de pernoite? Por que não me avisaram?

As câmeras já estão se movendo para a cena seguinte.

— Porque sabíamos que você iria reagir *assim* — responde Ryan. — Olha, a conexão emocional do Charlie com as mulheres está ótima, mas a parte física ainda está muito morna. E, depois daquela zona que foi a cena da Megan com a Delilah, precisamos de algo com apelo comercial. Um pernoite surpresa será bom para a audiência, e você pode parar de ficar protegendo ele o tempo todo.

Dev segue Ryan e a equipe pelas escadas até o quarto do hotel.

— Eu estou protegendo o tempo todo porque o Charlie não está pronto para um encontro com sexo.

— Já falamos com ele hoje de manhã — diz Ryan com tranquilidade. — Ele disse que está de acordo.

Dev se vira e vê Charlie e Daphne, braços entrelaçados, felizes com o vinho bom e a companhia um do outro. Eles andam aos tropeços até o quarto de hotel com pétalas de rosa na cama, umas cem velas brancas acesas, e uma porra de tigela cheia de camisinhas na mesa de cabeceira.

Dev é forçado a assistir os dois caindo na cama, Daphne subindo em

Charlie como ele sempre faz, os dois se beijando do jeito como Charlie e Dev se beijaram na cama em que dormem juntos. O coração acelerado conta cada segundo daquelas preliminares e ele acredita que esse é provavelmente o motivo pelo qual não se deve se envolver com o astro principal quando você trabalha num reality show de namoro.

— Corta! — Skylar finalmente diz no ponto de Dev. As câmeras já capturaram material o bastante do casal apaixonado. Tudo ficara implícito quando filmarem a porta se fechando.

Na cama, Charlie e Daphne se desvencilham, e, enquanto Charlie se senta, seu olhar encontra Dev no meio da equipe de produção. É como se tudo desaparecesse, exceto os olhos cinzentos de Charlie. Ele é tudo o que Dev consegue ver, e ele queria poder dizer alguma coisa que fizesse Charlie mudar de ideia.

Mas o que Dev diria? *Não foi só um treino. Nunca foi só um treino. Por favor, não faça isso.*

Ele não tem o direito de dizer uma coisa dessas para Charlie.

Dev sente um braço deslizando em volta da cintura e imagina ser Jules. Ele se vira e encontra Ryan.

— Vem comigo — o ex murmura no ouvido dele. — Vamos beber alguma coisa no bar.

CHARLIE

Assim que as câmeras e a produção vão embora, Charlie e Daphne se afastam como ímãs se repelindo. Ele se senta na beirada da cama, tentando não pensar na expressão de Dev, no braço de Ryan ao redor da cintura dele. Daphne está empoleirada do outro lado da cama. Ele não tem ideia do que ela está tentando não pensar.

Charlie sabe por que topou participar desse encontro com pernoite. Depois de estragar a cena com Megan e Delilah, isso é o mínimo que pode fazer para agradar Maureen e mostrar que Dev é um bom produtor. Olhando para Daphne e a linguagem corporal dela, ele não sabe por que ela concordou.

O cabelo loiro e volumoso dela está bagunçado na frente por causa da performance dos dois, e a alça da blusa escorregou pelo ombro. Charlie quase estende a mão para arrumar, mas não quer tocá-la. Ele a analisa a um metro de distância.

Ela é tão adorável. Os olhos azuis cintilam sob a luz baixa do quarto e as bochechas pálidas estão rosadas depois do beijo. Sendo sincero consigo mesmo — aceitando que há um compartimento secreto no coração que sempre quis alguma forma de companhia —, Daphne é o tipo de pessoa que ele imaginava ter ao lado. Por um instante medonho, ele acredita na fantasia. Pensa em como as coisas seriam mais fáceis se tivesse vindo para o programa e se apaixonado por Daphne Reynolds.

A ideia faz seu estômago queimar. Charlie está irritado com Dev, mas até mesmo pensar em Daphne lhe parece traição. Não apenas contra Dev, mas contra si mesmo, contra quem ele realmente é e o que ele realmente sente em seu íntimo mais secreto. Talvez as coisas com Dev nunca tenham sido reais, talvez ele esteja beijando o ex nesse exato momento, mas Charlie sabe que nada pode acontecer com Daphne longe das câmeras. Agora ele só precisa dar um jeito de dizer isso a ela.

— Acho melhor nós não transarmos!

Para a conveniência de todos, é Daphne quem solta essa frase num pânico cego do outro lado da cama.

— Eu não... não estou pronta para... transar — murmura ela. — Eu... eu espero que você entenda.

— Eu entendo. — Charlie apoia a mão na cama entre os dois, um convite para uma proximidade platônica que Daphne pode aceitar ou recusar. — Também acho melhor nós não transarmos.

Porém, os dois estão presos nesse quarto de hotel, sem câmeras, até o dia seguinte. E, ainda assim, ela parece desconfortável com alguma coisa.

— Daphne? — arrisca Charlie. — Posso perguntar uma coisa? Por que você entrou no programa?

— Por amor — responde ela, quase que de forma automática.

— Sim, mas você não me ama e ainda está aqui.

Ela cerra os olhos para ele.

— Você acha que eu não te amo só porque não quero transar com você?

— Não, eu acho que você não me ama porque você não me ama.

Na verdade, Charlie nem sequer acha que Daphne sente atração por ele. Charlie conseguiu sentir no toque engessado mais cedo, em todos os beijos sem nenhuma paixão. Agora que ele tem com o que comparar, percebeu que não era o único fingindo. Beijar Daphne é como beijar a si mesmo. Uma versão de si que ele sempre foi com qualquer pessoa, exceto Dev.

— Eu deveria estar apaixonada por você — diz ela depois de um silêncio tenso. — Se um dia eu for me apaixonar por alguém... deveria, hum, deveria ser você. Você é perfeito.

Charlie ri.

— Sou qualquer coisa, menos perfeito.

— Tá bom, beleza. Claro. Ninguém é *perfeito*. Mas você é perfeito para mim.

— De aparência, você quer dizer?

— Bem, na verdade, não. — Ela aponta para os próprios ombros. — Músculos não são muito a minha praia. Estou falando de *perfeição*. Você é a pessoa mais inteligente que eu já conheci, e é tão gentil, e me faz rir.

— Rir *de mim*?

— Não. — Daphne finalmente toca a mão dele. — Charlie, você é tão esperto e engraçado. Queria ser divertida e confiante como você.

Bem. Agora ele está chorando numa suíte para sexo em Franschhoek.

— Ei. O que foi?

— Sua percepção de mim está tão errada. Daphne, tem tanta coisa a meu respeito que você não sabe.

— Tipo o quê?

Como ele não pode dizer *tipo transar com meu produtor*, Charlie responde:

— Eu tenho toc.

— Eu sei — é tudo o que ela diz.

— Como?

— Quer dizer, eu imaginava. — Daphne dá de ombros. — Achei que fosse apenas uma ansiedade bem grave.

— Eu também tenho.

Daphne sorri para ele.

219

— Imagino como deve ser difícil viver assim, mas não acho que isso te torne menos maravilhoso, sabia? Acho que você é perfeito do jeitinho como Deus te criou.

— Nossa. — Charlie solta o ar. — Queria conseguir te amar.

Daphne solta a mão dele.

— Eu também queria conseguir te amar.

Ele sente que ela ainda tem mais a dizer.

— Sabe, eu assistia esse programa desde que eu era criança. Nas noites de segunda-feira, minha mãe me deixava ficar acordada até tarde, e a gente ficava suspirando pelos príncipes juntas. Cresci sonhando com isso. Carruagens, jantares à luz de velas e finais felizes. Mas eu não consegui encontrar isso na vida real. Com todos os meus ex-namorados, nunca me pareceu certo.

Charlie não consegue deixar de imaginar o pequeno Dev também assistindo *Para Todo o Sempre* depois da hora de dormir e, de repente, ele não está nem um pouco chateado com Dev. Está triste por ele, por aquele garotinho que se apaixonou por histórias de amor em que ninguém se parecia com ele, ninguém pensava como ele, ninguém amava como ele.

— Eu entrei no programa porque achei que poderia finalmente me sentir bem — diz Daphne.

— E não deu certo?

Ela balança a cabeça. E agora também está chorando. Eles formam uma dupla bem sexy.

— Eu queria tanto. Amor. Não sei o que há de errado comigo, mas não consigo encontrar.

Charlie aperta a mão dela enquanto repete as palavras que Dev disse para ele naquela noite mágica que passaram juntos.

— Não há nada de errado com você, Daphne. Acho que você é perfeita do jeitinho como milhões de anos de evolução e seleção natural te criaram.

Pelo menos isso arranca uma risada dela. Charlie pensa em Dev e em merecer ser amado.

— Talvez você só esteja procurando o tipo errado de amor.

Daphne o encara.

— Que outro tipo de amor existe?

DEV

— Melhor pedirmos uma garrafa inteira, né?

Ryan se senta na banqueta do bar e levanta a mão como quem não quer nada para chamar a atenção do barista. É assim que Ryan sempre se comporta. Como quem não quer nada. Confiante. O oposto de Charlie em todos os aspectos.

Mas, no momento, é melhor não pensar em Charlie ou no jeito como ele se comporta.

Ryan pede uma garrafa de shiraz, e Dev enche a taça.

— Saúde! — Ryan até tenta, mas Dev já está virando a taça. — Preciso dar o braço a torcer, D. Ele é um ótimo príncipe. É gentil com as mulheres, não contraria a produção, é gato pra caralho. Você conseguiu mesmo se conectar com ele.

— Sim, tirando o deslize naquela noite com a Megan e a Delilah.

Ryan sorri por trás da taça.

— Na real, aquilo só me fez gostar mais ainda dele. Entendi o que você viu no Charlie.

Dev não diz nada.

— Ando pensando muito naquilo que você me disse. Em Los Angeles. — Ryan pigarreia, meio sem jeito. — Eu nunca deveria ter dito aquelas paradas sobre ele. Chamar o Charlie de doido. Foi bem insensível da minha parte. Deveria saber como você se sentiria com aquilo.

É quase um pedido de desculpas, e um quase-pedido-de-desculpas é mais do que ele jamais esperou receber de Ryan, mas Dev não está se sentindo especialmente generoso no momento.

— Você nunca foi muito bom em lidar comigo quando eu não estava sendo o Dev Divertido.

Ryan se ajeita na banqueta.

— Isso não é justo.

Não, ele pensa. O que não é *justo* é que neste exato momento Charlie Winshaw está transando com a mulher mais perfeita do mundo e Dev nem sequer pode ficar chateado, porque esse é o trabalho dele. É isso o que ele queria para Charlie desde o começo. Ele não tem permissão para ficar irritado com Charlie por cumprir seu papel de príncipe de *Para Todo o Sempre*, mas ele *pode* ficar irritado com Ryan por nunca ter cumprido o papel de namorado compreensivo.

— Eu acho que é justo, sim. Consigo lembrar de várias semanas em que eu não conseguia sair da cama e você basicamente me ignorou.

— Você quer mesmo falar sobre isso agora? — A voz de Ryan embarga com a emoção e ele se serve de mais vinho numa tentativa óbvia de lidar com a situação. Dev não quer conversar sobre isso agora. Ele se sente um merda, e a parte mais mesquinha dele quer que Ryan se sinta um merda também. — Você não deixava eu me aproximar.

— O que você está tentando insinuar?

Ryan mantém a voz baixa.

— Você pode até me acusar de só querer o Dev Divertido, mas a verdade é que você só me deixava ver esse Dev. Quando as coisas ficavam difíceis, você se afastava de mim por completo.

— Isso não é...

— Cara. Toda vez que eu sugeri que você tentasse voltar para a terapia, você ficava nervoso. Sempre que eu tentei me aproximar, você se fechava ainda mais. Era como se você quisesse preservar o jeito como achava que eu te via. Você nunca me deixou amar o seu lado verdadeiro.

Dev ri com a taça de shiraz na boca.

— Disse o homem que nem acredita em amor.

— Só porque eu sou contra a estrutura capitalista e heteronormativa de matrimônio e procriação, não quer dizer que eu não te amei. É isso o que você acha? É claro que eu te amei. Ficamos juntos por seis anos. Sei que eu não fui capaz de te amar do jeito que você queria ser amado, mas, em minha defesa, o tipo de amor que você quer não existe sem uma equipe de produção, um monte de edição e uma trilha sonora muito boa.

Ryan se afasta do bar e tira um bolo de notas da carteira. Ele joga o dinheiro sobre o balcão antes de terminar o resto do vinho.

— Você adora organizar esses grandes gestos românticos, Dev, mas se caga de medo de qualquer coisa de verdade. É por isso que você ficou *comigo* por seis anos, mesmo sabendo que nós não tínhamos futuro.

Para alguém que diz amar tanto o amor, você é muito bom em fugir dele.

Ryan vai embora. Para a surpresa de Dev, fazer Ryan se sentir um merda não ajudou em nada. Ele estende a mão para pegar o vinho, mas hesita. Está cansado de encher a cara toda vez que o coração fica grande demais dentro do peito. Ele não quer enterrar os sentimentos, tampouco continuar os escondendo de todo mundo em sua vida. Ele não quer fugir do amor.

O que ele *realmente* quer é ser saudável como vive dizendo que é.

Dev dorme num Airbnb fuleiro com Jules e mais cinco pessoas da produção e, na manhã seguinte, se levanta e depara com uma única câmera filmando Charlie e Daphne saindo do quarto de mãos dadas. Os dois estão de cara lavada enquanto trocam sorrisinhos. Jules lhe entrega um pacote de bolachas e os dois se sentam no fundo da van comendo para abafar os sentimentos de Dev.

Com Megan e Delilah eliminadas antes da Cerimônia da Coroação, o programa está num momento esquisito. Eles não podem eliminar mais ninguém antes da sétima semana, mas precisam das cenas da Cerimônia para completar o episódio de duas horas. Quando todos voltam para a Cidade do Cabo, Skylar explica o plano numa reunião de produção. Eles farão um show "surpresa e superespecial".

Em geral entre a quinta e a sexta semana, o programa traz um artista para um show particular. Nunca é uma surpresa, porque acontece em literalmente todas as temporadas, e nunca é especial, porque o artista quase sempre é um cantor de country pouco conhecido que ninguém do elenco gosta de verdade. Quem quer que eles tenham arrumado para esta temporada, deve ser desesperado o bastante para pegar um voo de vinte horas em troca de dez minutos de exposição, então Dev tem certeza de que o show será pavoroso.

Quando ele retorna à suíte para ajudar Charlie a se preparar para a noite, todo mundo está meio esquisito, talvez pelo fato de que Dev e Charlie transaram, e agora Charlie e Daphne estão transando, e todo mundo precisa fingir que essa é uma situação supernormal. Ainda assim, Parisa está mais agressiva do que de costume, fazendo ligações raivosas no quarto, e Jules está mais apaziguadora do que de costume, perambulando em volta de Dev para ver se ele precisa de alguma coisa. E Charlie, que não falou um "a" com Dev desde a noite nas escadas, olha para ele antes de partirem em direção à arena do show.

— Você vai mesmo se vestir assim hoje?

Dev pausa para conferir que está vestido como sempre: bermuda cargo, camiseta larga e branca, tênis de cano alto.

— Hum, sim?

Charlie desaparece para dentro do quarto que os dois compartilhavam e volta cinco minutos depois segurando um par de calças cáqui dobradas, uma camisa de botão e a jaqueta jeans.

— Veste isso aqui, por favor?

Dev não consegue imaginar por que Charlie se importa com a aparência dele, mas percebe que Jules está de cabelo solto, com a mesma roupa que vestiu naquela noite de folga em New Orleans, e Parisa está com um macacão todo florido, com os seios pulando maravilhosamente pelo decote.

— Gente, o que está rolando?

— Só veste a maldita roupa — Parisa ordena.

Dev veste a maldita roupa.

Quando a van estaciona numa pequena arena de shows na rua principal, o quarteirão já está interditado para a gravação, e vans da produção estão enfileiradas na frente. Quando os quatro se arrastam para dentro, por algum motivo as filmagens já começaram, e todos se viram para vê-los entrando. Ryan e Skylar estão ao lado, mais empolgados do que o necessário, e, logo quando se vira, Dev dá de cara com Parisa filmando alguma coisa com o celular, o que é contra as regras de *Para Todo o Sempre*. Ela está filmando Dev, ele percebe, e tanto a equipe como as participantes não estão encarando Charlie. Estão todos encarando *Dev*. Que diabos está acontecendo?

Dev olha para o palco em busca de respostas. Um jovem está sentado num banquinho no centro, brilhando sob uma luz amarela suave. Assim que percebe que Dev está prestando atenção, o rapaz começa a dedilhar a guitarra e a cantar no microfone e *minha Nossa Senhora, mãe de Deus*, é o Leland Barlow.

Leland Barlow, com o seu rostinho de neném, está sentado num palco em uma arena da Cidade do Cabo, na África do Sul, e Dev está tendo um derrame. Ele está tendo um derrame?

Ele pressiona a mão sobre o peito, tentando entender se tudo aquilo é real. Se está mesmo acontecendo. Será que o programa deu um jeito de contratar o Leland Barlow, voz de veludo e amor da sua vida? Só quando Leland chega ao refrão da primeira música que Dev olha ao redor e percebe que todo mundo continua o encarando.

— Que porra é essa?

— Surpresa, porra! — grita Parisa.

Dev se vira para Charlie, que está corado e todo nervoso na porta de entrada. E ele entende que não existe um universo onde *Para Todo o Sempre* conseguiria incluir o Leland Barlow no orçamento da temporada.

— Foi você quem fez isso?

Charlie tira uma mecha de cabelo dos olhos e gagueja.

— Sim, bem, eu, hum...

— Você fez isso *por mim*?

— Você perdeu a oportunidade de ir ao show dele no Natal passado, e achei que poderia tentar te animar um pouquinho depois do que aconteceu em Munique, então a Parisa falou com o empresário dele e...

Charlie para de falar quando Dev se joga nos braços dele, num abraço tão apertado que nenhum dos dois consegue respirar. Ele não sabe se as câmeras estão captando o momento, mas também não se importa. Charlie retribui, aliviando a tensão dos braços, e, por um instante, parece que tudo voltou a ser como antes da briga, como naqueles dias maravilhosos em que dormiam no mesmo travesseiro numa cama grande o bastante para três pessoas.

Dev está rindo e chorando e morrendo, mesmo antes de Leland descer do palco depois da primeira música para cumprimentá-lo. Pessoalmente. Leland é quase tão alto e quase tão magro quanto Dev, com o mesmo tom de pele marrom escuro.

— Eu sou obcecado por você! — Dev grita na cara do Leland Barlow. — Mas tipo, não de um jeito esquisito.

Leland Barlow olha para ele de cima a baixo e sorri.

— Você pode ser obcecado por mim de um jeito esquisito.

E é oficialmente o melhor momento da vida de Dev.

Skylar se aproxima porque, infelizmente, isso é um *programa*, e eles estão fingindo que o show particular do Leland Barlow é para as quatro participantes restantes, e não para Dev. Então Charlie dança com Daphne, Angie, Sabrina e Lauren L., uma de cada vez enquanto as câmeras filmam tudo e Leland Barlow canta ao fundo. Porém, depois do término das gravações, Skylar permite que a produção se junte, e tudo vira uma festa com a equipe e o elenco como nunca aconteceu antes. Parisa e Jules se balançam nos braços uma da outra e, por um instante, Dev se esquece de ficar com ciúmes de Daphne Reynolds. Ele gira de um jeito ridículo na frente dela até ela começar a chorar de tanto rir. Depois Angie a tira para dançar, e Dev está cantando aos berros todas as letras com Jules, que o rodopia no ar em direção ao Charlie, e Charlie...

Charlie toca o ombro de Dev, e o tempo finalmente se ajusta: a briga, a porta se fechando, Charlie com Daphne, e não com ele, quando tudo isso chegar ao fim.

Eles dançam juntos com cuidado, fazendo uns movimentos meio héteros de boneco de posto com os braços, sem nenhuma reboladinha que seja. Peito com peito, dois passos de distância, eles dobram e desdobram os joelhos no ritmo da música, e Dev retoma o velho truque de olhar apenas para a orelha de Charlie.

— Não acredito que você fez isso — diz Dev para a orelha, e apenas para a orelha. — Mesmo depois de eu ter sido tão babaca com você.

— Bem, você foi um babaca *depois* de eu ter decidido fazer isso, então... — Charlie balança a cabeça. — Gostou?

Dev para a dança de mentira.

— Charlie. — A voz dele embarga na segunda sílaba. Dev queria poder dançar de verdade. Queria poder voltar no tempo e apagar aquela briga idiota para que os dois pudessem ter mais vinte e três dias de muito beijo sem falar sobre o beijo.

Ele queria poder beijá-lo e falar sobre o beijo.

— Eu amei.

Charlie dá um passo à frente, esbarrando os dedos no braço de Dev, que se afasta.

— Desculpa, eu... eu preciso tomar um ar.

Dev caminha até o lado de fora da arena, recosta numa parede e tenta respirar enquanto processa o choque que foi esta noite. Ele não deveria se surpreender por Charlie ter gastado um caminhão de dinheiro para trazer o cantor favorito de Dev até a Cidade do Cabo. Charlie Winshaw o abraçou a noite inteira quando ele estava deprimido; comprou o presente do aniversário de casamento dos pais dele e carregou um Dev rabugento pela montanha; ele leu o roteiro que Dev escreveu, sempre carrega as malas de Dev e só quer que ele fique saudável. Charlie *é* assim. Um nerd lindo de coração bom, com olhos grandes e cabelos perfeitos e um rosto estúpido, e que estava sorrindo esta noite. Não um sorriso tímido, mas um dos grandes — aquele que ele guarda para quando os dois estão sozinhos, como se tivesse inventado um novo tipo de sorriso só para eles. Dev ama aquele sorriso.

E ama o jeito como Charlie fica corado sempre que Dev o toca (ou olha para ele, ou diz qualquer coisa direcionada a ele). Dev ama o jeito como Charlie consegue enxergá-lo por trás da máscara do Dev Divertido e não se assusta com o que existe ali; o jeito como ele precisa se esforçar para arrancar uma risada de Charlie; o jeito como o corpo de Charlie responde ao toque de Dev, e o jeito como as mãos de Charlie tocam o corpo dele. Ele ama o jeito meio estabanado do beijo de Charlie quando ele está excitado, e o jeito como Charlie se encaixa sob o queixo dele, e o jeito como a expressão de Charlie se suaviza logo em seguida, e é injusto para caralho porque isso nunca deveria ter acontecido.

— O que você está fazendo aqui fora? — Jules chegou. Ela se recosta na parede ao lado dele. — Tá tudo bem?

Dev sente como se o coração estivesse subindo uma montanha.

— Não. Não estou *nem um pouco* bem.

Ela apoia a cabeça no braço dele.

— O que houve?

— Jules... — Dev engole o nó na garganta porque, a esta altura, ficar quieto parece muito pior do que dizer. — Eu estou apaixonado por ele.

Jules ri.

— Não brinca, cabeção.

Dev ri e depois chora.

— Não, *sério*, eu amo o Charlie *de verdade*. — Ele tenta secar as lágrimas em vão. — O que eu *faço*?

227

Jules acaricia o braço dele.

— Já pensou em, sei lá, simplesmente se permitir amar o Charlie?

CHARLIE

Por um segundo pareceu que talvez ele não estivesse errado. Talvez não fosse estupidez acreditar que havia algo entre eles. Dev estava bem ali — exatamente onde Charlie o queria —, olhando para ele como quem se importa, como se Leland Barlow tivesse consertado tudo o que precisava de conserto. Mas Charlie se aproximou e Dev se afastou. Dev sempre se afasta.

Charlie tenta se prender ao momento, nesse lindo, caótico e impossível momento, com Leland Barlow cantando para a equipe. O sorriso de Daphne é tão grande que parece estar quase escapando do rosto dela, e Angie se segura nele durante todas as músicas lentas, e Parisa está aqui por mais dois dias. Charlie quer ficar aqui, nesta arena, nesta mistura de corpos e sorrisos de pessoas que ele considera suas amigas. Mas Dev não está aqui.

Ele escapa de uma roda de dança que se formou ao redor de Skylar. Do lado de fora, encontra Dev e Jules recostados numa parede. Dev está chorando.

— Ah, oi, Charlie — diz Jules numa voz suave que geralmente só usa com Dev. — Eu tenho que voltar lá para dentro.

— Não precisa sair.

— Na verdade, preciso sim. Vocês dois precisam conversar. — Jules se impulsiona para longe da parede. A porta se fecha quando ela volta para a arena, e parece que Charlie e Dev é que estão presos numa sala pequenininha e claustrofóbica. Dev continua parado, encarando o chão.

Charlie umedece os lábios.

— Exagerei demais com esse show?

Dev olha para ele.

— Não muito. A medida certa de exagero. Charlie, me desculpa.

Charlie ocupa o lugar de Jules na parede.

— Desculpar pelo quê?

— Por aquela noite. Por ter sido um babaca com a Megan e a Delilah, e um babaca ainda maior quando você se preocupou com a minha depressão. Pelo que o Ryan falou, parece que eu tenho a tendência de afastar as pessoas quando elas demonstram preocupação com a minha saúde mental.

Com a menção de Ryan, Charlie sente tudo azedar dentro do peito. Ele não quer pensar em Ryan e Dev juntos em Franschhoek.

— Eu não deveria ter forçado tanto a barra.

— Não, foi bom você ter feito aquilo. — Dev gira o corpo em direção a Charlie, que se vira também, formando duas linhas paralelas recostadas na parede. — Você tinha razão. Já faz um tempo que não tenho dado a devida atenção para a minha saúde e, assim que voltarmos para Los Angeles, vou procurar uma nova terapeuta.

— Fico feliz por você. — Charlie fica mesmo, mas as palavras soam vazias. Tudo o que ele quer é se aproximar de Dev. Ele sempre quer se aproximar de Dev, não importa o quanto Dev se afaste. Charlie quer ficar perto, e mais perto, e cada vez mais perto.

— Fico feliz por você também — Dev acrescenta rapidamente. — Por você e pela Daphne. Espero que você saiba disso.

Charlie leva um minuto para entender o porquê de estarem falando de Daphne agora.

— Você... você acha mesmo que eu e Daphne transamos ontem à noite?

— Não transaram?

— *Não*, Dev! — Charlie ri. — Aquilo foi só para o programa. Eu e Daphne passamos a noite fazendo máscaras faciais coreanas e assistindo *Mensagem para você*.

— Ah. — Os ombros de Dev relaxam de alívio, e uma pontada de esperança surge de repente. Charlie chega perto e segura a barra da jaqueta jeans.

— E... você e o Ryan?

Dev se inclina para a frente e encosta a cabeça na de Charlie.

— Claro que não.

Charlie sabe que está sorrindo feito um idiota com a testa colada em Dev, e sabe que na melhor das situações eles têm apenas vinte e três dias.

Algumas noites em quartos privados de hotel, alguns dias de fingimento. Quando tudo acabar, ele fará um pedido de casamento de mentira para Daphne. Os dois serão vistos juntos, e ele nunca poderá ser visto com o Dev. Enquanto Dev continuar trabalhando em *Para Todo o Sempre*, e enquanto Charlie continuar querendo que o país acredite que ele é o astro perfeito, ninguém pode saber sobre *isso*.

Mas Charlie precisa saber se alguma parte disso aqui é real.

— Não era treino — confessa ele.

— Oi?

— Podemos ser sinceros um com o outro por cinco segundos? — Charlie aperta o osso pontudo do quadril de Dev. — Para mim, nunca foi treino.

Dev passa os braços ao redor dos ombros de Charlie e, por um instante, Charlie imagina que os dois estão dançando uma música lenta do Leland Barlow.

— Nunca foi treino para mim também.

Dev inclina a cabeça até as duas bocas se encontrarem, e Charlie sente partes de si mesmo se endireitando, encaixando no lugar certo. Ele não consegue se preocupar em ser flagrado aqui fora porque, nesse momento, só se importa em absorver o calor do corpo de Dev e o cheiro doce que ele tanto quer entre os lençóis.

Quando o beijo termina, os dois estão ofegantes, e Dev empurra os óculos sobre o nariz com dois dedos.

— Charlie, só temos vinte e três dias até a Tiara Final.

— Isso são vinte e três dias a mais do que eu imaginava poder passar com alguém importante para mim — responde Charlie. Ele pega Dev pela jaqueta e o puxa para perto de novo. — Vamos viver vinte e três dias sem fingir que é tudo treino.

Charlie pensa que Dev vai recusar. Está preparado para implorar, preparado para argumentar com todos os motivos pelos quais eles não deveriam sentir culpa de fazer isso escondidos do programa. Mas Dev apenas o beija mais uma vez e diz:

— Tudo bem. Vinte e três dias.

Charlie estende a mão.

— Quer dançar comigo?

Dev responde abrindo o sorriso favorito de Charlie. Não é aquele grandão que ele abre quando está empolgado com alguma coisa, nem aquele meio-sorriso torto divertido que fez Charlie se apaixonar logo de cara. É o sorriso discreto que Dev sempre tenta segurar para não se entregar por completo. O sorriso que o entrega toda vez.

Dev segura a mão de Charlie e, por alguns minutos, eles dançam na noite fria, a mão de Dev na nuca dele, a mão de Charlie na cintura de Dev, Charlie encaixado sob o queixo de Dev, e o som abafado de uma música do Leland Barlow flutua ao redor deles. É "Those Evenings of the Brain".

Eles dançam e Charlie finge mais uma vez — finge que estão dentro da arena, dançando onde todos podem vê-los.

Notas do roteiro para edição: Temporada 37, Episódio 7

Data de exibição: Segunda-feira, 25 de outubro de 2021

Roteiro: Jules Lu

Produção executiva: Maureen Scott

Cena: Daphne retornando para a Cidade do Cabo depois de passar a noite em Franschhoek

Locação: Suíte das participantes

[*Cena de Daphne entrando no quarto do hotel*]

ANGIE: Olha ela! Voltando da festinha do pijama! [*Plano aberto para mostrar Angie fazendo uma dancinha*]

SABRINA: Ontem teve!

LAUREN L.: Não é meio esquisito a gente comemorar porque a Daphne transou com o nosso namorado?

[*Close na reação de Daphne, caindo em prantos*]

ANGIE: Ai, não. O que foi, Daph? O que aconteceu?

[*Imagem treme enquanto Angie abraça Daphne, e então todas as mulheres se abraçam e se sentam no sofá. Angie segura a mão de Daphne no colo, Sabrina acaricia as costas dela, Lauren tenta fazer cafuné em Daphne.*]

SABRINA: Ele é ruim de cama? Algo sempre me disse que ele seria ruim de cama. Dá pra notar pelo jeito como ele beija.

DAPHNE: N-nós não... nós não transamos.

LAUREN L.: É errado eu me sentir aliviada?

ANGIE: Por que você não transou com ele?

DAPHNE: Porque não parecia certo. Porque nunca, nunca parece certo.

[*Plano aberto enquanto as três mulheres confortam Daphne, que continua chorando.*]

Nota da Maureen para a edição: Que porra de cena é essa? Cortar tudo e expandir a briga da Megan e da Delilah.

Sétima semana

Amed, Bali, Indonésia — Domingo, 18 de julho de 2021
Quatro participantes e 21 dias restantes

CHARLIE

Eles se despedem de Parisa no aeroporto da Cidade do Cabo antes de ela pegar um voo de volta para Los Angeles, e eles embarcarem para Bali. Todos choram, exceto Parisa, que olha nos olhos de cada um e diz:

— Eu não estou chorando.

Ninguém ousa questionar as lágrimas que escorrem e espalham rímel borrado por todo o rosto dela.

— Gostosão. — Parisa suspira enquanto se despede de Charlie por último com um abraço. Ela segura o rosto dele e dá um beijo em cada bochecha. — Estou tão feliz por ter compartilhado essa experiência com você.

Em seguida, ela enfia a mão dentro da bolsa e tira um saco de papel com um volume pontudo no topo.

— Presentinho de despedida.

Charlie espia dentro do saco e encontra...

— Qual é o seu *problema*?

— Incluí uns cartões explicativos também, por via das dúvidas — diz ela, toda boba.

Charlie guarda o presente no bolso da frente da mala de mão.

— Adeus, Parisa. Agora pode ir, por favor.

Ela ri.

— Te amo, gostosão — E, mesmo com o deboche, a frase soa muito mais real do que quando Megan disse.

— Diz que me ama também, Charlie — ela exige, socando o braço dele.

— Te amo, Parisa.

— Eu sei, porra. — Ela sorri. E vai embora.

Bali é a própria definição de paraíso. Eles levam um dia inteiro de voos e vans fretadas para chegar à casa de campo onde se hospedarão na próxima semana, mas a demora vale a pena. A propriedade é cercada por palmeiras, abrindo caminho para as montanhas marrons onduladas despontando por trás da casa. Bali é cheia de pássaros cantando, altares hindus abarrotados de incensos, céu azul e *Dev*.

Dev ao lado dele no avião e ao lado dele na van. Dev na cama dele na casa que compartilham com Jules — que sabe de tudo e não se importa. Dev pegando no sono ao som das lagartixas, e Dev acordando com a luz do sol que atravessa as janelas, ainda deitado sobre o peito dele.

— Bom dia — diz Dev, rolando o corpo pela cama na segunda-feira.

O olho esquerdo dele está fechado de tanta remela, e o bafo tem cheiro de meias sujas. Charlie o beija mesmo assim. Eles têm um dia de folga das filmagens, então ficam na cama por horas, se levantando apenas quando o estômago de Dev pede. Eles tomam café da manhã tarde, pegando sol no pátio ao lado de Jules.

— Vamos conhecer a cidade hoje? — pergunta Dev, preparando seu segundo misto-quente.

— Na verdade — Jules recosta na poltrona. — Eu tomei a liberdade de planejar uma coisa especial para vocês dois.

No fim das contas, ela planejou um Encontro na Corte, só que sem as câmeras. Jules alugou uma scooter para eles darem uma volta pela cidade, e os dois passam a tarde inteira mergulhando na baía de Jemeluk. O jantar é no terraço de um restaurante e, no fim da tarde, um *jukung* os leva até o oceano Índico, onde os dois admiram o sol mergulhando por trás do Monte Agung. Charlie já participou de vários encontros românticos em *Para Todo o Sempre*, mas esse é o mais estupidamente romântico de todos.

O *jukung* é estreito, então Charlie se senta na frente e Dev atrás, com os joelhos encaixados no quadril dele. Bali é um lugar conservador do ponto de vista religioso, então os dois precisam tomar cuidado para não se tocar na frente do guia do barco enquanto o céu fica laranja como o fogo e se dissolve num cor-de-rosa radiante. Mas, quando o céu perde o brilho e se torna uma névoa rosada, Dev se inclina para a frente e apoia o queixo no ombro de Charlie.

— Aquela lá — sussurra ele, apontando para o céu. — Aquela é a cor do seu rosto quando você fica corado.

O coração de Charlie parece manteiga derretida se espalhando pelo corpo, esquentando o peito, a barriga, os braços. Certa vez, ao descrever os encontros ridículos do programa, Dev disse que era impossível não se apaixonar num barco.

Charlie não deveria ter duvidado dele.

DEV

— Aquela é a cor do seu rosto quando você fica corado — diz Dev, e Charlie *fica corado*, com as manchas cor-de-rosa se espalhando pelo pescoço.

Eles precisam tomar cuidado não apenas pelo conservadorismo de Bali, mas porque a cidade é pequena. Membros da equipe podem estar em qualquer lugar, podem acabar vendo alguma coisa.

No entanto, quando Charlie se derrete sobre ele, Dev não consegue se segurar. Ele pressiona a bochecha barbada contra o rosto liso de Charlie e passa um braço ao redor da cintura dele.

— Querem uma foto? — o capitão do *jukung* pergunta, com um inglês tímido. — De vocês dois?

— Sim — responde Charlie antes que Dev possa recusar. Ele entrega o celular para o homem, e os dois viram o corpo em direção aos fundos do barco. Charlie passa um braço sobre os ombros de Dev, e eles sorriem com as bochechas coladas.

— Muito bonito — diz o capitão. Dev não entende se ele está falando de Charlie ou de Charlie e Dev juntos. Ele prefere acreditar na segunda opção.

— Lady Gaga! — grita Charlie do nada enquanto eles caminham de volta à casa de campo. Ele puxa Dev até um restaurante onde um trio de rapazes canta uma versão desafinada de "Shallow". Turistas desengonçados dançam pelo bar e Charlie — talvez sentindo-se mais confiante pela aceitação do capitão do barco — segura Dev pela mão e o rodopia, dançando do jeito como não puderam fazer na frente do Leland Barlow.

Charlie canta junto (muito mal) enquanto eles dançam. O sol equatorial fez novas sardas surgirem no ombro dele, e as roupas grudam nos músculos abdominais por causa da umidade, e Dev o ama tanto que mal consegue acreditar.

— Essa vai ser a nossa música — Charlie murmura, baixinho e bem perto.

— *Nunca* que essa vai ser a nossa música.

Porém, quando Charlie o encara, Dev começa a cantar a parte do Bradley Cooper no refrão, contra a própria vontade.

Charlie ergue as mãos entrelaçadas e dá um beijo na mão de Dev, num gesto tão natural que parece já ter sido feito um milhão de vezes antes. Quase como se eles fossem um casal normal, e não duas pessoas brincando de felizes para sempre por mais três semanas.

Assim que eles ficam sozinhos, de volta à casa de campo, Dev beija o ombro de Charlie, engolindo a constelação de novas sardas antes de subir em direção à boca dele.

Charlie tem gosto de amendoim, e eles se beijam e se beijam e se beijam, até Charlie encaixar as mãos por trás das coxas de Dev e o levantar. Dev se balança até enroscar as pernas ao redor da cintura de Charlie que, de alguma forma, o segura ali, suspenso no ar como se Dev não pesasse nada.

— Como você consegue fazer isso? Estou me sentindo a Rachel McAdams em *Diário de uma paixão*.

— Se você é um pássaro, eu também sou — diz Charlie. Dev fica boquiaberto. — Sim, eu já vi esse filme. Não cresci numa caverna. E *Diário de uma paixão* é um exemplo claro de várias questões problemáticas nas histórias de amor populares, e...

Dev pressiona a boca contra a de Charlie só para fazê-lo ficar quieto, e os dois se beijam e beijam e beijam de novo, com os braços de Dev entrelaçados ao redor do pescoço de Charlie.

— Já que estamos aqui, tem mais alguma fantasia romântica problemática que eu possa realizar?

— A não ser que você tenha uma daquelas máquinas de cerâmica ou a proa de um navio escondidas dentro da mala, acho que não há mais nada que você possa fazer por mim.

Charlie sorri.

— Acho que existem algumas coisinhas que eu posso fazer por você.

Ele carrega Dev até o banheiro e o senta na privada fechada com tanto controle muscular que Dev está certo de que aquela é a coisa mais sexy que já aconteceu na história da humanidade. Charlie liga o chuveiro e tira a camisa.

— Só pra deixar claro, misturar limpeza com sexo é a *sua* fantasia romântica.

Mas, logo em seguida, Charlie tira a roupa de Dev com todo o cuidado do mundo, dobrando a camiseta, o short, a cueca, tudo numa pilha organizada ao lado da pia e *isso*, por algum motivo, é a coisa mais sexy que já aconteceu. Dev dá controle total da situação para Charlie, permitindo que ele os conduza até o chuveiro e posicione os corpos sob a água quente, deixando que ele encha a mão com o sabonete de aveia e espalhe pelo peito de Dev, cobrindo os dois com espuma.

Charlie está nu e à mostra, e Dev não acredita que pode olhar. Ele é esculpido em mármore, feito para ser exposto num museu italiano, mas é o corpo de Dev que Charlie trata como uma antiguidade preciosa. Charlie esfrega os braços, as costas, os joelhos. Esfrega a parte interna das coxas até Dev esquecer como faz para respirar. Ninguém nunca o tocou com tanto carinho como Charlie nesse momento, com tanto amor. Nunca se sentiu tão bem, tão à vontade com outra pessoa. Ninguém nunca o enxergou desse jeito.

Charlie se ajoelha na frente dele.

Respira, ele se lembra. *Respira.*

A água escorre pelo nariz de Charlie, descendo pela clavícula, viajando numa linha horizontal pelo abdômen, e Dev se curva para a frente, protegendo Charlie da água, enquanto ele leva Dev até a boca.

— Meu amor — diz ele, involuntariamente. Tudo o que Dev diz e faz se torna involuntário, a outra mão descendo pelo cabelo de Charlie e segurando com força. Ele implora e agradece, e se joga no colo de Charlie quando termina, os dois sentados no box do hotel, enroscados e molhados.

Charlie o puxa para um beijo intenso e murmura:

— Eu amei o seu sabor.

Dev começa a rir. O som é molhado, ecoando pelas paredes do box, e Charlie parece ao mesmo tempo ofendido e orgulhoso de si mesmo.

Eles se secam e se espalham sobre os lençóis gelados da cama, sem se importar em vestir qualquer coisa. Tiram pedra, papel e tesoura para decidir o que vão assistir, Dev ganha e ainda assim escolhe *The Expanse*, embora não entenda a história. Charlie se recosta na cabeceira e Dev se recosta em Charlie. Nunca, *nunca mesmo*, foi tão bom assim.

Dev empurra o notebook com os pés para uma distância segura e se estica para beijar Charlie — um beijo inebriante, com muita mão e dente mais do que qualquer outra coisa. Mas, quando os dois se afastam, Dev faz algo novo. Ele tenta conversar e se abrir para Charlie da forma como Charlie se abriu para ele.

Dev conta sobre sua infância perfeita: as férias na Europa, os verões em Outer Banks, sem nunca lhe faltar nenhum bem material. Pais que o amavam e o apoiaram, sempre; um cérebro inquieto e um coração grande demais.

Ele sempre foi uma criança feliz, tinha facilidade em fazer amigos, era extrovertido por natureza, o que só deixou tudo mais confuso quando começaram as fases em que Dev se sentia mal-humorado e esgotado, fases em que chorava por causa das coisas mais bobas e fingia estar doente para passar dias sem ir à escola. Nesses momentos, os pais se preocupavam com ele e conversavam sobre médicos, remédios e especialistas em chakras e energias tarde da noite. Eles o amavam e Dev odiava causar tanto desconforto, então era mais fácil fingir ser o Dev Divertido o tempo todo, forçar um sorriso para que ele não fosse um fardo tão pesado. Afinal de contas, Dev não tinha motivos para ficar triste. Tudo sempre estava bem.

Dev também conta a Charlie sobre os namorados que nunca retribuíam o amor que ele sentia, os namorados que nunca se deram ao trabalho de descobrir o que existe por trás do Dev Divertido, os namorados que nunca o chamaram de lindo, e Charlie segura o rosto de Dev com as mãos gigantes e o puxa para mais perto.

— Você é o homem mais lindo do mundo.

— Não *mesmo*.

— É sim — afirma Charlie, cobrindo a bochecha de Dev com beijos.

— Você é tão bom em ver o melhor nas outras pessoas. Queria que pudesse se ver desse jeito também.

CHARLIE

— Uma Aventura em Grupo inteira baseada em *toques*? Quem deu essa ideia?

É quarta-feira pela manhã, e Dev está gritando com um produtor de campo. Infelizmente, o produtor está gritando em resposta, então nenhum dos dois escuta o protesto silencioso de Charlie.

— Tudo bem.

— A Maureen Scott que teve a ideia de fazer as participantes aprenderem um pouco de massagem balinesa, então, Dev, se você tem algum problema com isso, por que não dá uma ligadinha para ela?

— Tá tudo bem, sério — Charlie tenta mais uma vez, mas Dev já está aos berros de novo.

— Você deveria ter visto isso antes! Passou a temporada inteira dormindo, foi? Charlie não gosta de ser tocado, e...

— Tá tudo bem, Dev — Charlie diz, alto o bastante dessa vez.

Dev para, dá meia-volta e olha para Charlie. Bem, ele olha para a orelha de Charlie. Para esse dia de massagem balinesa, Charlie e as participantes estão vestindo roupões de tecido transparente por cima das roupas íntimas. O roupão de Charlie é enfeitado com plumerias cor-de-rosa e tem uma fenda na altura da coxa. Ele parece... Bem, ele parece muito gay, e, ao vê-lo saindo do camarim, Dev ficou pálido e parou de olhar para qualquer coisa abaixo do queixo de Charlie.

— Não precisa dizer que está tudo bem — rebate Dev. — Isso está no seu arquivo. A culpa é *dele*.

O produtor abre um sorriso debochado para Dev enquanto o dispensa com as duas mãos.

— Que porra é essa? — Ryan grita para todo mundo e para ninguém ao mesmo tempo ao entrar no set batendo os pés. — Vocês não leram o arquivo dele, seus idiotas? Por que estamos fazendo uma prova com massagem? Charlie não gosta de ser tocado!

Charlie mal consegue acreditar que este é o mesmo homem que estava gritando com ele há sete semanas durante a tentativa de montar num cavalo.

— Tudo bem, Ryan. Sério mesmo. Eu não ligo.

Ryan apoia a mão sobre o ombro dele.

— Cara, tem certeza?

— Absoluta, *cara*.

Ryan dá de ombros e corre para preparar as participantes, e o produtor de campo volta a orientar a equipe de câmeras. Só Dev parece continuar irritado com a situação.

— Muito obrigado por tomar meu partido — diz Charlie num sussurro. — Mas, se você ficar tentando tirar da minha frente tudo o que pode me dar gatilho, nunca vou conseguir desenvolver estratégias para lidar com as coisas. Tudo bem eu ter que passar por uns perrengues às vezes. Estou de boa com essa prova.

Dev encaixa o queixo no peito dele em teimosia, e Charlie entende tudo de uma vez. A fúria de Dev não tem nada a ver com os gatilhos de Charlie.

— *Você* está de boa com a prova?

— Por que eu não estaria? — Dev empurra os óculos sobre o nariz.

— Sei lá. Talvez por... *ciúme*?

— Eu não sou ciumento. — Dev solta uma bufada, parecendo inegavelmente ciumento. Charlie acaricia a mão de Dev quando passa por ele, tentando tranquilizá-lo com o único gesto que os dois se permitem dentro do set. É estranho voltar ao mundo do faz de conta quando as coisas com Dev longe das câmeras são tão reais.

— Olá, eu sou a Wayan — diz uma mulher balinesa pequenininha assim que as câmeras se posicionam. Ela instrui as mulheres na arte da massagem, explicando sobre os diferentes óleos e técnicas, antes de Char-

241

lie ser forçado a ficar nu sob uma toalha bem fina para que receba massagens levemente sensuais das participantes, uma de cada vez. A maioria delas falha na missão. Daphne parece ter mais medo de germes do que ele, Lauren L. ri o tempo todo e Angie o massageia como se estivesse abrindo uma massa de pão bem dura. Provavelmente vai deixar marcas. Em defesa delas, não existe nada de erótico em uma massagem erótica quando há outras pessoas olhando, e Charlie quase cai no sono enquanto Sabrina esfrega as panturrilhas dele com uma quantidade nojenta de óleo.

Porém, quando Sabrina começa a se aproximar para massagear outra parte completamente diferente, ele acorda rapidinho.

— Desculpa. Sinto muito. Desculpa! — Charlie se pega dizendo, jogando metade do corpo para fora da cama de massagem, todo desengonçado ao tentar se cobrir com a toalha. — Desculpa mesmo!

— Eu menti — sussurra Dev cinco minutos depois, enquanto Charlie tenta se vestir com o resto das roupas na sala dos fundos. — Eu estava morrendo de ciúme.

— Eu sei, meu bem.

— Seja sincero com a gente, Charlie, aquela foi sua primeira vez?

Dev joga o resto da banana frita no rosto de Skylar.

— Deixa ele em paz!

— Mas a Sabrina mandou bem, vai — diz Ryan. — Foi uma atitude bem ousada aos quarenta e cinco do segundo tempo. Antes disso ela estava toda santinha.

— A Sabrina *mandou bem*? — Charlie entorta a cabeça, do jeito que Jules sempre faz. — Sério *mesmo*?

Todo mundo ao redor da piscina cai na gargalhada. Jules derruba uma gota de vinho tinto no pijama, sentada aos pés da espreguiçadeira de Dev. A mancha vermelha não o incomoda nem um pouco.

Charlie segura a garrafa suada de cerveja de limão, a terceira da noite.

— E a pobre Wayan ficou parada lá, segurando o óleo de massagem. Aposto que ela conseguiu ver meu pau todinho.

— Charles, até *eu* vi seu pau todinho — responde Skylar.

— Podemos tirar um tempo para apreciar o fato de que o Charlie acabou de dizer *pau* em voz alta sem ficar todo nervoso? — diz Dev, erguendo a água com gás no ar para um brinde. — À corrupção do Charlie!

— Isso aí!

Skylar, Jules e Ryan erguem as taças no alto.

— Isso aqui é a verdadeira essência do *Para Todo o Sempre* — diz Ryan. — Expor milionários inocentes na tv aberta.

Dev estica o corpo sobre a espreguiçadeira para bater a latinha contra a garrafa de Charlie.

Charlie dá um gole demorado.

— O problema é que eu estava planejando eliminar a Sabrina no sábado, mas não seria meio... *desagradável*... rejeitar uma mulher dois dias depois de ela me oferecer uma punheta?

Todos ao redor da piscina param para pensar nesse questionamento moral. Jules é a primeira a responder.

— Ela ofereceu mesmo ou foi mais uma tentativa de assédio sexual?

— Eu acho que a mão dela escorregou, só isso — diz Skylar, provavelmente tentando evitar que Charlie processe o programa.

Dev, carrancudo, se aproxima e põe a mão sobre o ombro de Charlie.

— Acho que você já sabe o que tem que fazer.

Charlie suspira.

— Me casar com ela?

— Exatamente.

— Peraí, peraí, *peraí*! — Skylar reage com tanta empolgação que derruba metade da cerveja e quase cai de cara no chão de cimento. — Se você já sabe que vai eliminar a Sabrina essa semana, isso significa que também já sabem quem você vai *escolher*?

Dev fica tenso na espreguiçadeira e seu bom humor desaparece num instante, enquanto um ar sombrio toma conta de seu rosto. Charlie queria poder dizer *Não se preocupe. Eu escolho você. Só você.*

Ele respira fundo três vezes antes de responder com todo o cuidado.

— Sim, eu sei quem eu *gostaria* de escolher — diz Charlie, lançando para Dev o olhar mais rápido do mundo antes de voltar a atenção para Skylar. — Mas ainda não sei como as coisas vão se desenrolar.

A expressão bêbada de Skylar vira uma carranca.

— Você vai escolher a Daphne? É claro que vai. É o que nós estamos planejando a temporada inteira. Vai ser tão chato e previsível.

— Se dependesse de mim, Sky, não seria nem um pouco chato e muito menos previsível.

— Quando você se assumiu para os seus pais? — pergunta Charlie horas mais tarde, depois de conseguir dar um jeito no mau humor de Dev com um segundo jantar, um desfile envolvendo o roupão transparente surrupiado da produção e muitos beijos.

— Nossa, como eu adoro quando você fica todo safadinho pra cima de mim — Dev sussurra no ouvido de Charlie. Os dois estão enroscados na cama, o ventilador de teto girando e um prato vazio de espetinhos de frango repousa na mesa de cabeceira.

— Dev.

Dev suspira e senta de pernas cruzadas.

— Minha sexualidade nunca foi um mistério para os meus pais. Quando eu tinha cinco anos, eu disse para a minha mãe que queria me casar com o Aladdin, e meus pais me deram espaço para ser quem eu sou, sem transformar tudo numa grande questão.

Charlie abraça um travesseiro.

Dev empurra os óculos sobre o nariz.

— Você já... já pensou em se assumir? Como bissexual? Quer dizer, daqui a dois anos, depois que o programa já tiver ido ao ar e a poeira tiver abaixado?

— Bem, na verdade eu não acho que sou bissexual — Charlie murmura.

Dev se apoia nos travesseiros e encara Charlie com expectativa. Ele não sabe o porquê mas, mesmo depois de tudo o que já compartilhou com Dev, isso continua sendo um assunto difícil.

— Eu... eu não sinto atração sexual com frequência. Quer dizer, quase nunca. Tirando minha companhia atual.

Em resposta, Dev faz uma reverência charmosa.

— E não sei se foi a minha criação que me fez reprimir o fato de que sinto atração por homens, ou se é porque, talvez... — Charlie tira uma mecha de cabelo da testa.

— Talvez eu esteja no espectro assexual? Ou, sei lá. Parisa usou o termo *demissexual*, e talvez seja isso? Ou graysexual, que eu pesquisei no Google e é a definição para quem raramente sente atração sexual. Quer dizer, eu sei que gosto de dar e receber prazer sexual, mas não sei o que isso significa.

Ele percebe que está começando a ficar tenso, e respira fundo.

— O que estou tentando dizer é que ainda tenho muita coisa para entender, então não acho que estou pronto para me assumir como qualquer coisa.

— Tudo bem. — Dev se aproxima e toca o joelho de Charlie. — Sexualidade não é sempre uma linha reta entre "dentro do armário" e "fora do armário". Você pode levar tempo para explorar e desenvolver e entender exatamente que tipo de queer você é, se isso for importante para você.

O quarto fica em silêncio, exceto pelo zumbido do ventilador de teto.

— Desculpa, você não gosta desse termo? — Dev volta atrás. — Qual letra do alfabeto LGBTQIAP+ você é?

— Não, estou de boa com *queer*. É só que... você não se importa se eu ainda não tiver me resolvido?

Dev cutuca a canela de Charlie com o dedão do pé.

— Por que eu me importaria?

— Eu tenho vinte e oito anos. Eu já não deveria saber a essa altura?

— Algumas pessoas sabem com cinco anos, outras com cinquenta. Não é uma corrida.

— E isso não te chatearia? Se nós estivéssemos juntos?

Dev fica tenso na cama, sentado diante de Charlie.

— *Juntos?*

Charlie sente o rosto corando. Foi um dia longo e ele não deveria atravessar a linha invisível do tempo falando sobre *o futuro*. Ainda mais agora que conseguiu fazer Dev topar as três semanas.

— Tipo, supondo que estivéssemos num universo alternativo e imaginário onde nós podemos ficar juntos depois do programa.

Dev coça o queixo com a barba por fazer.

— Num universo alternativo hipotético e imaginário eu ficaria chateado com a sua ambiguidade sexual? — Ele finge que está pensando por um tempo. — Hum, não.

Charlie já se humilhou o bastante com o rumo da conversa, e deveria seguir em frente, mas essas perguntas de repente parecem uma mancha de uísque na camiseta de Dev. Ele precisa dar um jeito, limpar tudo imediatamente.

— Você ficaria chateado por eu não ter nenhuma outra experiência sexual?

— Até agora não me chateou — provoca Dev. Charlie consegue sentir o rosto congelado numa expressão enrugada, a dor de cabeça transparecendo na testa. Dev suaviza a voz.

— Ah, tá bom. Você está falando sério.

Dev arregaça mangas imaginárias, pronto para pôr a mão na massa e mergulhar nos pensamentos em espiral de Charlie, seguindo qualquer caminho que seja necessário.

— Num universo alternativo hipotético e imaginário onde nós estamos juntos, eu ficaria chateado com suas perguntas e pela falta de experiência sexual?

Dev está sorrindo. Rindo *com* Charlie, sempre.

— Hummm. Imagino que nesse universo alternativo hipotético e imaginário nós estamos morando juntos, certo?

— Nossa, que rápido.

— Acredite, você nunca pisaria no apartamento onde eu moro agora.

— Eu acredito cem por cento.

— Então, nós teríamos uma casa em Venice Beach.

— Bem, isso me parece caro.

— Bem, você vai pagar.

— E é meio longe de Palo Alto.

— Você vai trabalhar de casa — Dev rebate, subindo a voz contra a lógica de Charlie. — E aí a gente moraria nessa casa, que provavelmente sempre teria cheiro de desinfetante, cloro e sabonete de aveia. E você obviamente teria um banheiro só para você, porque precisa de muito espaço para ficar todo emperiquitado.

— E porque você nunca limpa a pasta de dente que cai na pia.

— Ah, não. Nunca. — Dev balança a cabeça solenemente. Charlie ri, mas há um nó se formando bem no fundo da garganta dele. — E, provavelmente, em algumas noites de sábado a gente fica em casa montando quebra-cabeça e assistindo séries espaciais cheias de homens gatos que nunca se pegam. E em outras nós vamos jantar em restaurantes e você leva seu garfo escondido, e depois voltamos pra casa e assistimos algum reality show sobre donas de casa.

A voz de Dev embarga, e Charlie se pergunta se essa piada do universo alternativo hipotético e imaginário criou um nó na garganta dele também.

— E eu acho — diz Dev num sussurro. — Que, se essa fosse a minha vida, aí não, Charlie. Eu não ligaria de você nunca ter transado com outra pessoa, e não ligaria de você não sentir atração sexual por mais ninguém. Seria maravilhoso demais saber que você me escolheu.

Dev balança os braços, espantando a versão linda da vida que os dois nunca poderão ter. Mas Charlie quer pegar de volta. Ele quer correr atrás e continuar correndo, correndo e correndo. Então puxa Dev pela camiseta, o ajeita no colo, e o beija porque não consegue se segurar. Os dedos de Dev nos cabelos dele, os braços de Charlie ao redor da cintura de Dev, e a bela simplicidade de beijar alguém que o aceita, que entende a mente dele, que não quer mudá-lo ou colocá-lo numa caixa, que só quer que ele seja a melhor versão de si mesmo.

Merda, ele ama Dev. De um jeito estúpido. Irrevogável, talvez. Charlie lembra da primeira noite e do sorrisinho arrogante de Dev. *Eu sei que consigo fazer você se apaixonar.* Charlie ri dentro da boca de Dev com a lembrança.

— Qual é a graça? — pergunta Dev, cutucando a costela dele.

Charlie balança a cabeça e beija o pescoço de Dev até ele virar gelatina.

— Posso te mostrar uma coisa?

Charlie sai da cama e Dev faz beicinho por causa da distância. Ele vai até a mala de mão e pega o saco de papel que Parisa entregou a ele no aeroporto.

— O que é isso?

— É o presente de despedida da Parisa.

Dev abre a boca do saco só um pouquinho antes de cair pra trás com uma risada histérica.

— Camisinhas e lubrificante! Parisa te deu cinquenta camisinhas *e lu-*

brificante? — Dev puxa três cartões explicativos. — Ah, ela também fez uns desenhos e... *Jesus amado*. Parisa tem um estilo artístico bem gráfico.

Charlie se joga na cama e tenta cobrir o rosto para esconder o rubor.

— Eu sei. Ela é terrível.

— Por que você está me mostrando isso?

Ele espia Dev através de uma fresta nos dedos.

— Hum...

— Ah, Charlie — diz Dev com uma voz que é metade doce e metade condescendente pra caramba. — Você sabe que eu não preciso fazer as coisas que a Parisa desenhou de forma tão explícita nesses cartões para me satisfazer, certo? — Dev se aproxima e começa a acariciar a barriga de Charlie em círculos. — Eu estava falando sério. Não estou nem aí para a sua falta de experiência. Estou *muito* satisfeito. Não preciso de mais nada.

Charlie respira fundo e tenta se lembrar das recompensas de ser corajoso o bastante para pedir o que quer.

— Mas e se *eu* quiser tentar outras coisas?

Dev fica tenso de novo, e Charlie remove os óculos dele com cuidado, deixando-os ao lado dos espetinhos de frango.

— Charlie — Dev começa, com uma sensação estranha na garganta.

Há uma pergunta naquelas duas sílabas, e Charlie responde subindo em cima dele e pressionando os dois corpos juntos. Ele passa as mãos pelo peito de Dev, os dedos bem abertos, e deseja por mãos maiores, só para poder tocar Dev por inteiro.

— Charlie — Dev tenta de novo e, dessa vez, consegue continuar. — Nós não precisamos...

— Eu sei, mas eu quero. Você quer, hum. Você quer... comigo?

— Meu Deus, sim. — Dev levanta o corpo, todo destrambelhado até encontrar a boca de Charlie, agarrando o elástico da calça de moletom e abocanhando o queixo de Charlie.

— Só aviso que eu posso ficar meio sem jeito — Charlie alerta.

— Melhor ainda. Para ser sincero, você todo sem jeito me enche de tesão.

Charlie ri. Dev segura o rosto de Charlie com as mãos.

— Estou falando sério. — A voz dele fica suave, persuasiva. É a voz que ele usa quando Charlie surta, com tom e melodia perfeitamente sincronizados com as ansiedades de Charlie. — Naquela primeira noite, quando você estava suando de nervoso, com vômito no queixo... — Dev desliza as mãos até os ombros de Charlie, e depois desce mais um pouco pelo contorno do peito. — Caramba, você estava tão lindo.

Charlie se entrega por completo a um beijo demorado e quente que não termina até que os dois estejam pelados, ofegantes e duros. Dev o segura muito perto, antes de virar o corpo no colchão e dizer exatamente o que Charlie precisa ouvir.

— É sério, Charlie. Eu não gosto de você *apesar* das suas características — diz Dev, e é como se ele estivesse falando ao mesmo tempo para si mesmo e para Charlie, como se as palavras estivessem presas no eco de uma caverna feita para dois. — Eu gosto de você por inteiro. Você sabe disso, né?

Ao ouvir Dev dizer o que Charlie já sabia no fundo do coração, ele não imaginava ser possível amar *mais* Dev, um amor que é como um poço sem fundo dentro dele, que Charlie poderia passar a vida inteira preenchendo. Se unir a Dev desta nova maneira faz o poço transbordar. É como sair da própria pele, como tirar uma fantasia e se tornar quem ele é de verdade — como se estivesse descobrindo uma pessoa enterrada tão fundo que Charlie jamais imaginou que conseguiria encontrá-la, mas cá está ele, e Dev está junto, segurando sua mão, guiando-o pelo caminho.

No meio da noite, Charlie acorda procurando por Dev, mas ele já está lá, com os braços envolvidos com força ao redor de Charlie.

— Eu escolheria você — Charlie suspira na escuridão.

E, embora os olhos de Dev estivessem fechados, Charlie tem certeza de que ele escutou.

DEV

Eu escolheria você.

Foi o que Charlie disse. *Eu escolheria você.*

Mas hoje Charlie não está escolhendo Dev. A estadia em Bali passou rápido demais, num borrão de incenso e pele de Charlie, e agora chegou a vez de mais uma Cerimônia de Coroação. Esta noite, Charlie escolherá três mulheres para continuarem na fase dos Encontros no Reino Natal, depois dos quais Charlie decidirá as duas finalistas, e em nenhum momento durante os próximos quinze dias ele estenderá uma tiara e perguntará se Dev gostaria de se tornar o príncipe dele.

Do outro lado do set, Charlie pega uma tiara cravejada de pedras.

— Daphne — anuncia ele, e a mulher dá um passo para a frente. — Você gostaria de se tornar minha princesa?

— É claro — diz Daphne, radiante, e Charlie abre um sorriso tímido enquanto põe a tiara com todo o cuidado na cabeça dela.

Dev sempre soube como a história iria terminar. Agora ele tem duas semanas para aprender a aceitar.

Notas do roteiro para edição: Temporada 37, Episódio 8
Data de exibição: Segunda-feira, 1º de novembro de 2021
Roteiro: Ryan Parker
Produção executiva: Maureen Scott
Cena: Filmagens complementares depois da Aventura da massagem [pós-Crise da Punheta]
Locação: casa de campo, Amed, Bali

CHARLIE [*murmuro quase inaudível*]: Eu sei.

PRODUTOR [*em off*]: Você está bem? Depois do que acabou de acontecer com a Sabrina?

CHARLIE: Só um pouquinho envergonhado, mas isso já é meu padrão de agir.

PRODUTOR: [*entra em cena*] O que a Sabrina fez não foi legal. Você não deveria se envergonhar. Não foi culpa sua. Porém, você deveria sim estar envergonhado com esse roupãozinho transparente.

CHARLIE: Por mim, eu botava fogo nele, junto com todas as memórias deste dia.

PRODUTOR: Não precisa ser tão drástico assim...

Oitava semana

San Francisco — Domingo, 25 de julho de 2021
Três participantes e 14 dias restantes

CHARLIE

Voltar para casa não parece o jeito certo de descrever.

Para Charlie, quando a conexão de Taipei chega ao aeroporto de San Francisco, é como se o passado e o presente se chocassem no peito dele. Aqui é onde a jornada começou há oito semanas, quando Parisa o colocou num avião para Los Angeles a fim de torná-lo o príncipe de *Para Todo o Sempre*. É onde ele costumava viver na ponte aérea quando trabalhava na WinHan, ele e Josh se sentando lado a lado para ir para Londres, Singapura, Tel Aviv, Mumbai. E agora é onde ele pousa para o Encontro no Reino Natal com Angie, carregando a bolsa de Dev no ombro e servindo de apoio para Jules enquanto eles esperam o equipamento surgir na esteira de bagagens. Ele observa Skylar e Ryan buscando expresso numa cafeteria antes de se encontrarem com a equipe de viagem para debater os planos de amanhã. Ele observa Dev entretido com algum joguinho idiota no celular. E pensa em quem ele era quando deixou San Francisco e em quem será daqui a duas semanas, quando tudo isso acabar.

Uma frota de vans leva a equipe exausta até um hotel no centro da cidade, passando pelo prédio de Charlie no caminho, o apartamento onde ele já mora há quase três anos, e que está vazio há dois meses. Ele olha para o alto e procura a janela no vigésimo andar, no canto inferior — a janela dele — e percebe que sente saudade. Não tanto do apartamento em si, um lugar frio e sem vida, mas do que aquele espaço representa. Sobre ele, sobre a vida dele, e sobre o quanto ele se afastou do bullying que sofria no colégio e em casa. No vigésimo andar, Charlie sempre sentiu como se o passado nunca pudesse alcançá-lo.

Ele pode viver assim de novo. Em duas semanas, pedirá Daphne em casamento. Ela já prometeu aceitar o pedido. O programa será exibido e eles irão fingir estar apaixonados na grande final ao vivo, e, graças a Dev, Charlie será retratado como o príncipe perfeito. Será famoso de novo; terá um emprego de novo; poderá se sentar na mesa e trabalhar de acordo com seus conhecimentos de novo. Poderá *contribuir* com alguma coisa de novo. É esse o motivo pelo qual ele entrou no programa.

Charlie poderá ter tudo o que sempre quis. Mas, se é assim, por que ele não consegue parar de pensar na casa em Venice Beach que tem cheiro de sabonete de aveia e cloro? Por que ele não consegue desfazer o nó na garganta?

— Eu realmente não achava que isso seria possível, mas parece que me enganei.

— O que você achava impossível?

— Você ficar feio. Mas eu não contava com... — Dev faz um floreio com as mãos. — O poder do chapéu!

Charlie tira a boina da cabeça e logo de cara é atingido pelo vento gelado que vem da água. Eles estão no parque Golden Gate para gravar o reencontro com Angie, e a neblina da manhã continua pairando sobre a baía. É fim de julho, e, apesar do deboche de Dev, Charlie precisa colocar o chapéu de novo.

— Parece que você é careca — observa Dev. — Tipo, eu já sabia que seu cabelo era uma das suas melhores características, mas só agora me dei conta do bem que ele faz para o seu rosto.

— Você também está de chapéu, sabia?

Dev inclina a cabeça para o lado.

— Sim, mas a diferença é que eu fico incrível de chapéu.

Charlie corre o risco e discretamente segura a mão de Dev.

— Você é incrível o tempo todo.

— Até ontem eu achava que poderia dizer o mesmo sobre você. — Dev não afasta a mão, e Charlie curte o momento, os dois de mãos dadas num parque, em público, quase como pessoas normais (se ignorar as câmeras, as luzes e a equipe da produção). O nó na garganta dele é do tamanho de uma bola de golfe.

— Parece que vocês se deram *muito bem*, rapazes.

Charlie se vira e avista Maureen Scott atravessando o parque com botas de salto alto, o cabelo curto e prateado completamente imune ao vento. Dev dá um passo gigante para trás até a mão de Charlie ficar no vácuo. Charlie sabia que a criadora do programa iria se reencontrar com eles nos Encontros no Reino Natal para as duas últimas semanas de gravação. Além disso, convenientemente tentou bloquear esse fato de seus pensamentos. O clima do set é outro quando Maureen está por perto; Skylar volta a tomar antiácidos enquanto grita com os assistentes de produção; as decisões de Ryan parecem um pouquinho mais calculadas; os movimentos de Jules parecem um pouquinho mais nervosos, o olhar alternando entre Dev e Charlie e, por fim, parando em Maureen.

A mudança de Dev é a pior. Ele fica seco, formal e desesperado para agradá-la.

— Charlie está só aguardando a Angie para gravarmos a introdução, Maureen.

Maureen cerra os olhos para os dois e depois abre um sorriso.

— Maravilha.

Quando Angie aparece do outro lado do parque, Charlie segue as instruções de Dev: ele corre até a moça, a levanta do chão e a gira pelo ar com emoção.

— Bom te ver também — diz Angie no ouvido dele, surpresa e confusa.

Charlie olha para Maureen Scott de soslaio, empoleirada no ombro de Skylar. Angie acompanha o olhar dele.

— Ah. Entendi — diz ela. Então, puxa Charlie pela nuca para um beijo. — Vamos dar um show, bebê.

Sem dúvidas, Angie dá um show. Ela fica toda caidinha em cima de Charlie enquanto eles almoçam no restaurante mexicano favorito dela. Segura a mão dele enquanto passeiam pelo campus de medicina da UCSF, onde ela começará a estudar no outono. Ela o beija no meio da Lombard

Street e, num momento de muita emoção, confessa que está apaixonada por Charlie. De primeira, ele se sente culpado, mas quando as câmeras já não estão mais gravando, Angie dá uma piscadinha e um beijo amigável na mão dele.

— Ela é boa — diz Dev quando eles estão juntos numa limusine em direção a Berkeley para conhecer a família de Angie. — Pena que ela não pode ser a nossa próxima princesa. Mesmo se conseguíssemos convencer a emissora, Angie quer mesmo é ser médica e não uma estrela de reality show. Vai entender.

Um celular vibra e Dev encara a tela.

— Você recebeu uma mensagem. — A voz de Dev é vaga enquanto ele entrega o celular para Charlie.

Charlie observa a tela e lê o nome em letras garrafais: *Josh Han*.

As mãos dele estão suadas enquanto ele tenta deslizar os dedos para abrir a mensagem. As palavras rodopiam e o cérebro de Charlie precisa de alguns minutos para colocá-las em ordem e entender o que significam. Eles não se falam há mais de um ano, desde a votação secreta à meia-noite que o dispensou de sua própria empresa, impedindo até mesmo que Charlie recolhesse seus pertences. Desconhecidos chegaram no apartamento dele com uma van carregando a poltrona de couro, o tabuleiro de xadrez antigo, os livros.

E aí, cara! diz a primeira mensagem. *Fiquei sabendo que você está gravando em SF.*

Uma segunda mensagem. *Quer se encontrar? Brunch amanhã no LD?*

Uma terceira. *Podemos trocar ideia sobre trabalho.*

Charlie fica sem ar. Isso é tudo o que ele mais queria. É *mais* do que ele ousava querer, porque é o Josh. A empresa dele. A empresa que os dois construíram juntos. *Brunch com o Josh.*

— Parece que tudo está dando certo — diz Dev do outro lado do carro. Charlie não consegue tirar os olhos do celular.

Infelizmente, Charlie já está uma pilha de nervos antes mesmo de conhecer os pais de Angie.

— Bem-vindo! Bem-vindo! — anuncia a mãe de Angie quando eles chegam. Ela puxa Charlie para um abraço sem nem pedir, e depois o apresenta para toda a família estendida — pais e avós e tias e tios e irmãos e primos e três mensagens do Josh Han e é coisa demais para processar.

Ryan e Jules já estão gritando com a equipe de viagem sobre o limite de pessoas que podem estar presentes na gravação quando Charlie caminha até o banheiro mais próximo para tentar dar um jeito no ataque de pânico, seu primeiro em semanas.

Angie vai atrás dele.

— Merda. Me desculpa. Eu não deveria ter chamado tanta gente, mas a Maureen queria que fosse especial.

Só podia ser coisa da Maureen. O namorado naquela primeira noite, o terno de lã, Megan e Delilah, a aventura da massagem — às vezes parece que Maureen Scott quer provocá-lo de propósito.

— Não, tá tudo bem. É só que... desculpa por fazer você passar vergonha na frente da sua família.

Angie ajoelha em frente à privada onde Charlie está sentado, apoiando a cabeça nas mãos.

— Sua ansiedade não me faz passar nenhuma vergonha, Charlie. E não é como se você fosse meu namorado de verdade.

Charlie olha para ela e tenta respirar fundo.

— Sinto muito — diz ele, e é verdade, Charlie sente muito mesmo. Angie não merece ser usada na TV aberta. Nenhuma das outras mulheres merece. — Me desculpa se nada daquilo entre nós dois foi real.

— Ah, meu bem, tudo bem. Eu sei. Eu sei. — Angie cutuca a perna dele, tentando formar o padrão no joelho dele sem saber como. — Eu estava sempre curtindo o momento e não me arrependo. Pude viajar para vários lugares incríveis com outras mulheres maravilhosas. Além do mais, todo mundo sabe que as únicas relações desse programa que de fato duram são as amizades femininas.

A porta do banheiro se abre e Dev espreme o rosto magro pela fresta. Assim que o avista, Angie se afasta para que Dev possa ocupar o espaço aos pés de Charlie.

— Como você está? — Dev imediatamente começa o padrão correto em código Morse na perna de Charlie. — Ryan se livrou de algumas tias, então o lugar está razoavelmente mais vazio agora.

Charlie repousa a mão sobre a de Dev.

— Obrigado.

Dev mantém o contato visual por mais tempo do que deveria na frente de Angie.

— Não tem de quê.

Enquanto ajuda a levantar Charlie da privada, Dev percebe que Angie os está observando. Ela abre um sorriso delicado.

— Eu sei — diz ela mais uma vez. E agora Charlie entende. *Ela sabe.* Talvez soubesse o tempo todo.

Angie não sai da personagem pelo resto da noite e, depois do jantar, ela acompanha Charlie até o carro do lado de fora, que irá levá-lo de volta para o hotel. Ela o beija com intensidade, diz que mal pode esperar para revê-lo em Macon no fim da semana para a Cerimônia de Coroação. Mas, antes que ele consiga entrar no carro, Angie o puxa para mais perto e sussurra bem baixinho, para os microfones não captarem.

— Ainda dá tempo de parar de jogar segundo as regras deles.

DEV

Na manhã seguinte, Charlie vomita duas vezes, e as mãos dele tremem tanto que ele pede para que Dev dê o nó na gravata.

— Por que você vai de gravata para um brunch?

— Eu... só quero lembrar ao Josh que consigo ser... profissional.

Dev se esforça ao máximo para não dizer onde Josh deve enfiar o profissionalismo. Charlie está suando demais para piadinhas.

— Você vem comigo, né? Eu... não consigo sozinho.

— Já disse que vou — Dev o tranquiliza com calma.

Charlie assente, todo agitado.

— Preciso de você lá para me orientar. Para impedir que eu diga qualquer coisa errada.

Dev puxa Charlie para perto enquanto dá o nó na gravata.

— Você nunca diz nada de errado, amor.

Claro que Josh Han está vestido como todo babaca da tecnologia do Vale do Silício quando Dev e Charlie chegam ao restaurante com vinte minutos de atraso. Ele está de papetes e um colete da Patagônia por cima de uma camiseta impermeável. Josh provavelmente gasta muito dinheiro para parecer que não se importa com porra nenhuma, e o Le Délicieux com certeza não está dentro do orçamento de Dev para comer fora. É difícil lembrar que essa é a vida normal do Charlie — gravatas com nó inglês, e brunches de negócios em restaurantes caros no centro de San Francisco. Eles só se conhecem dentro dos limites de *Para Todo o Sempre*, mas Josh Han e o garçom do Le Délicieux — que parecem ter algum problema com a bermuda cargo de Dev, já que não param de encarar — são bons lembretes de que Dev jamais se encaixaria na vida real de Charlie, independentemente do quanto Dev tente imaginar o contrário.

— Chaz! — Josh grita ao ver Charlie. — Mano, quanto tempo!

Josh abraça Charlie, que fica tenso.

— Continua com aquelas esquisitices quando encostam em você, é? — Josh ri e dá um tapinha condescendente no ombro de Charlie. — Esse é o Chaz que eu conheço.

Não existe nenhuma versão de Charlie Winshaw que aceitaria de bom grado um apelido como *Chaz*, e Dev já está puto com tudo isso antes mesmo de se sentar.

— E quem é esse?

Charlie se vira para Dev, meio sem jeito, com as sobrancelhas cerradas e ansiosas.

— Esse é o meu... produtor, Dev.

Meu produtor.

Por um breve instante, Josh parece confuso por Charlie ter levado o produtor para uma reunião de negócios, mas acaba dando de ombros, como quem diz *só o Charlie mesmo*. Eles se sentam, e Josh já pediu uma rodada de Bloody Mary para começar. Dev nem encosta no copo.

Josh começa a falar sobre os lucros do segundo trimestre, Nasdaq e uma oportunidade boa em Tóquio enquanto Charlie sua de nervoso, umedecendo o guardanapo de linho. Dev analisa o homem que humilhou o namorado dele e o excluiu de uma indústria inteira.

Perdão. O *astro* dele.

Josh Han é bonito pessoalmente, assim como nos vídeos de lançamentos de produtos. O cabelo escuro e espesso perfeitamente arrumado, e um maxilar maravilhoso em que Dev adoraria fazer um carinho antes de dar um murro.

Só que Dev não pode dar um murro em Josh Han, porque essa é a chance de Charlie conseguir tudo o que mais quer.

— Sinceramente, eu nem acreditei quando me contaram que você topou entrar naquele programa — Josh está dizendo, mexendo o talo de salsão dentro do copo vazio. — Mas o hype para a temporada está *insano*. Todo mundo só fala disso.

— Ah, bem, eu... hum... — É como se alguém tivesse girado uma ignição que fizesse Charlie voltar a ser aquela versão da primeira noite, caindo da limusine.

Por baixo da mesa, Dev põe a mão sobre o joelho de Charlie para acalmá-lo.

— Temos muita sorte de ter o Charlie como o nosso astro. Sem brincadeira, ele é um dos melhores príncipes que já tivemos. Acho que a temporada será fantástica.

Josh ri, claramente à custa de alguém.

— Você tinha que ver esse cara na faculdade. As garotas viviam atrás dele pelo campus, e ele nem percebia — diz Josh, falando sobre Charlie como se ele não estivesse ali. — Acho que ele ainda não tinha beijado ninguém até a... qual era o nome dela mesmo? Aquela do último ano? Lembra, eu armei tudo pra você e ainda assim você conseguiu foder com tudo.

Josh ri de novo, e Charlie fica menor, encolhendo no terno cinza.

— Ha. Ha. — Dev solta as duas sílabas o mais afiadas possível. — Que engraçado você zombando do Charlie por ele não se encaixar na sua ideia hiperssexualizada de masculinidade.

— Calma, cara! — Josh Han levanta as duas mãos.

Ao lado dele, Charlie lança um olhar para Dev.

— Você, hum, disse naquela mensagem que talvez... trabalho?

Um garçom chega para atendê-los e Josh toma a liberdade de pedir para todo mundo, antes de se dignar a olhar para Charlie.

— Sim, acho que tenho um trampo pra você — diz Josh, com tanta condescendência que Dev precisa cerrar o maxilar para não começar a gritar. — Nós compramos uma startup que está desenvolvendo um aplicativo de namoro. Conceito show, parece o TikTok, mas os programadores não estão conseguindo integrar o app à nossa base, e já encontramos um monte de problemas. Ninguém conhece a base de códigos da WinHan como você.

Dev consegue sentir como cada músculo do corpo de Charlie parece estar prendendo a respiração.

— Você está me oferecendo um emprego?

— A não ser que você já tenha algo no jeito quando acabar com essa parada de conto de fada.

Josh sabe que Charlie não tem nada no jeito, sabe que ele foi muito bem-sucedido na tarefa de impedir que o colega de faculdade trabalhasse em qualquer outro lugar. Antes, Charlie era um problema para os investidores, mas, agora que ele está prestes a se tornar um dos homens mais famosos do país quando a temporada finalmente for ao ar — agora que a WinHan *precisa* dele —, Josh vai fingir que nada aconteceu.

— Você quer que eu comande a startup? — pergunta Charlie. Ele parece tão esperançoso.

— Bem, *comandar* não, né? Só preciso que você integre o código. A gente te contrataria como terceirizado. Sei que tem sido difícil para você depois de tudo o que rolou na WinHan, e achei que você iria gostar dessa ideia. E quem sabe? Se tudo der certo e suas maluquices estiverem sob controle, a gente pode até conversar sobre você voltar para o escritório.

E aí Dev precisa dizer alguma coisa ou vai acabar dando um murro no maxilar esculpido de Josh Han.

— Tá de brincadeira?

— *Dev* — Charlie murmura um alerta, mas Dev já perdeu a linha, quase esquecendo que não é uma boa ideia gritar num restaurante com quatro lustres de cristal.

— Como você consegue sentar aí numa boa, insultar o Charlie desse jeito e oferecer uma vaga terceirizada quando o nome dele ainda é metade do nome da empresa? Você fez uma fortuna tirando proveito do cérebro dele, e agora quer que ele implore pela oportunidade de voltar para o escritório? Vai se foder!

— Opa, calma lá! — diz Josh, analisando o ambiente para ver se tem alguém importante presenciando a pequena discussão. Mesmo numa situação humilhante, Josh continua bonito e equilibrado, e a parte do cérebro de Dev que não está sobrecarregada de raiva se pergunta se parte do cérebro de Charlie amou Josh Han antes de descobrir o que significa gostar de outro homem. É assim que Josh consegue fazer com que Charlie se sinta tão impotente?

O pensamento só intensifica a fúria de Dev. Não é à toa que Charlie chegou no programa acreditando que não merece ser amado do jeito como ele é. Todas as pessoas que ele já amou só reforçaram a convicção de que ele não é o bastante.

— E ele não tem "maluquices", e não precisa controlar nenhuma parte da personalidade dele para te agradar. Charlie é compassivo, brilhante, engraçado e sexy pra caralho! — A última parte talvez pudesse ter ficado de fora, mas Dev continua mesmo assim. — E, para ser sincero, se você não consegue aceitá-lo desse jeito, você não o merece. E quem perde é você!

Em algum momento durante o discurso, Dev se levantou e agora vários garçons o cercam para levá-lo para fora. Mas ele vai embora sozinho, obrigado de nada.

Rapidamente, Dev se vira para Charlie, que está vermelho, suado e — não dá para negar — sexy pra caralho.

— Me desculpa. Eu te apoio haja o que houver, mas não vou ficar parado aqui vendo você ser desrespeitado. Te espero lá fora.

Então, ele dá meia-volta na ponta do All Star de cano alto e sai do restaurante a passos largos.

CHARLIE

Ele observa Dev batendo os pés enquanto passa pelo pianista que tenta abafar a briga com uma música calma. Os clientes executivos se dividem, uns encaram Dev e outros, envergonhados, desviam o olhar, fingindo não notar o barraco causado pelo homem absurdamente alto e absurdamente magro vestindo uma jaqueta jeans absurdamente grande.

— Que porra foi essa? — Josh exclama.

Charlie se vira para encará-lo e sente a ansiedade se espalhando da barriga até o nó na garganta que fica cada vez maior, já do tamanho de uma bola de tênis. Desde que recebeu as mensagens de Josh no dia anterior, a ideia de ver este homem de novo o deixou enjoado — seu ex-colega de quarto, seu ex-melhor amigo, seu ex-sócio, o homem cuja aprovação e opiniões sempre foram muito importantes para Charlie.

A ideia de rever Josh o deixava atordoado, mas era isso o que ele queria. Uma chance de trabalhar de novo na área da tecnologia. Foi tudo por isso. A humilhação nacional, as câmeras, os beijos com outras mulheres, os passeios de balão e muitos toques, tudo por causa *disso*. Agora, Charlie encara Josh do outro lado da mesa nesse restaurante pomposo e, de repente, não consegue se lembrar do que gostava na vida de antigamente.

Só que ele gostava de como o trabalho era um escudo contra a vida real — gostava de como o mundo dentro do escritório de vidro e aço o impedia de pensar no mundo exterior, onde ele se sentia alienado e desconectado. Gostava de como a produtividade valorizava quem ele era, e gostava de como a vida atribulada o deixava sem tempo para pensar. Gostava de como o apartamento no vigésimo andar mostrava para os outros que ele era bem-sucedido; mostrava que ele havia conquistado algo na vida, embora tudo fosse vazio debaixo da superfície. Foi *isso* o que ele perdeu. É *isso* o que ele está lutando para recuperar. O mais puro *nada*.

— Não acredito que acabei de ouvir desaforo de uma pessoa que trabalha num reality show. — Josh, furioso, pega o drinque que Dev não bebeu. — O que foi isso que acabou de acontecer, Chaz?

Talvez seja o jeito como Josh menospreza Dev, ou o som do apelido antigo e irônico, mas o nó na garganta de Charlie o enche de certeza.

— Sinto muito, mas preciso ir. — Ele se levanta e quase derruba a mesa com os joelhos. — Na verdade, não sinto nada. Só estou indo mesmo.

— Peraí. Você vai embora? — pergunta Josh enquanto Charlie já está se afastando da mesa. — Mas e o nosso app? Precisamos muito da sua ajuda.

Charlie não olha para trás.

— Vou ter que recusar.

Ele está do lado de fora, onde a névoa já se dissipou, e pisca em direção ao sol até avistar Dev recostado num prédio, encarando o celular como um adolescente emburrado. Porém, ao ouvir os passos de Charlie, ele levanta a cabeça. Os olhos de violino parecem âmbar derretido sob a luz, e o sol ilumina as bochechas de Dev, o queixo pontudo. Charlie tem tanta *certeza*.

Dev franze o semblante.

— Eu sei, eu sei. Estraguei tudo. Eu não deveria ter perdido a paciência, mas ele foi um babaca com você, e não tinha como eu...

Charlie dá três passos em direção a ele, segura a jaqueta com o punho fechado, empurra-o contra a parede e engole o resto da frase de Dev. Ele tenta beijá-lo com toda a certeza que sente desabrochando no peito, sentimentos novos que só agora ele está começando a entender, ainda difíceis de processar. É Josh sempre rindo dele e Dev sempre rindo com ele. É a diferença entre o apartamento no vigésimo andar e a casa em Venice Beach. É a descoberta recente de que Charlie poderia passar o resto da vida puxando Dev pela jaqueta jeans e o beijando apoiado em todas as paredes que existem no mundo.

Charlie sabe que o ama. Ele sabe que, se pudesse, escolheria Dev. Mas, até agora, ainda não tinha pensado muito bem no que significaria fazer essa escolha. Uma vida juntos. Um futuro. Dev na cama dele agora e para sempre. O cérebro de Charlie mal consegue imaginar. Ele sempre foi solitário, sempre preparado para estar sozinho, sem a menor ideia de como construir um mundo ao redor de outra pessoa ou com outra pessoa ou o que quer que isso signifique. Mas Charlie sabe, bem no nó da garganta, no fundo do peito, nas batidas constantes do coração, que uma vida com Dev seria o mais puro *tudo*.

Dev o afasta.

— Charlie, estamos em plena luz do dia numa rua movimentada.

Charlie simplesmente o empurra de novo com os dentes, dando um beijo de agradecimento na boca de Dev, no queixo de Dev, no pescoço de Dev, como se fosse código Morse.

— Você não está chateado por eu ter gritado com ele, então? — pergunta Dev enquanto Charlie se aninha na curva do pescoço dele.

— Nem um pouco.

O que Charlie sente é algo completamente diferente, e ele não sabe o que fazer com tanta certeza assim.

* * *

De acordo com o planejamento do programa, depois de uma semana separados, Daphne e Charlie vão se reencontrar num parque ensolarado no centro de Macon, no estado da Geórgia, correndo um em direção ao outro, e Daphne saltando nos braços dele.

Na realidade, eles se reencontram na academia vazia do hotel às seis da manhã sem câmeras e sem a equipe de produção. As participantes não podem ficar com as famílias durante os Encontros no Reino Natal — Dev explicou que tem alguma coisa a ver com o acesso a informações do mundo exterior, mas Dev também tinha molho barbecue no queixo, então Charlie não estava prestando muita atenção. Daphne e Charlie estão hospedados no mesmo hotel, e claramente têm a mesma necessidade implacável de se exercitar antes do encontro encenado.

— Como foi em Dallas? — pergunta Daphne, malhando no elíptico, com o rabo de cavalo loiro balançando de um lado para o outro. Ela está vestindo um top de academia, short de lycra e é, sem dúvidas, a mulher mais linda que Charlie já viu. O que pelo menos o ajuda a resolver sua ambiguidade sexual. Charlie com certeza não sente atração por mulheres.

— Dallas foi péssimo — diz Charlie, levantando peso. — Me senti muito mal pela Lauren não saber a verdade. Ela parece acreditar de verdade que o nosso relacionamento está dando certo.

Daphne pensa por um instante.

— Todas nós meio que sabíamos a verdade quando entramos no programa. Qualquer pessoa que já assistiu sabe que os participantes sempre têm segundas intenções quanto topam participar do *Para Todo o Sempre*. E nós sabíamos do risco de sair com o coração partido.

— Imagino.

Dallas também foi péssimo por causa de Dev — porque Dev estava se afastando de novo, não abruptamente como antes, mas aos poucos. Havia momentos em que a voz dele ficava vazia, momentos em que o olhar dele desviava para algum lugar que Charlie não conseguia acompanhar. Daí ele voltava com tudo, rindo de algo que Charlie disse, ou dublando os comerciais no quarto do hotel, beijando Charlie até que os dois se esquecessem de todo o resto.

Quando termina seus trinta minutos no elíptico, Daphne se senta ao lado de Charlie no banco.

— É esquisito, né? Saber que você vai conhecer meus pais hoje.

— Você se sente culpada em mentir para eles?

Daphne solta o rabo de cavalo e começa a fazer uma trança.

— Sinceramente? Não. Isso me torna uma pessoa ruim?

Antes que ele possa tranquilizá-la, Daphne continua.

— Estou meio que *aliviada*. Meus pais vivem no meu pé para que eu arrume um namorado. E, mesmo que seja de mentira, eles vão ficar tão felizes ao ver nós dois juntos. Eu só quero...

— Agradá-los? — Charlie tenta.

Daphne morde os lábios e Charlie pensa em Josh Han. Pensa nas tentativas de agradar os outros e a si mesmo.

— Mas isso vai *te* deixar feliz? Quando você estiver mentindo para os outros sobre o nosso noivado?

Ela não diz nada, mas Charlie já sabe a resposta. Daphne quer um amor de conto de fada, mas também quer que os outros a vejam desfrutando desse amor, que aprovem sua normalidade. Os dois são parecidos pra caralho.

— Vai te fazer feliz? — pergunta Daphne, por fim. — Poder voltar a trabalhar na área da tecnologia?

Charlie encara a televisão na parede, exibindo o jornal no mudo. Daphne toca a mão dele.

— Você ainda quer isso, não quer? Me pedir em casamento no final? Fazer os outros acharem que estamos apaixonados?

A porta de vidro da academia se abre antes que Charlie possa responder — antes que consiga pensar em qual seria a resposta — e Dev surge vestindo um short de basquete esfarrapado e a camiseta de Stanford de Charlie. Ele fica em silêncio por um momento, encarando os dois juntos no banco, dedos entrelaçados.

— Ah. — Dev murmura e Charlie solta a mão de Daphne rapidamente. — Desculpa, eu só... hum, você não estava no seu quarto, e nós precisamos passar o cronograma do dia — diz ele.

O que ele quer dizer é: *Eu acordei e você não estava na nossa cama.*

Charlie se levanta e tenta imitar o profissionalismo de Dev.

265

— Sim, claro. Vamos resolver isso.

Ele dá um passo em direção a Dev, mas Daphne se levanta e o segura pelo cotovelo.

— Ei — diz ela, num sussurro, puxando Charlie para mais perto sem saber como essa proximidade irá afetar o homem parado na porta. — Está quase acabando. Logo, logo você terá tudo o que sempre quis.

Daphne fica na ponta dos pés e beija a bochecha dele.

— Desculpa — diz Charlie assim que ele e Dev ficam sozinhos no elevador.

— Não precisa. Tá tudo bem.

— Dev. — Charlie se aproxima dele. — A gente só estava falando sobre...

— Tá tudo bem. Sério.

Mas não está nada bem. Sério.

DEV

— Pronto para conhecer seus futuros sogros?

Charlie tenta sorrir, mas acaba fazendo uma cara feia.

— De novo — Maureen ordena detrás das câmeras. — E dessa vez tente parecer empolgado.

Charlie e Daphne voltam para o começo do caminho que leva à casa da família Reynolds.

— Empolgado para conhecer seus futuros sogros? — Daphne pergunta com mais entonação, o braço entrelaçado ao de Charlie.

Charlie a encara com uma expressão carinhosa.

— Estou mais do que pronto — responde ele antes de se abaixar para dar um beijo confiante na boca linda dela.

E Dev precisa de um drinque. Ou de um pacote de Oreo. Ou de uma lobotomia. Algo que anestesie a dor de ver Charlie beijando Daphne.

Na noite anterior, quando pousaram em Macon, Charlie arrastou Dev para o quarto do hotel. Arrancou as roupas dele no maior desespero, encarou o corpo nu sob a luz de um único abajur, e o segurou com força contra o peito. Ele o fodeu com calma e intensidade, como uma despedida, e, quando Dev acordou de manhã, Charlie não estava mais lá. A falta dele na cama abriu um buraco no coração de Dev, o fazendo caminhar aos tropeços e malvestido pelos corredores do hotel em busca de Charlie, só para encontrá-lo de mãos dadas com Daphne.

Dev precisa aceitar que em breve só haverá manhãs sem Charlie.

Charlie levanta a mão para bater na porta da frente, mas o pai de Daphne abre antes que ele consiga completar o gesto.

— NeeNee! E Charlie! Sejam bem-vindos! Entrem, entrem!

Charlie e Daphne entram na casa. Dev não pode segui-los.

Ele fica dentro da van de equipamentos e assiste uma transmissão da gravação num monitor portátil. Quando não tem ninguém olhando, pega o celular e encara a selfie que eles tiraram na Cidade do Cabo, Charlie encaixado sob o queixo dele.

— Tomara que o reverendo Reynolds traga algum drama — diz Maureen. — Precisamos de um barraco com um pai das antigas, bem esquisito e possessivo, para dar uma animada nesse festival do sono.

O reverendo Reynolds decepciona da melhor forma possível.

— Um desenvolvedor de aplicativos ateu? — Richard Reynolds ri. — Não é exatamente o que nós esperávamos, né, Anita? Mas, de verdade, estamos tão felizes que a nossa NeeNee trouxe um homem para casa.

— *Pai!* — Daphne fica corada, encarando o prato de torta de maçã.

— Bem, meu amor, é só que... você nunca trouxe nenhum garoto para conhecer a família. Já estávamos começando a nos preocupar.

Charlie segura a mão de Daphne.

— Me sinto honrado em ser o primeiro — diz ele, como um príncipe perfeito. Daphne fica mais corada ainda.

Dev sai da van.

— Vou dar uma volta — diz ele para Jules.

A voz dela tem uma pontada de preocupação.

— Quer que eu vá com você?

— Estou bem.

Ele abre um sorriso leve, típico do Dev Divertido, para tranquilizá-la antes de desaparecer noite adentro. A casa onde Daphne cresceu fica num terreno amplo nos arredores de Macon, cercado por uma floresta. Dev atravessa o brilho dourado das luzes que saem dos fundos da casa e segue em direção às árvores altas e frondosas e ao silêncio. Ali fora, os sentimentos dele têm mais espaço para ventilar.

— Dev — uma voz familiar o chama. — Espera aí!

Ele recosta em uma árvore enquanto a sombra de Ryan se aproxima na escuridão.

— O que houve? — Ryan pergunta. — Por que está fugindo?

Dev dá de ombros, meio desanimado, mas Ryan provavelmente não consegue ver.

— Sabe como é. Quem vê um encontro no Reino Natal, viu todos.

Dev inclina a cabeça contra a árvore e olha para o céu através dos galhos. Não se lembra da última vez em que viu tantas estrelas.

Ryan pigarreia.

— Imagino que deve ser bem mais difícil agora que você está trepando com o astro.

Dev gira o pescoço. Deve ter escutado errado. Entendido errado.

— Q-quê?

— Deve ser mais difícil — diz Ryan, com o tom indiferente de sempre. Não dá para entender as intenções dele, mas Dev sente o corpo derreter em pânico absoluto. — Ver o cara com quem você está transando conhecer os futuros sogros.

Ryan sabe. O cérebro de Dev processa a descoberta dolorosa e todas as consequências. Ele pensou que teria mais tempo. Dividiu os dias restantes com Charlie como uma barra de chocolate num calendário do advento, e pensou que os dois teriam *mais tempo.* Pensou que a contagem regressiva acabaria com Charlie pedindo Daphne em casamento; não imaginou que terminaria com pessoas descobrindo.

Dev não consegue decidir o que dizer ou como mover os braços. Será melhor negar? Se responsabilizar? Implorar? Tentar negociar? *Por favor. Por favor. Não conta pra ninguém. Deixa a gente ter só mais um tempinho.*

— Como...? — ele tenta. — O quê... *por quê?*

— Sem essa, Dev.

Não há arrogância ou vingança nas palavras de Ryan, só a calma e a compostura de sempre.

— Você levou a melhor amiga dele para o set, e ele levou seu cantor favorito para a África do Sul.

Ryan diz como se fosse a coisa mais óbvia do mundo. Talvez seja.

— Já tive essa função. Antes dessa temporada, fui produtor do príncipe por quatro anos, e você se lembra de ter me visto perdendo tempo passeando com os caras? Se lembra de me ver dividindo o mesmo espaço que eles por dois meses? Claro que não.

— Por favor, não conta para ninguém — Dev solta as palavras quando finalmente se lembra de como formar frases. — Sei que estou acabando com o programa, mas...

— O *programa*? Dev, eu estou pouco me fodendo para o programa, só me preocupo com *você*.

Dev pensa em Franschhoek, quando Ryan não contou para ele sobre o encontro de pernoite; pensa em quando Ryan tentou falar com ele a respeito de Charlie no bar; e pensa na briga que os dois tiveram lá atrás, na segunda semana. Dev percebe que essa é uma conversa que Ryan está tentando ter com ele há um bom tempo.

— Dev, onde você estava com a cabeça ao ter um caso com o príncipe?

— Estou apaixonado por ele — diz Dev sem pensar.

— Então, no final disso tudo, quem vai receber aquela Tiara Final? Você ou Daphne Reynolds?

Dev estremece.

— Não precisa ser cruel.

— Não estou sendo — diz Ryan. E, realmente, não está. O tom dele é cansado e um pouquinho triste, mas não cruel. — Estou sendo prático. O que vai acontecer, Dev? Em uma semana, o Charlie ficará noivo da Daphne?

— Quer dizer, ele assinou um contrato, então...

— Então você vai deixar um homem que está transando com você por trás das câmeras ficar noivo de uma mulher na tv aberta? E depois? — Ryan insiste na conversa. — Você e Charlie vão continuar namorando escondidos enquanto ele vai em programas de auditório com a noiva dele? Você vai voltar para o armário por causa desse cara? Vai ser parte da vida secreta de Charlie Winshaw para sempre?

— Eu não sei! — Dev respira fundo três vezes, segurando cada respiração por três segundos. Tudo está girando. A noite está úmida, sufocante. Dev ainda não pensou em nada disso, e a última pessoa com quem ele quer discutir o próprio futuro é Ryan Parker.

Mas, se parar para pensar, se refletir por um segundo que seja, Dev sabe. Ele faria isso. Viveria em segredo com Charlie, se ele permitisse. Se Charlie o quisesse, Dev faria qualquer coisa por aquela casinha em Venice Beach, inclusive se esconder feito uma Rapunzel gay, esperando pelos momentos em que Charlie o visitaria escondido.

Ele sempre soube qual seria o fim da história, porque já foi assim em trinta e seis temporadas. Dev não tem um "felizes para sempre", mas se contentaria com pouco se isso significasse estar com Charlie. Porque a alternativa — *perder Charlie* — irá destruí-lo.

— Eu e Charlie... nós sabemos que não temos futuro — explica Dev para Ryan quando o silêncio entre os dois se prolonga por tempo demais.

— Mas você disse que o ama — sussurra Ryan. Ele pega a mão de Dev e aperta de leve, num gesto que o faz lembrar que ele e Ryan já foram amigos no passado, antes de qualquer outra coisa. — Foi por isso que você ficou deprimido? Na Alemanha?

— Eu vou voltar para a terapia assim que chegar em Los Angeles. — As palavras saem rápido. Automáticas.

— Sim. Já ouvi essa antes.

Dev quer dizer a Ryan que dessa vez é diferente. Que a pessoa que ele era com Ryan não é a mesma que ele é com Charlie; que *Charlie* não é Ryan, e, quando Dev se afasta, Charlie o alcança, e, quando Dev desaba, Charlie fica.

Mas Charlie só pode ficar por mais dez dias, então, pra que se explicar?

— Você vai contar para a Skylar?

Ryan ri e solta a mão de Dev.

— Skylar já sabe.

— Não sabe. Ela não pode saber.

— Ela com certeza sabe, e com certeza pode saber. A Skylar não é idiota, e vocês não são discretos.

— Mas... — Dev está girando de novo. Ou talvez o mundo inteiro esteja girando. De uma forma ou de outra, ele precisa se sentar no chão. A terra é tão quente e o corpo dele é tão fraco que Dev afunda. — Se a Skylar soubesse, ela teria me demitido. Eu acabei com a temporada.

— Não mesmo. O programa depende de drama, e isso o Charlie entregou.

— O programa depende de amor — Dev rebate.

Ryan balança a cabeça.

— D., o amor é um subproduto involuntário do programa.

Dev pressiona as pernas dobradas contra o peito e enterra o rosto entre os joelhos.

— A Skylar pouco se importa se você transou com o Charlie — diz Ryan lá do alto, com toda a calma. — Contanto que Charlie entregue o conto de fada hétero que a emissora exige. E, graças ao seu maravilhoso trabalho de produtor, é isso que eles vão receber. Mas você... você merece muito mais do que ser o segredo de outra pessoa, Dev.

Dev pressiona "calma" em código Morse nas canelas e tenta se lembrar como respirar. Tenta se lembrar que sobreviveu à perda de Ryan uma vez. E pode sobreviver à perda de Charlie também. Mesmo se, nessa noite úmida em Macon, essas duas perdas não pareçam equivalentes.

— Além do mais — diz Ryan antes de se virar em direção à casa. — Não é com a Skylar que você deveria se preocupar. É com a Maureen.

Dev envolve as pernas com mais força e se sente explodindo de dentro para fora, como uma estrela morrendo.

CHARLIE

Ele passa os dedos trêmulos pela gravata-borboleta enquanto se olha no espelho, o suor se acumulando na testa. Vão precisar refazer a maquiagem antes da Cerimônia de Coroação. Partindo do pressuposto de que Charlie vai conseguir se vestir sozinho.

Skylar enfia a cabeça raspada na fresta da porta do camarim.

— Cinco minutos! Tudo certo por aí?

— Você viu o Dev? — Charlie tenta manter a voz firme ao perguntar, mas as palavras entregam o pânico que está se espalhando pelos órgãos dele.

— Ryan pediu para ele verificar o set. Posso ajudar em alguma coisa?

— A gravata-borboleta — Charlie gagueja, passando os dedos pelo tecido de novo. — Não consigo colocar.

Skylar se aproxima e coloca as mãos firmes sobre as mãos trêmulas dele.

— Deixa comigo.

A diretora é mais baixa do que ele havia notado e precisa ficar na ponta dos pés para conseguir arrumar a gravata. Skylar parecia poderosa, indomável, quando se conheceram dois meses atrás.

— Noite importante — diz ela. — Como está se sentindo?

Charlie está suando, tremendo e mal consegue formar frases inteligíveis.

— Acho que dá pra ver exatamente como estou me sentindo.

Skylar sorri para ele enquanto forma uma borboleta perfeita com o tecido.

— Já sabe quem você vai mandar para casa?

Charlie assente. A ansiedade não é por ter que eliminar Lauren na noite de hoje. Ela é a escolha óbvia, a única participante que ainda não sabe que tudo não passa de encenação. Ele está ansioso pelo *significado* da eliminação da Lauren. Estará a um passo mais perto do final da jornada, e ainda não sabe o que fazer com a certeza, o mais puro tudo e o fato de que Dev já está se afastando.

Charlie dá um passo para trás e admira o trabalho da diretora.

— Então, o que está te preocupando?

Algo no tom de voz de Skylar sugere que ela não está perguntando como a diretora-geral de *Para Todo o Sempre*, e sim como a mulher que o ensinou a dançar "Bad Romance" numa boate em New Orleans. Como a mulher que ficou bêbada com ele numa piscina em Bali.

— Nunca imaginei que isso poderia ser tão real — começa Charlie. Mas ele não pode responder como qualquer pessoa que não seja o astro do programa dela, então logo emenda. — Com a Daphne, quer dizer. Nunca imaginei que poderia desenvolver sentimentos por alguém no programa, e não sei muito bem o que fazer. Como saber se você vai amar uma pessoa *pra sempre*?

Skylar o encara, com uma expressão incompreensível. Ela dá dois passos para trás e se joga numa cadeira dobrável.

— Sabia que eu fui casada com um homem por dez anos antes de conhecer a pessoa com quem estou hoje?

Charlie obviamente não sabia. Skylar nunca fala sobre sua vida pessoal fora do programa. Até onde ele sabe, ela nem tem uma vida pessoal fora do programa.

— Hum. — Ela tira um frasco de antiácidos do bolso da calça jeans. — Diego. Ele era um homem bom. Me tratava muito bem, e, embora eu não sentisse atração por ele e tivesse repulsa à ideia de transar com ele, eu era bem feliz.

Charlie se balança em desconforto sobre os pés, mas não quebra o contato visual enquanto Skylar se abre numa voz calma e ritmada.

— Eu já sabia que sentia mais atração por mulheres, mas também não tinha vontade de transar com elas, então fui adiando por anos e anos até que finalmente procurei um grupo de apoio para adultos em dúvida a respeito da própria sexualidade. Foi lá que conheci Rey, com quem estou hoje. Elu foi a primeira pessoa que eu ouvi usando a palavra *assexual* sem ser em tom de piada.

Skylar faz uma pausa, e Charlie olha para o chão.

— Por que você está me contando isso?

Ela ignora a pergunta e continua a história.

— Fui atrás de Rey depois da reunião do grupo e nós começamos a conversar. Por um bom tempo, não passou de amizade. Foi elu quem me ajudou a entender que sou birromântica, a pessoa que me ajudou a me sentir bem com o fato de ter repulsa a sexo. Elu me vê exatamente como eu sou e me ajuda a ser uma versão mais verdadeira de mim mesma.

Charlie pensa em Dev e na bela simplicidade de ser *visto*.

— Estou te contando isso, Charlie, porque você perguntou como saber se vai amar alguém para sempre, e a verdade é que, diferentemente da narrativa que propagamos no programa, o para sempre nunca é garantido. Não sei se vou amar Rey pelo resto da vida, mas sei que agora não consigo imaginar um futuro em que a gente não se ame. E, para mim, isso basta.

Charlie ajusta o smoking, desejando encontrar um jeito de agradecê-la por se abrir com ele, um jeito de dizer o quanto isso foi importante.

Skylar engole um antiácido.

— Acho que você precisa decidir se o seu amor por ele é o bastante agora, antes de tentar fazer durar para sempre.

Charlie engasga.

— *Ele? Ela.* Daphne. Eu... eu amo... Daphne.

Skylar levanta da cadeira e se aproxima dele de novo, ajustando a mecha de cabelo caída sobre a testa para que Charlie esteja pronto para as câmeras.

— Filho, eu sei de tudo o que acontece no meu set.

Skylar não diz como uma ameaça, tampouco parece irritada. Ela diz a palavra *filho* da mesma forma como Dev diz a palavra *amor* — como se ela soubesse que ele também sempre quis ser o filho de alguém.

— Mas e se — Charlie pergunta para a diretora-geral de *Para Todo o Sempre*. — Eu não souber como escolhê-lo?

— Estamos quase no fim da nossa jornada em busca do amor — Mark Davenport anuncia para as câmeras. — E, hoje à noite, Charlie tomará a decisão mais importante de todas.

Charlie está atrás de uma pequena mesa em que há apenas duas tiaras. Do outro lado do salão, Daphne, Angie e Lauren L. estão enfileiradas, aguardando a decisão dele.

— Está pronto para escolher suas duas finalistas? — pergunta Mark.

Charlie pigarreia e pega a primeira tiara.

— Espera!

Ele levanta a cabeça e vê Daphne saindo da fila com os olhos azuis vívidos.

— Posso... Charlie, posso falar com você rapidinho? Antes da cerimônia?

Enquanto atravessa o salão, Charlie tenta não procurar por Dev no meio da equipe. Daphne o guia com as câmeras até uma pequena alcova.

— Qual é o problema? — pergunta ele, porque claramente há um problema. Daphne está estalando os dedos e mordendo os lábios.

— Acho que — começa ela. — Acho que é melhor você me eliminar hoje.

Charlie tenta exagerar sua reação para as câmeras. Ele não sabe como vai fazer para ficar com Dev, nem mesmo se é possível os dois ficarem juntos quando o programa acabar, mas sabe que eles só terão uma chance se Charlie ficar noivo de Daphne. A temporada precisa ser um sucesso.

— Você não quer ser meu noivo — diz ela. — E, na real, acho que um noivado falso não fará bem para nenhum de nós.

Charlie olha as câmeras involuntariamente.

— Não é, hum, falso.

— É sim. Nós combinamos tudo, mas acho que estávamos errados.

— Eu achei que você queria ser vista em um relacionamento?

Daphne ajeita o cabelo atrás da orelha.

— Eu estava pensando e... sei lá. Talvez aquilo que você me disse na Cidade do Cabo faça sentido. Talvez eu esteja buscando o tipo errado de amor. Talvez eu precise descobrir o que quero *de verdade*, e não posso fazer isso estando noiva pelos próximos seis meses. Não posso continuar fingindo ser alguém que não sou. — Daphne segura a mão de Charlie. — Você não gostaria de descobrir o que quer de verdade também?

Charlie *sabe* o que quer de verdade. Só não sabe como conseguir.

— Eu...

— Corta! — Maureen Scott entra na alcova batendo o salto alto, empurrando o operador da câmera para liberar a passagem. — Corta! Desliguem as câmeras! Que diabos você está fazendo?

Charlie se encolhe diante da raiva de Maureen, mas Daphne permanece firme.

— Estou me eliminando.

— Nem fodendo! — Maureen grita.

Charlie sente o pânico se espalhando pelo esôfago, desejando ver Dev por detrás dos holofotes. Maureen está gritando com vários membros da equipe, Skylar está tentando salvar a cena, e, em algum lugar, sob o ritmo cada vez mais intenso da ansiedade, está a certeza assustadora de que a casa está prestes a cair.

DEV

A casa caiu.

Já estava caindo lentamente havia alguns dias. Ryan sabe, Skylar sabe, e agora Daphne Reynolds está falando sobre o noivado de mentira na frente das câmeras. A temporada já estava por um fio, que Daphne arrebentou com uma serra elétrica.

— Reunião da produção! Agora! — grita Maureen, e Jules precisa agarrar Dev pelo cotovelo e empurrá-lo atrás de Skylar e Ryan enquanto a criadora do programa abre passagem até a salinha apertada onde Charlie se vestiu para a Cerimônia de Coroação. Daphne e Charlie estão presentes também.

— Que porra é essa? — Maureen pergunta para Daphne. — Você é mesmo tão burra quanto parece?

Daphne se apoia numa penteadeira.

— Você não pode se eliminar — continua Maureen. — Você assinou um contrato. Nós construímos a temporada inteira em torno de você!

— Mas nós não... nós não nos amamos — murmura Daphne.

Maureen Scott joga a cabeça para trás e solta uma gargalhada.

— Estou pouco me fodendo se vocês não *se amam*. Esse programa não se trata de amor.

Algo afunda no peito de Dev, e de repente é ele quem está afundando, sentado no fundo da piscina com a pressão de três metros de água o empurrando para baixo. Ele olha pela sala até encontrar Charlie, e tenta se ancorar nos cachos loiros, nos olhos cinzentos e na covinha no queixo.

— Maureen, é melhor discutirmos com mais calma — propõe Skylar, erguendo as duas mãos entre Daphne e Maureen.

— Não há nada para discutir. A nossa princesa perfeita vai ficar noiva do nosso príncipe. É essa a história que estamos contando e é assim que vai terminar.

Dev encara a chefe e observa o cabelo prateado balançar com elegância, emoldurando o rosto cruel.

— Se o Charlie me pedir em casamento — diz Daphne com a voz

surpreendentemente firme. — Eu vou dizer não. Você não pode me forçar a dizer sim.

— E você não pode me forçar a pedi-la em casamento — completa Charlie. Dev sente uma mistura esquisita de orgulho e medo ao ouvir a certeza repentina na voz de Charlie. — Daphne tem razão. Cansei de fingir ser algo que não sou.

Maureen aponta um dedo irritado no rosto de Charlie.

— Você só pode cansar de fingir quando o contrato acabar.

— Talvez o Charlie possa escolher a Angie — propõe Jules, com uma voz suave quase abafada por toda a gritaria.

Maureen dá meia-volta para encará-la e fecha a cara.

— Eu já te disse que não teremos uma bissexual como vencedora da temporada.

Dev observa o jeito como a afirmação atinge a expressão de Daphne, como ela abre a boca, horrorizada. Charlie parece igualmente assustado. Ele encara Dev, e o olhar traz uma simples pergunta. *Você sabia disso?* Dev sabia que a chefe se recusou a deixar que uma mulher bissexual fosse a próxima estrela ou a vencedora da temporada?

— Ah, nem adianta me olhar desse jeito — Maureen grita para os dois. — Nada disso aqui tem a ver comigo ou com o que eu acredito. Sou democrata e apoio os direitos dos gays. Eu contratei todos vocês — diz ela, apontando para Dev, Skylar, Ryan e Jules. Dev nunca se sentiu tanto como um fantoche, como uma bolinha marcada no bingo da diversidade. Maureen continua: — Mas esse programa depende de um público bem mais amplo. Estou dando o que o país quer, e não é uma princesa bissexual.

Por um minuto ninguém no camarim reage, sete corpos adultos espremidos num silêncio pavoroso.

— O que o país quer? — Daphne repete lentamente.

— E se *eu* for gay? — alguém pergunta ao mesmo tempo.

É a voz de Charlie atravessando a tensão da sala como uma árvore caindo na floresta. Todos olham para ele. Ninguém nem respira. Principalmente Dev.

— E se eu te dissesse que sou gay? — Charlie repete, os olhos cinzentos firmes e fixos em Maureen. — E se eu te dissesse que não posso ficar noivo de nenhuma das mulheres da temporada porque sou gay? E se eu te dissesse que eu amo um homem...

Charlie nunca disse aquela palavra antes. *Amor.* Dev quer desfrutar o som saindo dos lábios de Charlie, mas Skylar e Ryan se viram na direção dele enquanto a língua de Daphne se embola ao soltar um chiado de descrença.

— Você é... *o quê?*

— E se eu te dissesse que amo um homem — Charlie continua, como o homem corajoso, lindo e *ingênuo* que ele é. — E quero escolhê-lo em vez das outras?

Maureen leva as mãos à boca e encara o homem que Dev ama antes de dizer:

— Você não vai querer fazer esse joguinho comigo, Charles. Acha que nunca tivemos um príncipe gay antes? Claro que sim! Estou pouco me fodendo para o que você faz ou com quem você fica longe das câmeras, mas nas gravações você vai fingir estar caidinho de amor por *ela*. — Maureen aponta para Daphne com raiva.

Charlie olha ao redor — para Dev, Jules, para as pessoas que sabem a verdade e não dizem nada porque estão com medo.

— E se eu me recusar? — pergunta Charlie, dando ênfase em cada palavra.

Maureen fica congelada por uma respiração inteira.

— Eu acabo com você na edição e deixo o mundo inteiro ver o quão doido você realmente é.

As palavras de Maureen sugam todo o ar da sala, e o cérebro de Dev não tem o oxigênio necessário para processar. Mas ele tenta. O namorado na primeira noite. O terno de lã. Daphne se atirando em Charlie no baile. Megan e Delilah. A Aventura em Grupo com massagem. Ao longo de toda a temporada, Maureen criou situações somente para tirar proveito de Charlie (porque ela sabe sobre o transtorno mental dele, sabe sobre a WinHan, *é claro que ela sabe*) e agora ela está de pé num camarim usando as cenas para chantageá-lo.

Tudo em que Dev consegue pensar é: *seis anos.*

Ele criou desculpas para Maureen — justificou muitas das ações dela — por tanto tempo e só agora entendeu a verdade. Maureen nunca foi uma aliada, muito menos uma amiga, e o programa *nunca* foi sobre amor. Ele jogou seis anos de vida no lixo.

Charlie olha ao redor, para os produtores que continuam sem tomar partido, todos em silêncio. Para os produtores que ele acreditou se importarem. Então se vira para Dev.

— Bem — diz ele, e Dev consegue perceber na voz de Charlie o esforço que está fazendo para ser forte. Dev queria poder ajudá-lo, mas não tem força o bastante para dar a Charlie. Ele está vazio, apático, uma concha no fundo da piscina. — Pelo visto teremos o nosso felizes para sempre, então.

Daphne é a única pessoa que brada o nome de Charlie enquanto ele abre caminho em direção à porta.

CHARLIE

— Charlie, *espera*!

Charlie não espera e atravessa o corredor às pressas até o salão onde Angie e Lauren L. continuam esperando com expressões confusas. Ele deveria estar se sentindo ansioso — esperando o pânico tomar conta —, mas a raiva está ocupando espaço demais dentro dele no momento. Charlie está irritado *pra caralho*.

Com raiva de Jules, que só apoiou o relacionamento dele com Dev quando era conveniente. Com raiva de Skylar, que fez o nó da gravata-borboleta e disse a ele para escolher Dev, mas mesmo assim não o defendeu. Com raiva de Maureen, óbvio, por ser exatamente como imaginou que ela seria.

E ele está com tanta raiva de Dev.

Charlie mal se lembra de ver Daphne voltando do camarim com a maquiagem retocada, ocupando o espaço entre Angie e Lauren, mas sabe que isso aconteceu em algum momento. Sabe também que pegou uma tiara e chamou o nome dela, e Daphne deu um passo à frente. Quando ele pergunta "Você gostaria de se tornar minha princesa?", ela diz sim, apesar de tudo. E Charlie sabe que deu a segunda tiara para Angie e eliminou Lauren, mas não se lembra de nenhum detalhe específico de nada disso, porque a raiva zumbia alto demais nos ouvidos dele.

Depois, Ryan tenta falar com ele. Skylar o puxa para o canto. Jules pede desculpas. A raiva abafa todas as palavras.

Charlie vai parar no banco de uma limusine. Num elevador. Na frente do quarto do hotel. Quando finalmente encontra o cartão para abrir a porta, dá de cara com Dev lá dentro, sentado na beirada da cama que eles quase quebraram na noite anterior. E Charlie está com raiva, mas também está magoado. No fim, ele não consegue se segurar e se joga nos braços de Dev assim que os dois ficam sozinhos.

— Aquilo foi terrível — Charlie chora no pescoço de Dev.

Dev passa os dedos pelo cabelo de Charlie, desfazendo os cachos como sempre faz. Porém, quando ele fala, a voz sai vazia.

— Eu sei, amor. Eu sei. Sinto muito.

Charlie se permite chorar mais um pouco, aproveitando a sensação dos braços e do corpo de Dev antes de se afastar.

— O que nós vamos fazer?

Os olhos de Dev estão marejados. Distantes.

— Não há muito o que fazer. Todos nós assinamos contratos. Você vai pedir a Daphne em casamento, o programa vai ao ar e você finalmente terá o que sempre quis.

— Eu quero *você* — diz Charlie. Porque é isso o que ele quer. Apesar de Dev ter ficado parado lá feito um covarde enquanto Maureen o ameaçava, apesar de Charlie estar com raiva agora, ele entende. Dev passou seis anos — porra, Dev passou quase a *vida inteira* — achando que o programa era um conto de fada perfeito, e acabou de deparar com a verdade nua e crua. Charlie entende por que Dev não o defendeu, não ficou ao lado dele.

O que ele não entende é por que Dev está se afastando agora.

— Nós dois sabíamos qual seria o fim dessa história, Charlie — diz Dev, se desvencilhando do peso de Charlie. Ele caminha até a escrivaninha do hotel e passa o dedo pela borda de um bloco de papel timbrado. — Nós dois sabíamos que esse relacionamento tinha uma data de validade.

— E se eu não quiser que termine? E se eu quiser... — ele quase diz "para sempre", mas Dev está parado diante da escrivaninha com a postura curvada, e a palavra não sai dos lábios dele. — ... mais?

Dev cruza os braços. Charlie sabe o que significa: uma tentativa inútil de se proteger.

— Não tem *mais*. Nós queremos coisas diferentes.

— Eu achei que nós dois queríamos aquela casa em Venice Beach.

— Aquilo foi uma fantasia! — grita Dev. — Nunca daria certo!

— Por minha causa?

— Por nossa causa! Porque você é o astro de um reality show e eu sou seu produtor!

— Só por mais uma semana.

Dev passa os dedos pelo cabelo com agressividade.

— Você quer ter filhos, Charlie?

É a última pergunta que ele esperava ouvir de Dev, e qualquer tentativa de responder fica presa na garganta.

— Porque eu quero ter filhos. Quatro. E quero casar. Quero caminhar até o altar com um terno branco horrível que te faria morrer de vergonha, e não quero passar mais seis anos com alguém que não quer o que eu quero.

Tudo está girando para longe do controle de Charlie. Estupidamente, ele acreditou que o futuro incerto era algo que os dois poderiam enfrentar juntos, mas pelo visto eles estão em lados opostos, como uma dupla disfuncional numa corrida de três pernas.

Charlie busca um pensamento mais claro, uma emoção mais clara, uma sequência de palavras mais claras para oferecer a Dev. Ele quer encontrar um jeito de fazer Dev entender.

— Há dois meses eu entrei nesse programa achando que não merecia ser amado, e você acha que eu já pensei em casamento e filhos? Dev, não. Eu nunca pensei que essas coisas fossem uma opção para mim. Não estou dizendo que *não são*, só que agora eu não sei. Preciso de um tempo para decidir.

Dev o encara em resposta, empurrando os óculos pelo nariz com dois dedos.

— Eu não quero tempo, Charlie. Eu quero ir embora antes que isso acabe magoando a nós dois.

— Eu já estou magoado.

— *Charlie.*

— Dev... — Ele tenta se aproximar do único jeito que sabe, do único jeito que ainda resta. — Eu te amo.

Charlie esperava se sentir melhor depois de dizer essas palavras. Em vez disso, se sente nu e exposto na cama. Ele entregou algo delicado para Dev, e em troca recebeu um olhar de quem quer jogar no chão só para ver se quebra.

— Você não me ama.

— Não me diga como eu me sinto. *Eu te amo.*

Dev balança a cabeça como se Charlie não estivesse falando sério. Charlie poderia dar um soco nele. Poderia pegá-lo pelos tornozelos como uma criança e nunca mais soltar. Ao ver as lágrimas silenciosas se juntando por trás dos óculos de Dev, ele não faz nada disso.

— Eu te amo, Dev — repete ele. E vai continuar repetindo até Dev acreditar. — Eu amo tudo em você.

Charlie puxa o rosto de Dev para baixo e beija as bochechas molhadas pelas lágrimas.

— Te amo porque você tentou entender como o meu cérebro funciona mesmo quase não tendo paciência, e porque você é apaixonado pelas coisas mais bobas do mundo, e porque você é a pessoa mais linda que eu já vi. Amo como você me faz rir. Amo suas bermudas feias, amo como você fica ranzinza quando está com fome, e amo sua teimosia, e não te amo apesar dessas coisas. Te amo *por causa* delas.

Dev chora alto ao ouvir uma versão parecida do que ele próprio já dissera.

— Entendo que tudo está muito difícil agora — Charlie continua. — Sei que esse programa não é como você queria que fosse, e entendo que você está fugindo porque tem medo do quanto pode acabar se machucando, mas eu te amo. Te amo tanto agora que não consigo me imaginar deixando de te amar. E tudo bem se ainda não for recíproco. Eu posso amar o bastante por nós dois. Só, por favor, pare de fugir.

— *Charlie.* — Quando ditas por Dev, essas são as duas sílabas mais lindas do mundo. Dev abaixa a cabeça e beija a boca dele, o queixo, os cílios, as orelhas, como se estivesse criando um mapa sensorial do rosto de Charlie. — Eu te amo. Como eu poderia não te amar?

Charlie o segura pelos pulsos, segurando com firmeza.

— Então me deixe te *escolher*. Escolha *a gente*. Por favor.

Dev agarra o terno de Charlie em desespero. Ele enfia o rosto no tecido e as palavras custam a sair.

— Nós dois sabíamos que não teríamos o nosso felizes para sempre.

— Mas podemos. — Dev está flutuando para longe, e Charlie acredita que pode fazê-lo ficar se segurar os quadris dele com força o bastante. — Fica aqui, Dev. Escolha ficar.

Na manhã seguinte, Charlie leva um tempo para entender por que Dev não está na cama. Por que as malas dele sumiram. Por que a jaqueta jeans e seu sabonete de aveia desapareceram. Por que há um pedaço de papel no travesseiro ao lado dele, dobrado três vezes com todo o cuidado.

Ele lê a carta. Uma vez. Duas. Lê dez vezes. E não chora — ao menos, não de imediato, não quando finalmente compreende que Dev não vai voltar. Não há pânico, ansiedade nem tensão. Só a certeza doída de quem ele é e do que precisa fazer.

Charlie sai da cama e caminha por três portas pelo corredor de um hotel em Macon. Ele bate, Skylar Jones atende, olhos turvos e de pijamas.

— Charlie? O que foi?

Ele respira fundo três vezes.

— Podemos conversar?

Notas do roteiro para edição: Temporada 37, Episódio 9
Data de exibição: Segunda-feira, 8 de novembro de 2021
Roteiro: Ryan Parker
Produção executiva: Maureen Scott
Cena: Entrevista com Lauren Long durante o Encontro no Reino Natal
Locação: Gravação em Dallas

LAUREN L.: Não acredito que o Charlie está aqui! Sonhei tanto com este dia. É tudo o que eu sempre quis... ter alguém para trazer aqui para casa. Ele é tudo o que eu sempre imaginei para o meu futuro, e agora é real! Estou prestes a apresentar o meu futuro marido para os meus pais!

Três meses depois das gravações

Raleigh, Carolina do Norte —
Segunda-feira, 8 de novembro de 2021

DEV

Numa noite de segunda-feira em novembro, o penúltimo episódio da temporada de *Para Todo o Sempre* com Charlie Winshaw vai ao ar para vinte e três milhões de espectadores. Dev Deshpande não é um deles. Ele marcou as consultas para essas noites, e está escuro do lado de fora do consultório psiquiátrico na zona leste de Raleigh onde está sentado, esperando enquanto Alex prepara duas canecas de chá de hortelã.

Dev abre uma caixa cheia de brinquedos estimulantes e pega uma bolinha antiestresse roxa néon. Ele sabe que a necessidade de se manter sempre ocupado e ativo era um jeito de evitar encarar as partes da vida que não estavam funcionando, mas também sabe que ter algo para fazer com as mãos deixa esse processo um pouquinho mais fácil. Ao longo dos últimos três meses, Dev aprendeu muito a respeito de si mesmo neste consultório.

Alex Santos põe o chá para infusionar em duas canecas idênticas, depois atravessa o consultório até a poltrona.

— Então — começa Alex, inclinando a cabeça para o lado de um jeito que lembra Jules. Dev não quer pensar nela hoje, mas se força a encarar os sentimentos grandes demais guardados no peito. — Como você está?

Dev esmaga a bolinha roxa.

— Estou bem.

Alex lança um olhar suspeito para ele, e Dev entende. Ele sabe que *estou bem* foram as palavras que repetiu por muito tempo.

— Sério, estou bem. Aliviado, no geral. Está quase acabando.

Alex se acomoda na poltrona.

— E como as coisas vão mudar depois do fim da temporada?

— Bem, acho que a equipe vai parar de tentar me ligar e me mandar mensagens e e-mails a cada cinco segundos — começa ele. Dev não falou com mais ninguém desde Macon. Deletou todas as redes sociais, e deleta todas as mensagens que chegam sem nem ler. Até mesmo as de Jules, até ela parar de tentar contato. Ele construiu uma vidinha para si mesmo aqui, morando na casa dos pais, escrevendo todos os dias no quarto onde cresceu, saindo de casa apenas duas vezes por semana para as sessões de terapia e para passear pelo parque com o cachorro maltês da mãe. Mas, pelo menos, é uma vida sem *Para o Todo Sempre*. Sem o ambiente tóxico e sem o fingimento.

— E, quando o hype do programa terminar, não terei que me preocupar de ver o rosto dele na capa de uma revista toda vez que estiver na fila do mercado.

— Ainda é difícil olhar para ele?

Dev esmaga a bolinha roxa com mais força.

— Sabe, Alex, qualquer dia desses você vai soltar uma frase afirmativa e aí eu vou perceber que passei de fase na terapia.

Alex aperta os lábios em desaprovação.

— Quer uma frase afirmativa? Você está usando o humor para desviar da sua dor emocional.

— Bingo.

Alex sorri e se levanta para pegar os chás. Dev levou *semanas* para ganhar um sorriso na terapia, mas no fim das contas o que ele precisava mesmo era de uma pessoa ríspida e direta, alguém que não cairia no charme e acharia que ele está bem. Alex sempre consegue ver o que há por trás das brincadeiras e repreende Dev por causa delas.

— Beleza, sim. Estou desviando. E, sim, ainda é difícil dar de cara com ele nas capas de revistas. Eu ainda... o amo. Acho que sempre vou amar.

Dev solta a bolinha para pegar a caneca que Alex lhe entrega, passando os dedos ao redor da cerâmica quente.

— Se você ainda o ama, por que não está com ele?

— Porque só amar não adianta! — Ele não quis gritar, mas Alex, acostumade com as explosões emotivas, nem pisca. — O amor *não supera* tudo. O Charlie era o nosso *astro*. Eu era o produtor. Mesmo se não tivesse dado merda com a Maureen, nós nunca poderíamos ser vistos juntos em público. Foi burrice da minha parte achar que a nossa história acabaria de outro modo, e eu espero que eu finalmente sinta que fiz a escolha certa depois que o programa acabar.

Alex bebe um gole de chá.

— Ao ir embora?

— Quer dizer, eu *sei* que fiz a escolha certa. Eu *me* escolhi — diz Dev, voltando para uma conversa que já rolou dezenas de vezes neste consultório. — Eu não poderia continuar trabalhando para um programa que trata as pessoas daquele jeito. Não poderia ficar parado vendo a Maureen Scott forçar — ele quase ganha coragem para dizer o nome dele mas vacila no último segundo — aquele final fictício. *Para o Todo Sempre* é um programa problemático, e eu precisei ir embora para cuidar da minha saúde. E *estou* mais saudável.

Está mesmo. Dev quase não se dava conta dos próprios problemas de saúde até começar a vasculhar todas as coisas que vivia ignorando. A depressão, sim, mas também o sonho de escrever, que ele sempre adiou por causa do programa. A crença enraizada de que a vida dele não merecia os holofotes. A dependência do álcool para anestesiar as emoções quando as coisas ficavam difíceis. O medo crônico de deixar que os outros vissem qualquer coisa além do Dev Divertido. O ressentimento silencioso para com os pais que, apesar de se esforçarem, nunca o entenderam.

Mas cá está ele, enfrentando todas essas coisas. Completamente sóbrio até o momento, de qualquer forma. Dev toma remédios para a depressão, e está se concentrando na carreira, dando duro para amar a si mesmo. Sabe que é um trabalho árduo que provavelmente vai durar a vida toda. E nada disso teria acontecido se ele continuasse preso ao programa.

— Sei que você acha que bloquear completamente o *Para Todo o Sempre* da minha vida não foi a melhor maneira de lidar com a situação, mas acho que não estaria tão bem se tivesse passado as últimas nove semanas o assistindo se apaixonar pela Daphne Reynolds numa vinícola.

Alex tamborila os dedos no queixo. Dev tem essa teoria de que elu faz parte do grupo de fãs de *Para Todo o Sempre*; toda vez que Dev menciona um detalhe do roteiro, Alex contorce o lábio superior. Se *está* mesmo assistindo ao programa toda semana, é óbvio que elu jamais mencionaria.

— Quando a temporada finalmente terminar, acho que estarei pronto para voltar para Los Angeles e superar de vez essa parte da minha vida.

— Você acha que não saber o que está acontecendo nesta temporada dificulta seguir em frente?

— Não. — Dev dá de ombros. — Eu já sei o que acontece. Eu vivi tudo.

Alex não diz nada por alguns minutos, e ambos ficam bebendo chá e encarando a janela. Está começando a chover.

— Você acha que estará pronto para voltar a namorar também?

Dev respira fundo três vezes e bate os dedos na caneca de cerâmica no padrão familiar que ele não consegue desaprender.

— Eu... eu não sei. Acho que minhas ideias sobre o amor estavam todas erradas.

— Como assim?

— Contos de fada não são reais. Não *existe* felizes para sempre. Eu sempre me apeguei a esses ideais românticos de mentira, esses ideais românticos *heteronormativos* sobre casamento, monogamia e a vida doméstica, e talvez seja hora de parar de basear a minha concepção de amor nessas narrativas prontas. Estou feliz agora. Estou saudável. Fechei um contrato com uma agente para o meu roteiro. Estou correndo atrás dos meus objetivos. Por que eu deixaria o mundo me convencer de que não sou o bastante sem um romance?

Alex se inclina para a frente e apoia a caneca na mesa de centro.

— Não sei se concordo — diz elu lentamente. — Que felizes para sempre não são reais, ou que ideais românticos são heteronormativos por si só.

É a frase mais afirmativa que elu já disse, e os olhos de Dev se concentram na aliança de casamento no dedo de Alex. Ele se pergunta, não pela primeira vez, quem espera por elu em casa durante essas sessões às sete da noite.

— Mas você tem razão, Dev. Não precisa de amor romântico para se sentir completo ou feliz. Se você não quer essas coisas, então — Alex acena as mãos como se estivesse lançando um feitiço — não quer, pronto. Mas preciso ter certeza de que você está abrindo mão dos seus antigos ideais românticos *porque* não os quer mais. E não por achar que não merece.

Dev imagina uma casa, um quebra-cabeça na mesinha de centro, plantas na janela. Os dedos dele sentem a caneca já fria.

— Se eu te perguntar uma coisa, me responde com sinceridade?

A boca de Alex se curva para baixo nos cantos, mas ele assente.

— Você assiste *Para Todo o Sempre?*

— Minha esposa assiste — diz Alex com honestidade, e Dev se surpreende. — Toda segunda à noite. É uma festa, na verdade. Que envolve até um bolão. E muito vinho.

Dev sorri.

— Entendi.

— Se *eu* te perguntar uma coisa, me responde com sinceridade? — Alex arqueia uma sobrancelha em direção a ele.

Dev assente.

— Você ainda pega no sono escutando aquela mensagem de voz antiga toda noite?

Ele está mais saudável, mas ninguém é perfeito, então volta a recorrer ao humor porque é tudo o que consegue fazer para manter o coração inteiro.

— Sabe, Alex, eu até quero te amar, mas às vezes você deixa tudo tão difícil.

Quando a sessão termina, Dev sai pela sala de espera vazia, e passa por uma pilha de revistas na mesinha de canto. Ele sabe que não deve olhar, mas olha mesmo assim. A edição da *Us Weekly* no topo estampa o rosto dele na capa, e Dev sente aquela dor familiar nas costelas enquanto o coração expande para além dos limites que deveria. O rosto está cansado, magoado. A manchete diz: "Será que Charlie Winshaw encontrará um final feliz?".

Dev sabe que não deve pegar a revista, mas pega mesmo assim. Ali, bem no canto, há uma foto pequena com uma borda branca. Ele e Daphne, lado a lado, embaixo de um guarda-chuva com estampa de bolinhas, sorrindo um para o outro. Na legenda: "Felizes para sempre?".

Uma foto, três palavras, o bastante para acabar com toda a indiferença que ele finge sentir. Dev chora na sala de espera, depois chora no carro, e dirige em círculos pelo bairro até poder entrar em casa sem parecer que estava em prantos.

Quando Dev entra na casa dos pais pouco depois das nove da noite, os dois estão sentados no sofá fingindo normalidade. O fato de ambos estarem lendo livros já entrega tudo, mas há também uma garrafa de vinho na mesinha de centro, o controle remoto apoiado no braço do sofá, e o rosto vermelho de vergonha da mãe como prova. Eles estão assistindo. Assistem toda segunda à noite quando o filho não está em casa. Embora acredite que seja num misto de curiosidade e desejo de protegê-lo, Dev está muito arrasado depois de tanto choro para se importar.

O pai dele levanta os olhos do livro como se estivesse tão entretido que não ouviu Dev chegando.

— Opa. Oi, filho. Já chegou!

— Devy — diz a mãe. — Como foi na terapia?

— Olha, a impressora voltou a fazer aquele barulho — o pai interrompe. — Pode dar uma olhadinha?

— Quer jantar? Tem comida na geladeira.

Morar com os pais aos vinte e oito anos é cansativo, mas eles estão se esforçando. E Dev está se esforçando para aceitar os esforços deles.

Ele promete dar uma olhada na impressora pela manhã, esquenta a comida e janta apoiado sobre a pia da cozinha, depois dá um beijo na bochecha da mãe antes de ir deitar.

No quarto, Dev imagina que, ao fechar a porta, se sentirá mais forte do que realmente é. Se sentirá indiferente à noite de hoje, à foto na revista e a todo o resto.

Porém, não é o caso, e em vez disso ele pega a jaqueta jeans no armário onde a deixa escondida. Dev se enrola na cama em posição fetal e pega o celular.

No primeiro mês depois que Dev foi embora de Macon, Charlie ligou todos os dias, deixando mensagens breves na caixa postal. Apelos rápidos, tristes e desesperados.

Por favor, me liga. Só quero conversar.

Eu te amo e você me ama. Simples assim, Dev.

Estou tentando respeitar sua saúde, mas não posso desistir de nós dois.

Oi, sou eu. Só entrando em contato mesmo. E vou continuar correndo atrás, Dev. Eu nunca vou parar de correr.

Embora Dev tenha deletado todas as mensagens de texto sem ler, e ignorado todas as ligações da equipe, ele escutava os cinco segundos da voz do Charlie toda noite antes de dormir. Punha as mensagens para tocar de novo e de novo, mergulhando no som de cada sílaba que saía dos lábios de Charlie.

As mensagens nunca duravam mais de dez segundos, exceto a última, que Charlie deixou cinco semanas atrás. Um minuto e quarenta e dois segundos — uma mensagem afobada e confusa que estilhaça Dev toda vez que ele lembra. Depois dela, Charlie nunca mais ligou.

Dev quer ser forte o bastante para não escutá-la agora. Ele também quer ser forte o bastante para não usar a caixa de sabonetes de aveia que comprou pela Amazon porque ter o cheiro de Charlie é uma forma de fazer com que aquelas poucas semanas que os dois tiveram juntos pareçam reais. Ele progrediu muito com sua saúde mental nos últimos três meses, e achou que perceberia que Charlie foi um erro enorme e autodestrutivo assim que começasse a ficar mais saudável. Quando melhorasse, ele achou que o buraco com o formato de Charlie no peito dele iria desaparecer naturalmente. Dev quer muito desapegar de todas essas ideias românticas idiotas.

Mas, se é assim, por que ele ainda sente saudade de Charlie? Por que ele foi a primeira pessoa para quem Dev quis ligar quando fechou o contrato com a agente para seu roteiro, e por que Charlie é a primeira pessoa com quem ele quer conversar toda vez que dá um passo importante na terapia? Por que ele não consegue resistir e pressiona o play, aproximando o celular do ouvido?

Hum, oi. Sou eu. De novo. Sei que você provavelmente nem escuta essas mensagens, e sei que provavelmente não está nem aí, e que talvez fosse melhor eu parar.

Parar *é a decisão saudável. Jules acha que eu deveria pegar um avião e aparecer na casa dos seus pais para te dizer como eu me sinto. Ela disse que é isso o que um Príncipe Encantado faria. Eu respondi que isso é o que um sequestrador faria.*

Aqui, Charlie dá uma risada, a mesma de sempre, e o som cutuca todos os buracos no coração de Dev.

Só que, se você quisesse me ver, a gente já teria se visto. Você teria vindo para Los Angeles. Aliás, eu te contei que estou morando em L.A. agora? Quer dizer, a gente não conversa, então acho que eu não contei. Tenho tantas conversas imaginárias com você — no chuveiro, indo para a academia, preparando o jantar — que às vezes eu me esqueço que a gente não se falou mais desde Macon. Mas, sim, comprei uma casa. Fica em Silver Lake e todos os meus vizinhos são jovens descolados, aposto que você iria odiar, mas era o único lugar à venda que deu para fechar um acordo rápido.

Foi tão esquisito — depois que eu comprei, fiquei andando de um cômodo a outro com uma sensação angustiante de que estava faltando alguma coisa. Daí eu mobiliei cada quarto, deixei a Parisa pendurar quadros em todas as paredes, e comprei plantas para colocar perto de cada janela, e só depois de alguns dias que eu fui me dar conta de que é você que está faltando. Eu ficava esperando te encontrar apoiado nas janelas, ou sentado no escritório escrevendo mais um roteiro, ou na cozinha queimando panquecas. Acho que eu gostava tanto da ideia de ter você no meu futuro, que ainda não aprendi a não te ter aqui.

Nessa parte, os segundos se arrastam em silêncio, estática e o som abafado de três respirações.

Isso foi bem egoísta da minha parte. Essa... essa mensagem toda é egoísta. Espero que você nunca escute. Acho que eu só precisava botar pra fora. Para aprender a te deixar partir.

Dev escuta a mensagem de novo e de novo até adormecer com o som. Quando acorda antes das sete na manhã de terça, ele tem trinta e seis ligações perdidas, algumas da equipe, mas a maioria de números desconhecidos. Há dezenas de mensagens e e-mails, e ele enfia o celular debaixo do travesseiro. Dev sai da cama, esconde a jaqueta jeans no fundo do armário e desce a escada para tomar café. Ele pensa em perguntar aos pais o que aconteceu no episódio de ontem para causar essa comoção toda em forma de ligações, mas, quando chega na sala de estar, é pego de surpresa pela presença de pessoas que não são seus pais.

Dev está tão chocado que precisa de um minuto inteiro para processar que é a equipe de *Para Todo o Sempre*. Em Releigh, Carolina do Norte. Uma semana antes da final ao vivo.

— Que. Porra. É essa?

Ele não sabe se está perguntando para os pais, que perambulam pela cozinha preparando café para as visitas, ou para as próprias visitas. Skylar Jones observa as fotos de Dev bebê na parede. Parisa Khadim pega creme para o café na geladeira dos pais dele. Jules Lu está perguntando à mãe de Dev onde ela comprou suas pantufas. Ryan Parker está sentado na frente do computador dos pais.

— É o negócio onde conecta a impressora — o pai de Dev está dizendo. — Você arrumou da última vez que esteve aqui, mas aquela luz está piscando de novo, e o barulho voltou também.

— Tudo bem, sr. Deshpande — diz Ryan, com toda a paciência. — Eu conserto.

Dev está prestes a perder a cabeça.

— Sério, o que vocês estão fazendo aqui?

Todos param o que estão fazendo e se viram, olhando para ele pela primeira vez em três meses. Pela primeira vez desde que Maureen Scott ameaçou Charlie e Dev fugiu no meio da noite deixando a bomba no colo de todo mundo.

De primeira, ninguém se mexe. Então, Jules — com jeans largos e uma camiseta do 'N Sync — atravessa a sala como se fosse abraçá-lo e dá um soco no braço dele.

— Isso é o que eu chamo de melhor amigo. O que custa atender o celular, seu cuzão?

— *Ai!* Então, você pegou um avião até aqui só pra me dar um soco?

— Não — diz Ryan enquanto a impressora cospe uma folha de teste. — Viemos até aqui para te fazer assistir.

Só então Dev percebe que o primeiro episódio de *Para Todo o Sempre* está pronto na tv dos pais. A imagem congelada mostra o sorriso cafona de Mark Davenport parado em frente ao chafariz do castelo.

— Não.

— Não queremos te amarrar no sofá, mas se for preciso a gente amarra — ameaça Jules.

— Eu até trouxe corda na mala — completa Skylar.

Dev não entende o porquê disso tudo — de terem viajado cinco mil quilômetros para fazê-lo assistir a uma temporada que já está pronta e encerrada. Por que não podem deixá-lo superar isso?

— Assistir é o mínimo que você pode fazer por ele — diz Parisa com raiva. Ela, obviamente, voou até aqui para assassinar Dev. E ele nem pode culpá-la.

— Sinto muito, mas não consigo assistir.

A mãe de Dev atravessa a cozinha vestindo seu pijama de seda por baixo do roupão do pai, recebendo produtores e agentes de Hollywood na cozinha com a confiança de quem faz isso todos os dias.

— Que tal se fizermos assim, Devy? Eu preparo frittatas para todo mundo e nós colocamos o primeiro episódio. Se você odiar, não precisa assistir o resto.

O pai tenta manter a expressão séria.

— Seus amigos vieram de Los Angeles, e seria muita falta de respeito fazê-los perder viagem.

— Tá bom, beleza. — Dev concorda, mas só porque tem terapia de novo amanhã, e poderá contar para Alex que parou de evitar o programa e, depois de assistir Charlie saindo com outras mulheres por nove episódios, Dev talvez finalmente pare de sentir saudade dele.

Dev se senta no sofá entre Skylar e Jules, e todos se acomodam. A música de abertura preenche a sala e Mark Davenport está na tela, todo galã e bonitão.

— Prontos para conhecerem o nosso Príncipe Encantado? — pergunta ele com uma empolgação exagerada. Dev sente um aperto no peito, sabendo que Charlie vai aparecer na tela em alguns segundos. Jules segura a mão esquerda dele. Skylar segura a direita. As duas o apertam com força.

— A jornada será intensa — diz Mark na tela. — Esta temporada é literalmente diferente de tudo o que já fizemos. É um divisor de águas.

— Nós dizemos isso sobre todas as temporadas — murmura Dev. Jules dá um soco na perna dele para que ele fique calado.

Mark Davenport continua falando em off. A primeira imagem de

Charlie é a infame cena do cavalo, que fez Ryan mudar de cargo. Depois, a câmera corta para Charlie de pé numa montanha, com cabelos ao vento e sorriso carinhoso, e Dev se engasga com todos os sentimentos do passado. Quase não se parece com o Charlie de verdade — os braços rígidos, a postura certinha demais e o rosto contorcido numa careta. Ainda assim, é o homem mais lindo que Dev já viu.

Mark encerra a introdução do programa.

— Prontos para essa nova jornada em busca do amor? *Para Todo o Sempre* está começando!

O nome do programa aparece na tela, e agora é a parte em que começa de verdade. Dessa vez, a imagem volta para Mark Davenport, já no estúdio onde a final ao vivo é gravada, caminhando com elegância.

— Agora, antes de começarmos, devo alertar... o príncipe desta temporada é meio desengonçado. Nem sempre está pronto para as câmeras. Esta temporada de *Para Todo o Sempre* será diferente. Vamos abrir as cortinas um pouquinho, dando a vocês acesso inédito ao que realmente acontece nos bastidores. Tudo pode acontecer.

Dev sabe que, na realidade, muita coisa *não pode* acontecer, mas já está absorto quando o programa começa de verdade. Depois de um intervalo comercial, Daphne Reynolds sai da carruagem e Dev se lembra daquela noite, constrangido por Charlie mais uma vez. A interação de Charlie com Daphne é terrível. Ele está travado e desinteressado, e a vergonha alheia é tanta que Dev está prestes a implorar para que desliguem a TV quando algo *realmente* inédito *de fato* acontece.

Dev aparece na tela. Ele entra em cena, sinaliza para as câmeras. O microfone capta as palavras *cinco minutos* antes que ele atravesse o set em direção à limusine.

— Qu...

— Assiste — Jules chia.

Ele assiste, e vê algo que não via desde aquela noite quando ele estava na limusine convencendo Angie a dançar com Charlie. Mark Davenport se aproxima de Charlie e coloca a mão sobre o ombro dele.

— Sei que você está nervoso, mas não se preocupe. Dev, seu produtor, é o melhor e vai cuidar muito bem de você. Não vai te deixar fazendo papel de idiota para milhões de espectadores.

Mark ri e Charlie meio que solta um ganido, e aí Dev sai da limusine e volta na direção de Charlie. Ele leva a mão até o cabelo do príncipe, ajustando a coroa. Charlie fica corado com o toque de Dev, e isso é mostrado para quem quiser ver. Charlie, uma hora depois de os dois se conhecerem, todo desconcertado por causa de Dev e não de Daphne.

— Você consegue — diz Dev, e Charlie abre um sorriso tímido, que causa um aperto no peito do Dev de verdade, sentado no sofá. — Eu acredito em você.

Dev sai de cena, e o programa volta ao normal, com Angie descendo da carruagem.

— É isso o que a gente queria que você assistisse — diz Jules, toda orgulhosa. — Isso é *Para Todo o Sempre*.

De volta à tela, o programa mostra o que aconteceu depois das carruagens, depois que Skylar grita "corta!".

— Você está indo bem pra *piiiii!* — Dev diz para Charlie, que abre um sorriso enorme e sincero, e é como assistir Charlie se abrindo um pouquinho pela primeira vez.

Quando o segundo episódio começa logo em sequência, Dev nem se mexe. Há muitas cenas de Charlie e de Dev que ele nem sabia que existiam: cenas de Dev sentado ao lado de Charlie no dia em que Megan fingiu ter se machucado na Aventura em Grupo; cenas de Dev tentando acalmá-lo naquela noite depois que Charlie beijou Angie pela primeira vez; cenas dos dois rindo no set, cenas em que aparecem contando piadas entre uma gravação e outra, *cenas até demais* de Dev arrumando o cabelo de Charlie.

Apesar disso tudo, ainda é uma temporada normal de *Para Todo o Sempre*. As tradicionais Aventuras em Grupo, as mulheres suspirando por Charlie e Charlie suspirando por elas. Todo o drama acontece como deveria, com as participantes brigando no castelo, Megan assumindo perfeitamente o papel de vilã, o suspense antes das Cerimônias de Coroação. A equipe de edição apenas expandiu o escopo do programa, abrindo um espacinho para Dev.

Os episódios passam voando. Quando Charlie tem o ataque de pânico com Daphne durante o baile e corre para os braços de Dev, fica óbvio na expressão de Dev que ele se importa de um jeito que não deveria. Assistir a si mesmo se apaixonando por Charlie é como se apaixonar tudo de novo.

Dev permanece sentado na sala onde descobriu *Para Todo o Sempre* pela primeira vez e não se mexe nem para ir ao banheiro, comendo apenas quando a mãe leva algo diretamente à boca dele. Ele assiste a uma cena com Charlie e Angie na Alemanha que não sabia que existia.

— Eu só quero que o Dev fique bem — diz Charlie, com tristeza.

— Meu bem, eu sei. Eu sei — responde Angie, e o país inteiro também deve saber.

Dev assiste ao show do Leland Barlow. Entrevistas que ele nunca viu.

— Ele me contou sobre o plano esses dias! Acho que Dev vai se surpreender — diz Daphne, toda boba.

— Acho que essa é a coisa mais fofa que alguém poderia fazer para o próprio produtor — diz Angie, descarada horrores.

Charlie explica para o público:

— Dev, meu produtor, passou por um momento complicado na Alemanha, e eu queria fazer algo especial para animá-lo. O programa iria trazer um cantor de country para a Cidade do Cabo, mas eu consegui mudar os planos.

A TV mostra Dev perdendo a cabeça ao ver o Leland Barlow, e depois a festa com as participantes e a equipe. Jules rodopia entre os braços de Dev e Charlie, e eles dançam meio sem jeito a noite inteira. A noite em que Dev percebeu que amava Charlie.

Então começa a última noite.

A Cerimônia de Coroação em Macon, Daphne pedindo para falar com Charlie enquanto as câmeras os seguem até a alcova. Bem ali, na tela da TV dos pais de Dev, Daphne diz a Charlie que cansou de fingir, e Maureen grita e aparece de supetão na cena.

O programa corta abruptamente para Charlie sentado numa cama de hotel. Num segundo Dev reconhece que é *o* quarto de hotel. No Courtyard Marriott. O lugar onde ele viu Charlie Winshaw pela última vez.

— Chegou a hora de ser sincero — explica Charlie para as câmeras numa entrevista. — Eu entrei neste programa pelos motivos errados. Queria uma chance para reconstruir minha carreira, e sei que o que eu fiz não foi justo, nem com as participantes que vieram em busca de amor, nem com as pessoas que trabalham aqui. A questão é... — Lágrimas escorrem dos olhos lindos e cinzentos dele. — Eu não achei que seria possível encontrar o amor neste programa. Mas eu estava enganado.

Mark Davenport aparece de volta no estúdio. Ele está de pé no palco, com o terno de alfaiataria, e uma expressão dura e otimista ao mesmo tempo.

— A jornada foi bem intensa até agora, e tenho certeza de que não era isso o que vocês estavam esperando. Para ser sincero, também foi uma surpresa para nós. Mas o amor é assim mesmo, não é? — diz o apresentador com brilho nos olhos. — Às vezes, ele surge quando menos se espera. E, quando isso acontece, o nosso programa está aqui para ajudar as pessoas a encontrar um felizes para sempre. Qual será o desfecho para o nosso astro? Fiquem ligados na próxima semana, para uma final emocionante e imperdível.

E é isso. Acabou. Não há mais nada para assistir, porque não tem final ao vivo. Ela ainda não aconteceu.

Dev salta do sofá, incapaz de conter o nervosismo. O corpo explode de dor por ter ficado sentado na mesma posição por um dia inteiro. Ele olha ao redor da sala. Para o pai, sentado na mesa da cozinha. Para Ryan, dormindo na poltrona reclinável do pai. Para Parisa, sentada no sofá de dois lugares com a mãe dele, e para Jules e Skylar, ainda no mesmo lugar. Elas não saíram do lado dele. Nem por um segundo, durante doze horas consecutivas.

Todos o encaram de volta, e Dev não sabe por onde começar. Então começa pelo óbvio:

— Como vocês convenceram a Maureen a fazer isso?

— Maureen Scott não faz mais parte de *Para o Todo Sempre* — responde Skylar.

Dev se senta de novo.

— Peraí, como assim?

— O engraçado sobre discriminar alguém por causa da sexualidade — começa Parisa, nem um pouco de brincadeira. — É que é crime. Maureen cometeu um crime ao forçar Charlie a pedir uma mulher em casamento depois que ele se assumiu. Charlie logo me ligou e nós acionamos os advogados.

298

— Maureen achou que poderia forçar Charlie a continuar no armário porque ele assinou um contrato — completa Jules. — Mas a emissora viu as coisas com outros olhos quando a Parisa meteu um processo por discriminação. Eles decidiram rapidinho que o melhor a fazer era encerrar qualquer ligação com a Maureen.

Parisa faz uma reverência ao ver Dev boquiaberto.

— Maureen recebeu uma rescisão de dez milhões de dólares, então não é como se a justiça social tivesse vencido, mas, depois que ela foi demitida, a emissora não viu problema algum em adaptar a narrativa para que ela refletisse o que rolou de verdade na temporada. Conseguimos mexer um pouco nos primeiros episódios e mudar tudo na segunda metade.

— Nós tínhamos a cessão de direitos de imagem que você assinou, mas ainda assim tentamos entrar em contato com você antes de o programa ir ao ar. Infelizmente, o fofinho decidiu ficar três meses sem falar com a gente — explica Parisa, com um tom que revela uma mágoa verdadeira por trás da voz afrontosa de sempre.

— *Nós?*

Parisa ajusta o rabo de cavalo.

— Você sabe que eu adoro resolver uma boa bucha de relações públicas, e o *Para Todo o Sempre* é a maior bucha que já existiu. Eles me contrataram como a nova diretora de RP durante a transição para a nova identidade do programa.

Ele nunca pensou que uma coisa dessas fosse possível. Nunca acreditou que essa versão de *Para Todo o Sempre* pudesse existir. Nem sequer imaginou um final assim.

— Eu... eu não acredito. Não acredito que isso foi *ao ar*.

— É a verdade — diz Skylar dando de ombros.

Dev a analisa. Sem antiácidos, sem estresse. O cabelo dela está até voltando a crescer. Devagar. Mas crescendo.

— E, para ser sincera, essa temporada não teria acontecido se o Charlie não tivesse lutado por ela. Todos nós erramos ao trabalhar para a Maureen. Deixamos passar muitas coisas. Ficamos calados quando deveríamos ter nos posicionado. Me desculpa por não ter sido uma chefe melhor, Dev. Eu deveria ter falado alguma coisa quando sabia que você estava passando por problemas.

299

— Eu não queria que vocês soubessem da minha depressão — responde Dev, friamente. — Não queria que ninguém visse esse meu lado.

Skylar balança a cabeça.

— Todos nós temos dificuldades, Dev. Você acha que não faço terapia por causa da minha ansiedade? Acha que não preciso de remédios e ajuda às vezes?

Eles nunca tiveram esse tipo de conversa no set, então ele não sabia. Com Maureen no comando, o lema sempre foi *muito trabalho e boca fechada*. Não havia espaço para discussões emocionais. Não havia espaço para *respirar*, porque esse é o preço de produzir o tipo de entretenimento que as pessoas querem ver.

— Meu Deus, se o programa já não estava indo bem antes... como os fãs reagiram a essa temporada?

— Nem tudo foi fácil. — Skylar infla as bochechas. — Nem todos os fãs continuaram assistindo quando ficou nítido que estávamos promovendo um relacionamento gay. Claro que ninguém usou isso como justificativa. Falaram que estavam tristes por termos deixado o astro se relacionar com o produtor fora das câmeras, mas ficou bem óbvio o motivo por trás. Rolaram até alguns... boicotes.

— Mas — Ryan interfere, acordado do nada. — Também conseguimos um monte de novos patrocinadores e espectadores. Na real, ter quebrado as regras pode ter sido a salvação do programa.

O cérebro de Dev ainda está em processo de assimilar todas as informações, empilhando uma sobre a outra como peças de Jenga.

— E a capa da *Us Weekly*? Aquela foto do Charlie com a Daphne?

Parisa revira os olhos.

— Você já está há um bom tempo nessa indústria, Dev. Não consegue reconhecer um truque de publicidade?

— Daphne será a nossa próxima princesa — explica Jules. — E precisamos manter a relevância dela com o público até o anúncio durante a final.

Dev fuzila Parisa com o olhar.

— O programa está passando por uma transição de marca, e você escolhe a sem-sal da Daphne como próxima estrela?

Os quatro trocam olhares esquisitos.

— As coisas com a Daphne ficaram... — Ryan tenta encontrar uma palavra vaga o bastante — ... *interessantes* depois que você foi embora.

— A gente achava meio impossível você não estar sabendo de tudo o que rolou na temporada — intervém Jules.

Dev pensa nas sessões de terapia com Alex, que certamente sabia, mas respeitou os limites dele. Pensa nos pais assistindo ao programa escondidos toda segunda. Não sabe se está grato ou furioso por ninguém ter falado nada.

— Daí ligamos para a Shameem e descobrimos que você tinha deletado todas as redes sociais — continua Ryan. — E achamos que seria melhor vir até aqui e te mostrar o programa, para ver se por um acaso você quer...

— Por um acaso eu quero o quê?

— Dev — diz Parisa. — Charlie colocou tudo em jogo. Ele lutou por uma temporada que contasse a verdade, e a última coisa que o mundo viu foi você o deixando em Macon sem dizer uma palavra. Ele ficou arrasado. — Ela parece muito magoada, e Dev entende, afinal ele machucou a pessoa que ela mais ama no mundo, e amar alguém também significa tomar as dores. — Mas a temporada não acabou. Ainda temos a final ao vivo, temos uma chance para você fazer o que é certo.

Finalmente Dev entende o verdadeiro motivo pelo qual eles atravessaram o país. Todos ali têm um programa para fazer, uma história para encerrar, um conto de fada que precisa de um final feliz. Dev pensa nos episódios que acabou de assistir, e no buraco com o formato de Charlie que existe em seu peito. Ele pensa na casa em Silver Lake, nas plantas na janela, em Charlie com um suéter macio. Ele pensa numa cama cujos lençóis sempre têm cheiro de sabonete de aveia e em uma vida completa com *ele*. Num aparador na sala dos pais, há uma bandeja e uma tigela, enviadas do outro lado do mundo por Charlie Winshaw.

Então Dev pensa em como era a vida há três meses, em quem ele é agora e em quem quer se tornar e...

— Desculpa, mas não posso.

Dev se vira e sai da sala.

É Jules quem aparece, quem o encontra aos prantos segurando a jaqueta jeans na cama onde ele dormiu por anos. Ela se senta no canto e Dev espera por um discurso inspirador que o motive a arriscar tudo para fazer uma declaração de amor para outro homem em plena TV aberta.

— Você me deixou também, sabia? — diz Jules, depois de um tempo, amarga e sem nenhuma simpatia. — E foi um saco.

No momento, Dev prefere ouvir gritos à puxação de saco, então se senta e segura a mão dela.

— Jules.

Ela o interrompe.

— Não quero que você peça desculpas, tá bom? Eu entendo. Você não estava bem de saúde e precisou fazer o que era melhor para você. E a nossa amizade sempre foi assim, com você mantendo uma certa distância. Nunca deixou que eu me aproximasse de verdade. Eu estava falando sobre isso na terapia e...

Dev arqueia as sobrancelhas.

— Sim, eu faço terapia. Todo mundo faz, porra! — ela grita. — Também não sou muito boa em deixar os outros se aproximarem e não gosto de ser vulnerável na frente de ninguém. Mas minha preocupação era que você não me deixava te ver de verdade porque tinha medo de que eu não fosse te amar por inteiro.

As palavras de Jules o destroem tanto quanto aquela capa de revista, expondo o medo que Dev sempre carregou no peito. E ainda carrega.

— Caso eu esteja certa, quero que você saiba que eu te amo do jeito que você é, mesmo quando você é um covarde cuzão que dá perdido nos seus amigos por três meses — diz ela, do jeitinho clássico de Jules Lu. Então, ela faz algo nem um pouco Jules ao pegar as duas mãos de Dev, levando-as até o coração dela, bem ao lado do rosto de JC Chasez. — Você merece o meu amor do jeito como você é, e merece o amor dele também.

Ele começa a chorar de novo, mas Jules não solta as mãos dele nem o deixa esconder as lágrimas.

— Você merece o amor que passou seis anos arranjando para outras pessoas. Você merece ser feliz para sempre.

— Feliz para sempre? — ele ri, e uma inconveniente gota de meleca escorre do nariz até os lábios de Dev. Jules faz a gentileza de fingir que não viu e o libera para que ele pegue um lenço. — Você nem acredita em felizes para sempre. Você acha o nosso programa idiota.

— O nosso programa *é* idiota. A gente já fez uma mulher esquiar na neve na Suíça só de biquíni no meio do inverno. As pessoas entram no programa desesperadas para se casar, se iludem até acreditar que se apaixonaram de verdade. Mais da metade dos casais não fica junto por mais de seis meses.

— E o Brad e a Tiffany? Eles são casados há quinze anos e têm três filhos.

— Sim, a gente fala deles o tempo todo.

— Ou o Luke e a Natalie, o Greg e a Jane, o Brandon e a Lindsay...

— A questão é — Jules interrompe. — A maioria das pessoas não se apaixona em dois meses. Mas, às vezes, você conhece uma pessoa e simplesmente *sabe*. Daí a gente coloca os dois num barco em Bali porque é impossível não se apaixonar num barco.

— Vou cobrar pelo uso da minha frase.

Jules aperta a mão dele com toda a força do mundo.

— Essa lista que você acabou de recitar com os poucos casais que deram certo... você notou algo em comum entre eles?

— São todos nomes fáceis de encontrar em placas decorativas numa loja de lembrancinhas?

— Sim, são todos brancos, héteros, de classe média, cristãos e *gatos pra caramba*.

Dev ri, tomando cuidado para não deixar a meleca escorrer de novo.

— *Para Todo o Sempre* é um bom programa para vender um tipo bem específico de história de amor. A maioria das pessoas que entram no programa são todas iguais, mas o Charlie...

Só o som do nome dele faz o coração de Dev quase saltar pela boca.

— Alguém como Charlie nunca deveria ter entrado no programa, mas ele entrou. E ele é muito especial.

— Eu sei — sussurra Dev. — Ele é a pessoa mais incrível que eu já conheci.

Jules parece estar com vontade de dar um tapa na cara dele.

— Então, qual é o problema, porra?

— E se eu for igual às participantes ingênuas? E se... e se o amor que eu desejei a vida toda não for real? E se não existir essa coisa de felizes para sempre?

Jules pega as mãos entrelaçadas e as apoia no colo, mas ainda assim se recusa a soltar Dev.

— Eu não acho que felizes para sempre é uma coisa que acontece com a gente, Dev. Acho que é uma coisa que a gente escolhe fazer acontecer.

Notas do roteiro para edição: Temporada 37, Episódio 10
Data de exibição: Segunda-feira, 15 de novembro de 2021
Roteiro: Jules Lu
Produção executiva: Ryan Parker
Cena: Entrevistas com Angie Griffin, Lauren Long e Daphne Reynolds na final ao vivo
Locação: Estúdio em Burbank

MARK: Você está decepcionada com o rumo que as coisas tomaram?

ANGIE: Decepcionada? Ha-ha, nem um pouco. Olha, eu só me inscrevi no programa por causa de uma aposta. Nem adianta me olhar desse jeito, Mark. Já fiz coisa muito pior para beber de graça. Imaginei que, no melhor dos casos, poderia viajar para alguns lugares legais com algumas pessoas bacanas antes de começar a faculdade de medicina. E eu estava certa: essa parte foi incrível. Mas eu nunca acreditei que os casais do programa se apaixonavam *de verdade*. Acho que ainda não acredito, já que passamos o tempo todo fingindo, mas a verdade é que, no fim das contas, também me apaixonei no programa. Me apaixonei pelo Charlie. Me apaixonei pela Daphne, que acabou se tornando uma das minhas melhores amigas. Não é amor romântico, mas acho tão importante quanto.

MARK: Qual foi a principal lição que você aprendeu no programa?

LAUREN: Aprendi que é possível estar tão apaixonada por uma ideia a ponto de não conseguir enxergar a realidade. E aprendi que quero algo de verdade.

MARK: O que você diria se pudesse voltar seis meses no tempo e dar um conselho para si mesma lá no começo dessa jornada?

DAPHNE: Eu me mandaria parar de correr atrás da ideia que as outras pessoas têm sobre o amor. E que eu mereço o tipo de amor que realmente quero.

A final ao vivo

Burbank, Califórnia — Segunda-feira, 15 de novembro de 2021

CHARLIE

— *Por favor*, posso tirar essa porra de coroa?

Jules alisa a gravata roxa dele, e depois inclina a cabeça.

— Nem pensar.

— Eu nem sou mais um príncipe — argumenta ele. — Sou só um homem prestes a falar com outro homem sobre como um terceiro homem partiu meu coração na TV aberta.

— E você vai fazer isso usando a porra da coroa. — Jules para de arrumar o visual dele para verificar o estado emocional de Charlie. — Você vai ficar bem?

— Sim, Jules.

— Ensaiou as perguntas que eu te mandei?

— Ensaiei.

— E sabe que se, a qualquer momento, você ficar desconfortável ou precisar de uma pausa, só precisa...

— Eu sei.

— Está bem mesmo?

— Bem mesmo.

E ele está. Em cinco minutos, Charlie se sentará num sofá neste estúdio em Burbank, cara a cara com Mark Davenport e na frente de quatro câmeras, uma plateia e vinte milhões de espectadores, para falar em detalhes sobre a temporada que foi ao ar nas últimas nove semanas. Ele será forçado a comentar tudo, forçado a reviver a dor. Embora Charlie tenha tido três meses para lidar com o que aconteceu em Macon, para os espectadores de todo o país, *acabou* de acontecer no episódio da semana passada. Em nome do entretenimento, será preciso pôr o dedo em feridas antigas, mas Charlie está bem. Superbem.

De onde está, escondido atrás da cortina, Charlie consegue ver que está quase na hora de começar. As luzes do estúdio já estão posicionadas, e os assistentes de Mark já o ajeitaram na poltrona. Ele consegue ouvir a voz de Skylar anunciando:

— Ao vivo em trinta!

Então ela começa a contagem regressiva, engolindo os três últimos números enquanto o coração de Charlie conta dentro do peito.

Três... dois... um...

— Sejam bem-vindos à final ao vivo da temporada mais incomum na história de *Para Todo o Sempre*. — A plateia aplaude em resposta, e um maquiador faz os últimos ajustes no rosto de Charlie. — Hoje vamos conversar com o nosso príncipe e ver como ele está desde que as filmagens terminaram inesperadamente em Macon. Sabemos que ele entrou no programa com intenções nem um pouco nobres em termos de encontrar uma princesa, mas, no final, acabou encontrando algo muito melhor. Dá uma olhada!

Num monitor na frente dele, Charlie assiste à exibição de um resumo de todas as cenas em que ele e Dev apareceram juntos. O relacionamento inteiro, com uma música do Leland Barlow ao fundo, editado numa montagem linda. Charlie imagina seu corpo inteiro transformado em pedra, em algo inabalável para que as memórias não possam penetrar.

— Agora, vamos falar com ele. Com vocês: Charlie Winshaw!

Jules dá um tapinha nas costas dele e Charlie entra sob os holofotes. A plateia vai à *loucura*. Ele não consegue ver — felizmente, as luzes do estúdio transformam todos em silhuetas —, mas consegue escutar os gritos. Uma voz aguda grita:

— Charlie, eu te amo!

E uma mais grave:

— Deixa eu ser seu príncipe!

Charlie acena, todo tímido, em direção às sombras do público. Ele sabe que não leva jeito para isso. E, pela primeira vez, não se importa.

— Minha nossa. Obrigado, gente! Muito obrigado.

Ele tropeça no único degrau que leva à plataforma onde Mark o aguarda. A plateia ri, mas Charlie sabe que desta vez estão rindo com ele.

— Bem, parece que está todo mundo bem empolgado em te ver — brinca Mark Davenport enquanto os dois se acomodam.

Charlie desabotoa o blazer e se recosta casualmente no sofá.

— Será que estão mesmo?

O nervosismo dele recebe uma salva de palmas em resposta, e não é incrível como é da versão mais verdadeira de Charlie Winshaw que as pessoas mais gostam?

— Depois de tanto tempo, seja bem-vindo ao programa. Como estão as coisas desde que terminamos as gravações?

— As coisas estão... — começa Charlie. Ele hesita, respira três vezes. Ao terminar: — Bem, por um tempo foi meio merda, né?

Algumas pessoas na plateia riem. Outras emitem sons em apoio.

— No começo foi bem difícil — confessa ele com honestidade, porque é isso o que o público quer, e porque ser o mais honesto possível é tudo o que Charlie quer. — Ficar de coração partido na tv aberta é meio zoado. Mas felizmente fiz grandes amizades aqui no programa. Não só Angie e Daphne, mas também os membros da produção que me ajudaram a passar por tudo isso. No fim das contas, eu não trocaria minha experiência aqui por nada.

— Sei... — diz Mark. E ele sabe mesmo, porque Charlie enviou as respostas por e-mail com antecedência. — Fale mais um pouco sobre isso.

— Como vocês já sabem agora — começa Charlie, apontando para a plateia. — Eu entrei no programa porque achava que tinha algo a provar para o mundo. Fui diagnosticado com transtorno obsessivo-compulsivo aos doze anos, e com síndrome do pânico no fim da adolescência, mas cresci numa família que não reconhecia, respeitava ou aceitava essas partes de mim. Eles sempre me fizeram sentir que esses aspectos da minha identidade me tornavam menos digno de ser feliz. Quando comecei minha jornada no programa, queria convencer o mundo de que era uma pessoa que não sou, mas, ironicamente, minha passagem pelo *Para Todo o Sempre* me ajudou a encontrar minha essência verdadeira. Aprendi que mereço o amor, seja ele romântico ou não.

A plateia explode em mais uma salva animada de palmas. Os sentimentos são dele, mas a maioria das palavras são de Parisa, que há três noites sentou com ele no chão do quarto e o ajudou a encontrar o jeito certo de expressar a importância de tudo isso, permitindo que Charlie fosse ele mesmo.

— Sei que o seu objetivo era voltar a trabalhar com tecnologia — diz Mark, perfeitamente ensaiado. — Isso já aconteceu?

— Recebi algumas propostas, sim, mas a verdade é que o meu desejo de trabalhar nessa área estava muito ligado à ideia de que o meu valor dependia da minha profissão. Nunca fui feliz nesse mercado. E percebi que o que estamos fazendo na Fundação Winshaw é mais importante, então não estou procurando por nenhuma oportunidade profissional no momento.

— Todos os fãs do programa estão muito orgulhosos de você, Charlie — afirma Mark, com uma transição perfeita. — Mas agora vamos ao que interessa. — A plateia ri. — Você chegou a conversar com o Dev depois que as gravações terminaram?

Charlie sente a garganta arder, o peito encolher. Ele respira fundo três vezes, tamborila os dedos no joelho e responde:

— Não, não falei. Acho que ele não quer falar comigo, mas, sinceramente, acredito que é melhor assim.

Mark não diz nada, e Charlie sabe que ele deveria continuar falando para preencher o silêncio, mas essa parte não foi roteirizada. Foi difícil demais se sentar na frente de Parisa e pensar em contar a ela sobre as mensagens de voz, as conversas imaginárias com Dev, as caminhadas pelos cômodos esperando encontrá-lo. Que, apesar de todas as evidências provarem o contrário, Charlie poderia alcançar Dev e se prender a ele.

— A questão é que, às vezes, esse programa... sem ofensas, Mark. Você sabe o quanto eu passei a amar o *Para Todo o Sempre*. Mas às vezes este programa te faz acreditar que um relacionamento é capaz de te consertar. Por mais que eu tenha crescido muito durante as gravações, esse processo dependia muito do Dev, e, quando ele foi embora, percebi que a minha felicidade não pode depender de outra pessoa. Tenho aprendido a levar uma vida mais saudável sozinho e, onde quer que ele esteja, espero que o Dev esteja fazendo o mesmo.

— Mas, se você pudesse falar de novo com o Dev — provoca Mark, inclinando o corpo para a frente. — O que você diria para ele?

— Eu... não sei se conseguiria falar com o Dev de novo — responde Charlie. É o tipo de honestidade que o deixa sem fôlego. Ele vive falando com Dev mentalmente, mas a ideia de vê-lo de novo, a ideia de ter que aprender a dizer adeus *de novo*, machuca demais. — Seria muito difícil conversar com ele. Acho que eu e o Dev somos pessoas que precisaram estar presentes na vida um do outro por um momento breve. O final feliz não existe pra gente, mas isso não significa que a felicidade que compartilhamos foi menos importante ou menos verdadeira. Acho que...

Por trás dele, um produtor está gritando e Charlie se perde, achando que o programa foi para um intervalo comercial. Talvez agora ele tenha dois minutos para correr para trás das cortinas e chorar sozinho, porque não importa o quão honesto Charlie tente ser, algumas coisas são só dele.

Só que Skylar não grita "corta!", e o produtor continua gritando, continua xingando num volume que os microfones do estúdio com certeza estão captando. Quando se vira em direção ao som da comoção, Charlie vê alguém correndo até o palco e, por um momento, se assusta. Enquanto a reação da maioria das pessoas à temporada foi de muito amor, ainda é arriscado ser uma pessoa queer que fala sobre saúde mental na internet, mesmo para homens brancos extremamente privilegiados como ele. Ele sabe que Angie e Daphne precisaram lidar com coisa muito pior depois que o programa foi ao ar.

— Bem, não foi exatamente assim que nós planejamos — diz Mark, beirando a irritação enquanto encara o homem no set. O penetra para próximo à plataforma e Charlie cerra os olhos contra a luz dos holofotes e vê um par de calças pretas e justas e uma jaqueta jeans ridícula de tão grande.

É o Dev.

DEV

Eu não sei se conseguiria falar com o Dev de novo.

Foi o que Charlie disse. O que Dev temia. Enquanto entrava no avião, enquanto entrava na limusine a caminho do estúdio, enquanto esperava no camarim assistindo ao homem que ele ama falando sobre como está feliz sem ele. Por que Charlie iria querer falar com Dev de novo? Depois de tudo, por que Charlie iria querer vê-lo?

Charlie disse aquelas palavras — *eu não sei se conseguiria falar com o Dev de novo* — e Dev marchou para fora do camarim. Parte dele queria sair correndo do estúdio e chamar um Uber. Mas ele acabou indo parar no palco.

Dev nunca esteve desse outro lado antes. Esse outro lado é assustador.

As luzes são quentes e fortes demais. Dev cerra os olhos, tentando ajustar a vista. A plateia parece composta de sombras, e ele dá dois passos trôpegos para a frente e congela. Skylar está atrás da câmera xingando-o.

O público reage à presença inesperada de Dev com um suspiro coletivo e Charlie se levanta do sofá lentamente. Ele parece diferente. O cabelo está mais curto na frente, e ele emagreceu, mas não é só isso. O jeito como Charlie se porta, tão confiante, tão inabalável, tão certo do que fazer com os braços.

Eles estão a uns dez metros de distância, separados pelo chão brilhante do estúdio, dois meses de lembranças e três meses sem contato.

— Oi — diz Charlie, encerrando o silêncio antes.

— Oi — responde Dev.

Tudo fica quieto demais, parado demais, e o cérebro de Dev vira estática de microfone. Ele esquece tudo o que planejou dizer. Tinha roteirizado essa cena dezenas de vezes para outras pessoas, mas não faz ideia do que falar agora que está aqui. Agora que é *real*.

Ele diz:

— Eu sei que estraguei a porra toda.

E depois:

— Merda, não posso falar "porra" ao vivo. Ai. *Porra.*

Dev passa os dedos pelo cabelo e tenta respirar fundo três vezes. Quando levanta a cabeça, vê Charlie sorrindo a dez metros de distância, um sorriso que parece encorajador. Ele dá um passo adiante.

— O que eu quero dizer é: eu sinto muito. Sei que você não quer falar comigo, mas sinto que te devo pelo menos um pedido de desculpas.

Dev dá mais um passo, observa Charlie ficando tenso e para.

— Desculpa se fui embora sem te avisar, mas senti que nunca seria possível você me escolher de verdade, então eu escolhi a mim mesmo. Achei que não tinha espaço para mim, para nós, neste programa, mas você foi lá e mudou as regras, porra! Quer dizer, *poxa*!

Dev para e olha para Charlie, e o olha por inteiro. Ele tira um minuto para apreciar a beleza única deste homem de terno cinza, caso seja sua última oportunidade. O minuto se prolonga. Dev não se move e Charlie também não, e parece que não há nenhuma câmera. Nenhuma plateia. Nenhuma Skylar gritando no ponto e nenhum Mark Davenport todo animado na poltrona. Só existe Charlie. Só existe Dev.

Charlie estilhaça o momento.

— Isso parece mais uma justificativa do que um pedido de desculpas.

— Não dá para ser os dois? — Dev dá de ombros de um jeito tímido, esperando que de alguma forma consiga usar o charme para se livrar dessa humilhação pública. Mas, até aí, ele humilhou Charlie publicamente quando foi embora, então talvez Dev mereça isso. — Me arrependo de ter desistido quando as coisas ficaram difíceis. Me arrependo de não ter vislumbrado outro final para a nossa história. Mas não me arrependo de ter ido embora, porque eu precisava aprender a cuidar melhor de mim mesmo.

— Eu sei — diz Charlie. Ele dá um passo adiante, e Dev dá um passo adiante e agora Charlie está a apenas dois Devs de distância. — Você veio até aqui falar comigo na frente de vinte milhões de pessoas só para isso? Para se desculpar?

Dev quer dizer que sim. Quer sorrir, fazer piada e ser o Dev Divertido. Charlie não quer falar com ele, e seria muito mais fácil voltar e se comportar como antes, como se tivesse vestido aquela jaqueta jeans sem querer, e esconder a tristeza por trás de um sorriso indiferente. Porque não há nada mais assustador do que se levantar na frente do mundo inteiro e declarar que você merece ser amado.

Mas aí ele pensa no que Jules disse. Talvez este programa seja mesmo uma palhaçada. Talvez (tá bom, *com certeza*) contos de fada não existam. Charlie Winshaw não é um Príncipe Encantado, mas ele continua sendo especial pra caramba, e talvez Dev mereça estar neste palco. Talvez os dois mereçam.

— Não — diz Dev. — Eu vim até aqui para dizer que te amo, Charlie. Acho que nem sei como *não* te amar, e te amo ainda mais do que eu amava há três meses. Eu quero a casa e o quebra-cabeça e as plantas na janela, se você ainda quiser todas essas coisas também.

A expressão de Charlie se transforma naquela pela qual Dev se apaixonou primeiro, a carranca de sobrancelhas cerradas, com o suor de nervosismo na testa.

— Você vai se afastar de novo?

— Não, não vou.

Charlie dá três passos firmes para a frente. Conforme a distância desaparece, todo o resto faz o mesmo, e a conversa se restringe aos dois, separados por um passo. Charlie não fala nada, e Dev não sabe o que mais pode dizer. Ele não tem as palavras perfeitas, porque ele não é perfeito, e Charlie também não é, e essa situação toda é tão, mas tão imperfeita que Dev ri.

— Eu ainda quero ter filhos — ele solta.

Charlie sorri.

— Humm, sim. Você mencionou.

— E casamento.

— Acho que lembro dessa parte também.

Charlie está bem aqui, e Dev sabe que é a vez dele de o alcançar. Então, ele o alcança. Dev segura a mão de Charlie, entrelaça os dedos e, quando Charlie não o repele, ele se enche com uma esperança estúpida.

Charlie morde os lábios.

— Podemos pelo menos negociar o terno branco?

Dev balança a cabeça todo sério.

— Nem pensar.

Charlie pega a gola da jaqueta de Dev.

— Infelizmente — começa ele, e Dev prende a respiração. — Você fica tão gostoso com essa jaqueta jeans, que eu não consigo resistir.

A tensão no peito explode e Dev ri, de verdade e com vontade, pela primeira vez em três meses.

— Claro que foi por isso que eu vim com ela.

A esperança no peito de Dev é tanta que parece sufocá-lo, e ele inclina o corpo para a frente só um pouquinho, só para testar uma coisa.

Charlie o encontra um pouco depois da metade do caminho, fica na ponta dos pés, e beija Dev neste programa sobre amor e contos de fada. Na frente de Mark Davenport, da plateia e dos vinte milhões de espectadores. Charlie beija Dev com as mãos, os dentes e a língua, e Dev retribui o beijo com *me desculpa* e *eu te amo* e *eu prometo*.

Beijar Charlie é como encaixar todas as peças de si mesmo, confiante e certeiro. Beijar Charlie é como o final de um filme e, ao mesmo tempo, nem um pouco como o final de um filme, e Dev quer passar o resto da vida dizendo a Charlie o que ele precisa e sendo o que Charlie precisa.

— Te amo, Charlie. — Dev solta as palavras na curva do pescoço de Charlie, onde só os dois podem ouvir. — Te amo todinho.

Charlie se afasta para poder ver o rosto de Dev.

— Também te amo todinho. — Então, ele o beija de novo, com intensidade e depois com ternura, e depois como eles fizeram no banho em Bali, como se Dev fosse algo precioso e raro.

— É, meus amigos! — Mark Davenport interrompe, provavelmente para manter o beijo nos padrões do horário nobre. — Deu tudo certo. O nosso Príncipe Encantado conseguiu encontrar o amor, e agora só resta uma coisa a ser feita.

Mark Davenport se abaixa para pegar algo atrás da poltrona, e depois caminha em direção aos dois. Ele está segurando uma almofada azul royal com algo que cintila sob a luz dos holofotes.

Dev cobre o rosto com as mãos.

— *Ai, meu Deus.*

— Só há um jeito de a temporada terminar — anuncia Mark Davenport, que entrega a Charlie a almofada com uma coroa, idêntica à que está na cabeça de Charlie. É a Tiara Final, a Cerimônia de Coroação que nunca aconteceu, aqui, neste palco, neste estúdio, com dois homens. Dev sabe que é idiotice — dois adultos brincando de conto de fada —, mas ele se sente com dez anos de idade, assistindo ao programa pela primeira vez.

— Por favor, não ri — diz Charlie, com um tom sério apesar do sorriso bobo provocado pelo absurdo deste momento. Não pelo programa em si, não apenas por este instante, mas por todos os momentos desde o primeiro, quando Charlie caiu do carro aos pés de Dev. Os encontros para treinar e os encontros de verdade em New Orleans e na Cidade do Cabo e talvez, só talvez, em outros lugares também. Lugares que eles irão visitar juntos, lado a lado e em assentos da primeira classe. Comidas que irão provar e montanhas que irão atravessar e uma casa para onde voltar, sempre.

— Dev Deshpande, você gostaria de se tornar meu príncipe?

Se felizes para sempre é uma escolha, então Dev decide escolher para si mesmo.

— Sim.

A estreia

Los Angeles — Segunda-feira, 11 de abril de 2022
Vinte participantes e 64 dias restantes

DEV

— Vamos conhecer a nossa princesa?

Mark Davenport está com sua pose de sempre na frente do chafariz com o castelo ao fundo, perfeitamente emoldurado na TV de cinquenta polegadas dos dois.

— A última temporada de *Para Todo o Sempre* quebrou todas as regras, e formamos mais um casal entre os fãs de contos de fada.

— Uhul! — Dev grita para a televisão. Charlie responde enterrando o rosto em dez almofadas. Até mesmo aqui, na privacidade da casa deles, Charlie fica *corado*. Dev sempre fica maravilhado com o fato de que, de alguma forma, Charlie sobreviveu a dois meses de gravações e seis meses de atenção ininterrupta da mídia.

— Depois da última temporada, recebemos um apoio extraordinário, principalmente dos fãs do programa que se sentiram honrados ao se ver representados em uma história de amor no nosso programa — diz Mark. — E ninguém se emocionou mais com a história do que a nossa querida Daphne Reynolds. Dá uma olhada!

O programa exibe uma montagem da jornada de Daphne na temporada anterior, que já começa com cenas de Charlie e Daphne se pegando. Dev assiste super de boa. Nem um pouco chateado. Mas, só para o caso de as cenas *de fato* o deixarem chateado, Charlie se aproxima e segura a mão dele. Para lembrá-lo de como a história termina.

O programa mostra outros momentos também. Momentos de Megan confrontando Daphne no castelo, momentos em que Angie e Daphne dão um jeito de fugir do drama juntas, momentos de Daphne com dificuldade para se expressar na frente das câmeras durante as entrevistas.

A edição corta para uma entrevista que fizeram com Daphne na final ao vivo, logo depois do reencontro de Dev e Charlie. Ela está sentada no sofá com um vestido sem alça prata deslumbrante, enquanto reflete sobre suas experiências com Mark Davenport.

— A verdade é que eu nunca me apaixonei pelo Charlie. Estava tentando me forçar a isso porque achei que me apaixonar por ele resolveria um dos grandes problemas da minha vida.

— E que problema é esse? — pergunta Mark Davenport logo na sequência.

Daphne suspira, e há uma pequena pontada de choro no cantinho dos olhos azuis dela.

— Cresci numa família muito religiosa. Não que eles não fossem tolerantes e compreensivos... — O programa exibe uma imagem no cantinho da tela, com a família adorável de Daphne torcendo por ela do camarim. — É só que, desde a minha infância, quando eu brincava de Barbie e assistia aos filmes da Disney, sempre imaginei que, no futuro, estaria caminhando para o altar em direção ao meu príncipe. Fui atrás disso, namorei vários homens e nunca me questionei o porquê de todos esses relacionamentos não terem dado certo.

Daphne suspira de novo, e a plateia escuta cada palavra com atenção.

— Daí eu entrei no programa, conheci muitas pessoas com histórias diferentes, vivi experiências diferentes e comecei a suspeitar de que, talvez, houvesse um tipo de amor diferente também. Algo que eu nunca havia chegado a cogitar. Quando Charlie tentou se assumir em Macon, a ficha meio que... *caiu*. A verdade que eu vivia escondendo de mim mesma. Eu sou lésbica.

Um grupo barulhento de mulheres na primeira fila grita loucamente em aprovação e Daphne abre um sorriso tímido.

— Me assumi para a minha família, e sinto como se tivesse arrancado um peso das costas. Acho que eu nunca teria chegado a esse ponto se não fosse pela minha jornada no programa.

— Na real, quem escolheu o elenco do ano passado? — pergunta

Dev, da casa deles. — A emissora estava *tentando* organizar uma Parada do Orgulho?

— Eu não me lembro de me sentir numa Parada quando estávamos gravando — diz Charlie, e Dev se prepara para ficar ofendido. — Exceto por você, amor. Você sempre me enche de orgulho.

— Pode apostar que sim.

O programa volta para o castelo, onde Mark Davenport está em pé ao lado do portão numa cena pré-gravada.

— Sem mais delongas, com vocês, a nossa nova estrela: Daphne Reynolds!

Daphne aparece montada num cavalo branco, com a postura perfeita na sela. Ela está vestindo calças de montaria caramelo, botas pretas e uma camisa branca esvoaçante como um príncipe da vida real. Daphne tira o capacete e balança o cabelo longo e loiro.

Charlie aperta a mão de Dev com mais força.

— Você queria estar lá?

Se ele queria ser parte da primeira temporada (intencionalmente) gay de *Para Todo o Sempre*? Claro que sim. Parte dele sempre irá amar o programa. A magia, a energia, o jeito como o romance se desenvolve diante das câmeras. Ele ama a pegação contra paredes de tijolinho. Ama o drama, os corações partidos, as lágrimas, a música, os primeiros beijos.

E, sim, o programa é meio lixo. Faz as pessoas competirem por amor. E às vezes explora os participantes nos momentos mais vulneráveis. Leva tudo ao cúmulo do absurdo. Mas, no fim das contas, a intenção não é justamente essa? Não é por isso que as pessoas assistem reality shows? Para escapar da realidade?

Sem Maureen, o programa será muito mais progressista, mas continua sendo *Para Todo o Sempre*, e Dev está feliz em poder assistir daqui, do conforto do sofá, sentado ao lado de Charlie.

— Na verdade, não — Dev se inclina e beija Charlie. — Estou de boa.

Charlie abre os braços e Dev se aconchega no peito dele.

Mark Davenport sorri diretamente para eles da tela da tv.

— Ao longo das próximas dez semanas, Daphne irá embarcar numa Aventura para encontrar sua princesa de conto de fada. Estão prontos?

Dev está muito pronto.

Agradecimentos

Dando uma de gay pedante rapidinho aqui, certa vez Oscar Wilde disse que é muito mais provável a vida imitar a arte do que a arte imitar a vida. No caso deste livro e do meu processo de escrita, ele estava absolutamente correto. Quando comecei a escrever este livro em 2019, ainda não tinha me assumido como gay, e foi escrevendo a jornada de Charlie rumo ao amor-próprio que eu consegui escrever a minha. Em 2019, eu também não fazia terapia e estava ignorando a gravidade dos meus problemas de saúde mental havia anos, tentando sempre me manter ocupada. Quando percebi que a história de Dev só poderia terminar com ele escolhendo ficar saudável emocionalmente, aceitei que eu precisava fazer a mesma escolha para mim mesma.

Então agradeço a *você*, antes de qualquer pessoa, por ter lido este livro, por abraçar estes personagens e, consequentemente, por me abraçar. Isso significa muito para mim, e eu espero que você tenha encontrado alguma coisa aqui — um pouco de alegria, algumas risadas, um pouco de amor — que você possa levar para a sua própria jornada.

Esta história nunca teria sido contada sem a ajuda de muitas pessoas. Obrigada à minha agente extraordinária, Bibi Lewis, que acreditou neste livro desde o começo e que "sacou tudo" desde a primeira ligação de manhã cedinho. Obrigada por sua compaixão, seu cuidado e sua paciência com as minhas neuras em todas as etapas do processo.

À minha editora, Kaitlin Olson, que deixou este livro muito melhor fazendo perguntas pertinentes, sugestões inteligentes, e tirando os itálicos desnecessários. Sua compreensão dos personagens e da história me ajudou a entender tudo melhor. Você transformou este livro em algo que me dá orgulho, e não tenho palavras para expressar minha gratidão.

Obrigada a todos na Atria Books que dedicaram tempo para darem vida a esta história. Em particular, Polly Watson (preparadora de texto extraordinária, que tornou a revisão uma das minhas partes favoritas do processo), Jade Hui (por responder meus e-mails intensos), Isabel DaSilva, Megan Rudloff, Jill Putorti, Sherry Wasserman, Libby McGuire, Lindsay Sagnette, Dana Trocker e Suzanne Donahue, e Sarah Horgan e Min Choi pela capa mais perfeita do mundo!

Obrigada a Hannah Orestein pelo apoio generoso a outros escritores, e pelo seu comprometimento em construir uma comunidade de apoio. Para todos os outros escritores e primeiros leitores que torceram por este livro — me sinto honrada.

Obrigada à minha família por apoiar minha escrita bem antes de este livro existir. Ao meu pai, Bill, que me passou seu amor pela escrita e me ensinou a sonhar. À minha mãe, Erin, que é oficialmente a melhor pessoa que já existiu. Ao meu padrasto, Mark, que construiu uma escrivaninha para mim e comprou um computador com sistema operacional DOS numa venda de garagem para que eu pudesse escrever livros no meu quarto aos catorze anos. A Kim e Brooklyn, que embarcaram nessa de imediato. À vovó O'Reilly, que nunca saberá que eu alcancei este sonho, mas deixou suas marcas nele mesmo assim. E ao vovô Cochrun, que nos criou com histórias e encheu meu coração de palavras.

O maior agradecimento familiar de todos vai para Heather, a melhor parceira de viagens e irmã-amiga que uma pessoa com três signos de água como eu poderia pedir. Obrigada por ficar ao meu lado durante tantas sessões de choradeira, por tentar me explicar que a ansiedade é um narrador não confiável, e por sempre perguntar como você poderia ajudar. Você é a *segunda* melhor pessoa que já existiu. Nada disso existiria se não fosse por você.

Obrigada a Michelle Agne, a primeira leitora, e Meredith Ryan, que leu tudo mil vezes — vocês duas me salvaram de muitos momentos de tensão enquanto eu lidava com a publicação do meu primeiro livro durante uma pandemia. Ele é dedicado a vocês duas não apenas pela ajuda em fazer com que *A estratégia do charme* chegasse na melhor versão, mas também por me ajudarem a ser a melhor versão de mim dia após dia, me ensinando o que significa ser vulnerável, ser corajosa e amar incondicionalmente.

Um agradecimento especial para Andie Sherida por todo o apoio e pelas sessões de escrita e conversas sobre amor queer radical. Guardo com muito carinho as críticas e o tempo que investiu em ajudar Charlie e Dev a dizerem o que eu precisava que eles dissessem. Você é um exemplo de escrita para mim, e mal posso esperar para segurar um livro seu nas minhas mãos em breve.

Obrigada a todos que responderam minhas dúvidas e trocaram ideias comigo, mas em especial para: Bryan Christensen por seu conhecimento de escrita incrível, e por sentar comigo por cinco horas no frio congelante para conversar sobre a revisão; Peter Lu por responder às minhas questões sobre ciência da computação com tanta generosidade (qualquer erro a respeito disso é culpa minha e foi sem querer); obrigada a Skylar Ojeda pelas informações secretas sobre a vida de uma produtora de TV (qualquer erro é culpa minha e, provavelmente, de propósito); Thamira Skandakumar e Shrisha Menon, pelas conversas profundas sobre representatividade e pelo esforço emocional de vocês; obrigada a todos que me ajudaram a pensar nas Aventuras em Grupo, nos empregos das participantes e em ideias para títulos, e um agradecimento especial para Leanna Fabian, que aturou ser minha colega de quarto no verão em que eu escrevi isso aqui e aguentou minhas perguntas esquisitas. Obrigada a Hayley Downing-Faurless por ter sido minha fotógrafa da pandemia e tirado fotos de divulgação que eu não odeio.

Obrigada aos incríveis autores estreantes de 2021, que me permitiram viver esta jornada ao lado deles, e a todos os escritores que me deixaram mandar uma DM e fazer perguntas. Obrigada a todos os livreiros, bibliotecários, blogueiros, bookstagrammers e resenhistas. Obrigada a todos os criadores de conteúdo que estão no espectro ace e aro que me ajudaram a encontrar minha verdadeira essência ao compartilhar a deles com o mundo.

Obrigada à minha terapeuta, Karen, porque embora eu *pudesse* fazer isso aqui sem terapia, fico muito feliz por não ter precisado. Obrigada por sempre me lembrar de parar e aproveitar os momentos bonitos no caminho. Terapeutas queer salvam vidas, e o trabalho que vocês fazem pela nossa comunidade é de valor inestimável.

Por fim, obrigada a todos os alunos da Mountain View High School que passaram pelas minhas aulas nos últimos onze anos. Espero que vocês não leiam este livro (sério, não é para crianças), mas, se por um acaso algum de vocês estiver lendo *isso aqui*, quero que saiba que nunca é tarde demais, você nunca é velho demais, e seus sonhos nunca serão grandes demais. E, se seu sonho é escrever, por favor, saiba que eu acredito em você. Sua história é importante pra caralho. E só você pode contá-la.

TIPOGRAFIA Adriane por Marconi Lima
DIAGRAMAÇÃO Verba Editorial
PAPEL Pólen Soft, Suzano s.a.
IMPRESSÃO Gráfica Bartira, junho de 2022

A marca FSC® é a garantia de que a madeira utilizada na fabricação do papel deste livro provém de florestas que foram gerenciadas de maneira ambientalmente correta, socialmente justa e economicamente viável, além de outras fontes de origem controlada.